굿 미
배드 미

미드나잇
스릴러
시리즈

GOOD
ME

굿 미
배드 미

알리 랜드 지음 · 공민희 옮김

BAD
ME

ALI LAND

나무의철학

정신 건강을 위해 일하는 간호사들,
그들은 누구보다 빛난다.
이 책을 그분들께 바친다.

'어린아이의 심장은 아주 섬세한 장기다.
이 세상에서 벌어지는 잔인한 일들이
아이의 심장을 특이한 형태로 바꾸어놓는다.'

카슨 매컬러스, 1917~1967

미지의 장소를 꿈꿔본 적 있어? 난 있어.

양귀비꽃으로 뒤덮인 벌판.

작고 붉은 무희들이 환희에 차서 왈츠를 추는 곳.

꽃들이 안내하는 오솔길을 따라가면 누구의 발길도 닿지 않은

해안이 나타나.

난 에메랄드 빛 바다에 누워 푸른 하늘을 올려다보지.

아무도, 아무것도 없어.

오랫동안 이런 말을 듣고 싶었어.

'네게 무슨 일이 생기도록 절대 내버려두지 않아.'

'그 애 잘못이 아니에요. 어린애일 뿐이잖아요.'

그래, 이게 내가 꿈꾸는 상황이야.

앞으로 내게 무슨 일이 닥칠지 몰라. 그래서 두려워.

남과는 다른, 내가 선택하지 않은 운명 때문에 벌어질 일들이.

하지만 하나는 약속할 수 있어.

최선을 다하겠다고.

노력하겠다고.

위로 여덟 계단. 그리고 또 네 계단.
문은 오른쪽에 있다.

놀이방.
엄마는 그렇게 불렀다.
사악한 게임을 벌이고 승자는 단 한 명뿐인 곳.
내 차례가 아닐 때면 엄마는 내게 지켜보라고 했다.
벽에 난 작은 구멍으로.
그리고 나중에 물었다. 애니, 뭘 봤니?
뭘 봤어?

1

신고한 걸 용서해, 엄마.

내가 경찰에 알렸어.

배가 불룩하게 나온 친절한 수사관은 내 말을 믿지 않았다. 나는 하는 수 없이 얼룩진 멜빵바지를 가방에서 꺼냈다. 그제야 그는 조금씩 믿기 시작하는 것 같았다.

피범벅인 곰 인형도 꺼냈다. 증거가 차고 넘쳐 더 가져올 수도 있었다. 엄마는 내가 이것들을 가지고 있는지 꿈에도 모를 것이다.

수사관이 앉은 자리에서 엉덩이를 들썩였다. 자세를 바로잡으며 정신도 차린 듯했다.

수화기를 집으려는 그의 손이 살짝 떨렸다.

"지금 당장 와주세요."

그가 말했다.

"직접 들어보셔야 할 것 같습니다."

우리는 그의 상관이 올 때까지 조용히 기다렸다. 난 괜찮지만 이 사람은 그렇지 않은 것 같았다. 머릿속에 수많은 질문이 밀려들겠지. '이 여자애가 하는 말이 사실일까?' '그럴 리 없어.' '그렇게나 많이?' '죽였다고?' '절대 아닐 거야.'

나는 다시 이야기했다. 그리고 또 했다. 같은 이야기지만 보는 눈과 듣는 귀가 달랐다. 그들에게 모두 말했다.

말하자면,

전부는 아니고 거의 다.

진술을 마치자 취조실 안은 쥐 죽은 듯 고요한 가운데 비디오테이프가 녹화되며 윙윙거리는 소리만 들렸다.

"네가 법정에 서야 할 수도 있어. 그건 알고 있지? 네가 유일한 목격자야."

한 수사관이 이렇게 말했다. 다른 수사관은 "저 아이가 하는 말이 사실이라면 아이를 집으로 돌려보내도 괜찮을까요?"라고 물었다. 그러자 경감이 이렇게 대답했다.

"몇 시간 안에 수사팀을 조직할 겁니다."

그리고 그가 날 쳐다보며 말했다.

"네게는 아무 일도 없을 거야."

'벌써 사달이 난걸요,' 난 이렇게 대답하고 싶었다.

이후 모든 일이 일사천리로 진행되었다. 하교 시간에 맞춰 수사관이 경찰 표시가 전혀 나지 않는 차량으로 날 학교 정문 앞까지 데려다주었다. 엄마가 데리러 올 시간에 맞춰서. 엄마는 또 이런저런

심부름 거리를 잔뜩 생각해두고 날 기다리겠지. 최근 들어 평소보다 더 조급하게 굴었다. 지난 6개월간 두 명. 남자아이 두 명이 사라졌다.

"평소처럼 행동하렴."

경찰이 내게 당부했다.

"집으로 가. 오늘 밤 우리가 네 엄마를 잡으러 갈 거야."

장롱 위 벽시계는 더디게 움직였다. 째깍. 째깍. 째깍. 그리고 약속대로 그들이 찾아왔다. 평소 좋아하는 방식대로 한밤중에 불쑥. 경찰은 자갈이 깔린 마당 위로 몸을 바짝 낮춰서 전혀 눈치채지 못하게 접근했고 그들이 집 안으로 들이닥쳤을 때 난 아래층에 있었다.

다른 경찰과 달리 홀로 사복을 입은 키 크고 마른 남자가 큰 소리로 지시를 내렸다. 그의 날 선 목소리가 거실의 우중충한 분위기를 깨고 사방으로 퍼져나갔다. '넌 위층으로 올라가.' '넌 여길 지켜.' '너희 둘은 지하실로 가.' '넌 이렇게 해. 넌 저렇게 해. 넌.'

푸른 제복을 입은 무리가 일사분란하게 집 안 곳곳으로 흩어졌다. 그들은 두 손으로 총을 잡고 가슴 앞쪽으로 들어 조준했다. 표정에서 수색의 묘미와 곧 대면할 진실을 향한 두려움이 함께 드러났다.

그리고 엄마가 나왔다.

방에서 붙잡혀 끌려 나왔다. 뺨에 붉은 베개 자국이 선명했다. 자고 있다가 체포당해서 얼떨떨한지 눈이 멍했다. 엄마는 아무 말도 하지 않았다. 경찰이 카펫에 얼굴을 뭉개고 그들의 무릎과 팔꿈치로 등을 누른 채 권리를 읽어줄 때도 가만히 있었다. 엄마의 잠옷이 허벅지까지 말려 올라갔다. 속옷도 입지 않고. 얼마나 치욕적인 모습이었는지.

　엄마는 내 쪽으로 고개를 돌렸다. 그리고 계속 내 눈을 쳐다보았다. 난 그게 무슨 뜻인지 쉽게 알았다. 경찰에게 아무 말도 하지 않았지만 내게는 다 말한 것이었다. 난 고개를 끄덕였다.

　아무도 보지 않을 때 몰래.

2

새 이름. 새 가족.
완전히 새로운 나.

마이크 아저씨는 심리학자로 트라우마 치료 전문가다. 딸 피비도 심리에 정통하지만 치료하기보다는 사고를 치는 쪽이다. 사스키아 아줌마는 날 편하게 해주려고 노력하지만 잘 모르겠다. 그녀는 너무 달라, 엄마. 비쩍 말랐고 멍해.

운이 좋았는지 내가 마이크 아저씨를 기다릴 때 경찰 관계자가 이야기해줬다. 뉴몬츠 사람들이 얼마나 괜찮은 가족이고 웨더브리지에 있는 집은 어떤지. 와. 정말. 대단해. 그래, 충분히 알아들었다. 그러니 스스로를 행운아라고 생각해야 했지만 실제로는 두려웠다. 내가 누구고 무엇이 될지 알게 될까봐.

그들이 내 실체를 알아차릴까봐.

여름휴가 끝 무렵인 일주일 전 마이크 아저씨가 데리러 온다고 했을 때 난 곱게 머리를 빗어 단정하게 묶은 다음 어떻게 말하고 어디에 앉거나 설지 연습했다. 분 단위로 마음을 졸이며 어쩌다 들려오는 목소리가 아저씨가 아니라 농담하는 간호사라는 것을 알아차릴 때면 아저씨와 가족들이 마음을 바꿨다고 확신했다. 그들이 이성을 찾았다고. 나는 그 자리에 꼼짝 않고 서서 '미안하지만 오늘 아무도 널 데리러 오지 않을 거야'라고 통보받기를 기다렸다.

그때 마이크 아저씨가 도착했다. 아저씨는 미소 지으며 내 손을 다정하게 꼭 잡았다. 그걸로 나와 접촉하기를 꺼리지 않는다는 점을 분명히 했다. 감염될 위험을 무릅쓰고. 아저씨는 내 짐이 작은 여행 가방 하나뿐이라는 걸 알아차렸다. 그 안에는 책 몇 권과 옷가지 그리고 엄마에 대한 기억, 아니 우리의 기억들이 숨겨져 있었다. 나머지는 우리 집이 수색당할 때 증거로 압수당했다.

"걱정 안 해도 돼."

아저씨가 말했다.

"조만간 쇼핑하러 갈 테니까. 사스키아와 피비는 집에서 기다리고 있어."

그러고는 이렇게 덧붙였다.

"다 같이 저녁을 먹기로 했어. 널 환영하는 만찬이지."

우리는 함께 경찰서장을 만났다.

"조금씩, 천천히, 주어지는 상황을 받아들이면 돼."

난 아저씨에게 두려웠던 밤들에 대해 털어놓고 싶었다.

아저씨와 경찰서장은 서로 웃으며 악수했다. 마이크 아저씨는 계약서에 서명한 다음 나를 쳐다보며 물었다.

"이제 갈까?"

아니, 아직 마음이 준비되지 않았다.

하지만 어쨌든 아저씨를 따라 나섰다.

집으로 가는 길은 짧아서 가는 데 한 시간이 채 걸리지 않았다. 모든 거리와 건물이 새로웠다. 도착해보니 커다란 기둥이 현관에 세워진 환한 대저택 앞이었다.

"괜찮니?"

아저씨가 물었다. 난 괜찮지 않았지만 고개를 끄덕이고 아저씨가 현관문 열기를 기다렸다. 그런데 문이 잠겨 있지 않다는 사실을 알고는 놀라서 심장이 목구멍으로 튀어나올 뻔했다. 우리는 곧장 안으로 들어갔고 누구든 그럴 수 있었다. 아저씨가 아줌마를 불렀다. 난 그녀를 몇 번 본 적이 있었다.

"사스, 우리 도착했어!"

아저씨가 소리치자 '나가요' 하고 대답이 들렸다.

"안녕, 밀리. 우리 집에 온 걸 환영해."

아줌마가 말했다. 나는 미소로 답해야 할 것 같아서 그렇게 했다. 그들이 키우는 테리어 로지가 내 다리 위로 뛰어오르며 환영했고 내가 귀를 만져주니 좋아서 킁킁거리다 재채기를 했다.

"피비는 어디 있어?"

마이크 아저씨가 물었다.

"클론딘네 집에서 오고 있어요."

사스키아 아줌마가 대답했다.

"잘됐네. 그럼 30분쯤 뒤에 저녁을 먹으면 되겠어."

마이크 아저씨는 사스키이 이줌미에게 내 방을 안내해달라고 부탁했다. 아저씨는 아줌마를 격려하듯 고개를 끄덕였다. 내가 아니라 아줌마를 위해서.

난 아줌마를 따라 층계를 오르면서 개수를 세지 않으려고 노력했다. 새집에 왔으니 새롭게 행동해야지.

"3층은 너와 피비만 쓴단다."

사스키아 아줌마가 친절하게 알려주었다.

"네 방은 뒤쪽에 있는데 발코니에서 내려다보는 정원 전망이 아주 좋아."

내 눈에 제일 먼저 들어온 것은 노란 해바라기였다. 샛노란 꽃이 꽃병에서 활짝 웃으며 날 반겼다. 사스키아 아줌마에게 고맙다고, 내가 제일 좋아하는 꽃이라고 말하니 기뻐하는 눈치였다.

"마음껏 둘러봐. 옷장에 옷이 좀 있는데 앞으로 더 사줄 테니 우선 그중에서 골라보렴."

사스키아 아줌마는 내게 더 필요한 것이 있는지 물었고 없다고 대답하니 방을 나섰다.

나는 여행 가방을 내려놓고 발코니로 다가가 문이 잠겼는지 확인했다. 꽉 잠겨 있었다. 소나무로 만든 커다란 옷장이 오른쪽에 놓여 있었다. 옷을 입어보고 벗어야 하는 일을 생각하고 싶지 않아서 그 안을 들여다보지 않았다. 몸을 돌리니 침대 아래 서랍장이 보였다. 서랍을 열어보고 뒤와 옆쪽에 손을 집어넣어 살폈다. 아무것도 없었다. 우선은 안전했다. 방 안에 딸린 화장실은 크고 오른쪽 벽 전체가 거울로 되어 있었다. 내 몰골을 보고 싶지 않아서 거울에서 등

을 돌렸다. 화장실 문이 잠기는지 확인하고 밖에서 열 수 없는지 살
핀 다음 침대에 앉아 엄마를 떠올리지 않으려고 애썼다.

얼마 지나지 않아 계단을 오르는 발소리가 들렸다. 침착하려고
정신과 의사가 알려준 대로 호흡해보았지만 머리가 멍해서 소용이
없었다. 피비가 문 앞에 나타나자 나는 최대한 눈을 마주치려고 그
애 이마에 시선을 고정했다.

"저녁 식사 준비됐어."

부드럽게 갸릉거리며 살짝 긁는 듯한 목소리를 들으니 전에 사회
복지사와 같이 만났던 때가 떠올랐다. 병원에서 볼 수 없었기에 피
비는 나에 관한 사실을 알지 못했고 궁금해할 기회도 없었다. 나는
주눅 들었다. 자신감이 넘치는 금발 여자애가 날 쳐다보는 눈길에
서 집에 찾아온 낯선 손님을 억지로 환영하는 느낌이 강하게 풍겼
다. 우리가 만나는 동안 피비는 내가 이 집에 얼마나 머물지 두 번
이나 물었다. 그리고 두 번 모두 그런 소리 하지 말라고 주의를 받
았다.

"아빠가 널 데리고 오라고 했어."

피비가 이렇게 말하며 몸 앞쪽으로 팔짱을 꼈다. 방어적인 자세.
나는 병원에서 직원들이 환자의 보디랭귀지를 살피고 어떻게 분류
하는지 봐왔다. 조용히 관찰하며 많은 것을 배웠다. 며칠 전이지만
마지막으로 봤을 때 피비가 화난 발레리나처럼 구두 굽을 획 돌리
던 모습이 떠올랐다.

"아, 깜박했는데 미치광이의 집에 온 걸 환영해."

달콤한 향기를 풍기는 피비를 따라 주방으로 내려가면서 자매가
있다면 어떤 느낌일지 상상했다. 자매와 어떤 관계가 될까. 작은 아

씨들처럼 피비는 메그, 나는 조가 될 수 있었다. 병원에서는 희망이 내가 가진 최고의 무기이자 역경을 이겨내게 할 도구라고 자주 이야기해주었다.

난 바보처럼 그 말을 믿었다.

3

첫날 밤 옷을 입은 채로 잤다. 사스키아 아줌마가 골라준 실크 잠
옷은 입지 않았다. 침대에서 치울 때 손댄 것이 전부였는데 피부에
닿는 감촉이 매끄러웠다. 이제 밤에 더 푹 잘 수 있었다. 엄마를 두
고 여기까지 왔어. 병동 직원은 내가 입원하고 사흘 동안 입을 열지
않았다고 말했다. 벽을 등지고 침대에 앉아 멍한 눈으로 아무 말도
하지 않았다고. 그들은 내가 충격을 받았다고 했다. 나는 그보다 심
한 일을 겪었다고 말해주고 싶었다. 매일 밤 자려고 할 때면 방으로
무언가 찾아왔다. 문 밑으로 스르르 들어와 거친 숨소리를 내며 엄
마라고 말하는 존재. 지금도 마찬가지다.

잠을 이룰 수 없을 때면 양 대신 남은 재판 일수를 세어보았다. 엄
마와 나의 싸움. 모두와 엄마의 싸움. 12주 뒤 월요일. 88일 남았다.

순서대로 세고 거꾸로도 셌다. 눈물이 날 때까지 숫자를 세고 눈물이 멈출 때까지 또 세며 잘못이라는 걸 알면서도 그사이 엄마를 그리워했다. 열심히 노력해야 한다. 머릿속에서 정리해야 하는 것들이 있으니까. 법원에 출석하라고 명령받았을 때 제대로 해야 하는 것들. 모든 눈초리가 한곳으로 쏠릴 때 실수하면 많은 것이 잘못될 수 있다.

내가 제대로 정리하는 데는 마이크 아저씨가 큰 몫을 했다. 아저씨와 병원 관계자가 치료 과정을 논의했고 재판을 앞두고 매주 집중 상담 치료가 시작되었다. 아저씨와 내 걱정이나 근심을 이야기할 기회였다. 아저씨는 어제 내게 수요일마다 상담하자고 제안했다. 나는 좋다고 대답했다. 정말로 좋아서가 아니라 아저씨가 그렇게 하고 싶어 하고 그게 내게도 도움이 될 것이라고 생각해서였다.

가족이 모두 주방에 모였다. 내일부터 학교에 간다. 피비는 집에만 있다가 학교에 가게 되어 다행이라고 말했다. 그 말에 마이크 아저씨가 웃었고 사스키아 아줌마는 슬퍼 보였다. 지난 한 주 동안 나는 아줌마와 피비 사이가 어딘가 껄끄럽다는 사실을 눈치챘다. 두 사람은 절대 같이 있지 않았고 언제나 마이크 아저씨가 둘 사이에서 말을 전하고 중계했다. 가끔 피비가 아줌마를 부를 때면 엄마가 아니라 사스키아라고 불렀다. 처음 그 소리를 들었을 때 나는 아줌마가 화낼 거라고 생각했지만 아줌마는 그러지 않았다. 내가 본 바로는 그랬다. 또 나는 신체 접촉이 사랑을 표현하는 방법이라고 생각하는데 둘은 그런 것이 없었다.

"네가 경험한 것과는 다른 접촉이야, 밀리."

병동 직원은 좋은 접촉과 나쁜 접촉이 있다고 말했다.

피비는 방금 프랑스에서 돌아온 이지라는 아이를 만나러 갈 거라고 했다. 마이크 아저씨가 날 데려가서 소개해주라고 권했다. 피비는 어이없다는 듯 눈을 굴리더니 이지와 여름 내내 못 만났으니 나는 다음 날 데려가겠다고 했다. 아저씨는 다시금 내가 그 애를 만나면 좋아할 거고 자주 가는 곳에 같이 데려가면 더 좋겠다고 말했다.

"알았어요. 하지만 이건 제가 할 일이 아니에요."

피비가 말했다.

"네게도 좋을 거야."

사스키아 아줌마가 거들었다. 그러자 피비는 경멸하는 눈초리로 자기 엄마를 쳐다보더니 아줌마가 시선을 거둘 때까지 물러서지 않았다. 아줌마는 얼굴이 빨개져서 고개를 돌렸다.

"같이 가면 얼마나 좋을까 싶어서 말한 거야."

"당신한테 물어본 적 없잖아요?"

난 손이나 물건이 날아올 거라 생각했지만 아무 일도 일어나지 않았다. 대신 아저씨가 입을 열었다.

"엄마한테 그런 식으로 말하지 마."

집을 나서는데 운동복을 입은 한 소녀가 진입로 맞은편 벽에 기대앉아서 지나가는 우리를 쳐다보았다. 피비가 "꺼져, 멍청아. 다른 데 가서 앉아"라고 소리치자 소녀는 가운뎃손가락을 들어 보였다.

"누구야?"

내가 물었다.

"다른 단지에 사는 거지 같은 애."

피비가 턱으로 도로 왼쪽에 자리한 고층 건물을 가리켰다.

"그건 그렇고 항상 이런 대접을 받을 거라고 기대하지는 마. 학교를 마치면 난 내 인생을 살 거니까.”

“알았어.”

“우리 집 마당을 지나면 차고 같은 것 말고는 별게 없는 길이 나
오는데 그쪽으로 가면 학교끼지 더 빨리 갈 수 있어.”

“아침에 보통 몇 시에 나가?”

“날마다 달라. 보통 이지를 만나서 같이 가. 가끔 스타벅스에 들
러서 좀 있다 가기도 하지만 이번 학기는 하키 시즌에 난 주장이라
거의 매일 아침 일찍 나가서 운동해야 해.”

“주장이면 정말 잘하겠네.”

“그렇지. 이제 네 이야기 좀 해볼래? 네 부모님은 어디 계셔?”

보이지 않는 손이 위장까지 들어와 꽉 붙잡고 놓아주지 않는 듯
했다. 다시 머리가 멍해졌다. 침착해. 난 이렇게 되뇌며 병원에서
직원과 수없이 연습한 대답을 꺼냈다.

“엄마가 어릴 때 집을 나가서 아빠랑 살았는데 얼마 전 아빠가 돌
아가셨어.”

“제길, 정말 큰일을 겪었구나.”

난 고개를 끄덕이고 더 말하지 않았다. 되도록 말하지 않는 것이
좋다고 배웠다.

“지난주에 아빠가 알려줬겠지만 이 길 끝, 바로 저기에 학교로 가
는 지름길이 있어.”

피비가 오른쪽을 가리켰다.

“길을 건너서 첫 번째 모퉁이에서 좌회전한 다음 오른쪽 두 번째
길로 가면 학교까지 5분이야.”

내가 고맙다고 말하려는데 피비가 눈길을 돌려 미소 지었다. 그

시선을 따라가보니 금발 소녀가 우리 쪽으로 길을 건너며 손 키스를 보냈다. 피비가 웃으며 손을 흔들더니 그 아이가 이지라고 알려주었다. 찢어진 청 반바지 아래 구릿빛으로 그을린 다리가 보였고 얼굴은 피비처럼 예뻤다. 아주 예뻤다. 둘은 인사하고 껴안고는 끝도 없이 이야기를 나누었다. 서로 이것저것 묻고 휴대전화를 꺼내 사진을 보여주었다. 남자아이에 대해 말하기도 했다. 이지는 하신타라는 여자애가 비키니를 입은 모습이 충격적이며 그 애가 수영할 때 수영장 물이 다 넘쳤다고 이야기했다. 몇 분 사이에 오간 이야기지만 나라는 존재는 무시하고 진행된 어색한 상황이 몇 시간처럼 길게 느껴졌다. 이지가 날 쳐다보더니 피비에게 물었다.

"얘는 누구야? 아저씨가 구조 센터에 데려온 새로운 애?"

피비가 웃으며 대답했다.

"밀리라고 해. 당분간 우리와 지내기로 했어."

"너희 아버지가 다른 사람은 들이지 않기로 한 줄 알았는데?"

"몰라. 길 잃은 어린 양을 보면 가만히 못 있는 거 알잖아."

"너도 웨더브리지에 다녀?"

이지가 내게 물었다.

"응."

"런던에서 왔어?"

"아니."

"남자 친구는 있어?"

"없어."

"에이, 넌 대답밖에 할 줄 모르니? 응, 아니, 없어."

이지가 로봇처럼 손을 움직이며 전에 다니던 학교 드라마 수업

시간에 본 〈닥터 후〉의 달렉과 같은 기계 소리를 냈다. 둘은 까르르 웃음을 터트리더니 다시 휴대전화를 쳐다보았다. 원래 불안하고 주위가 시끄러울 때면 천천히 핵심만 말하는 거라고 알려주고 싶었다. 엄마가 만드는 백색 소음. 지금도 엄마는 내 머릿속에 있다. 엄마는 능숙하게 평범한 듯 행동했지만 내겐 버겁다. 엄마의 작업에 다들 마음을 빼앗기는 것이 항상 놀라웠다. 엄마는 폭력을 쓰거나 분노를 드러내지 않고 온화하게 미소 지으며 부드러운 목소리로 상대를 구슬렸다. 사람들을 손바닥에 올려두고 조종했다. 우리는 한편이라고 귀에 대고 속삭였다. 안심하고 사랑받는다고 느끼도록. 그래서 사람들은 엄마에게 선뜻 아이를 맡겼다.

"난 집에 가야겠어, 몸이 좀 안 좋아서."

"그래."

피비가 대답했다.

"아빠한테 혼나지 않게 말 잘해."

이지가 고개를 들어 가식적인 미소를 지었다.

"학교에서 보자."

그 애는 되돌아가는 내 등에 대고 이렇게 덧붙였다.

"재미있을 거야."

운동복 차림의 여자애는 더 이상 보이지 않았다. 나는 그 자리에 서서 목을 길게 빼고 하늘로 높이 솟은 고층 건물을 올려다보았다. 데번에는 이렇게 높은 빌딩이 없고 그저 개인 소유 주택과 넓은 평야뿐이다.

집으로 들어가니 아저씨가 피비는 어디에 두고 혼자 왔는지 물었다. 내가 이지에 대해 말하자 아저씨는 미안한 듯 미소를 지어 보였다.

"둘은 어릴 때부터 친했단다. 여름내 떨어져 있었으니 할 이야기가 많겠지. 내일부터 학교에 가는데 서재에서 잠깐 이야기 좀 할까?"

나는 좋다고 대답했다. 좋다는 말은 그 뒤에 숨을 수 있어서 요즘 자주 쓴다. 마이크 아저씨의 서재는 널찍하고 큰 창문 밖으로 정원이 내다보였다. 마호가니 책상 위로 사진 액자와 녹색 앤티크 독서등 그리고 서류가 보였다. 나란히 놓인 채 책으로 가득 찬 책장과 연보라색 페인트가 칠해진 벽은 전형적인 가정용 서재의 모습이었다. 편안하고 안정적인 느낌이 들었다. 책장에 꽂힌 책을 살피는 내 모습을 보고 아저씨가 웃었다.

"그래, 너무 많지. 너한테만 이야기하는 건데 책이 이렇게 많을 필요는 없단다."

나는 그 말에 동감하며 고개를 끄덕였다.

"학교에 도서관이 잘되어 있었니?"

질문이 마음에 들지 않았다. 예전 삶을 떠올리고 싶지 않기 때문이다. 하지만 적극적으로 보여야 하니 대답했다.

"아뇨, 그래도 옆 마을에 도서관이 한 곳 있어서 가끔 거기에 갔어요."

"독서는 치료 효과가 매우 뛰어나단다. 보고 싶은 책이 있으면 언제든 말하렴. 보다시피 책이 참 많거든."

마이크 아저씨가 내게 윙크했는데 전혀 불편하지 않았다. 아저씨는 내게 안락의자에 앉으라고 손짓했다. 편안하게 의자에 기대앉는데 서재 문이 닫힌 것이 보였다. 책을 보는 사이 아저씨가 닫은 것 같았다. 아저씨는 내가 앉아 있는 의자를 가리켰다.

"편안하니?"

나는 한결 편안하고 진정된 모습을 보이려고 애쓰며 고개를 끄덕였다. 제대로 앉고 싶었다.

"뒤로 젖힐 수도 있어."

아저씨가 덧붙였다.

"옆에 있는 손잡이를 당겨보렴. 편안하게 기대고 싶으면 그렇게 해도 된단다. 아니면 말고. 나는 그냥 앉아. 다른 사람과 함께 있는데 혼자 기대앉는 건 별로 좋은 생각 같지 않아서. 퇴원하기 전에 이야기했지만 새 학교에 적응하느라 정신없어지기 전에 중요한 사항을 다시 한 번 살펴보자꾸나."

그 말에 한쪽 다리가 떨리기 시작했다. 아저씨가 내 다리를 쳐다보았다.

"불안해 보이는구나."

"조금요."

"네게 당부하고 싶은 건 단 한 가지란다, 밀리. 우리가 이렇게 앉아서 대화를 나누는 건 네가 한숨 돌리고 안정을 찾았으면 해서야. 재판이 열리기까지 세 달 동안 네가 증인으로 설 수 있도록 준비할 텐데 경찰 병원 심리학자와 전문 심리상담도 병행하려고 해."

"계속 그래야 해요?"

"장기적으로 보면 너한테 도움이 될 테니까."

아저씨에게 날 두렵게 만드는 것이 다시 찾아왔다는 사실을 숨긴 채 심리상담은 도움이 안 된다고 어떻게 말할까?

"밀리, 사람은 누구나 자기를 위협하는 존재를 피하고 싶어 한단다. 의지로 어찌할 수 없는 일이라 힘들지만 그래도 노력하는 게 중요해. 마음을 가라앉히는 것부터 시작하자꾸나. 가장 안심할 수 있는 장소가 어딘지 생각해보고 다음번에 이야기해주렴. 처음에는 힘들겠지만 네가 노력해줬으면 좋겠구나. 어디든 상관없어, 전에 지내던 교실이나 평소 학교 버스가 다니던 길일 수도 있고."

엄마가 날마다 절 학교에 데려다줬어요.

"아니면 네가 살던 곳의 카페나 도서관일 수도 있지. 어디든 편안하다고 생각되는 장소면 돼. 무슨 말인지 알겠지?"

"생각해볼게요."

"좋아. 내일 새로운 학교로 등교하는데 기분이 어떠니? 전학생으로 적응하는 일이 쉽지는 않겠지만."

"바빠지기만을 기다리고 있었어요. 그게 더 도움이 될 것 같아요."

"그래, 잘 적응하도록 노력해보렴. 웨더브리지는 상당히 빡빡한 학교지만 넌 잘 따라갈 거라 믿어. 하고 싶은 말이나 궁금한 점은 없니?"

전부 다 궁금해요.

"아니, 없어요."

"그럼 오늘은 여기까지 하고 상담 전이라도 무슨 일이 있으면 언제든 찾아오렴."

방으로 돌아가면서 난 마이크 아저씨가 최면 치료를 계속하길 원한다는 사실에 절망했다. '전문 심리상담'이라고 말해서 모를 줄 알겠지만 난 알고 있다. 병동 심리학자가 동료에게 최면 치료가 내 빗장을 푸는 데 도움이 될 거라고 하는 말을 들었기 때문이다. 빗

장을 풀지 말고 내버려두는 편이 좋을 거라고 아저씨에게 말하고
싶었다.

피비 방에서 음악 소리가 흘러나오는 것을 보니 그 애가 집에 돌
아온 듯했다. 내일 갈 학교가 어떤지 묻고 싶어서 용기 내 방문을 두
드렸다.

"누구야?"

피비가 고함을 질렀다.

"밀리야."

내가 대답했다.

"난 내일 등교 준비로 바빠."

피비가 말했다.

"너도 그럴 텐데."

문을 사이에 두고 '솔직히 겁이 나'라고 속삭이고는 내 방으로 들
어와 새 교복을 살폈다. 파란 치마, 흰 셔츠, 채도가 다른 두 가지 파
란색으로 된 줄무늬 넥타이. 엄마를 떠올리지 않으려고 애썼지만
어쩔 수 없었다. 우리는 날마다 함께 등하교를 했다. 엄마가 날 꼬
집으며 목 놓아 부르던 노래도 기억난다. '우리의 비밀은 특별해'라
는 후렴이 나올 때면 항상 둘이서 같이 불렀는데.

밤 9시가 막 지났을 때 사스키아 아줌마가 잘 자라고 인사를 하러
들렀다.

"내일 학교에 가는 일로 너무 걱정하지 마. 웨더브리지는 정말 좋
은 학교란다."

아줌마는 내 방을 나서 피비 방으로 갔다. 노크하니 문이 열리며
"왜요?"라고 묻는 소리가 들렸다.

"내일 등교할 준비 다 했는지 궁금해서 와봤어."

"무슨 상관이에요?"

피비는 이렇게 말하고 문을 세게 닫았다.

4

지난주 목요일과 금요일 오리엔테이션 프로그램에 참석하고 학교에서의 첫 이틀을 무사히 마쳤다. 오리엔테이션에서 수업과 학칙에 대해 듣고 지도 선생님인 미스 켐프를 만났다. 11학년은 지도 선생님이 필요 없지만 올해 이 학교에 전학 온 학생은 내가 유일하고 선생님은 미술 담당이라서 나를 맡게 되었다. 전에 다니던 학교 교장 선생님이 사회복지재단을 통해 내가 미술에 재능이 있다는 편지를 전했기 때문이다. 켐프 선생님은 아주 신이 나서 내가 어떤 실력을 보일지 너무 궁금하다고 말했다. 선생님은 다정하고 착해 보였지만 말수가 별로 없었다. 아니 말을 거의 하지 않았다. 말보다는 체취가 더 기억에 남는데, 정확히 말할 수 없는 무언가와 담배가 섞인 냄새가 풍겼다. 하지만 친숙했다.

주말은 조용했다. 마이크 아저씨는 노팅힐 게이트에 있는 병원에서 주말마다 진료를 봤는데 그곳에서 진짜 수입을 얻었다. 사스키아 아줌마는 요가나 다른 일로 외출이 잦았다. 피비는 이지네 집에 갔다. 그래서 난 '혼자' 보내는 시간이 많았다. 일요일 저녁에는 아저씨와 아줌마가 '일렉트릭 온 포토벨로 로드'라는 거창한 이름의 영화관에 날 데려갔는데 집에서 영화를 보던 때와 아주 달랐지만 보는 내내 엄마가 생각났다.

집에 오니 피비가 게임방에서 나오며 화난 표정으로 방방 뛰었다.

"참 다정들 하네요."

피비가 말했다.

"너도 같이 갈 거냐고 물었잖니."

마이크 아저씨가 대꾸했다. 그러자 피비가 어깨를 으쓱거리며 말했다.

"뭐, 그래요. 제가 이지네 집에서 좀 늦게 왔어요. 됐어요?"

피비와 나는 함께 이층으로 올라갔다.

"넌 벌써 잘 적응한 것 같아."

그 애가 내게 말했다.

"즐길 수 있을 때 즐겨. 넌 이 집에 오래 있지 않을 테니까. 아무도 그런 적 없었기든."

그 말에 마음 깊은 곳에서 무언가 느껴졌다. 경고, 위험 신호였다.

다음 날 아침 식사 자리에는 아저씨와 나만 있었다. 아줌마는 밀린 잠을 보충한다고 아저씨가 말해주었다. 아저씨는 내가 아줌마의 핸드백에서 수면제를 본 사실을 몰랐다.

"아쉽게도 피비는 벌써 학교에 갔단다."

아저씨가 말했다.

"이번 주가 공식적인 첫 수업이니 학교까지 데려다줄까?"

난 혼자 갈 수 있다고 대답했지만 그게 진심이었는지는 모르겠다. 이틀간의 오리엔테이션 동안 학교 식당에서 여자애들과 같이 점심을 먹었다. 다들 호기심에 접근했다가 이내 소문이 퍼지면 내게 흥미를 잃었다. 저 앤 로봇처럼 대꾸하고 발만 쳐다보던걸. 이상한 애야. 난 신경이 완전히 상해 가끔 손을 떠는 것을 들키지 않으려고 윗옷 주머니에 손을 넣거나 파일을 들고 다니며 감췄다. 이 학교에서는 모든 일이 빠르게 돌아가서 눈 깜짝할 사이에 무리에 합류할 수 있는지 여부가 정해졌다. 피비를 쳐다봐야 아무 소용이 없었고 그 애는 확실히 나와 연루되는 것을 좋아하지 않았기에 난 따돌림당하는 그룹으로 확정되었다. 따돌림이라니.

하지만 월요일인 오늘은 달랐다.

학교 운동장을 지나가는데 우리 학년 여자애들이 의도적으로 눈길을 주고받으며 낄낄거렸다.

분명했다.

그래서 건물 안으로 들어가 예쁘고 잘난 척하는 아이들 무리가 서 있는 복도 중간으로 가지 않으려고 오른쪽 구석으로 방향을 틀었다. 소프라노 톤으로 험담하며 낄낄거리는 목소리를 뒤로 하고 라커룸으로 향했다.

손에 파일을 한가득 들고 있어서 등으로 문을 밀고 들어갔다.

그리고 몸을 돌리고는 곧바로 보게 되었다.

대물. 내 라커에 쪽지가 붙어 있었다. 학교에 온 첫날 찍은 바보 같고 어색하고 멍청한 모습의 사진 위로. 살짝 벌린 내 입 위로 커다란 페니스 이미지를 붙여놓고는 말풍선에 이렇게 적어놓았다.

밀리는 윌리와 잤음

라커룸 문에서 비켜서자 문이 부드럽게 닫혔다. 난 포스터를 향해, 아니 나를 향해 걸어갔다. 한 번도 생각해본 적 없는 내 모습이 신기했다. 내 입에 분홍빛 페니스가 꽂혀 있었다. 고개를 살짝 기울여 그걸 깨문다고 상상했다. 세게.

문이 열리고 닫히면서 복도의 소음이 안으로 들어왔다. 등 뒤로 가벼운 발소리가 들렸다. 내가 포스터를 떼어내자마자 어깨 위로 손이 올라왔다. 묵직한 팔찌들이 서로 부딪히며 소리를 냈다. 이미 너무 더운데 선생님의 특이한 향기가 더해져 열기가 더 차오르는 듯했다. 좀더 빨리 움직이지 못한 내가 미웠다. 포스터를 뜯기 전 선생님은 이미 보았을 것이다. 분명했다. 바보. 민첩했어야 하는데. 엄마가 그렇게 일러주었건만.

"손에 쥐고 있는 게 뭐니, 밀리?"

"아무것도 아니에요, 켐프 선생님. 괜찮아요."

날 좀 내버려두라고.

"괜찮아, 나한테 말해도 돼."

"할 말 없어요."

선생님이 내 얼굴을 보려고 몸을 돌리자 쇄골 위로 무겁고 둔탁한 반지가 느껴졌다. 선생님이 좀 바보 같고 사사건건 과하게 관여하려 한다는 이야기를 여자애들에게서 들었는데 그게 사실이라는 걸 깨달았다. 이 일이 알려지면 선생님이 개입할 것이 분명했다. 바닥만 쳐다보도록 잘 훈련된 나는 선생님 발을 쳐다보았다. 크고 투박한 나무굽이 달린 히피 스타일 구두. 쳐다보면 볼수록 비밀스러운 모래강변에 걸쳐진 보트 두 척처럼 보였다. 저리 가, 날 내버려두라고.

"아무것도 아닌 게 아닌 것 같은데, 이리 줘봐."

나는 등 뒤에서 쪽지를 더 작게 우그러뜨렸다. 그리고 속으로 주문을 외웠다. 절 이 자리에서 영원히 사라지게 해주세요. 아니면 선생님이라도요.

"수업에 늦겠어요. 이만 가봐야 해요."

"이대로 널 보낼 수는 없어. 어서 보여줘. 내가 도와줄 수 있을지도 모르잖아."

선생님의 목소리가 마치 음악처럼 울려 퍼져 한결 기분이 나아졌다. 그래서 시선을 발에서 정강이로 올렸다. 선생님이 새삼 다르게 느껴졌다.

'조심해야 해.'

심리 치료를 맡은 의사 선생님이 알려주었다.

'하지만 대부분 사람은 위협적이지 않아.'

이제 시선은 허벅지로 올라갔다. 더 히피 같은 모습이었다. 코듀로이 치마, 페이즐리 무늬 셔츠에 단정하지 못한 모습이 엄마가 싫어하는 어수선한 스타일이었다. 손이 이리저리 움직이고 커다란 반지가 서로 부딪히는 게 범퍼카 같았다. 불안하냐고? 그건 아니다. 기대되냐고? 맞다. 선생님과 나 사이에 흐르는 분위기가 그랬다. 선생님은 우리가 힘을 합쳐야 한다고 생각하고 있었다. 이제 선생님 냄새가 좀 덜 거슬렸다. 나는 선생님 눈을 쳐다보았다. 헤이즐넛과 같은 진갈색 눈동자가 반짝이며 날 쳐다보더니 손이 내 몸 쪽으로 다가왔다.

"어디 좀 보자."

시작종이 울리고 수업에 늦어 이목이 집중되는 걸 원치 않아 선생님에게 포스터를 건넸다. 선생님은 구겨진 종이를 허벅지 위에 올리고 손으로 펴 내용을 보려고 했다. 나는 고개를 돌렸다. 선생님은 감정을 억누르려는 듯 아주 길게 한숨을 내쉬었다.

"어쩜 이럴 수 있니?"

선생님이 손을 뻗어 다행히 내 피부가 아니라 소매를 잡았다.

"그냥 무시할래요."

"아니, 그럴 순 없어. 내가 네 지도 교사인 이상 이 문제를 끝까지 파헤칠 거야. 누가 이런 짓을 했는지 짚이는 애가 있니?"

나는 없다고 말했지만 사실이 아니었다. 지난주 거리에서 있었던 일이 떠올랐다.

이지가 말했다.

'재미있을 거야.'

"내가 알아볼게. 넌 걱정하지 마."

그래봐야 상황만 더 나빠질 거라고, 그러지 말아달라고 말하고 싶었지만 그럴 수 없었다. 선생님은 내가 누구고 어디에서 왔는지 모르니까. 선생님이 포스터를 다시 살피는 동안 나는 선생님 목을 쳐다보았다. 맥박이 힘차고 안정적으로 뛰고 있었다. 맥이 뛸 때마다 주변 피부가 살짝 떨렸다. 그런 생각을 하고 있는데 피비와 이지가 문을 열고 들어오다 내가 혼자가 아니라는 사실을 알고 멈춰 섰다. 둘은 흡족한 듯 웃으며 휴대전화를 들었다. 이 순간을 찍으려는 것이었다. 둘이 서로 흘끔거리는 것을 보니 증거가 충분했다. 내가 다른 사람들보다 많이 훈련해서 감정을 숨기는 데 능숙하기는 하지만 사람들이 왜 자기 감정을 감추지 못하는지는 이해되지 않는다.
켐프 선생님은 멀뚱거리는 둘을 보고 자기만의 결론을 내렸다. 올
바른 쪽으로. 선생님은 여자애들이 생각하는 것처럼 멍청하지 않을
지도 모른다.

"너희 짓이지? 피비, 네 부모님이 이걸 보면 뭐라고 하실까? 무척
화내시겠지. 난 모르겠다. 정말 모르겠어. 너희 여자애들이 서로를
대하는 방식 말이야. 이 문제를 생각해봐야겠으니 너희 둘은 출석
체크를 한 뒤에 미술실로 와. 그리고,"

"하지만 선생님, 이번 학기 하키 투어 회의가 있어요. 전 주장이
라 꼭 참석해야 하고요."

"내 말 아직 안 끝났어, 피비. 너랑 이지는 늦어도 9시 5분 전까
지 내 교실로 와. 안 그러면 문제가 더 심각해질 거야. 알겠니?"

침묵은 오래가지 못했다. 이지가 대답했다.

"네, 선생님."

"좋아. 가서 출석 체크하고 곧장 미술실로 오렴. 밀리, 너도 가서
출석 체크해. 그리고 걱정 마. 이 문제는 내가 처리할게."

출석이 불리는 동안 나는 계속 심장이 쿵쾅거렸다. 선생님은 '참
견'하느라 바빠서 우리가 라커룸을 나설 때 피비가 내게 보인 몸짓
을 보지 못했다. 손가락으로 목을 자르는 시늉. 날 똑바로 쳐다본
채로. 죽었어. 그래, 나는 죽은 목숨이었다.

할 수 있다면 해봐.

피비.

5

　두 시간이 채 지나기도 전에 매점 바깥에서 여자애들이 양쪽으로
날 고립시켰다. 윤기가 흐르는 머리카락들이 한데 모여 정어리 통
조림 같았다.

　"켐프 선생님에게 총애를 받으니 좋아?"

　이지가 내 왼쪽 귀에 뜨거운 입김을 불어넣으며 물었다.

　피비는 어디에도 보이지 않았다. 그 애는 이보다는 영리하다. 내
오른쪽에서 소매를 걷어 올린 피비의 또 다른 단짝 클론딘이 앞으
로 나섰다. 과학실 뒤쪽에 있는 화장실은 거의 사용하지 않아서 일
을 벌이기 딱 좋은 장소다. 여자애들이 날 문으로 밀쳤다. 밀치고
끌어내고 다시 밀쳤다.

　조금도 틈을 주지 않았다.

"넌 네가 똑똑하다고 생각하지? 우리를 켐프 선생님한테 일러바 치고 말이야."

"난 말한 적 없어."

"클론딘, 들었지? 이 애가 아니라는데."

"당연히 들었어. 그 말을 믿진 않지만 말이야."

이지가 한 손에 전화기를 들고 앞으로 나섰다. 이 상황을 찍고 있었다. 그리고 다시 날 세게 밀쳤다. 그 애가 숨을 쉴 때마다 매혹적인 딸기 향이 풍겨서 입속으로 들어가고 싶었다. 클론딘처럼 화려한 색상의 교정기를 끼지 않은 그 애는 이로 짝짝 소리를 내며 풍선껌을 크게 불었다. 이지는 내 머리 위 벽을 한 손으로 짚으며 내가 위축되길 바랐다. 위협적으로 느끼길 원했다. 그 애가 영화에서 본 장면처럼 말이다. 이지가 분 불투명한 분홍색 풍선껌이 내 코에 부딪혀 터졌다. 여자애들이 웃었다. 이지가 뒤로 물러나자 클론딘이 그 자리에 섰다.

"네 전화번호 대. 휴대전화가 없다고 말할 생각 마. 마이크 아저씨가 전화기를 사줬다는 얘길 피비한테 들었어."

침묵이 흘렀다.

엄마의 목소리가 머릿속에 울려 퍼졌다. '착하지, 그 애들에게 보여줘. 엄마가 네게 가르쳐준 게 지금 너무 감사하지, 애니?' 엄마가 날 칭찬해주는 일은 거의 없었기에 칭찬을 듣는다고 생각하니 온집과 나무를 삼켜버릴 장작불처럼 기운이 불타올라 날 잡아먹으려고 애쓰는 연약한 10대 소녀들 따위는 쉽게 상대할 수 있었다. 나는 턱에 이지의 풍선껌을 붙인 채로 그 애들을 똑바로 쳐다보았다. 내 태도에 다들 놀라는 눈치였다. 눈길이 우왕좌왕했다. 입술들이 썰

룩거리더니 눈이 살짝 커졌다. 나는 그 애들이 천천히 분명하게 알수 있도록 고개를 저었다. 가장 크게 날뛰던 두 명 중 하나인 이지가 미끼를 물었다.

"전화번호 내놓으라고, 못된 계집애야."

그 애가 날 밀치며 내게 얼굴을 가까이 댔다. 이런 접촉은 환영이었다. 실체가 있으니 날 보고 느껴봐. 하지만 이건 알아둬야 할 거야. 난 이 정도는 준비 운동에도 못 끼는 곳에서 왔어.

다시 고개를 저었다.

볼이 따끔하더니 그 느낌이 귀와 반대쪽으로 이어졌다. 뺨을 맞았다. 이지의 행동에 감탄하는 환호성과 웃음소리가 들렸다. 눈을 감았지만 이지가 즐거워하는 관중들에게 인사하는 모습이 떠올랐다. 귓가에 윙윙거리는 소리에 목소리는 희미했지만 말은 똑똑히 들렸다.

"싫어. 다시 물어봐."

그리고 난 절대 잊지 않아.

절대로.

여자애들은 원하는 것을 얻고 난 뒤에야 자리를 떴다. 난 뜨거워진 뺨의 온도를 손으로 느끼며 엄마를 떠올렸다. 침을 삼켰다. 밀려드는 기억의 소용돌이에 휩싸여 머리가 어지러웠다. 우리는 집에 있었고 화장실에 놓인 꽃병에서 엄마가 좋아하던 라벤더 향이 풍겼다. 엄마가 체포되던 날 밤 나는 오후 내내 경찰서에 있었다. 엄마가 써준 것처럼 꾸민 편지를 학교에 전해 당연히 의심받지 않고 오후 수업을 빠질 수 있었다.

엄마를 몰래 신고한 것에 대한 죄책감 때문인지 그날 저녁 엄마의 눈길을 마주하는 것이 두려웠다. 얼굴에 스프레이 페인트를 칠한 듯 죄책감이 겉으로 드러날 것 같았다. 손이 떨리는 것을 들키지 않으려고 다림질을 도왔는데 경찰이 예상보다 빨리 도착해 엄마가 날 찾을 경우 무기가 필요해서이기도 했다. 엄마는 마치 다른 사람처럼 작고 초라했다. 물론 엄마가 달라진 것이 아니었다. 엄마를 바라보는 내 눈이 달라진 것이었다. 아니면 새롭게 시작되었거나.

경찰이 마음을 바꿔 내가 모든 이야기를 지어냈다고 생각하고 집에 찾아오지 않을까봐 걱정되었다. 엄마가 언제 돌변할지 몰랐지만 평소처럼 호흡하고 하던 대로 행동하려고 애썼다. 엄마는 조용히 꽃꽂이를 하다가도 한순간 돌변해 내가 잘난 척한다며 화냈다. 엄마와 함께한 일상적인 일은 별로 떠오르지 않고 엄마가 그런 일들을 어떻게 해냈는지도 기억나지 않는다. 잘 시간이 되면 엄마가 어디에서 자야 한다고 일러주기를 기다려야 했다. 때로는 엄마 침대에서 함께 자게 했고 때로는 마음을 바꿔 나를 내 방으로 보냈다. 우습고도 슬픈 사실은 그날이 우리가 함께하는 마지막 밤이라는 것을 알았기에 엄마와 함께 자고 싶기도 했지만 한편으로는 내 방에 혼자 올라가는 것이 두려워 엄마와 함께 있고 싶었다는 것이다. 여덟 계단, 다시 네 계단 그리고 오른쪽에 있는 문. 내 방 반대쪽에 우리의 놀이방이 있었다.

엄마는 평소처럼 침실 문을 닫으며 아무 말도 하지 않았다. 며칠 동안 내게 아는 척도 하지 않고 말도 걸지 않다가 갑자기 나를 붙잡고 피부, 머리카락 할 것 없이 모두 집어삼켰다. 그날 저녁 나는 조용히 작별 인사를 했다. 엄마를 사랑한다고 말한 것도 같다. 엄마를 미워하고 싶지만 여전히 사랑한다고.

침실로 올라갔을 때 기댈 무언가가 필요해 침실 맞은편 방 복도에 등을 댔지만 이내 몸을 움직여야 했다. 그들의 목소리가 들렸다. 벽에서 피를 흘리며 아우성치는 작은 유령들의 목소리. 갑자기 하늘에서 쏟아지듯 곤두박질치는 목소리들은 인간 세상 것이 아니었다.

피비에게 손가락으로 욕한 소녀는 아마 그 자리에서 기다리고 있을 것이다. 그날 밤 이후 그 여자애를 한두 번 더 보았다. 우리 집이 있는 도로 모퉁이를 도는데 담장 위에 앉아 있는 그 애가 보였다. 배 속에서 무언가 꿈틀거렸는데 두려워서가 아니었다. 기뻐서 그런 것 같았다. 흥분해서. 그 애는 덩치가 작고 혼자였다. 아직 말해보지 못했지만 노력해볼 것이다. 가까이 걸어가자 그 애가 우리 집 맞은편 담벼락 위에서 다리를 번갈아 까닥거리며 뒤축으로 벽을 쳤다. 오른쪽 눈은 약하게 피멍이 든 채 부어 있었다. 축구 유니폼처럼 파란색이었다. 내가 지나가자 그 애가 나를 쳐다보았다. 그리고 눈을 깜박이고 또 깜박였다. 한쪽 눈으로 보내는 모스 부호 같았다. 나는 가방에서 감자 칩 봉지를 꺼내 한 번에 뜯고는 곁눈으로 그 애를 살폈다. 다치지 않은 눈이 시선을 피하며 낮게 휘파람을 불었고 주근깨투성이 얼굴은 차가웠다. 나는 상관없다는 듯 어깨를 으쓱이고는 도로를 건넜다. 셋, 둘……

"먹을 것 좀 있어?"

하나.

몸을 돌려 그 애를 쳐다보았다.

"감자 칩이라도 먹을래?"

그 애는 우리 둘뿐인지 살피려는 듯 주위를 두리번거리더니 물었다.

"무슨 맛인데?"

"새콤하고 짭짤한 맛."

나는 그 애에게 다가가 과자 봉지를 내밀었다. 먹고 싶다면 내려와야 할 것이었다. 그랬다. 그 애는 재빨리 내려와 감자 칩을 챙기고 다시 올라갔다. 뒤축이 닳은 운동화가 다시 춤추기 시작했다. 쿵, 쿵, 오른쪽, 왼쪽. 그 애에게 이름을 물었지만 무시당했다. 그 애는 감자 칩을 허겁지겁 먹어치웠다. 봉지에 입을 바짝 대고 바닥을 털어 부스러기까지 말끔히 해치웠다. 텅 빈 봉지가 바닥으로 떨어졌다. 또래보다 덩치가 작아 앳되어 보이지만 실제 나이는 열두세 살 정도인 것 같았다.

"더 없어?"

"응, 그게 다야."

그 애는 침으로 풍선을 불었다. 입에서 풍선이 생겨났다가 다시 안으로 들어가는 모습이 신기하기도 하고 역겹기도 했다. 대담한 동시에 철없어 보였다. 왜 항상 집이 아닌 길거리 담벼락에 혼자 앉아 있는지 묻고 싶었는데 그 애는 자리를 떠났다. 다리를 담장 안으로 휙 돌려 넣고는 고층 건물을 향해 걸어가버렸다. 그 모습을 지켜보는데 그 애가 내 시선을 알아차렸다. 몸을 돌리더니 왜 그렇게 보느냐는 듯 쳐다보았다. 내가 미소 짓자 그 애는 어깨를 까닥였다.

"이름이 뭐야?"

내가 큰 소리로 물었다.

그 애는 걸음을 멈추더니 바닥에 운동화 한쪽을 문질렀다. 한 번, 두 번.

"그러는 너는 이름이 뭔데?"

"밀리, 내 이름은 밀리야."

아이는 눈을 이리저리 굴리며 약간 혼란스러운 표정을 내비쳤지만 이내 말했다.

"내 이름은 모건이야."

"이름 예쁜데?"

"그러거나 말거나."

모건은 다시 달리기 시작하더니 이내 시야에서 사라졌다. 나는 길을 건너며 입으로 그 애 이름을 되뇌었다. 가방에서 열쇠를 찾으면서도 즐거운 기분을 감출 수 없었다. 클론딘과 이지에게 맞서고 담벼락에 앉아 있는 소녀와도 이야기했다. 난 할 수 있다고 생각했다. 엄마 없이도 살 수 있다고.

6

밤마다 엄마가 찾아오는 걸 지금까지는 비밀로 잘 지켜왔다.

엄마는 뱀처럼 침실 문 밑으로 슬그머니 들어와 내 침대로 올라온다. 그리고 비늘 덮인 몸을 옆에 누이며 내 키를 가늠해본다. 그것으로 내가 여전히 엄마의 사람이라고 알린다. 결국 나는 바닥에 몸을 웅크리고 이불을 머리 위까지 뒤집어쓴 채 아침을 맞는다. 설명하기 어렵지만 내 피부는 뜨겁고 속은 얼음장처럼 차갑다. 성향이 폭력적인 사람은 머리가 뜨겁지만 사이코패스는 냉혈한이라는 내용을 책에서 읽은 적이 있다. 뜨거움과 차가움. 머리와 가슴. 만약 엄마가 둘 다 지닌 사람이라면, 그러면 어떤 일이 벌어질까?

내일 마이크 아저씨와 함께 기소 검사를 만나기로 했다. 엄마를 쓰러뜨리려고 고용된 사람 말이다. 절대 풀어줘서는 안 된다. 엄마는 감방에서 엄마가 갇힌 이유를 궁금해하겠지? 한참 동안 잘 지내다가 왜 갑자기 그랬냐고? 이유는 두 가지인데 지금은 한 가지만 말해주겠다.

내 열여섯 번째 생일 때문이었다. 엄마는 12월이 오기 몇 달 전부터 보통 엄마들과는 다른 방식으로 계획했다.

'결코 잊지 못할 생일이 될 거야.'

엄마는 이렇게 말했다.

절대 살아남지 못하거나. 나는 그렇게 생각했다. 엄마가 만나던 사람들에게서 이메일이 오기 시작했다. 인터넷의 추악한 측면. 명단이 압축되었다. 남자 셋에 여자 하나. 엄마는 그들을 집으로 초대해 함께 즐기려고 했다. 함께 나를 즐기려고 했다. 내 생일이었지만 내가 선물이었다. 제물이었다.

'드디어 열여섯이 되는구나. 어서 그날이 오면 좋겠지?'

엄마가 말했다. 아주 달콤하게. 하지만 내게는 레몬처럼 시고 썼다.

엄마가 남긴 또 다른 선물 때문에 학교에 가려고 준비하면서 편두통이 왔다. 셔츠 단추를 잠그는 일이 젓가락으로 바늘에 실을 꿰는 것처럼 힘들어서 평소보다 시간이 더 걸렸다. 피비 방을 지나면서 닫힌 문을 보니 그 애가 학교에 갔는지 궁금해졌다. 어제 학교 라커룸에서 본 뒤로 얼굴을 보지 못했다. 피비와 여자애들이 내게 충분히 '재미' 보았기를 바랄 뿐이었다.

이 집은 크림색 카펫이 깔린 3층 건물이다. 복도로 내려가면 다른 모양의 타일이 나타난다. 나는 마지막 한 계단을 잘못 헤아려 비틀거리다 차가운 대리석 바닥 위로 넘어졌다. 나도 모르게 비명을 질렀는지 마이크 아저씨가 주방에서 뛰어나왔다.

"괜찮니? 내가 부축해줄게."

아저씨는 맨 아래 계단에 날 앉히고는 그 옆에 앉았다.

"저 너무 바보 같죠?"

"신경 쓰지 마. 이 집이 아직 익숙하지 않으니 그런 실수야 얼마든지 할 수 있단다. 빛 때문에 눈이 잘 안 보였구나. 편두통이 있니?"

"그런 것 같아요."

"두통이 있을 거라고 말했지. 오늘은 집에서 쉬는 게 좋을 것 같구나. 아침 수업은 특히 무리일 거야. 좀더 자보렴."

나는 본능적으로 싫다고 말하려다 내가 지금 어디에 있는지를 떠올렸다. 엄마가 어디에 있는지도 떠올렸다. 엄마는 가끔 금요일에 회사를 쉬고 긴 주말을 보냈다. 학교에 전화해 내가 배탈이 났거나 감기에 걸렸다고 거짓말하고 사흘 내내 나와 시간을 보냈다.

"물이 끓는구나. 차를 한 잔 마시고 다시 자러 가렴. 알겠지?"

내가 고개를 끄덕이자 아저씨가 날 일으켜 세워주었다. 난 피비와 사스키아 아줌마가 어디에 있는지 물었고 아저씨는 두 사람이 이미 집을 나섰다고 알려주었다.

"그러고 보니 사스키아가 주방에 네 선물을 남겼단다."

선물은 작은 사각형 꾸러미였다. 푸른 포장지에 빨간 리본이 묶여 있었다.

"풀어봐도 돼."

아저씨의 몸짓은 친절했다. 나는 식탁 앞에 앉아 아저씨가 차를 타려고 천천히 준비하는 모습을 지켜보면서 갑자기 감사하는 마음이 걷잡을 수 없이 커졌다. 날 이렇게 집으로 데려올 사람은 많지 않을 것이고 책임지려고 나서는 사람도 없을 것이다. 위험 부담이 큰

일이다. 참아봤지만 결국 라일락이 수놓인 식탁보 위로 눈물이 뚝 뚝 떨어졌다. 마이크 아저씨가 차를 가져다주다 내가 우는 것을 보고 옆에 와서 앉았다. 아저씨는 내 손 위에 놓인, 포장을 풀지 않은 선물을 쳐다보며 걱정하지 말라고 이야기했다.

"천천히 마시렴. 저기 꿀도 있단다. 당분이 도움이 될 거야."

아저씨 말이 맞았다. 달콤한 차를 마시니 온기가 돌았다.

"이제 겨우 화요일이지만 너만 괜찮다면 조금 뒤에 상담하는 게 좋겠구나. 오늘은 너도 시간이 좀 있으니. 어때?"

거절하고 싶었지만 고개를 끄덕였다. 아저씨가 내 생각과 욕망을 이리저리 들쑤시고 다니는 것을 원치 않았다. 이 자리에 앉아 있는 지금도 내가 엄마를 그리워한다는 사실을 알면 정말 싫을 것이다. 오늘 아침 커튼을 여니 이웃집 정원에 있는 새장이 보였고 엄마와 새장을 만들던 때가 떠올랐다. 엄마는 망치로 못을 박았다. 내가 해보겠다고 하니 내 머리를 쓰다듬으며 말했다.

'그래, 좋아. 손 다치지 않게 조심해.'

그때는 엄마의 마음속 간호사가 고통을 주지 않고 막아주었다.

"이제 얼굴에 혈색이 좀 도는구나. 조금 뒤에 깨워줄 테니 그만 가서 좀더 자렴."

오전 내내 잤다. 마이크 아저씨가 재택근무를 해서 우리는 같이 점심을 먹었다. 가사도우미 세비타가 수프와 햄 샌드위치를 만들어주었다. 로지는 내 다리에 코를 박다시피 하고 붙어 앉아서 촉촉한 갈색 눈동자로 나를 쳐다보았다. 밥을 다 먹고 일어나면서 로지에게 고기 한 조각을 던져주었다.

마이크 아저씨 서재에는 램프만 두 개 있고 천장 등이 없어서 분위기가 아늑했다. 아저씨는 블라인드를 쳤지만 셔터는 열어둘 거라고 말했다. 블라인드를 조정하는 줄 끝에는 정교한 보라색 털 뭉치 장식이 달려 있었다. 아저씨가 내 눈길을 읽고 미소 지었다.

"사스키아가 고른 거란다. 난 그런 안목은 없거든."

아저씨는 책상 쪽으로 걸어가 노트북을 덮고 안경을 벗더니 지난 번에 내가 앉았던 안락의자를 가리키며 말했다.

"자리에 앉으렴."

나는 의자에 앉은 뒤 거꾸로 열을 세면서 호흡을 골랐다. 아저씨는 다른 의자에 놓여 있던 쿠션을 집어 들었다. 푸른 벨벳으로 된 것이었다. 그러고는 나를 향해 걸어오더니 내가 앉은 의자 팔걸이에 그것을 놓아주며 미소 지었다. 아저씨는 내 맞은편에 앉아 팔걸이에 팔꿈치를 올려놓고는 다리를 꼬며 손을 모았다.

"내일 준과 검사단을 만날 일이 신경 쓰이지? 준 기억나니? 병원에서 이따금 본 네 증인 담당자 말이야."

나는 고개를 끄덕였다.

"그들과 몇 가지 문제를 논의할 텐데 중요한 일은 네 증거를 다시금 살펴보는 거란다."

나는 쿠션을 집어 들어 꼭 안았다.

"네게 힘든 일이라는 건 잘 안단다, 밀리. 처음부터 엄마에 대해 진술하는 게 얼마나 고통스러운 일인지도 알아. 하지만 어떤 일이 있어도 네가 이 일을 헤쳐 나갈 수 있도록 도와줄게."

"그 사람들이 뭘 물어볼까요? 처음부터 모두 다시 말해야 하나요?"

"확신할 수는 없지만 검사가 변호인 측에서 어떻게 변론할지 알아보고 있단다."

나는 아저씨에게 변론보다 엄마를 걱정하는 일이 우선이라고 말해주고 싶었다. 엄마는 감방에 갇혀 있는 동안 그 시간을 잘 활용하고 있을 것이다. 이미 계획을 세우고 있을 것이다.

"얼굴이 안 좋구나, 밀리. 무슨 생각을 하고 있니?"

제가 경찰서에 좀더 빨리 갔더라면 엄마가 데려온 대니얼이 죽지 않았을 거라는 생각이요.

"엄마 쪽 변호사들이 제 진술서를 봤는지 궁금해서요."

"그래, 그들도 가지고 있어. 궁금할 만하지. 네가 엄마 사건의 핵심 증인이니 변호사들은 네 증언이 타당하지 않다는 점을 찾고 특정 사건에 의구심을 부추기려고 할 거야."

"제가 실수하거나 말을 잘못하면 어떻게 되나요?"

"지금은 그런 걱정 하지 않는 게 좋겠구나. 아직 준비할 시간이 충분해. 내일이 되면 좀더 알게 되겠지. 하지만 지금 중요한 건 재판에 나서는 사람이 너 혼자가 아니라는 사실을 기억하는 거란다. 알겠니?"

나는 고개를 끄덕이며 알았다고 대답했다. 우선은.

아저씨와 상담을 시작한 뒤로 나는 그가 병원의 심리학자보다 훨씬 낫다고 생각했다. 어쩌면 아저씨와 함께 있는 것이 더 편해서 그렇게 느끼는지도 모르겠다. 과거에서 벗어나고 싶다. 진심이다. 하지만 편안하게 상담하기는 어렵다. 내가 주먹을 꽉 쥐자 아저씨가 손에 힘을 풀고 호흡에 집중하라고 말해주었다.

"눈을 감고 의자에 머리를 기대렴."

아저씨는 내게 가장 안심이 되는 장소가 어디인지 물었다. 내 말에 반응하는 아저씨의 목소리는 낮고 차분하고 부드러웠다.

"숨을 들이쉬고 내쉬어."

아저씨가 내 팔다리를 하나하나 움직이며 긴장을 풀게 했다.

"계속 그렇게 하렴. 긴장을 풀고 마음이 원하는 곳으로 흘러가도록 내버려둬."

내가 안심할 수 있는 장소가 사라지고 전경에 다른 것이 나타났다. 이미지는 점차 분명해졌다. 마음이 이리저리 움직이며 그것들을 받아들이지 않으려고 애썼다. 방이다. 침대가 보였다. 미친 듯이 흔들리는 나뭇가지가 천장에 그림자를 드리웠다. 누군가 나를 지켜보는 기분이었고 어두운 그림자가 내 뒤에 서 있었다. 내 목에 거친 숨을 불었다. 그림자가 내 옆에 눕자 침대 매트리스가 움푹하게 꺼졌다. 아주 가까이 있었다. 말하지 않고 주위를 맴돌았다. 내 위로 올라왔다. 끔찍하다. 최악이다. 아저씨의 목소리가 멀어지고 말이 거의 들리지 않았다. 나는 내가 원하지 않는 장소, 내 방 맞은편으로 돌아갔고 아이 울음소리가 들렸다. 엄마 웃음소리도.

마이크 아저씨는 내게 보이거나 들리는 것이 있는지 다시 물었다. 어둠 속에서 노란 눈동자가 빛났다. 사람만 한 검은 고양이가 내 침대 옆에서 보초를 서며 날 감시하고 있었다. 발톱을 날카롭게 세웠다 넣었다 하면서.

"여기 있고 싶지 않아요. 나갈래요."

이제 아저씨 목소리가 분명히 들렸다. 아저씨는 내게 안심할 수 있는 곳으로 돌아가라고 했다.

"그쪽으로 걸어가."

시키는 대로 했다. 우리 집 뒤쪽 오래된 참나무 속에 움푹 파인 공간이었다. 어린 시절 엄마가 주말에 일하거나 날 챙겨주지 않을 때면 나무에 올라가 들판에 지는 석양을 바라보았다. 하늘이 주황색과 진홍색으로 물드는 모습을 보면 마음이 놓였다.

"준비되면 다시 눈을 뜨렴, 밀리."

나는 1~2분 정도 가만히 있었다. 턱 아래가 축축했다. 눈을 뜨고 아래를 내려다보니 벨벳 쿠션이 눈물로 얼룩져 있었다. 아저씨는 눈을 감고 손가락으로 콧등을 문질렀다. 심리학자에서 양아버지로 바뀌고 있었다. 내가 입을 열자 아저씨가 눈을 떴다.

"제가 울었나봐요."

"기억을 떠올릴 때면 가끔 그럴 수도 있어."

"최면 말고 다른 방법이 있나요?"

마이크 아저씨는 고개를 저으며 자세를 고쳐 앉았다.

"유일한 해결책은 그것뿐이야."

나는 방으로 돌아와 사스키아 아줌마가 준 선물을 풀어보았다. 작은 사각형 상자 안에서 처음 눈에 들어온 것은 금이었다. 내 이름이 적힌 금 목걸이. 애니가 아니라 새 이름인 밀리가 적혀 있었다. 철자 가장자리를 손끝으로 하나하나 어루만지자 날카로운 감촉이 느껴졌고 이름이 사람을 바꿀 수 있다면 어느 정도까지 가능할지 생각해보았다.

프랑스어 숙제를 끝내고 스케치를 좀 하려는데 피비의 방문이 열리고 닫히는 소리에 이어 그 애가 짐을 챙겨 다시 계단을 내려가는 소리가 들렸다. 나는 그로부터 몇 분 뒤에 내려갔다. 아줌마가 집에 왔다면 고맙다고 말하고 싶었기 때문이다.

아줌마는 벽에 커다란 모니터가 걸려 있고 푹신한 소파가 많은 방에 피비와 함께 편안하게 누워 있었다. 텔레비전이 켜져 있었는데 내가 들어가자 그것을 얼른 끄고는 마시던 술을 가슴께로 가져갔다. 라임 한 조각이 꽂힌 두툼한 유리잔 안에서 얼음이 부딪히며 소리를 냈다. 피비는 웅크린 채 휴대전화를 보느라 날 쳐다보지 않았다.

"안녕, 밀리. 몸은 좀 어떠니? 네가 편두통이 있다고 마이크가 알려줬어."

"많이 좋아졌어요. 말씀 감사해요. 그리고 선물도요."

내가 목걸이를 들어 보이자 아줌마가 엷게 미소 지었다. 사스키아 아줌마는 독한 술을 좋아했고 술과 함께 약까지 먹을 때면 치명적이었다. 피비가 고개를 들더니 소파에서 일어나 내게 다가왔다.

"어디 좀 봐."

하지만 피비는 내가 보여줄 때까지 기다리지 않고 내 손에서 목걸이를 낚아챘다. 사스키아 아줌마가 바닥에 다리를 내리고 인테리어 잡지가 수북이 쌓인 낮은 탁자에 잔을 내려놓았다. 아줌마가 일어서려는데 피비가 몸을 돌리고는 이렇게 쏘아붙였다.

"정말 너무해요. 작년에 내가 시험에 통과했을 때는 날 위해 만든 거라고 해놓고선. 이 애가 대체 뭘 했다고 이렇게 특별한 선물을 주는 거죠?"

"피비, 이러지 마. 이런 환영의 선물일 뿐이야. 더 일찍 줬어야 하는데,"

"무슨 말인지 똑똑히 알겠어요."

피비는 다시 나를 쳐다보며 말했다.

"네가 특별하다고 생각하지 마, 아니니까."

그리고 내 가슴을 향해 목걸이를 던지고는 날 밀치고 가버렸다.

내가 사과하자 아줌마는 자기 탓이라고 했다. 그리고 다시 술을 들이켜고는 소파에 몸을 파묻고 꺼진 화면을 멍하게 바라보았다.

7

다음 날 아침, 피비가 나를 자기 가정에 들어온 불쾌한 침입자로 여긴다니 불안했지만 무시하려고 노력했다. 아래층으로 내려가면서 그 애와 더 잘 지낼 수 있는 방법을 찾으리라 다짐했다. 1층으로 내려서는데 피비와 마이크 아저씨가 이야기하는 소리가 들려 잠시 걸음을 멈췄다.

"저 애는 왜 또 학교에 안 가는 거예요?"

피비가 물었다.

"그런데 왜 저는 가야 하죠?"

분명 켐프 선생님이 아저씨에게 내 라커룸에 붙어 있던 포스터에 대해 말하지 않았기에 보일 수 있는 쾌활하고 장난스러운 반응이었다. 피비는 자기만의 방식으로 이 문제를 다루고 있었다. '조용히'

손을 쓰면서.

서츠 속으로 손을 넣어 갈비뼈를 어루만졌다. 내게는 친숙한 모양의 상처가 깊이 숨겨져 있다. 나만 알아들을 수 있는 언어로, 암호와 지도로, 피부에 점자로 새겼다. 내가 어디에 있었고 거기에서 무슨 일이 있었는지. 내가 자해했을 때 엄마는 몹시 싫어했다. 아주 더럽고 추악한 습관이라면서. 하지만 횟수를 거듭할수록 멈출 수 없었다.

뒤쪽에서 발소리가 들려 퍼뜩 정신이 들었다. 나는 옷 속에서 손을 뺐다. 한 층 위에서 아줌마가 내려오고 있었다.

"안녕, 몸은 좀 괜찮니?"

숨기려 애썼지만 날 선 목소리는 피비보다 내게 잘 먹혔다. 나는 고개를 끄덕였다. 그냥 숨기는 것이다. 대다수 사람이 나의 진실, 즉 실체를 감당하지 못한다. 대리석 바닥 아래서 동물 발소리가 났다. 로지였다. 로지는 빙글빙글 몇 바퀴를 돌더니 9월의 가을볕이 잘 드는 타일 위에 앉았다. 로지가 숨 쉬는 모습을 지켜보았다. 꾀죄죄한 아랫배가 솟았다가 꺼졌다. 낡은 집에 득실거리는 쥐를 없애보려고 유기견 센터에서 데려온 개 불렛이 떠올랐다. 쥐가 물러가고 엄마는 불렛을 예뻐했지만 불렛이 지하실에 관심을 보이자 상황은 이내 달라졌다. 불렛은 지하실 문을 긁고 냄새를 맡았다. 개는 본능적으로 그곳에 무엇이 있는지 알았다.

냄새로 느낄 수 있으니까.

내가 학교에 있는 동안 엄마는 불렛을 익사시켰다. 그리고 젖은 채 굳은 사체를 그대로 내버려두었다. 나는 불렛이 쓰던 담요로 불렛의 몸을 감싼 뒤 정원에 묻어주었다. 불렛을 지하실로 데려갈 수는 없었다. 그곳은 안 됐다.

쥐들은 일주일도 되지 않아 다시 몰려왔다.

사스키아 아줌마가 웃으며 말했다.

"오늘은 아주 중요한 날이니 가서 아침을 든든하게 먹자."

나는 값비싼 보디 오일 향을 풍기는 아줌마를 따라 주방으로 갔다.

라디오에서 주요 뉴스가 흘러나왔다.

엄마에 관한 내용이었다.

엄마의 죄에 초점이 맞춰져 있었다. 라디오 소리는 크지 않았지만 들을 수 있을 정도였고 앵커는 엄마의 죄목을 구체적으로 이야기했다. 아줌마와 아저씨가 눈길을 주고받았다. 아무것도 모르는 피비는 토스트를 먹으려다 말고 가만히 뉴스를 들었다.

"완전히 미친 여자네요. 저런 건 교수형을 시켜야 해요."

속이 울렁거렸다. 그래서 가까이 있는 걸 아무거나 집으려다 식탁 아래로 떨어뜨렸다. 슬레이트 타일 위로 접시가 떨어지면서 붉은 잼이 바닥에 얼룩졌다. 무릎을 굽히고 치우려다 유리에 손을 벴다. 손가락에서 피가 배어나왔다. 의자를 밀치는 소리가 나고 누군가 라디오를 껐다.

"죄송해요."

"아냐, 내가 미안하다."

피비가 날 내려다보고는 입모양으로 '넌 이상해'라고 말한 뒤 걸어 나갔다. 그 애가 지나갈 때 로지가 비명을 지르는 소리가 들렸다. 마이크 아저씨가 내 옆에 웅크리고 앉았다.

"뉴스를 틀어두는 게 아니었는데. 네가 듣지 않길 바랐어."

엄마의 이름이 불렸다. 그들이 엄마를 기소했다.

내 실체가 대중 앞에 드러났다.

어깨를 움츠렸다. 눈앞에 익숙한 핏빛이 펼쳐져 있었다. 엎지른 것들과 흘러나온 것들. 붉은 액체가 바닥 틈으로 들어가 아무리 씻어내도 지워지지 않았다. 보호소에서 '전문가'들이 엄마 없는 내 삶을 준비하느라 많은 시간을 보내던 때가 떠올랐다. 내가 어디 출신이고 어느 학교를 다녔으며 어쩌다 양부모 가정에 맡겨졌는지 대답하는 법을 배웠다. 하지만 그들은 내가 엄마를 얼마나 닮았는지는 생각하지 않았다. 지금도 뉴스에 엄마 이야기가 나오고 있지만 재판이 열리면 상황은 더 나빠질 것이다. 한층 더. 어디를 가도 엄마가 보이겠지.

어디를 가도 내가 있겠지.

엄마는 일하던 보호소에서 할머니를 꼭 빼닮았다는 소리를 들었다고 종종 말했다. 내가 걱정하는 게 바로 그거야. 나는 머릿속으로 이렇게 대답했다.

엉망인 바닥을 정리했다. 마이크 아저씨가 도와주려고 했지만 내가 혼자 할 수 있다고 하자 아저씨는 대신 손가락에 붙일 반창고를 건넸다.

"먹을 건 더 있단다."

아줌마가 말했다. '생각 좀 하고 말해요'라고 쏘아붙이고 싶었지만 그냥 이렇게 대답했다.

"아침은 못 먹을 것 같아요. 가서 이를 닦아야겠어요."

아저씨는 우리가 9시까지 검사 사무실에 가야 하니 너무 오래 있지 말라고 당부하고는 복도에서 기다리겠다고 말했다. 피비 방을 지나는데 그 애가 웃으며 통화하는 소리가 들렸다. 이지나 클론딘에게 내가 접시 떨어뜨린 이야기를 전하는 중일 것이다. 이를 닦는 동안 엄마 목소리가 들렸다. '누가 그런 짓을 했어? 누가 제 엄마를 신고하냐고?' 나는 할 말이 없었고 그런 사람이 된 기분이 어떤지도 알 수 없어서 대답하지 않았다.

아래층으로 내려와 로지의 붉고 뻣뻣한 털을 잠시 쓰다듬었다. 로지는 부드러운 손길에 응답하듯 타일 위로 꼬리를 흔들었다.

"로지가 널 좋아한단다."

마이크 아저씨가 다가오며 말했다.

"저도 로지가 좋아요."

"차가 막히니 지하철을 타는 게 빠를 거야."

우리는 수많은 통근자 무리에 합류해 노팅 힐 게이트로 가서 지하철을 탔다. 객차는 정장을 입은 사람으로 붐볐고 9월인데도 상당수가 재킷을 벗고 소매를 걷어 올려 지하철 안의 열기를 조금이나마 식혀보려고 애썼다. 런던의 삶은 매우 다르다. 사람들이 함께 어울려 다니고 서로 너무 가까이 산다. 사생활이라고는 조금도 없다. 마이크 아저씨와 나는 사람들 사이에 끼여 세인트 폴 역에 내렸다. 출구를 나오자마자 아저씨는 내게 재판에 대해 알려주며 내가 법정에 갈 경우 선택할 수 있는 것에 대해 설명했다.

"많이 생각해봤는데 법정에 나가지 않고 녹화 중계로 증언하는 쪽이 좋을 것 같아. 넌 어떻게 생각하니?"

부질없다. 그게 내 생각이었다. 난 엄마가 총을 준비하고 장전하는 것을 느낄 수 있었다. 아저씨에게 그렇게 하자고, 녹화 중계로 증언하는 게 좋겠다고 말할 수도 있지만 아저씨는 내가 날마다 어떤 기분으로 살아왔는지 모른다. 더 이상 엄마와 함께 있지 않지만 내 일부는 여전히 엄마를 기쁘게 하고 다시 엄마와 같은 방에서 가까워지고 싶다고 욕망하고 있다. 그게 내 마지막 기회일 것 같아서.

아저씨가 말했다.

"사람들로 붐비니 여기서 왼쪽으로 가자꾸나."

대로를 벗어나 자갈로 된 골목길에 들어서니 번잡하지 않고 소음도 줄었다. 세인트 폴 대성당은 건물과 건물 틈에 서 있었다. 그동안 사진으로만 보았는데 실제 모습이 몇 배는 더 예뻤다. 한 번도 이런 대도시에서 살게 될 거라고 생각한 적 없었지만 다닥다닥 붙어 있는 건물과 많은 사람이 그 사실을 믿게 해주었다. 안심되었다.

"밀리, 대답이 없구나. 아저씨가 한 말 들었니?"

"네, 들었어요. 죄송해요. 왜 녹화 중계가 좋을 거라고 생각하시는지 알겠어요. 하지만 제가 출석하고 싶다면요? 그런 방법을 사용하고 싶지 않다면요? 준이 병원에 절 보러 왔을 때 팸플릿을 주고 갔어요. 제가 그렇게 할 수 있다고요."

"네가 출두할 수는 있지만 왜 그렇게 하고 싶은지 모르겠구나."

이유를 밝힐 수 없어서 말하지 않았다. 내가 벗어나고 싶어 하는 그 사람이 내가 되돌아가고 싶은 사람이기도 하다.

"적어도 한 번은 스스로 선택이라는 걸 해보고 싶어요. 저와 관련된 일을 직접 결정하는 사람이 되고 싶어요."

"전적으로 동의하지는 못하겠지만 오늘 아침 사건을 겪고도 솔직하게 말해줘서 고맙구나. 뉴스를 들었을 때 마음이 많이 불편했지?"

"좀 놀랐을 뿐이에요. 잼이 제 손에서 떨어진 건 실수였고요."

"알아. 그래도 우린 여전히 널 보호해주고 싶구나."

아저씨는 그럴 수 없다. 아무도 날 보호하지 못한다. 엄마와 내가 정면으로 승부해야 하는, 비밀리에 진행되고 있는 게임이 있다. 심판은 없다. 내가 자유로워지는 유일한 방법은 법정에 가는 것뿐이다.

"전 곧 열여섯 살이 돼요, 아저씨. 이제 어린애가 아니에요. 이 기회로 알고 싶어요. 엄마가 있는 자리에서도 제가 용기 있게 법정에 나서서 질문에 대답할 수 있는지요."

"밀리, 그 점은 좀더 생각해봐야겠어. 하지만 지금 네가 누구보다 잘해내고 있다는 건 확실해."

"그러니 제가 법정에 나가야 해요."

아저씨와 나는 차 소리가 시끄럽게 들리는 대로로 이어지는 골목길 앞에 멈춰 섰다. 아저씨가 날 쳐다보았다. 나는 아저씨의 눈을 똑바로 쳐다보았다. 꼭 필요한 때에는 잠시 그렇게 할 수 있다.

인지 기능이 다시 가동하기 시작했는지 아저씨가 고개를 끄덕였다. 아저씨의 머릿속에서 대화가 튀어나왔다.

"이 문제에 대해 오늘 검사 측과 이야기해보자. 네 생각이 어떤지 알겠지만 솔직히 말하자면 모두가 어느 정도 동의해야 가능한데 준이 그렇게 해줄지 모르겠어. 조금이라도 위안이 될지 모르겠지만 내가 준과 이야기해볼게. 그러면 네 입장을 이해하는 데 도움이 될 거고 거기부터 또 합의점을 찾아보면 되니까. 그래도 되겠지?"

"네, 고맙습니다."

됐다. 아저씨는 내가 원하는 방향으로 움직이고 있다.

우리는 회전문을 밀고 들어가 돔 형태의 유리 천장으로 밝은 빛이 쏟아져 들어오는 커다란 변호사 사무실 안내 데스크 앞에 도착했다. 준이 로비에서 기다리고 있다가 밝게 웃으며 우리를 맞이했다. 병원에서 준을 만났을 때 그녀는 심한 북아일랜드 억양으로 날 위한 최선을 찾아주겠다고 말했다. 저에 대해 모르잖아요. 난 이렇게 말해주고 싶었다.

"안녕하세요. 찾아오기 어렵지 않으셨어요?"

"전혀요."

마이크 아저씨가 대답했다.

"안녕, 밀리. 다시 만나니 반갑구나. 오랜만이네. 잘 지냈니?"

난 고개를 끄덕이고는 케이크처럼 층층이 쌓인 사무실들을 올려다보았다. 케이크와 달리 꼭대기에 체리가 없었다. 양복을 입은 사람들이 무표정한 가면을 쓰고 오갔다. 분주한 분위기, 움직임, 대리석 바닥 위로 나는 구두 소리. 경비는 목에 건 출입 카드를 찍는 사람들 모습을 모니터로 지켜보았다. 이곳에서는 아주 많은 결정이 내려지고 그만큼 많은 삶이 달라진다. 엄마의 삶도 곧 그렇게 될 것이다. 나도 마찬가지다.

"밀리."

"밀리, 준이 네게 이야기하잖니."

"죄송해요."

"마이크에게 올드 베일리라고 부르는 법원 청사에 대해 설명해주고 있었어. 여기서 그리 멀지 않아. 혹시 재판에 출석하라고 요청받으면 지하 주차장을 이용하면 돼."

"왜죠?"

"만약에 대비해서지."

준이 마이크 아저씨를 쳐다보았다. 아저씨도 준을 쳐다보았다. 세상이 아주 다르게 보였다. 둘 사이에 눈길이 오갔다. 그것이 무엇을 뜻하는지 알아내려고 애썼지만 어려웠다. 병원에 있을 때 심리학자가 내게 말했다.

'넌 감정을 읽는 통합적인 능력을 지닌 것 같구나.'

그 말뜻은 이렇다. 내 마음은 평범한 사람들과 같은 방식으로 작용하지 않는다. 그래서 나는 책이나 텔레비전을 보고 길거리에서 마주치는 사람들을 살핀다. 그렇게 연습해서 능력이 빠르게 향상되었다.

'평범함'은 내가 좋아하는 단어가 아니다.

"걱정할 건 하나도 없어. 가끔 중요한 사건 심리가 열릴 때면 법정에 구경꾼이 많이 모이거든. 그저 호기심에 몰려든 사람이 대부분이지만 일부는 정말 머저리란다."

"사람들이 엄마를 보고 싶어 하는 거죠?"

내가 물었다.

그러자 준이 내 팔에 손을 댔다. 나는 얼른 몸을 뺐다. 마이크 아저씨는 나를 이해하기에 고개를 끄덕였다.

"미안해."

그녀가 말했다.

"그래, 맞아. 사람들은 네 엄마를 보고 싶어 해. 하지만 너를 보호하려는 입장도 생각해보렴. 언론에서 네 이름을 거론하거나 사진을 올리진 않았지만 앞으로도 그럴지는 모르는 일이야."

"이제 그만 갈까요?"

마이크 아저씨가 말했다.

"9시가 다 됐어요."

"그래요. 변호사들이 기다리겠네요. 지금 가면 차도 한잔하고 운좋으면 초콜릿 과자도 좀 얻어먹을 수 있겠어요. 너도 좋지, 밀리?"

나는 준의 목구멍에 무언가를 집어넣는다고 생각하니 즐거워져서 고개를 끄덕였다.

우리는 건물에서 가장 깊숙한 곳인 지하 2층으로 내려가는 승강기를 탔다. 조용하고 아무런 방해도 없었다. 그들은 내가 이미 충분히 불편을 겪었다고 생각하고 있다. 준이 안내한 사무실 안 커다란 직사각형 탁자 주위로 두 남성이 앉아 있었다. 기다란 사각 조명등을 보자 편두통이 심해질 것 같았고 사무실 뒤쪽에서 약간 깜박이는 전등 역시 상황을 좋지 않게 만들 것이 분명했다. 탁자 중앙에는 폴리스티렌이 아닌 자기 커피 잔과 찻잔이 놓여 있었다. 내가 처음으로 진술한 경찰서 경감은 내게 안전을 위해 폴리스티렌 잔을 쓴다고 말했다.

나는 아니라고, 대신 뜨거운 내용물을 활용하면 된다고 답하고 싶었다.

남자들이 자리에서 일어나 마이크 아저씨와 악수했다. 그들의 공식 직함은 검사였다. 그들이 특별히 선택됐는지 자원했는지 궁금했다. 어쩌면 전대미문의 사건에 관여하고 싶어서 안달한 지원자가 엄청나게 많았을지도 모른다. 그들은 배심원을 설득해 엄마를 심판하는 이들이다. 합법적인 방식으로. 줄곧 그렇게 들어왔다. 엄마가 탄 배가 부두를 나섰다. 교도소로 가는 편도 여정이다. 게임처럼 그냥 지나칠 수도 없고 보너스로 200파운드도 딸 수 없다. 완전 망했지.

내가 엄마를 그렇게 만들었다.

두 검사의 이름이 떠오르지 않아서 편의상 말라깽이와 뚱보로 부르기로 했다.

"이제 시작해볼까요?"

말라깽이가 말했다.

준은 내가 새 가정과 학교에 얼마나 잘 '적응'하고 있는지 설명하면서 대화를 시작했다. 마이크 아저씨도 이따금 말을 보탰다. 내가 아주 잘하고 있다는 데 모두 감명한 듯했다.

"잠을 못 자거나 하지는 않니?"

준이 물었다.

"전혀요."

거짓말이었다.

마이크 아저씨가 나를 잠시 의심스럽게 쳐다보았지만 아무 말도 하지 않았다. 책임감이었다. 아저씨는 내가 잘 지내도록 책임져야 했고 나는 그렇게 보였다. 내가 엄마처럼 변하면 아저씨가 그 실패도 책임질지 궁금했다.

뚱보는 재판 과정에 대해 자세히 이야기하면서 필요하다면 내 진술 녹화본을 보기 전, 일주일 안에라도 나를 부를 수 있다고 말했다.

"그때쯤이면 변호인단이 방향을 어떻게 잡았는지 알 수 있을 거고 그러면 당연히 그들을 어떻게 물리칠지 알아낼 수 있어요."

뚱보는 의자에 기댄 채 소시지처럼 짜리몽땅한 손가락을 깍지 껴 지방이 낀 배 위에 올리고 의기양양한 모습이었다. 거기에 반발이라도 하듯 양복 단추가 터질 듯했다. 나는 자제력이 부족한 그의 꼴을 보기 싫어 고개를 돌렸다. 뚱보가 말을 이었다.

"네 어린 시절에 대해 진술할 때 배심원들이 참석할 거야. 그들은 네 의료 기록 사본을 보게 될 거고 거기에 너의,"

그가 말을 멈췄고 사무실 안 분위기는 급격히 무거워졌다. 내가 그를 쳐다보자 뚱보는 눈길을 피하려고 애썼다. 그가 살짝 고개를 끄덕였고 회의는 계속되었다. 평범한 반응이었기에 그를 원망하지 않았다. 병원에서 간호사들이 내 부상에 대해 이야기하는 것을 들었다. 그들은 아무도 못 듣는다고 생각했겠지.

'이런 건 처음 봐.'

간호사 중 한 사람이 이렇게 말했다.

'엄마라는 사람이 자기 자식에게 이럴 수 있다니. 게다가 간호사라니 말도 안 돼.'

'맞아.'

다른 간호사가 맞장구쳤다.

'집에서 다 처리해서 지금껏 한 번도 드러나지 않았겠지. 저 애는 이제 아이를 갖지 못할 거야.'

엄마는 내가 엄마에게 고마워해야 한다고 말했다. 엄마가 미리 알아서 해준 거라고. 아이는 그저 귀찮은 대상일 뿐이라고.

"가장 중요하게 다뤄야 하는 부분은 밀리가 법원에 출석해야 하는지 여부입니다."

말라깽이가 말했다.

"그리고 어느 정도는 지난 며칠간의 상황 때문에 우리가 완전히 통제할 수 없기도 합니다."

"상황이라뇨?"

준이 물었다.

"변호인단 쪽에서 밀리에게 특정 부분에 대해 질문해야 한다고 했나봐요."

나는 가슴이 요동쳤다. 중요한 메시지가 담긴 작은 상자를 목에 메고 있는 비둘기가 된 것 같았다. 다른 친구들이 자유롭게 하늘을 나는 동안 새장에 갇혀서 임무를 기다리는 비둘기가.

"어떤 질문인가요?"

준이 물었다.

"아직 확실히는 알 수 없고 제대로 알아보기 전에 언급하는 것도 그리 도움이 될 것 같지는 않네요."

뚱보가 말했다.

"이 자리에 오기 전에 그 점에 대해 알았더라면 좋았을 텐데요."

마이크 아저씨가 나를 쳐다본 다음 그들을 향해 말했다.

"밀리가 어떤 질문을 받을지 모르는 상황에 이 애를 법정에 내보내기는 좀 어렵겠어요."

익숙한 기분이 들었다. 좋지 않은 기분.

"저도 동의해요."

준이 말했다.

"제가 말했듯 새로운 상황이 나타나면 그들은 그걸 알리지 않고 가지고 있을 겁니다."

말라깽이가 대답했다.

"현재로서는 제가 불리한 상황인 것 같네요."

아니, 준. 불리한 상황이 아니라 엄마의 계획 첫 단계가 실행된 거예요.

"밀리에게 그게 어떤 의미인지 살핀다면,"

말라깽이가 말했다.

"우린 결과적으로 증거를 다시 확인해야 해요."

"아저씨,"

내가 입을 열었다.

아저씨가 날 쳐다보았다.

"괜찮아. 아무 일 없을 거야."

아침도 못 먹어 공복이었지만 속이 더부룩했다. 목구멍이 턱 막히는데 억지로 침을 삼켰다. 재판을 받는 사람은 내가 아니다. 엄마다. 나는 그 점만 기억하면 된다.

"어떤 식으로 진행될까요?"

준이 물었다.

"변호인단은 전형적으로 변론할 것 같아요. 우리 제안에 따라서 재판장이 판결할 테니 완전히 암울하지만은 않아요."

말라깽이가 대답했다.

"밀리는 비디오 녹화로 증언하거나 감당할 수 있다고 판단하면 법정에 나갈 수도 있어요. 칸막이가 세워질 거라 밀리가 엄마 얼굴을 보지 않아도 돼요. 제 생각엔 밀리를 증인석에 세우는 것이 배심원들에게서 호의적인 결과를 이끌어내는 데 도움이 될 것 같아요. 아이가 법정에 나오는 것만큼 동정심을 자극하는 건 없으니까요."

"밀리가 미끼로 이용되는 건 싫습니다."

마이크 아저씨가 대답했다.

"저도 그래요."

준이 말했다.

"좋든 싫든 그게 법정의 생리예요."

말라깽이가 말했다.

"결국엔 우리 모두 같은 걸 원하게 될 거예요."

날 제외하고 탁자에 앉은 사람 모두 고개를 끄덕였고 나는 호흡을 고르는 데 집중했다. 평정심을 유지하자. 내 머릿속에서 엄마의 비웃음 소리가 들린다는 것을 그들이 알아차리면 안 됐다.

"밀리, 네 생각은 어떠니? 어떻게 하고 싶어?"

준이 물었다.

매춘부. 엄마는 그 말을 좋아했다. 그런 말을 잘도 입에 올렸다. 나도 그럴 수 있을까? 그게 엄마가 내게 준 교훈이다. 그런가? 엄마는 그들이 나를 비난하기를 바란다. '너도 그 자리에 있었잖아, 애니.' 엄마의 목소리를 차단하려고 준의 질문에 대답했다.

"마이크 아저씨와 이야기를 좀 나눴고, 재판이 시작될 쯤이면 제 마음이 충분히 안정될 것 같으니 법정에 나가서 이야기할 수도 있을 것 같아요."

"아주 합리적인 태도구나."

말라깽이가 오른쪽 입가에 앉은 작은 딱지를 떼어내며 말했다. 그 광경을 보기 거북해 고개를 돌렸는데 하필 형광등이 깜박이는 쪽이라서 머리가 어지럽고 심장 박동만 더 빨라졌다.

"아주 투지가 넘치는 듯한 말이네."

준, 그렇지 않아요. 그랬나요?

"우리는 변호인단이 어떻게 행동할지 잘 알아요."

준이 말을 이었다.

나는 목이 막혀와 고함을 지르고 싶었다. 발바닥이 바늘과 송곳으로 찔리는 것 같아 바동거렸다. 내가 법정에 출석하는 것이 왜 이토록 중요한지 그들에게 말할 수 있다면 얼마나 좋을까? 내가 왜 엄마와 이 게임을 해야 하는지. 마이크 아저씨를 쳐다보며 도와달라는 눈길을 보내자 아저씨는 그렇게 해주었다.

"앞으로 몇 주 동안 밀리와 제가 전략을 짤 테지만 제 생각에는 밀리의 머릿속에 이미 어느 정도 관련 기억이 잠재되어 있는 것 같아요. 그 점을 함께 살펴보는 것도 유용하리라 생각합니다. 제대로만 된다면 카타르시스를 경험할 수도 있고요."

"그렇지 못하면요? 자꾸 딴지를 걸어서 죄송하지만 이 시도가 실질적인 행동으로 이어지기는 너무 어렵다면요? 변호인단이 밀리를 강하게 밀어붙여서 혼란스럽게 만들고 그들이 생각하는 방식으로 기억해내도록 유도하면 어떡할 건가요? 그 자체로 밀리는 충분히 죄스러울 거예요."

"잠시만요, 준. 사람들 앞에서 밀리의 감정에 대해 이야기하는 게 도움이 될 것 같지는 않은데요."

"죄송해요. 당신 말이 맞아요. 하지만 이 점을 결정해야 하니 잠시 밖에서 제대로 이야기 나누는 게 어떨까요?"

그녀가 마이크 아저씨와 검사들에게 몸짓을 보였고 그들은 잠깐이라며 자리를 피해주었다. 나는 셔츠 안으로 느껴지는 상처를 어루만졌다. 그리고 수를 셌다. 스무 번도 넘게.

게임이 싫다고 하면 어떻게 되느냐고 엄마에게 물은 적이 있다. 엄마는 경멸하는 목소리로 말했다. '애니, 넌 언제나 게임을 원하게 되어 있어. 내가 너를 그렇게 키웠거든.'

마침내 그들이 돌아왔다. 말라깽이가 제일 먼저 들어오고 뒤이어 준과 마이크 아저씨가 차례로 들어왔다. 뚱보는 오지 않았다. 벌써 점심을 먹으러 간 모양이었다. 뚱보는 항상 먹을 것을 달고 다녔다.

나는 말라깽이의 말밖에는 아무것도 듣지 못했다.

"네가 원한다면 우리는 널 증인석에 세울 거야."

이 말에 만족감보다는 어떤 간극 같은 것을 느꼈다. 공허하고 외로운 느낌. 이제 아무도 나를 도울 수 없다.

재판이 진행되는 동안 언론 보도에 내가 노출되는 수위에 대해 토론이 이어졌고 나는 뉴스를 보거나 라디오를 듣지 못하게 되었다. 마이크 아저씨가 나를 감시하게 되었다. 그들은 내게 계속 바쁘게 지내라고 조언했다. 일부 들렸지만 대부분은 귀에 들어오지 않았다.

내 귀에 다른 목소리가 들리고 있었기 때문이다. 목소리는 내게 이렇게 말했다.

'게임이 시작됐어, 애니.'

8

마이크 아저씨가 오전 쉬는 시간 직전 학교 앞에 데려다주었다. 아저씨는 내가 자랑스럽다고 했고 나도 아저씨가 그렇게 느끼길 바라며 고맙다고 대답했다. 교무실에서 출석을 확인하는데 오후에 켐프 선생님과 상담이 있다는 사실이 떠올랐다. 나는 얼마 남지 않은 쉬는 시간에 조용한 라커룸에서 아저씨에게 문자를 보냈다. 오늘은 내 사물함에 아무것도 붙어 있지 않았지만 아저씨와 사스키아 아줌마가 사준 노트북으로 학교 메일 계정에 들어가니 켐프 선생님에게서 메일이 와 있었다.

안녕, 밀리. 오늘 오후에 만날 일이 정말 기대되는구나. 스케치를 좀 할까 하는데 어떠니? 이따 미술실에서 보자. ― MK

MK라니. 난 선생님이 메시지를 보낼 때 이런 약자를 쓰는지 몰랐다.

학교 수업에서는 별일이 없었다. 수학, 더블 사이언스, 종교학 수업으로 끝났다. 종이 치자마자 나는 미술실로 향했다. 눈으로 보기도 전에 소리가 들렸다. 비음 섞인 높은 목소리. 못된 애들 무리였다. 그 애들은 계단을 내려와 내 쪽으로 다가왔고 난 켐프 선생님이 포스터 사건으로 그들에게 어떤 벌을 주었는지 궁금했다. 계단 폭이 그리 넓지 않아서 그 애들이 먼저 지나가기를 기다렸다. 피비가 난간 쪽으로 날 밀쳤다.

"안녕, 못난이."

못난이라고? 우린 자매여야 하잖아. 작은 아씨들처럼.

"선생님이 널 기다리고 있어. 별 능력도 없는 켐프 선생님이 네 편이랍시고 나서줘서 참 좋겠어?"

"피비, 목걸이 말이야. 난 안 하고 다닐 거야. 마음이 너무 불편해서."

"무슨 목걸이?"

이지가 물었다.

"아무것도 아니야."

"왜, 뭔데 그래. 말해봐."

이지가 옆구리를 꾹꾹 찔렀다.

피비는 연약해지고 적의와 배짱이 줄어들었다. 친구 앞에서 부끄러워했다. 다른 사람들 앞에서 그 모습을 지켜보는 나는 기분이 좋지 않아야 했다. 그래야 했다.

"멍청한 우리 엄마가 저 애한테도 이니셜 금 목걸이를 선물했어."

"널 위해 만들어준 그 목걸이 말이야? 너네 엄마 것도 만들었다는 그거? 이제 너희 세 사람 모두 그걸 가지고 있단 말이지?"

피비가 고개를 끄덕였다. 내가 미안하다고 말하려는데 피비가 내게 입도 뻥긋하지 말라고 했다.

"어휴, 불쌍해라. 엄마한테 또 실망해서 어떡해?"

"닥쳐, 이지."

"진정해. 내가 있는데 엄마가 무슨 소용이야?"

둘은 웃음을 터트리고는 다시 계단을 내려갔다. 나는 아무 말도 하지 않았지만 내겐 소용 있다고 말하고 싶었다.

난 엄마가 필요하다고.

이지가 걸음을 멈추더니 날 쳐다보며 물었다.

"요즘 이상한 전화 안 왔어?"

난 주머니 속을 더듬으며 휴대전화를 찾았다.

"전화를 무음으로 해놔서 모르겠어. 곧 모드를 바꾸려고."

그 말에 킥킥거리는 웃음소리가 들렸다.

엎친 데 덮친 격이었다. 아팠다. 그 애들의 아름다운 얼굴을 보고 있자니 전에 읽었던 이야기가 떠올랐다. 체로키 인디언이 손자에게 우리 마음속에는 항상 두 늑대가 싸움을 벌이고 있다고 알려주는 동화였다. 한쪽은 악이고 다른 쪽은 선이다. 손자는 할아버지에게 물었다. 어느 쪽이 이기나요? 체로키 인디언은 자신이 키우는 쪽이 이긴다고 말했다. 얼굴을 쳐다보고 있자니 그 애들이 목표가 되었다. 화장을 예쁘게 한 그 얼굴 위로 입을 벌리고 침을 뱉어주고 싶은 충동을 느꼈다. 그 인형 같은 얼굴에. 가짜 태닝 메이크업에서 비스킷 같은 단내가 풍겼다. 이지는 손가락으로 V 자를 만들고 그 사이로 혀를 날름거렸다. 피비도 똑같이 했다. 머릿속에 나쁜 생각이 떠올랐다. 뒤쪽 복도 문이 열리자 여자애들이 곧장 움직였다. 미술실로 가는 계단을 오르면서 휴대전화를 살펴보았지만 전화는 한 통도 걸려온 적 없었다.

미술실에 도착해보니 이젤 두 개가 마주 놓여 있었다. 스툴 두 개와 목탄 두 상자도 보였다. 모든 것이 두 개씩이었다.

"왔니?"

선생님이 말했다.

"잘 왔어! 같이 스케치해볼까?"

나는 고개를 끄덕이고는 가방을 내려놓고 재킷을 벗었다. 선생님은 내게 물을 한 잔 마시겠느냐고 물어보았다.

"아뇨, 괜찮아요."

"목탄으로 데생 해본 적 있니?"

"조금요."

"잘됐구나. 그럼 이젤 앞에 앉으렴."

선생님은 주렁주렁 낀 반지들의 무게가 감당이 안 돼서 1초도 가만히 못 있겠다는 듯 내게 빠르게 손짓했다. 그러고는 내 맞은편에 자리를 잡았다.

"특별히 그리고 싶은 주제가 있니?"

네, 하지만 세상이 용인할 수 있는 게 아니라서요.

"전혀요, 아무거나 상관없어요."

"탁자에 놓인 조각상은 어떠니? 자코메티라는 조각가의 작품이란다. 아니면 내 가방 안에 병 모양이 특이한 향수가 몇 개 있는데 그걸 그려도 좋고."

선생님의 향수라. 바로 그거였다. 익숙한 향기. 엄마가 우리 집 정원에서 꺾어온 라벤더 가지에서 나는 향기.

"조각상도 괜찮아요."

"잘 골랐어. 내가 위치를 다시 잡아줄게."

선생님이 천천히 움직일 때마다 옷에 달린 구슬 장식들이 딸랑이며 소리를 냈다. 선생님은 아무렇게나 머리를 올려 동양적인 문양이 그려진 핀으로 고정시켰다. 〈내셔널 지오그래픽〉에서 본 누군가와 비슷했다. 머리가 헝클어진 게이샤와 부족 제사장 사이의 어디쯤. 우리는 동시에 스케치하기 시작했고 같이 쉬다가 또 동시에 목탄을 집어 들었다. 선생님은 내게 학교생활이 어떠냐고 물었고 나는 괜찮다고 대답했다.

"정말 괜찮은 거니 아니면 말하기 싫은 거니?"

"둘 다예요."

손으로 목탄을 문지르자 먼지가 났다. 나는 스케치북에 고개를 파묻은 채 선생님이 그림을 위부터 그려 나가는지 궁금해했다.

"미술은 좋은 치료법이야."

몸에 소름이 돋는 것 같았다. 몸 안에 반쯤 세워진 벽은 내가 드러날 위험에 처하면 완전히 다 세워질 것이다. '치료'라니. 선생님은 왜 그런 말을 하는 것일까?

'너에 대해 알고 있는 사람은 제임스 교장 선생님, 사스키아 그리고 너뿐이야.'

마이크 아저씨가 내게 말했다.

'다른 사람은 네 엄마에 대해 몰라.'

나는 이젤 너머로 선생님을 쳐다보았다. 화장을 하지 않았지만 볼이 자연스럽게 불그스름했다. 복숭아와 크림 빛이었다. 선생님이 고개를 들어 날 쳐다보고 미소 짓자 눈가에 살짝 주름이 잡혔다. 선생님은 원래 잘 웃는 성격이 분명했다.

"잘되고 있니?"

"네, 좋아요."

이제 머리 아래 가느다란 몸이 생겼다. 내가 싫다고 해도 엄마가 내게 휘두르던 채찍처럼 생겼다.

"여자애들과는 어떠니?"

최악이에요.

"나쁘진 않은 것 같아요."

"않은 것 같다니?"

"제가 아이들과 아주 잘 어울리는 건 아닌 것 같아서요."

"당연히 힘들 거야. 여기 여자애들은 영악하고 세상 물정에 밝아. 대부분 런던에서 태어나고 자랐거든. 그래서 전학생들이 어려움을 겪는 걸 많이 봐왔기에 지도 교사가 있는 거란다. 그리고 운 좋게 널 만났지! 자, 이제 네 스케치를 좀 볼까?"

"네, 그럼요."

선생님은 옆에 놓여 있던 젖은 행주에 손을 닦고는 자리에서 일어나 내 이젤로 걸어왔고 '세상에, 네 전 교장 선생님 말씀이 맞았어'라며 연신 감탄했다.

"그림자를 표현하는 능력이 탁월하구나. 조각상이 살아서 스케치북 바깥으로 걸어 나갈 것 같아. 이 스케치를 빌려가도 될까? 8학년 아이들에게 보여주고 싶어서. 지금 그 애들이 인물 데생을 하고 있거든."

"네, 제 그림이라도 괜찮다면 그렇게 하세요."

스케치북을 찢으려는데 선생님이 멈추라고 하면서 잊은 것이 없느냐고 물었다.

"예술가는 항상 작품에 서명해야 한단다."

고개를 들어 쳐다보니 선생님은 윙크하며 손으로 내 어깨를 감쌌다. 준이 내 몸에 손댔을 때처럼 이상하거나 불편하지 않았다.

서명하는데 하마터면 애니라고 쓸 뻔했다. 조심해야 했다.

그만 가려는데 선생님이 말했다.

"여자애들은 신경 쓰지 마. 내가 주시하고 있거든. 그 애들을 여기 불러다 정리시키고 팔레트도 닦으라고 시켰어. 자기들이 한 일을 반성하는 것 같으니 상황이 곧 정리될 거란다. 스케치북과 목탄을 집에 가져가서 스케치를 계속하는 게 어떠니?"

미술실을 나서며 나는 따뜻한 기운을 느꼈다. 내 착한 자아가 양식을 얻었다.

복도에 아무도 없어서 서두르거나 여자애들을 피하려고 궁리할 필요가 없었다. 실수로 라커룸에 두고 온 파일을 가지러 가면서 운동장을 반쯤 가로지르는데 전화벨이 울렸다. 모르는 번호였다.

이지가 '이상한 전화 안 왔어?'라고 묻던 것이 떠올랐다.

받지 않아야 했지만 너무 궁금했다. 호기심이 발목을 잡았다.

"여보세요."

"밀리니?"

저음의 남자였다. 목소리가 떨렸다.

"누구세요?"

"광고 보고 전화했어."

"무슨 광고요?"

"엽서 광고."

"엽서 광고라뇨?"

"에이, 다 알면서 왜 이래. 부끄러워하지 마."

"제 번호 어떻게 아셨어요?"

"광고에서 봤다고 말했잖아. 이봐. 난 장난치는 거 아니야. 넌 진짜야, 아니야?"

"진짜겠죠."

"넌 게임을 좋아한다며?"

남자의 목소리가 달라졌다. 한층 다급해졌다. 난 그게 무슨 뜻인지 알았다.

"상황에 따라 다르죠."

내가 대답했다.

"무슨 상황?"

"제게 유리한지 아닌지 판단이 서야 하니까요."

난 전화를 끊고 잠시 화면을 쳐다보다가 다시 걸음을 옮겼다. 아침에 지하철 안은 후덥지근했지만 몇 주 전부터 오후에는 바람이 쌀쌀해 손이 시렸다. 파일과 캠프 선생님이 준 스케치북 두루마리까지 들 것이 많아서 재킷 주머니에 휴대전화를 집어넣었다. 허벅지에 메시지가 왔다고 알리는 진동이 느껴졌다. 몇 분 뒤면 집에 도착할 테니 멈춰서 확인해보지 않았다. 집으로 가는 길 어귀에 접어들었을 때 주머니에서 전화기를 꺼내보니 다시 모르는 번호가 떠 있었다.

내 단단해진 페니스는 널 만날 준비를 마쳤어.

맞춤법도 맞지 않는 터무니없는 메시지가 믿기지 않아서 다시 읽어보았다. 상스러웠다. 메시지가 사라지고 전화가 걸려왔다. 좀 전에 온 것과 같은 번호였다. 받을 수밖에 없었다. 재미있다고나 할까.

"뭐죠?"

"내 전화를 그냥 끊은 거야?"

나는 길모퉁이에 멈춰 벽에 몸을 기대고 어깨에서 책가방을 내려 무게를 덜어냈다.

"어쩌면요."

"지금 교복을 입고 있니?"

"내가 학생인 걸 어떻게 알았어요?"

"사진을 봤거든. 교복이 치마니 아니면 짧은 원피스니?"

분명 그가 나로 인해 흥분한 것을 알 수 있었다. 남성은 여성과 달리 흥분하면 목소리가 달라지는지 궁금했다. 그런 것 같지는 않은데.

"어디서 만날까? 돈은 넉넉히 줄게."

난 전화를 끊었다. 2 대 0이야 멍청아. 날 갈망하는 사람을 두고 주도권을 쥔 순간을 즐겼다. 다시 모퉁이를 도는데 누군가 휘파람을 불었다. 모건이었다. 그 애는 주인이 개를 부르는 것처럼 손가락을 까닥였다. 내가 미소를 짓자 날더러 그쪽으로 오라고 고갯짓하고는 운동복에 입을 파묻고 얼굴 윗부분만 드러냈다. 그 애는 한 손에 무언가를 들고 있었다. 그쪽으로 걸어갔다. 눈에 든 멍은 많이 빠졌지만 얼굴을 더 들어 올리자 입술이 다 뭉개지고 피가 난 것을 알 수 있었다. 모건은 마치 음식인 양 입술을 잘근잘근 깨물었다. 간식을 먹는 것처럼.

"안녕."

그 애는 대답하지 않고 고개를 한쪽으로 돌린 채 입술 껍질을 벗겼다. 다시 얼굴을 돌리자 입에서 피가 흘러 신선한 딸기를 먹은 것처럼 붉어졌다. 모건은 피를 핥고는 옷깃으로 쓱 문질렀다. 손에 엽서를 든 것 같았는데 어떤 내용인지는 보이지 않았다.

"방금 학교 수업이 끝났어."

그 애가 자기와는 아무 상관 없다는 듯 어깨를 으쓱였다.

"눈에 든 피멍이 많이 빠졌네."

"다시 맞기 전까진 그렇겠지."

"무슨 일인데?"

"문에 부딪힌 거야. 우리 엄마는 늘 그렇게 말해."

모건이 히죽거렸다.

무슨 엄마가 그런 소리를 하게 하지?

"네 이름이 밀리랬지?"

"맞아."

"내가 뭘 찾았는데 너 같아서. 네 이름이랑 사진이 나와 있어. 밀리라고."

모건은 상처투성이 입술로 내 이름 철자를 하나하나 말했다.

"왜 그렇게 읽는 거야?"

"무슨 상관이야? 난독증이 있어서 그래."

모건은 약간 상처받은 표정을 지었다. 나는 미안해서 고개를 돌렸다.

"아무튼, 이건 제대로 읽는 것과는 아무 관계가 없어."

모건이 내게 엽서를 건넸다. 고급 컬러에 코팅까지. 나는 이 엽서가 어떻게 만들어졌는지 생각했다. 아마 복사하는 곳에서 만들었을 것이다. 내가 인쇄되는 동안 뚱뚱한 남자들이 씩씩거리며 차와 함께 날 감상했을 테지.

"어디서 난 거야?"

"어젯밤 공중전화 부스에서. 래드브로크 그로브 근처 아치 오른쪽에 있어. 내 휴대전화는 고장 났고 엄마는 통화 데이터를 다 썼거든."

그곳이 어딘지 안다. 더럽고 찌들고 오줌과 씹다 버린 껌으로 범벅이 된 광고 집합소. 나와 같은 신출내기들이 타깃이 되기 딱 좋은 곳. 맛있는 신입이 들어왔어. 커다란 가슴, 벌린 입, 괴상한 표정을 지은 여성들의 광고 위로 등장한 교복 차림 여학생. 사진은 내 라커에 붙어 있던 것과 같고 글귀만 달라졌다.

여고생 밀리 '조건 만남'
오럴 가능, 아래 전화번호로 연락 바람

과학실 건물 화장실에서 이지가 그랬다.

'난 두 번은 안 물어.'

휴대전화가 진동하면서 재킷 왼쪽 주머니가 흔들렸고 나는 아주 잠깐이나마 인기를 만끽했다. 엄마 젖을 빠는 허기진 양은 아무리 먹어도 배가 안 차는 법이다.

"오해하지 말고 들어. 넌 그런 타입은 아닌 것 같은데."

"맞아, 아니야."

"그럼 이건 뭐야?"

"누가 장난친 거야."

"이 정도로 심하게 장난친 걸 보면 네가 상대를 정말 화나게 했나봐."

"같이 학교 다니는 여자애 몇 명이랑 나랑 같이 사는 애랑."

"저기 잘난 척하는 금발 여자애?"

모건이 우리 집 쪽을 가리키자 난 고개를 돌려 보았다.

"맞아, 저 애야."

진입로에서는 창문이 거의 보이지 않지만 두세 개 정도가 거리 쪽으로 나 있다. 나는 모건에게 비밀을 지켜달라고 부탁했다.

"누가 전화했어?"

모건이 물었다.

"방금, 어떤 사람이."

"젠장, 어떻게 복수해줄 거야?"

생각해봐야지.

"잘 모르겠어. 그냥 놔둘까 싶기도 해. 거기 엽서가 붙은 지 얼마나 됐는지 알아?"

"하루 정도 된 것 같은데, 확실하지는 않아. 너 이제 막 이사 왔지?"

나는 고개를 끄덕이고 이렇게 대답했다.

"양부모님 집이야."

"엄마가 교도소에 갔을 때 우리도 보육원에 갈 뻔했는데 보모가 와서 우리를 돌봐줬어."

"어머니는 출소하셨어?"

"응, 몇 주 동안만 교도소에 있었어. 바보같이 삼촌 일을 도와주다가 걸린 거지."

모건은 다시 입술을 뜯기 시작했다. 나는 그만두라고 그 애의 손등을 찰싹 때려주고 싶은 충동을 느꼈다. 모건이 벽에 기댄 몸을 다시 일으켰다. 나는 다음에 같이 놀지 않겠느냐고 물었다.

"봐서."

모건이 대답했다. 의심스러웠다. 잘됐다고 말해주고 싶었다. 그쪽이 더 안전하니까.

"우리 집 정원 입구에서 만나면 돼. 정원 가까이 있는 파란 문은 보통 잠겨 있지만 내가 열 수 있으니 거기로 들어오면 돼. 발코니가 딸린 방이 내 방이야."

"왜 그렇게 같이 놀고 싶어 하는데?"

"나도 잘 몰라. 전학생으로 지내는 게 만만치 않은데 까다로운 자매까지 두고 있어서 그런가봐."

모건이 고개를 끄덕였다. 그 애 역시 외롭다는 인상을 받았다.

"어때? 구미가 당겨?"

내가 다시 물었다.

"봐서라고 했잖아. 네 집 정원에서 만나자는 건 누구도 우리가 친구인지 모르게 하려는 거지?"

"그런 뜻이 아니야. 우리 집에 같이 사는 잘난 척하는 금발 때문이야. 네가 그렇게 말했잖아."

우리는 서로 미소 지었다.

"같이 못 놀게 할까봐 그래, 아저씨한테 말하거나."

내가 이렇게 덧붙였다.

"그 앤 그러고도 남지, 멍청한 것."

결정적인 무언가가 필요했다. 엄마가 보호소에 있는 아이들에게 하는 행동으로 선물을 주며 말을 트고 그 이후 쉽게 신뢰를 쌓는 방식을 수없이 봐왔다. '머리를 좀 써봐, 애니.' 엄마 목소리가 들렸다. 전화기가 나 대신 생각하듯 주머니 속에서 또 진동했다. 나는 휴대전화를 꺼내 모건에게 보여주었다.

"광고 때문에 전화가 자꾸 오는데 어떡하지?"

"글쎄, 번호를 바꾸면 어떨까?"

"그럴 순 없어. 그러려면 양아버지에게 알려야 하는데 그럼 상황을 알게 될 거야."

"전화기를 망가뜨리면?"

"완전히 새건데 갖다 버리는 건 미친 짓이야. 그리고 잃어버렸다고 하면 양아버지가 화낼 거야."

"무슨 상관이야, 돈을 쌓아놓고 사는 사람들인데. 그 사람들에게는 고작 휴대전화에 지나지 않을걸."

"맞아, 그래도 마음이 좋지 않아. 네 전화기가 고장 났다고 했지? 한동안 내 전화를 빌려 쓰면서 번호를 바꾸거나 해봐."

"아니, 그러면 안 될 것 같아. 난 널 알지도 못하고."

"우리가 같이 놀려면 연락이 닿을 수 있어야 해."

"그럼 그 대가로 아무것도 안 해도 돼?"

"응, 전혀. 내가 말했듯이 넌 날 도와주는 거야."

모건은 다시금 입술을 잘근잘근 씹으며 발을 내려다보고는 고개를 들어 말했다.

"좋아, 그렇게 해."

모건은 번호를 바꾸게 되면 알려준다고 하고는 광고 엽서는 어떻게 하겠느냐고 물었다.

"딱 한 장뿐이었어?"

"내가 본 건 그것뿐이야."

"네 마음대로 해. 태워버리든지."

모건이 고개를 끄덕이고는 걸음을 옮겼다. 멀어져가는 그 애를 지켜보며 나는 스스로가 대견했다. 엄마에게 배운 교훈, 목소리가 내게 도움이 되었다. 가끔은.

현관문을 열었을 때 집 안은 조용했고 문이 잠기지 않은 것으로 보아 누군가 집에 있었다. 사스키아 아줌마는 항상 문 잠그는 걸 깜박했다. 신발장 옆 라디에이터가 속삭이는 소리를 내며 현관을 따뜻하게 데우려고 있는 힘껏 가동하고 있었다. 나는 여자가 신기에는 너무 커 보이는 낯선 운동화 한 켤레를 보았다.

신발을 벗고 계단 맨 아래에 짐을 내려놓았다. 로지는 반쯤 감긴 눈으로 날 쳐다보더니 포근한 담요 속에 그대로 누워 꼬리만 살짝 흔들었다. 주방 아일랜드 식탁 위에 저녁 식사 세 접시가 나란히 놓여 있었다. 세비타는 '미스 사스키아'를 위해 먹을 걸 준비해두지 않으니 마이크 아저씨와 피비가 아직 집에 오지 않은 것이다. 전자레인지에 스튜를 데우는 동안 잠시 라디오를 들어 소식을 알고 싶었지만 주요 뉴스는 이미 끝났다. 피비와 마주치고 싶지 않아서 재빨리 식사하고 접시를 식기세척기에 넣고는 마이크 아저씨의 서재로 가서 노크했다. 안에서 아무런 대답이 없어서 복도 한쪽에 놓인 탁자에서 포스트잇을 집어 들어 메모를 남겼다. '아저씨, 정말 죄송하게도 그만 휴대전화를 잃어버렸어요. 아무리 찾아도 보이지 않아

요. 어떡하죠?'

나는 아저씨가 못 보고 지나치지 않도록 눈높이에 맞춰 서재 문 중간쯤 메모를 붙였다. 형광 분홍색 포스트잇에 적힌 사과문과 피비를 골탕 먹일 비밀 계획. 어서 빨리 새 전화기를 얻어서 모건과 연락을 주고받게 되길 바랐다. 지나가는데 세탁실과 체력 단련실로 이어지는 지하실 문이 열린 것이 보였다. 서둘러 세비타가 그곳에 없는지 살피고는 문을 닫으며 자물쇠가 있으면 좋겠다고 생각했다.

발코니에서 집 뒤쪽 정원으로 들어가는 문이 있는지 확인했다. 맞았다. 안으로 들어가려는데 휘파람 소리가 들리더니 작은 형체가 가까이 다가와 손을 흔들었다. 모건이 무언가를 하고 있었다. 라이터가 반짝이더니 불꽃이 생겨났다. 내가 있는 거리에서는 보이지 않았지만 그 애가 태우고 있는 것이 엽서라는 사실을 알았다. 엽서가 들고 있기에 너무 뜨거워지자 모건은 그것을 바닥에 떨어뜨렸고 손을 털며 일을 마무리하더니 길가로 뛰어갔다.

경계심이 무너져 금세 잠에 빠져들었다. 엄마가 날 축하해주러 찾아왔다. 엄마는 자신의 가르침이 없었더라면 모건에게 믿음을 얻지 못했을 거라고 했다. 난 잠에서 깨어나 눈물을 흘렸다.

위로 여덟 계단. 그리고 또 네 계단.
문은 오른쪽에 있다.

바지를 입어.
셔츠를 입어.
시키는 대로 해.
옷을 차려입어. 네가 제일 좋아하는 게임이야.
남자애는 남자 옷을, 여자애는 여자 옷을 입어.
움직이고 말하는 진짜 인형을 가지고 놀 거야. 싫증 나면 버리면 돼.
남자애 옷을 입으니 정말 잘 어울리는구나, 애니.
이리 가까이 와봐. 엄마가 볼 수 있게.

9

사스키아 아줌마는 오늘 아침 내가 불필요하게 많은 짐과 이번 학기에 그릴 것들을 넣어둘 커다란 포트폴리오 케이스를 가지고 다닌다는 것을 알고는 나와 피비를 학교까지 태워다주겠다고 했다. 운동복을 입은 피비는 근처에 사는 친구 둘과 학교에 가기 전에 조깅하면서 이지네 집에서 잘 이야기를 나눠야 한다며 사스키아 아줌마의 제안을 거절했다. 현관문이 열리고 쾅 닫혔다. 아저씨는 혀를 차더니 다시 미소 지었다.

"네가 휴대전화를 잃어버렸다는 메모를 봤어. 평소 같으면 며칠 더 기다려보자고 했겠지만 필요할 때 즉시 연락할 수 있는 쪽이 나은 것 같구나. 새걸 사줄 테니 다음부터는 좀더 조심하렴."

나는 번호를 바꿔야 안심할 수 있을 것 같다고 아저씨에게 말했다. 아저씨는 이해한다며 오늘 저녁까지 전화번호를 변경해주겠다고 했다. 난 시리얼을 먹으며 사스키아 아줌마가 옷을 입을 때까지 기다렸고 아줌마가 준비를 마치자 뚜껑이 열리는 아줌마의 미니를 타러 갔다. 내 포트폴리오 케이스는 차 트렁크에 꼭 맞춘 것처럼 들어갔다. 런던에서는 실용성보다는 멋이 중요했다. 겉모습이 좋아야 했다. 차가운 바람이 칼날처럼 내 등을 스치고 지나갔다. 난 몸을 틀었다.

"이제 출발할까?"

아줌마가 내게 물으며 운전석에 올랐다.

난 고개를 끄덕였지만 아줌마가 과장한 듯한 말투로 '출발할까'라고 말한 것이 좀 거슬렸다. 완벽하게 화장한 얼굴 아래 연약함이 숨어 있다. 마분지를 오려 만든 가짜 엄마처럼. 아줌마가 가속 페달을 너무 세게 밟아서 차가 자갈 바닥으로 갑자기 훅 나갔다. 난 물지 않으니 살살하라고 말하고 싶었다. 물론 물 수야 있지만 그러지 않을 것이다. 사스키아 아줌마는 날 경계했다. 여성의 직감 같은 걸로 알 수 있었다. 아줌마는 내가 누구고 어디서 왔는지 잊지 못한다. 어디에 속하는지도. 내가 다른 곳을 보는 줄 알았겠지만 난 그때 아줌마의 표정을 보았다.

그리고 알아차렸다.

"같이 나오니 좋구나."

도로에 접어들면서 아줌마가 말했다.

"저도요."

난 대답하면서 모건을 찾았다.

"학교생활은 어떠니?"

"할 게 많아서 정신이 없어요."

"마이크가 그러는데 넌 미술에 관심이 많다며?"

"그림 그리는 게 좋아요."

"난 미술엔 영 소질이 없어서. 솔직히 말해 완전히 최악이었지. 넌 아주 똑똑하다던데."

"제가 똑똑한지는 잘 모르겠지만 고맙습니다. 그런데 뭐 하나 여쭤봐도 될까요?"

"그럼, 말해봐."

"아저씨가 출근하고 우리가 학교에 가면 아줌마는 종일 뭘 하세요?"

"여러 가지 일을 한단다."

"구체적으로 어떤 일을 하시는지 여쭤봐도 돼요?"

내가 아줌마를 쳐다보자 그녀는 헛기침하고는 고개를 돌렸다. 감추고 싶은 게 있어 자기도 모르게 거부 반응을 보이면서 속으로는 학교까지 거리가 얼마 남지 않아 다행이라고 여길 것이었다.

"이런저런 일을 해. 집에 필요한 물건을 인터넷에서 사기도 하고."

맞아요, 가사도우미는 얼씬도 못 하게 하면서.

"가끔은 다른 학부모들과 만나서 이야기도 나누고 네가 오기 전에 마무리한단다."

"요가도 하시잖아요. 아주 좋아하시는 거 맞죠?"

"그래, 맞아. 바보처럼 요가를 빼먹다니. 정말 좋아해서 거의 매일 한단다."

난 몇 초를 기다렸다가 이렇게 말했다.

"요가 선생님도 정말로 좋아하시잖아요."

온화하던 아줌마의 안색이 새빨갛게 변했다. 그리고 입을 굳게 다물었다. 사스키아 아줌마는 기어를 잡은 왼손을 들어 코를 몇 번 쓰다듬었다. 속임수다. 그걸 알면서도 참아주는 사람이 나뿐만은 아닐 것이다.

"그래, 선생님은 아주 훌륭해."

아줌마가 대답했다.

"지난밤에도 오셨나요?"

그 말에 아줌마가 날 쳐다보았다. 난 그녀의 생각을 쉽게 읽을 수 있었다. 설마 아니겠지, 아줌마는 궁금해하고 있었다. 집에 아무도 없었는데? 아줌마는 대답하기 전에 고개를 돌렸다.

"그래, 왔었어. 내가 새 요가 매트를 주문했고 선생님이 가져다줬지. 지나는 길에 들른 것 같아."

아줌마의 목소리가 갈라지듯 높아졌다. 차가 멈추고 신호를 기다리는 시간은 고통이었다. 물론 아줌마에게만. 난 즐거웠다. 하지만 죄책감도 느껴졌다. 내가 왜 그녀를 놀리는지, 왜 그걸 즐기고 있는지 알 수 없었다.

나는 사스키아 아줌마에게 매트를 직접 가져다주다니 선생님이 참 친절하다고 말했다. 그녀는 고개를 끄덕였지만 그 뒤로 무슨 말이 나올까 싶어 걱정하는 모습이었고 난 더는 말하지 않았다. 어젯밤 지하실 문을 닫기 전에 소리를 들었다고 말하지 않았다. 체력 단련실로 내려가서 아줌마가 자기 나이의 반밖에 되지 않는 남자와 바닥에서 섹스하는 모습을 보았다고 말하지 않았다. 헤프기는. 아줌마에게 그 사실을 말하지 않은 이유는 비밀을 조심해서 다루면 아주 유용하기 때문이다.

"여기까지가 차가 진입할 수 있는 제일 가까운 거리란다."

아줌마는 이렇게 말하며 학교 건너편 신문 가판대가 있는 보도 쪽에 차를 세웠다.

"전 괜찮아요. 가서 트렁크에서 제 짐을 꺼낼게요."

차 문을 여는데 가판대에 걸린 신문에서 엄마를 보았다. 아줌마는 뒤차가 기다리니 서두르라고 말했다. 차에서 내려 문을 닫고 포트폴리오 케이스를 꺼낸 다음 트렁크를 닫자 아줌마는 경적을 울린 뒤 떠났다. 나는 엄마에게 시선을 고정한 채 짐을 바닥에서 팔로 옮겼다. 뒤에서 누군가가 말했다.

"좀 비켜주겠니?"

난 짐을 챙겨 횡단보도 쪽으로 걸었다. 기다란 주황색 사탕처럼 교복을 입은 아이들 한 무리가 등교하고 있었다.

휴게실로 향했다. 이곳은 '중간 복도'에 더 가까워서 잘 오지 않지만 우리 학년이 단체로 하는 연극 〈파리 대왕〉 때문에 꼭 참석해야 하는 회의가 오늘 아침 첫 교시에 잡혀 있었다. 휴게실 문을 여니 교복으로 갈아입은 피비가 제일 먼저 보였고 여자애들 한 무리가 빈백과 소파에 앉아 있었다. 내가 들어가자 대다수는 날 쳐다보지도 않고 휴대전화만 들여다보았다. 손가락으로 누르고 내리고 올리고. 그 애들은 나이지리아에서 여성과 아이들이 납치당한 뉴스를 보는 것이 아니다. 사소한 것에 집착하고 있다. 연예인 커플의 결별, 재결합, 출산, 이혼, 누가 바람피웠는지 하는 가십거리. 그 멍청이는 당해도 싸. 그런 말들이 이리저리 오갔다. 손가락 움직임이 빨라졌다. 누르고 누르고 또 눌렀다. 마음을 바꿔 누르지 않기도 했다. 그런 식으로 변덕을 부렸다.

난 포트폴리오 케이스를 문 옆에 놓고 무의식중에 가까운 곳에 있는 탁자에서 신문을 집어 들고 자리에 앉았다. 엄마가 이 신문 머리기사도 장식한 것을 보니 가슴이 크게 요동쳤다. 지금은 엄마가 즐기는 시간이 아니라 내가 엄마를 보며 즐길 시간이었다. 신문을 아무 쪽이나 펼쳤다. 글자가 하나도 눈에 들어오지 않았다. 1분쯤 뒤 피비가 창가 자리에서 일어나더니 내 쪽으로 걸어와 신문을 잡았다. 방패이자 갑옷이 사라졌다. 그 애의 오른손으로 엄마 얼굴이 넘어갔다.

"고마워, 못난이. 내가 최신 뉴스 보는 걸 얼마나 좋아하는지 알지?"

피비는 그렇게 말하고는 내 맞은편에 앉았다. 교복 치마 허릿단을 접어서 자리에 앉으니 치마가 더 올라갔고 그 아래로 여름 선탠의 흔적인 구릿빛 다리가 훤히 드러났다. 지금은 발목까지 오는 양말을 신지만 다음 주부터는 타이즈를 신어야 할 텐데 피비는 분명 그렇게 입어도 멋져 보이는 방법을 찾을 것이다. 피비가 다리를 들어 우리 사이에 놓인 탁자에 올리자 속바지가 다 보였다. 그 애는 허벅지에 신문을 올렸다. 무릎 아래 오래된 흉터 옆에 잉크로 낙서한 것 같은 하트 모양이 보였다. 타원형이었다. 그걸 보고 있자니 내 몸에 표식을 남기기 좋아하던 엄마가 떠올랐다. 날 정복하고 통제하려는 행위. 엄마를 생각할 때면 나도 모르게 눈에 힘이 들어갔다. 그것이 문제였다. 온갖 생각이 머릿속에서 아주 빠르게 돌았다.

그리고 내가 생각하고 있다는 사실을 깨닫지 못했다.

"여자애 속바지 쳐다보는 게 좋니?"

나는 고개를 돌렸다. 여자애 일부는 웃음을 터뜨렸고 나머지는 스마트폰 세상에 빠져 내게 관심을 두지 않았다. 피비는 다시 신문을 읽었다. 곁눈질로 살피니 그 애가 고개를 흔들며 제기랄이라고 말하는 것으로 봐서 엄마를 두고 한 말이라는 것을 알 수 있었다.

"클론딘."

"응?"

"아이들을 죽인 그 사이코 여자에 관한 소식이 더 나왔어."

"제기랄, 진짜야? 뭐라고 적혀 있는데?"

"놀이방이라고 부르는 곳에 관한 거야. 이리 와봐. 내가 보여줄게."

클론딘은 빈백에서 몸을 일으켜 피비에게로 기어갔다. 내 몸이 반응하기 시작했다. 두려웠다. 목 뒤쪽에서 식은땀이 흘렀다.

"내가 큰 소리로 읽어줄까?"

피비가 물었다.

"그래, 읽어줘."

클론딘이 대답했다.

난 침을 삼키려고 했다. 그렘린의 손가락이 목구멍을 꽉 막고 있는 것 같았다. 맛이 끔찍했다. 여기서 구토하면 안 됐다.

호기심이 생겼는지 여자애들이 꿀을 찾는 벌처럼 하나둘씩 모이더니 피비 옆에 모여 앉아 어깨 너머로 신문을 살폈다. 피비는 많은 사람을 어떻게 대해야 하는지 잘 알았다.

"마흔여덟의 루스 톰슨은 자신이 일하는 여성 보호소에서 인기가 많은 직원이었다. 간호사 협회 소속으로 폭력적이고 위험한 배우자에게 위협받는 여성과 아동들을 파악하는 일을 맡았다. 사람들은 그녀 속에 자리한 악마를 알지 못했다. 톰슨은 올해 7월 체포되었고 2006년부터 2016년까지 10년간 아홉 차례 아동을 살해한 혐의로 기소되었다. 새롭게 알려진 사실은 이 살인이 그녀가 사는 데번의 자택 안 놀이방이라고 부르는 침실에서 발생했다는 점이다. 그녀가 체포된 뒤 집 지하실에서 아동 시신 여덟 구가 발견되었고 마지막 한 구는 놀이방에서 발견되었다. 희생자들은 3~6세경으로 추정된다. 톰슨은 이 집에서 10대 자녀와 함께 살았고 자녀가 그녀를 검거하는 데 결정적인 증거를 제공했다고 알려졌다."

"이게 무슨 소리야? 그 여자가 엄마였다고? 세상에, 그런 엄마와 산다고 생각해봐."

"그러게. 항상 다음은 내 차례일지도 모른다고 생각하면서 조마조마하겠지."

"놀이방이라고? 정말 구역질 나. 이것 말고 더 밝혀질 게 뭐가 있는지 궁금하다."

피비가 읽어준 나머지 단어인 학대, 벽에 난 작은 구멍, 비밀이 하나로 합쳐지며 에이미가 한 말을 떠올리게 했다. '항상 다음은 내 차례일지도 모른다고 생각하면서 조마조마하겠지.'

그 말처럼 내가 다음 차례가 될까봐 걱정한 적이 있었다. 하지만 엄마는 날 죽이지 않을 것이었다. 안 그래, 엄마? 엄마가 날 사랑해서도 아니고 내가 없으면 너무 슬퍼서 상실감에 빠질 것이기 때문도 아니었다. 엄마가 날 살려둔 건 내가 필요해서였다. 난 엄마의 가면 속 일부였으니까.

피비가 읽기를 마치자 모두 침묵했다. 모두 숨을 참고 있다가 다시 내쉬었다. 그리고 갖은 욕설이 쏟아졌다. 프랑스인인 마리아가 분위기를 깨고 이렇게 말했다.

"우리 엄마들은 그렇게 나쁘지 않잖아, 안 그래?"

모두 고개를 끄덕였다. 그러고 하나둘씩 흩어져 원래 자리로 돌아갔다. 그들은 다시 고개를 숙이고 스마트폰에 빠졌다. 서둘러야 해. 벌써 5분이나 지체했잖아. 내가 놓친 소식이 있을지 몰라. 세상은 다시 소셜 미디어를 확인하는 눈동자로 가득 찼다. 하지만 피비는 그 대열에 합류하지 않고 날 쳐다보았다. 내가 엄마를 꼭 닮았다는 사실을 알아차린 것 같았다.

"넌 어떻게 생각해, 못난이? 이 여자가 유죄인 것 같아?"

당연히 유죄란 걸 알고 있어.

"그건 법이 심판할 문제야."

"별로 대수롭지 않게 여기는 것 같은데? 혹시 너도 그런 골칫거리를 안고 있는 거야? 입양된 애들이 대개 제정신이 아니라는 것쯤은 우리도 다 알아."

분해서 눈물이 날 것 같아 고개를 돌렸는데 그 행동이 피비를 더욱 자극했다. 그 애는 무시받는 걸 정말로 싫어했다.

"넌 참 교활해. 아빠한테 전화기를 잃어버렸다고 했지? 네가 교외 활동으로 뭘 하는지 아빠한테 말해볼까? 여고생 밀리 '조건 만남'. 광고에 그렇게 적혀 있지 않았어?"

반짝거리는 입술로 혀를 날름거리며 피비가 말했다. 나는 휴게실에 있던 다른 여자애들과 마찬가지로 고개를 돌려 피비를 쳐다보았다. 클론딘이 전화기를 높이 들어 올려 동영상을 촬영하며 킥킥거렸다. 표준 녹화였다. 재생하고 또 재생하고 편집하고 음악이 더해질 것이다. 페이스북이나 인스타그램에서 조회 수를 높일 수 있도록 만들겠지. 그때 종이 울렸고 첫 수업이 시작되었다. 누군가 메흐메트 선생님이 어디 있는지 물었다. 날카롭게 욱신거리는 기분이 들어 보니 재킷 주머니 속에서 피가 날 정도로 엄지손가락 살갗을 벗기고 있었다. 종소리로 지금이 몇 시인지 알았지만 피비의 이글거리는 눈동자를 피해 시계를 쳐다보았다. 그러자 그 애가 쿠션을 던져 내 얼굴 한쪽을 맞췄다. 피비가 엄마에 대한 기사를 읽으며 엄마에게 아이가 있다는 사실을 알고 난 뒤라 한층 민감해져서 몸을 피했다.

그 아이는 바로 나다.

그만 나가려는데 메흐메트 선생님이 들어와 누가 연극에서 어떤 배역을 맡는지 발표하고 무대 배경과 세트 그림 제작에 자원할 사람이 있는지 물었다. 오디션은 화요일이었고 난 편두통 때문에 학교에 가지 않았지만 선생님은 내게 프롬프터를 맡아달라고 했다. 11학년 포럼에서 브레인스토밍을 하다가 프롬프터를 사용하자는 이야기가 나왔는데 그 의견을 반영한 것이었다.

"모여서 대사를 연습하고 스스로를 배역에 잘 맞추도록 해. 이 연극을 제대로 해봤으면 좋겠어. 각자 자기 최선을 끌어내면 될 거야."

휴게실은 다시 텅 비었다. 나는 피비가 큰 소리로 엄마에 대해 읽고 내버려둔 신문지의 주름을 폈다. 엄마 얼굴이 낙서판이나 컵받침으로 사용될까봐 선반 맨 위에 올려놓았다. 내가 감당하기에는 너무 힘들었다. 하지만 휴게실을 나서고 1분도 지나지 않아 되돌아가서는 엄마 사진이 나온 쪽을 오려내 가방 앞주머니에 넣었다.

3교시에 포럼에 접속했다. 포럼은 교장 선생님의 11학년에 대한 믿음을 잘 보여주는 사적인 공간이다. 암호는 임명된 학생이 관리하는데 그건 다름 아닌 여왕벌 피비 뉴몬츠다. 포럼에는 인용구와 시, 숙제, 동영상 등이 올라온다. 가장 최근에 업데이트된 글은 '못난이가 쿠션으로 얻어맞았다'였다. 반응 대부분이 웃다가 울 뻔했다는 이모티콘이었다. 이지는 '또 올려줘!!!'라고 댓글을 달았다.

나는 엄마가 했던 말들을 믿지 않으려고 정말 애썼다.

'세상엔 너와 나 둘뿐이야, 애니. 어느 누구도 널 원하지 않아.'

그 말에 동의한다. 엄마가 옳았다. 난 복종하도록 만들어졌다. 하지만 그날 저녁 엄마의 그림자가 자꾸 날 깨웠을 때 머릿속에서 들리는 엄마의 말을 거부했다. 그리고 언젠가 나도 다른 사람의 사랑을 받고 있는 그대로 인정받게 될 거라고 생각했다. 그게 누구일지, 언제일지 모르겠지만. 하지만 지금은 그런 기회를 얻지 못했고 그걸 피비도 알고 있다. 그 애가 싫어하는 사람이 나뿐만이 아니라는 것을 알지만 나는 또한 다른 누구도 아닌 나 자신이다. 엄마처럼 강력한 존재다.

피비의 목표물이 되어 상처받았지만 어느 정도는 받아들일 수 있다. 내가 굶주렸던 배움의 기회가 되었기 때문이다. 지금은 스스로 가르치며 배우고 있지만 머릿속에서는 엄마가 알려준 교훈이 항상 큰 소리로 재생되고 있다. 어느 주말 내가 엄마 일을 도우려고 아이들과 놀아줄 때 엄마는 그 아이들의 엄마 역할을 했다. 어떤 아주머니가 내게 예쁘다고 말했다. 눈에 띈다고. 집으로 돌아오는 차 안에서 엄마는 아름다움이 사람에게 힘을 가져다준다고 말했다.

또한 위장술이 되기도 한다고.

엄마는 '그건 날 위한 것이지만 네게도 유용할 거야'라고 말했다.

난 엄마에게 그게 무슨 뜻이냐고 물었다.

'자연의 순리지.'

엄마는 이렇게 대답했다. 사람들은 아름다움에 눈이 멀어 끌려들게 된다. 밝은색 청개구리에게 거미가 달려들듯. 머리 부분의 아름다운 푸른색이 먹잇감을 끌어들이듯. 거미줄은 끈끈하고 굵직하다. 알아차린 뒤에는 너무 늦다. '뭘 알아차려요, 엄마?' 엄마는 미소 지으며 내 허벅지를 세게 꼬집고는 이렇게 말했다.

'도망칠 곳은 없어.'

엄마의 목소리. 엄마가 이야기를 들려주는 방식은 매혹적이고도 두렵다. 나는 도망치지 못하는 눈먼 사람들을 끌어들이고 싶지 않다고 말했다.

난 엄마처럼 되고 싶지 않았다.

10

아침에 인터넷을 확인했을 때 뉴스는 온통 엄마에 관한 내용이었
다. 기자들이 이런저런 정보들을 캐내 앞다투어 보도했다.

그중 한 신문 기사를 읽었다.

배심원들은 톰슨의 집에서 사체로 발견된 마지막 아이인 대니얼 캐링
턴 어머니의 증언과 톰슨이 놀이방이라고 불렀던 범죄 현장에 대한 감
식 전문가의 질의응답으로 증거를 확보하리라 기대한다. 현재로서는
이것이 통상적인 과정의 한 부분인지 감식 전문가가 변호인 측 요청으
로 출석한 것인지 불확실하다. 톰슨은 현재 뉴튼 감호소에 수감 중이며
재판일은 아직 알려지지 않았다.

이 정보를 객관적으로 볼 수 있길 바랐다. 변호인 측이 대니얼의 죽음을 집중해서 다루는 이유는 가장 최근에 벌어진 살인이라 증거도 최신의 것이기 때문이다. 하지만 난 엄마를 잘 안다. 엄마가 주도한 것이다. 엄마가 변호인들에게 그 아이의 사례에 집중해달라고 말한 것이다. 그게 날 가장 아프게 할 것을 알아서다. 난 보호소에서 대니얼을 만났고 그때부터 알고 지냈다. 그 애 엄마도. 항상 그 애와 다른 애들의 엄마를 생각한다. 엄마가 한 짓을 알았을 때 어떤 기분을 느낄지 상상할 수 있기 때문이다. 그들 스스로 엄마에게 아이를 맡겼으니 오죽할까. 그들 남편보다 더 위험한 사람은 우리 엄마였다. 엄마도 사건에 대해 생각하겠지만 다른 이들과는 다른 방식으로 기억할 것이다. 잔인한 욕구를 채우고 자신을 둘러싼 소문을 즐기며 자기 거짓말이 어디까지 갈 수 있는지 확인하는 쪽으로. 나는 배심원이 어떤 사람이고 어떤 사람이고 싶은지에 대해서도 생각했다. 그리고 그들이 안됐다고 느꼈다. 그들이 듣고 보게 될 것에 관해서. 그 기억과 상상에서 벗어나려면 몇 달, 어쩌면 더 오랜 시간이 걸릴지도 모른다. 물론 벗어날 수 있다는 전제 아래.

어디서 구했는지 언론에 보도된 사진은 내가 한 번도 본 적 없는 것들이었다. 대중은 엄마의 얼굴을 보고 눈을 들여다보며 말하겠지. '이 여자 좀 봐. 악마가 따로 없어. 정말 소름 끼치잖아.' 하지만 엄마는 그런 반응에 아랑곳하지 않고 여전히 자신이 예쁘고 사람들에게 호감을 얻을 거라고 믿을 것이다. 엄마를 감호하는 사람 중 일부는 엄마가 아동 연쇄 살인범이라는 사실을 잊고 날씨 같은 주제로 가볍게 대화를 나눌 것이다. 한 술 더 떠 농담을 주고받을 수도 있다. 엄마는 매력적이니까.

사건에 대해 더 많이 밝혀질수록 많은 전문가가 엄마에게 관심을 보이며 인터뷰를 하고 CT를 찍어 뇌 구조를 파악하고 싶어 할 것이다. 단독 범행을 저지른 여성 살인자(물론 나도 그 자리에 있었지만)는 흔치 않으니까. 그리고 나머지는 엄마가 내 생일 파티에 초대한 사람들처럼 어둠 속에 숨어서 엄마를 존경할 것이다. 펜팔이 되거나 결혼하자고 편지를 보내는 사람도 있을 것이다. 자기 존재를 들키고 싶어 하지 않는 지하 세계의 여왕에게. 평범한 모습이지만 내면에 악마를 키우는 엄마에게. 사이코패스의 뇌는 보통 사람과 다르다. 나는 내게 주어진 확률을 생각해보았다. 80퍼센트가 유전이고 20퍼센트는 환경적 요인이다.

그러니 나는,
100퍼센트다.

학교에 갈 걱정을 하지 않아도 되는 주말이라 몹시 기뻤다. 처음으로 수업을 완전히 다 받은 한 주가 끝났다. 마이크 아저씨가 목요일 저녁 내 문 앞에 새 휴대전화를 놔두었다. 난 충전하던 휴대전화 플러그를 뽑았다. 자리에서 일어나 발코니 문 쪽 커튼을 살짝 젖히니 청명한 하늘이 보였다. 몇 주 뒤에 10월이 찾아오면 해가 짧아지겠지. 서너 살쯤에는 해가 빨리 지는 겨울이 좋았다. 거실 벽난로에 불을 피우고 마시멜로우를 구워 먹었기 때문이다. 그때는 아빠와 루크 오빠도 함께였다. 날 버리고 혼자 도망친 오빠에 대해서는 별로 생각하고 싶지 않다. 그 감정은 마음 깊이 묻어두었다. 언젠가는 그 부분을 들춰내야 한다고 병원 심리학자들이 말했지만 그건 장기

치료 계획이고 재판이 끝난 뒤의 일이다. 엄마와 오빠가 함께 있는 모습을 보며 내가 오빠 자리에 있었으면 좋겠다고 생각했지만 그 바람은 곧 후회로 변했다.

발코니에 놓인 화분 틈에 종이쪽지 같은 것이 끼여 있는 게 보였다. 문을 열고 나가 종이를 집어 들었다. M이라고 적힌 메모에는 전화번호가 남겨져 있었다. 영리한 애야. 위험을 무릅쓰고 집에 이렇게 가까이 오다니. 난 모건에게 문자메시지로 내 전화번호를 알려주었다. 모건이 곧장 답장을 보냈고 나중에 만날 수 있느냐고 물었다. 난 좋다고 대답했다. 우리는 3시에 정원 아래쪽에서 보기로 했고 그 애는 내게 꼭 후드 티셔츠를 입고 나오라고 말했다. 난 다시 침대로 가서 이불 속에 몸을 웅크리고 모건의 메시지가 주는 기분을 즐겼다. 전 학교에서는 친구가 별로 없었고 집에 친구를 초대할 수 없어서 친구 집에 초대받는 일도 점차 줄었다. 내게는 불가능한 일이었다.

깊이 자고 나니 편안함과 허기를 느꼈다. 로지를 찾아보았지만 현관 복도 라디에이터 옆자리는 비어 있었다. 마이크 아저씨가 가끔 로지를 직장에 데리고 나간다고 했던 말이 기억났다. 집에 있을 때보다 더 많이 챙겨주기 위해서였다.

식탁에 쪽지가 놓여 있었다. '네 방에 갔더니 벌써 잠들었더구나! 나와 사스키아에게 새 전화번호로 연락해주렴. 난 종일 일하지만 아줌마는 일찍 들어갈 거야.'

나는 시리얼 그릇을 집어 들고 무쇠 히터의 열기를 느끼며 선 채로 식사했다. 그때 현관문이 열리며 문 위에 달린 종이 울렸고 누군가 곧장 계단으로 올라가는 소리가 났다.

"누구세요?"

아무 대답이 들리지 않아 복도로 나갔다. 바닥에 핸드백이 떨어져 있었고 내용물이 다 보였다. 사스키아 아줌마였다. 핸드백 쪽으로 가보니 맨 위에 놓인 지갑이 넘치는 영수증으로 벌어져 있었다. 아줌마는 기분을 전환하려고 물건을 산다. 그냥 지나치려는데 지갑 카드꽂이에 무언가 삐져나온 것이 눈에 들어왔다. 난 가까이 들여다본 뒤 다시 주방으로 가서 아침으로 먹은 것을 치웠다. 위층에서 발소리가 나는 것을 듣고 때맞춰 복도로 나섰다.

"안녕, 네가 아래층에 있는지 몰랐어. 푹 잤니?"

아줌마가 물었다.

어깨에 요가 매트를 걸치고 핸드메이드 실크 백을 들었는데 가방은 마이크 아저씨에게 선물로 받은 게 아니라면 요가 강사 벤지에게서 받았을 것이다.

"네, 잘 쉬었어요."

"그래, 오늘은 뭘 할 거니? 관심 있으면 같이 요가해볼래?"

아줌마는 메뚜기처럼 깡마른 다리에 달라붙는 반짝이 라이크라 요가 바지를 입었다. 살 형태가 두드러졌다. 음모는 제모한 것 같았다. 부끄러운 줄도 모르고.

"아뇨, 숙제하고 공부할 게 많아요. 웨더브리지에서는 다들 선행학습을 하나봐요."

"너도 곧 따라잡을 테니 걱정 안 해도 돼. 혼자 있어도 되겠니? 내가 나가지 말고 집에 있을까?"

"아뇨, 괜찮아요."

"그럼 한 시간 반 정도 뒤에 돌아올 건데 그때 같이 뭘 해볼까?"

"전 친구를 만나기로 했어요."

"같은 학교 애니?"

"네."

아줌마는 손목시계도 없는데 시간을 확인하려고 손목을 보았다. 빨리 가고 싶은 것이었다.

"이만 가봐야겠어."

문까지 반쯤 걸어갔을 때 내가 그녀를 불렀다.

"아줌마."

"응?"

"저한테 너무 잘해주셔서 이런 부탁 드리기 어렵지만 코코아나 음료수를 사 먹을 수 있게 용돈을 좀 주실 수 있을까요?"

"아, 물론이지. 우선 내 지갑에서 꺼내줄게. 네게도 용돈을 줘야지. 피비도 받고 있거든. 오늘 저녁에 마이크와 의논해볼게."

난 아줌마가 있는 현관으로 걸어갔다.

"20파운드면 되겠니?"

난 고개를 끄덕였다.

"여기 있단다."

"고맙습니다. 요가 잘하고 오세요."

"그래."

"벤지랑도요."

"방금 뭐라고 했니?"

"밴드 운동도 잘하시라고요."

"그래."

아줌마가 대답했다.

주차해둔 차로 걸어가면서 사스키아 아줌마는 가슴이 콩닥거릴 것이었다. '괜한 피해망상에 빠지지 말자'라고 스스로를 다잡을 것이다. 아줌마의 사생활이니 내가 알 바 아니지만 가끔 나도 스스로를 주체하지 못하고 그런 식으로 비아냥거리게 된다.

3시가 되어 정원 아래쪽으로 가서 모건을 만났다. 그 애에게 전화기를 준 날 문을 열어둬서 그 애가 비상용 출구로 발코니까지 올 수 있었다. 모건은 나와 함께 어딘가로 가고 싶은지 서둘러 움직였다.

"후드를 써."

모건이 말했다.

"날 따라와."

우리는 길 끝까지 걸어간 뒤 도로를 건너고 그 애가 사는 주택가로 향했다. 커다란 건물들이 늘어서 있고 주변에 몇몇 사람이 보였지만 아무도 우리에게 관심을 두지 않았다. 늦은 오후의 하늘이 조금 흐려진 터라 일부 창문에는 불이 켜져 있었다. 발코니에는 아이들의 자전거와 세탁기가 놓여 있고 잡동사니들이 쌓여 있었다.

"넌 너무 굼떠. 빨리 움직이란 말이야."

모건이 말했다.

우리는 가장 먼 쪽에 있는 건물로 걸어갔고 뒤쪽으로 난 계단 앞에 도착했다.

"어디 가는데?"

내가 물었다.

"꼭대기 층에."

모건이 건물 옥상을 가리켰다.

"누가 빨리 도착하나 내기하기다."

그 애가 먼저 출발했지만 내가 곧 따라잡았다. 16층으로 이어지는 계단에는 조명이 없었고 칠이 벗겨진 코발트 빛 문은 회색 콘크리트 벽에서 두드러졌다. 우리는 잠시 숨을 고르며 서로 미소 지었다. 모건이 후드를 벗기에 나도 그렇게 했다.

"이리 와."

그 애가 말했다.

모건이 문을 열자 차가운 바람이 우리를 맞이했다. 우리는 바람을 맞으며 더 위로 올라갔다. 모건이 내 소매를 끌어당기더니 나를 왼쪽으로 밀었다. 옥상에 가까워오니 발아래 세상이 보였다. 자동차와 버스. 사람들. 모두 우리가 여기서 자신을 내려다보고 있다는 걸 몰랐다. 모건이 손잡이가 빠진 난간 한쪽을 가리키며 말했다.

"조심해."

난 고개를 끄덕였다. 우리는 사각 망으로 감싸인 커다란 프로펠러가 있는 대형 환풍기 앞으로 걸어갔다.

"여긴 바람이 덜 불어."

모건이 말했다.

환풍기 옆 바닥에 깨진 콜라병이 보였다. 플라스틱 용기 두어 개도 보였다. 담배꽁초가 사방에 어지럽게 흩어져 있었다. 추악하지만 아름다운 익명의 공간이었다.

"누가 여길 와?"

"거의 아무도 안 와. 늘 나만 오거든. 이 건물에 살지는 않지만 도망치고 싶을 때면 여기에 와."

가끔 도망치고 싶다는 말이 무슨 의미인지 알았다. 내게는 가끔이 아니라 자주였다.

"휴대전화는 어떻게 되고 있어?"

내가 물었다.

"잘돼가. 이미 연락이 돼서 새 유심을 넣을 수 있어. 다시 돌려줄까?"

"아니, 난 새 전화기가 있으니 네가 가지고 있어."

"정말이야?"

"물론이지. 그리고 또 줄 것이 있어."

난 아줌마의 지갑에서 훔쳐낸 종이 뭉치를 청바지 주머니에서 꺼내 건넸다.

"말도 안 돼, 이거 어디서 났어?"

"양어머니 핸드백에서 발견했어."

"세상에."

모건은 종이를 조심스럽게 손바닥 위에 펼치고는 몸을 웅크리고 내용물이 날아가지 않도록 막았다. 이곳에서 열린 파티 때 몇 번 해본 적이 있다고 말했다. 모건은 흰색 가루를 새끼손가락으로 찍은 다음 코를 가까이 가져다대고 냄새를 맡더니 내게 뭉치를 건네고는 곧바로 바닥과 한 몸이 되었다. 그 애가 눈을 감을 때 나도 가루 냄새를 맡는 척했다. 나는 다시 종이를 접어두고 그 애 옆에 누웠다.

"제기랄, 기분이 정말 최고야."

모건이 말했다.

"맞아."

"재수없는 금발과 사는 건 어때?"

"최대한 안 마주치려고 하고 있어."

"영리한데? 내가 볼 때 그 애는 착한 구석이라고는 눈곱만큼도 없어."

"그래, 맞아."

"근데 양어머니 물건은 왜 슬쩍한 거야?"

"그냥 심심해서. 약 올리기 딱 좋거든."

"그러니까 넌 사람 약 올리는 걸 좋아하구나?"

"꼭 그런 건 아닌데 아줌마한테는 그러게 돼. 날 좀 무서워하거든."

"널 무서워한다고? 그건 그렇다고 치자. 그런데 뭐가 무섭다는 거야?"

내 과거를 무서워하지.

"아무것도 아니야. 자, 코카인 더 해."

모건의 질문은 날 불안하게 했고 내 속에 있는 존재와 그것이 밖으로 튀어나올 가능성을 생각하게 했다. 내 DNA에 깊이 박힌 흔적이 날 쫓고 있다. 내 앞에 자꾸 나타났다.

모건은 다시 코카인을 흡입하고 자리에서 일어나 내게 하늘을 나는 기분을 느끼고 싶으냐고 물었다.

"일어나. 내가 보여줄게."

모건이 말했다.

우리는 지붕 가장자리로 걸어갔다. 바람이 더 거세게 불고 하늘은 한층 어두워졌다. 그 애가 내 뒤에 서서 날 앞으로 밀어 지붕 끝에 가까이 가게 했다.

"턱을 밟고 위로 올라가."

모건이 말했다. 몸이 뻣뻣하고 다리가 말을 듣지 않았다. 마치 원하지 않는 게임을 하는 것 같은 기분이었다.

"계속해, 올라가. 안 떨어져. 나도 만날 그러는걸. 독수리처럼 팔을 펼쳐봐."

"안 돼. 바람이 너무 세게 불어."

모건은 내게 겁쟁이라고 놀리더니 턱을 밟고 올라가 잠시 서 있다가 웅크린 몸을 쭉 펴고 섰다.

몸을 한 번이라도 잘못 움직이면 끝이었다.

그러자 내 몸속의 스위치가 켜졌다.

"봤지?"

모건이 웃으며 말했다.

"전혀 어렵지 않아. 우리 둘 다 마찬가지야."

화나고 실망한 엄마의 목소리가 들렸다. '저 애가 널 비웃고 있어, 애니. 그냥 넘어가면 안 돼. 갚아줄 방법을 찾으란 말이야.' 아니, 그러고 싶지 않았다. 그 자리를 벗어나고 싶었지만 오히려 그 애에게 한 걸음 더 가까이 다가갔다. 지금 내 속에 흐르는 기운은 엄마를 떠난 이후로 쭉 죽어 있었기에 난 내가 누군지 모른다. '그래 넌 할 수 있어 애니, 너도 알잖아. 엄마한테 보여줘.' 난 한 걸음 더 다가가 팔을 펼쳐서 더욱 모건과 가까워졌고 그렇게 옥상 끄트머리에서 나도 할 수 있고 그렇게 될 수 있다고 생각했다. 최악의 방식으로. 그때 모건이 몸을 웅크리고 날 돌아보더니 감자 칩이 낀 이를 드러내며 웃었다. 그 애를 쳐다보니 강한 죄책감이 밀려왔다.

"겁쟁이,"

모건이 말했다.

"이제 뭘 할까?"

"뭐든 상관없어."

"그럼 환풍구로 돌아가서 코카인을 좀더 하자."

"좋아."

다시 바닥에 누웠을 때 나는 모건에게 왜 날고 싶은지, 왜 독수리가 되고 싶은지 물었다.

"다른 어딘가로 날아갈 수 있어서겠지 아마."

"누군가 내게 너무 겁이 나서 독수리 날개를 내려달라고 기도한 소녀의 이야기를 들려줬어."

"소녀가 겁낸 것이 뭔데?"

그 이야기를 해준 사람.

"무언가가 소녀를 뒤쫓는데 아무리 빨리 달려도 아무리 멀리 가도 항상 바로 뒤에 와 있더래."

"그게 뭔데?"

"구렁이. 소녀가 달리다 지치기를 기다리고, 잠들 때까지 기다렸다가 나타난대."

"구렁이는 뱀이랑 같은 거야?"

"맞아."

"그게 왜 소녀를 쫓는 거야?"

"실제로 뱀이 아니라 뱀인 척하는 거야."

"그럼 실제로는 뭔데?"

"사람이야. 소녀가 도망치면 뒤따라가서 찾아낼 거라고 알려주는 거지."

"사람이 어떻게 뱀이 될 수 있어?"

"가끔 사람은 자기 정체를 숨겨."

"그래서 소녀는 도망쳤어?"

엄마가 내게 들려준 이야기에서는 그러지 못했지.

"나도 몰라."

"왜 모르는데?"

"소녀가 사라진 이후로 나타나지 않았고 뱀도 마찬가지로 그랬거든."

"뱀이 여전히 소녀를 쫓고 있다고 생각해?"

"그럴지도 몰라."

아마 그렇겠지.

"날 뒤쫓는 뱀이 없어 다행이야."

"그래, 넌 운이 좋아."

"다른 이야기도 알아?"

"응."

"하나만 더 해줄래?"

"다음에."

모건과 내가 친구가 되기 위해 필요한 것이 무엇인지 알게 되었지만 이제 두려워졌다.

한 번만 잘못 움직이면 끝이다.

엄마가 내 머릿속에서 이렇게 말했다. '모르겠니, 애니? 네가 누군지 모르겠어?'

11

집에 돌아와보니 마이크 아저씨의 코트가 복도 난간에 걸려 있었다. 아저씨가 일찍 퇴근하고 집에 온 모양이었다. 나는 방에 혼자 있고 싶지 않아서 아이팟을 들고 아저씨 서재 바깥에 있는 서가로 향했다. 그곳에는 책이 아주 많아 내가 가르침을 얻기 좋고 아저씨가 통화하는 소리도 들을 수 있기 때문이다. 다양한 종류의 책이 꽂혀 있는데 대다수가 '사이코'에 관한 연구를 다룬 것이다. 정신 분석학, 심리 치료. 심리학. 그중 내가 특별히 좋아하는 책은 사이코패스를 다룬 붉은 양장본이다. 언론이 엄마에게 붙인 명칭과 같다. 크고 두꺼운 이 책은 장이 아주 많다. 그들은 엄마에 대해 많이 알고 있다.

내가 가장 흥미롭게 생각하는 부분은 어린 사이코패스를 다룬 장이다. 폭력과 애정이 함께 주어지면 아이는 혼란을 느낀다. 밀고 당기고. 굉장히 예민해지고 아무것도 예상할 수 없지만 무언가 벌어질 것이라는 사실만은 안다. 엄마와 사는 매일 그런 감정을 느꼈다. 폭풍우가 불어 집에 전기가 끊어졌을 때처럼. 안에서는 더한 일이 벌어졌다. 엄마가 손전등을 켜고 날더러 지하로 내려가서 차단기를 다시 올리라고 말했다. 난 지하실에 잡동사니 상자와 낡은 가구만 있는 것이 아니라는 걸 알아서 무섭다고, 가기 싫다고 말했다. 엄마는 턱 아래 손전등을 대고는 같이 가주겠다고 말했지만 당연히 거짓말이었다. 오히려 날 지하실로 밀어 넣고는 빗장을 잠가버렸다. 나는 문에 매달려 숫자 100을 거꾸로 여러 번 세다가 기절했고 엄마 발길질에 정신을 차렸다. 엄마는 약해 빠지고 겁 많은 내게 실망했다며 날 더 다그쳐 자기처럼 되도록 가르치겠다고 말했다. 그날 저녁 나는 전세가 뒤집혀 엄마에게 더는 배우지 않게 되는 상황을 상상해봤지만 엄마가 죽어도 엄마의 망령이 날 찾아다닐 것을 알았다.

마이크 아저씨의 서재 안에서 전화벨이 울렸고 아저씨는 전화가 올지 알았던 것처럼 곧바로 받았다. 나는 무언가를 들으며 주위를 신경 쓰지 않는 것처럼 보이게 하려고 항상 쓰고 있던 헤드폰을 벗었다. 나를 믿지 않을 이유가 없으니까.

아직까지는.

잠시 정적이 흐르고 말소리가 들렸다.

"안녕하세요, 준. 괜찮아요. 전혀 방해되지 않아요. 그냥 오늘 메모한 것들을 정리하고 있었어요. 나도 알아요. 당연하죠. 그럼요. 밀리는 잘 있어요. 학교생활도 잘하고. 열심히 노력해요. 피비에게도 그렇게 해달라고 설득하는 중이에요."

그리고 웃음소리가 들렸다.

아저씨는 한동안 준이 하는 말을 듣기만 하더니 이렇게 말했다.

"세상에, 너무 안됐네요. 그 애가 겪어야 하는 일이 더 있다니 믿을 수 없군요."

가슴속에서 작은 폭발이 일어났다.

마이크 아저씨가 다시 조용하게 이야기를 듣더니 이렇게 대답했다.

"네, 물론이죠. 밀리에게 재판과 관련된 내용을 말할 테지만 그 애 엄마가 한 말은 전하지 않을 겁니다. 여러모로 도와줘서 고마워요, 준. 네, 우리도 그렇게 생각해요. 정말 특별하죠."

그리고 수화기를 내려놓는 소리가 났다. 대화가 끝났다.

나는 다시 헤드폰을 쓰고 붉은 표지의 책을 쿠션 아래에 숨겼는데 곧장 마이크 아저씨가 서재에서 나왔다. 난 아저씨를 못 본 듯 들리지 않는 음악에 맞춰 손가락을 까딱거렸다. 아저씨가 내 눈 앞에 손을 흔들어 보이자 나는 미소를 짓고 아이팟의 정지 버튼을 누른 다음 헤드폰을 벗었다.

"그래, 오늘 하루는 어땠니?"

아저씨가 물었다.

"괜찮았어요."

"무슨 책을 보고 있었어?"

엄마와 나에 관해 적힌 붉고 두꺼운 책이요.

난 내가 읽고 있는 다른 책인《파리 대왕》을 들어 보였다.

"고전 읽기의 일환이에요. 메흐메트 선생님은 한 달에 적어도 고전 한 권은 읽어야 한다고 생각하세요. 이번 학기에 이 내용으로 연극을 하기도 하고요."

"너도 역할을 맡았니?"

"오디션에 참여 못 했는데 메흐메트 선생님 부탁으로 프롬프터를 맡았고 무대 배경 채색도 도울 예정이에요."

"잘됐구나. 피비도 배역을 맡았니?"

당연하죠. 그 애가 11학년 대표 격인데. 그것도 몰랐어요?

"무대 내레이션을 맡았어요. 외워야 할 대사가 아주 많아요."

"아이구, 그럼 피비는 바빠지겠구나. 그건 재미있니?"

아저씨가 책을 향해 고갯짓했다.

"네, 재미있어요."

"어떤 점이?"

"어른이 나오지 않는다는 게요."

"미안하구나."

아저씨가 이렇게 말하며 웃었다.

"아니, 그런 뜻이 아니에요."

"그럼 무슨 뜻이니? 아이들에게 부모가 없는 게 좋다는 거야?"

"모두 부모가 있지만 섬에 같이 있지 않다는 점이요."

"좋은 지적이야. 하지만 꽤 언짢은 장면도 나오지 않니?"

나는 고개를 끄덕이며 대답했다.

"맞아요. 피기가 죽는 부분이 그랬어요."

"사이먼이라는 아이도 죽지 않아?"

아저씨는 내가 그 부분을 언급하지 않았다는 점을 인식하고 심리학자의 관점에서 이유를 궁금해하는 듯했다.

"사이먼의 죽음이 아주 불쾌하다고 생각하는 거니?"

아저씨가 물었다.

나는 생각하는 것처럼 보이도록 한참을 머뭇거린 다음 대답했다.

"네."

내가 아저씨에게 말하고 싶은 진실은 달랐다. 난 사람들이나 아이들이 서로 사냥하고 죽이는 점이 전혀 불편하지 않았다.

내게는 친숙하고 집에 있는 것처럼 편안했다.

아저씨가 내 옆에 앉았다. 소매를 걷어 올린 팔에는 금빛 털이 나있고 비싸 보이는 손목시계를 하고 있었다. 손길이 닿을 정도로 가까웠지만 아저씨는 내게 손대지 않았다.

"방금 준과 통화했는데 며칠간 휴가를 가기 전에 점검할 사항이 있는지 알아보려고 연락했다더구나."

그리고 엄마가 한 말을 아저씨에게 전했겠지. 또 다른 접시돌리기가 시작되었다.

"재판에 관한 다른 소식은 없어요? 제가 출석해야 하는지는요?"

"아직 확정된 바는 없지만 준이 말하기를 검사 측에서 우리가 헤쳐 나가야 할 질문들을 수집하고 있다고 해."

"질문이요?"

"네게 물어볼 것들이지."

"그럼 제가 대질 심문을 받게 되나요?"

"아직은 확실히 알 수 없어. 기다리는 일이 지옥 같겠지만 최대한 빨리 알려줄게. 약속하마."

아저씨는 자리에서 일어나 기지개를 켜더니 내 정신을 다른 곳으로 돌리려고 간식을 만들어주겠다고 했다. 내가 더 이상 질문하지 못하게 하려고 말이다. 난 아저씨와 함께 집 앞쪽으로 걸어갔다.

"아, 그러고보니 오늘 저녁에 다 같이 식사하기로 했다는 말을 깜박했구나."

"우리 전부요?"

"그래, 너랑 나, 사스키아, 피비까지 모두."

어이, 못난이, 감자 좀 집어줘.

식탁 아래서 무슨 일이 벌어질지 궁금한걸?

"우리는 항상 일곱 시에 모인단다. 괜찮겠니?"

"좋아요."

나는 이후 몇 시간 동안 스케치하며 피비가 통화하는 소리를 벽으로 엿들었다. 우리가 처음 만난 것처럼 그 애 방으로 찾아가 문을 두드릴까도 생각했다.

'지금까지 있었던 일은 다 잊어버리자'라고 말하고 싶었다. 다시 시작하자고, 친구로.

저녁 식사 시간이 되어 주방으로 내려가니 통구이 냄새가 풍겨 공기가 후덥지근하고 불편했다. 마이크 아저씨도 그렇게 느꼈는지 내가 들어서자마자 창문을 열었다. 피비는 싱크대에 기대서 전화기를 들여다보고 있었다. 마개를 딴 레드 와인이 꺼진 라디오 옆에 놓여 있는 것이 보였는데 어느 누구도 내가 엄마의 소식을 듣게 할 위험을 무릅쓰지 않았다.

"냄새가 좋네요."

내가 말했다.

피비가 고개를 들고는 목구멍부터 이상한 소리를 내면서 비웃었다. 마이크 아저씨가 그 애를 쳐다보고는 고개를 저었다. 아줌마는 우리를 등지고 스토브에 올려놓은 소스를 젓느라 바빴다.

"저건 사스키아의 전설적인 로스트 치킨이란다."

"전설적이란 건 너무 질겨서 다음 일요일까지 씹어야 하기 때문이지. 지금이라도 중국요리나 시켜 먹죠."

피비의 비아냥거림에 아무도 반응하지 않자 그 애는 다시 휴대전화만 쳐다보았다. 이 집에 온 지 얼마 되지 않았지만 느낄 수 있었다. 사스키아 아줌마는 강인한 엄마가 되기에는 부족한 사람이다. 난 피비를 쳐다보았다. 피비와 내가 다른 점보다 같은 점이 많다는 걸 그 애가 모른다는 사실이 서글펐다.

"자, 피비. 이제 그만 전화기 내려놔. 아무 말 하지 말고. 너와 밀리가 함께 식사를 준비해주면 좋겠구나."

"그럴게요. 하지만 제가 좋아할 거라고 생각하지는 마세요."

"네가 노력하면 즐거울 수도 있단다."

아줌마가 우리를 쳐다보며 말했다.

하지만 타이밍이 너무 늦어 피비의 분노를 가라앉히지 못했다. 그런데 왜 화내는 거지?

"내가 노력하면요? 그게 당신 생각이에요?"

"두 사람 다 그만둬. 밀리 앞에서 적절하지 않은 행동 같은데?"

아슬아슬하게 무너지기 일보 직전이었다. 카드로 어렵게 쌓은 피라미드. 쉽게 무너질 가족.

모두 말이 없었고 로지가 주방에 들어오며 내는 발소리와 코를 높이 들어 킁킁거리는 소리만 울려 퍼졌다. 로지는 오븐에서 새어 나오는 닭고기 냄새에 이끌려 이곳에 들어왔다.

마이크 아저씨가 몸을 숙여 로지가 좋아하는 귀 뒤쪽을 어루만져 주었다.

"로지, 이제 그만 나가보렴."

아저씨는 로지를 현관으로 내보냈다. 피비와 나는 식탁에 식기를 놓았고 사스키아 아줌마는 오븐에 익힌 감자와 채소를 흰 그릇에 담았다. 마이크 아저씨는 잘 갈린 긴 칼을 들고 와서 닭을 잘랐다. 아저씨는 빠르게 조각내면서 내게 손가락을 가져다 대라고 하지 않았다. 그런 게임을 시키는 사람이 아니다.

모두 자리에 앉은 다음 몇 분간 서로 접시를 건네고 그릇을 이리저리 옮기며 온 가족이 식사할 준비를 마쳤다. 아저씨는 아줌마와 함께 마실 와인을 따랐고 피비에게도 반 잔을 따라주었다. 내게도 주려고 했지만 내가 거절하고 물을 마시겠다고 했다. 피비는 날더러 고리타분하다고 했고 모두가 웃어넘겼지만 그 애는 머릿속으로 더 심한 말을 떠올렸을 것이 틀림없었다.

"자, 건배."

마이크 아저씨가 잔을 들며 말했지만 아무도 호응하지 않았다.

"밀리 말이 이번 학기에 〈파리 대왕〉을 공연한다면서?"

금맥이 어디인지 아는 아저씨는 노다지를 캤다.

"맞아요. 꽤 큰 역할을 맡았어요. 무대 위 내레이터예요. 메흐메트 선생님이 제 목소리가 낭랑해서 그 역할을 해야 한다고 했어요."

"참 잘됐네. 안 그래, 여보?"

아줌마는 고개를 끄덕였지만 마음은 다른 곳에 가 있었다. 벤지와 섹스하는 상상을 하거나 이 집을 나서서 다시는 돌아오지 않았으면 좋겠다고 생각할지도 몰랐다. 멀건 눈길로 계속 코를 만져댔다. 마이크 아저씨는 장님이 아니다. 그냥 모른척하고 참아주었다. 아줌마의 비밀 창고가 채워졌다. 기분이 좋아졌다. 사랑을 나눴다.

완전히 날아가는 기분이겠지.

"밀리, 어디에 정신이 팔려 있니?"

마이크 아저씨의 목소리가 들렸다.

내가 또 누군가를 뚫어지게 쳐다보았나보다. 이번엔 사스키아 아줌마였다.

피비가 죽일 듯 노려보는 표정이라고 말했다. 아줌마가 몸을 펴고는 입안 가득 음식을 우겨넣었다. 마이크 아저씨가 이제 그만하라고 말했다. 그렇게 대화가 이어졌다. 무미건조하고 단순했다. 우리는 식사하면서 이야기를 나눴다. 피비 말이 맞았다. 닭은 퍽퍽했다. 마이크 아저씨가 피비에게 대사를 어떻게 외우는지 물었고 나를 본받아서 읽고 또 읽으라고 말했다. 황소에게 붉은 깃발을 흔든 꼴이었다.

"참 뻔한 조언이네요. 사실 전 아주 열심히 외우고 있는데 아빠가 너무 바빠서 모를 뿐이에요."

피비는 와인을 더 들이켰고 술기운이 그 애의 화를 더욱 돋웠다.

"계속 그런 식으로 말한다면 넌 여기에서 나가야 할 거다, 알겠니? 모처럼 네 엄마가 멋진 저녁 식사를 준비했는데."

"제가 다른 데 가서 먹어야겠네요."

피비가 대답했다.

아줌마는 뭐라고 말하려다 입을 닫았는데 자기 딸만큼 용기가 있지도 않고 그럴 기운도 없었다. 그러고는 코카인이 당기는지 화장실에 가겠다며 자리를 비웠다.

"뭘 그렇게 펄쩍 뛰어요? 그냥 농담한 건데."

"마지막 경고야, 피비. 정말로."

마이크 아저씨가 말했다.

피비는 포크로 감자를 마구 쑤셔대며 아저씨를 쳐다보고 대답했다.

"알았어요."

아저씨는 손으로 머리를 쓸어 넘기며 한숨 쉬더니 내게 닭 요리를 더 먹겠느냐고 물었다.

"사양할게요. 이미 배가 불러요."

"저한테는 안 물어보나요?"

"더 먹겠니?"

"아뇨, 와인을 좀더 마실래요."

"오늘 저녁은 안 돼."

하지만 너무 늦었다. 피비는 이미 병을 들어 다른 잔에 반쯤 따라 마신 다음 다시 한 잔을 따랐다. 이번에는 가득 담았다. 피비의 입술이 보랏빛으로 얼룩졌다.

"더는 안 돼, 피비."

아저씨가 자리에서 일어나 피비의 손에서 잔을 빼앗아 싱크대에 와인을 버렸다.

"전엔 신경 안 썼잖아요."

"전엔 행동거지가 올발랐거든."

피비가 내 눈을 노려보았다. 그 애는 날 탓하고 있었다. 마이크 아저씨는 자리로 돌아가 앉은 다음 다른 방식으로 접근했다.

"연극에서 둘이 힘을 합치면 어때? 서로 도와주고."

"전 좋아요."

내가 대답했다.

"전 이지와 함께 준비하고 있어요."

"밀리도 끼워주면 어떻겠니?"

"그래봐야 소외될 텐데요."

"너무 무례하게 굴지 말고."

"전 무례하게 굴지 않아요. 왜 계속 저 애를 두둔하세요?"

"난 누구 편도 들지 않아."

"아뇨, 지금 들고 있잖아요. 전 없는 사람 취급하잖아요."

아저씨는 갈등을 해결하기 위해 설명해줄 수도 있었다. 왜 아저씨와 내가 그렇게 많은 시간을 같이 보내는지. 내가 학교를 빠진 날 우리가 어디에 갔는지. 검사들을 만나고 저녁에 무슨 대화를 나누었는지. 바로 엄마에 대해서. 하지만 아저씨는 이야기하지 않았고 그저 한 가족으로서 내가 삶을 살아갈 수 있게 도와주는 일이 중요하기에 더 시간을 내고 애정을 준다고 말했다. 피비가 뭐라고 대답하려는데 아줌마가 손에 술잔을 들고 나타났다. 얼음과 라임 한 조각이 들어있었다. 아줌마는 자리에 앉아 피비와 나와 같은 디자인의 이니셜 목걸이를 만지작거렸다. 피비는 그걸 놓치지 않았지만 아줌마가 의도한 방향은 아니었다.

"엄마가 다른 술을 마시는 걸 보니 엄마 와인은 제가 마셔야겠네요."

피비는 사스키아 아줌마의 잔에 손을 댔다. 이 롤리타는 어디를 자극해야 하는지 잘 알았다. 마이크 아저씨는 손으로 식탁을 꽉 누르며 환자들에게 쓰는 방법으로 자신을 진정시키려고 했다. 아저씨가 자리에서 일어나 말했다.

"지금 당장 네 방으로 올라가. 배가 고프면 먹을 걸 가지고 곧바

로 네 방으로 가. 저녁 내내 내려오지 않았으면 한다. 부탁이 아니
라 명령이야."

피비는 시키는 대로 했다. 화는 점차 가라앉았다. 끓어오른 뒤에
는 식는 것이 이치다.

그렇게 주방에는 세 사람이 남았다.

피비가 안쓰러웠고 나도 그 애와 마찬가지로 불쌍했다. 누군가
에게서 외로움을 느끼면 그들에게 보호받고 싶어 한다. 응석을 부
린다. 마이크 아저씨는 내게 사과했고 식사를 충분히 했느냐고 물
었다.

"네, 잘 먹었어요. 괜찮으시면 저도 이만 올라가볼게요."

"그러렴. 이러려고 마련한 자리가 아닌데 유감이구나."

난 피비의 방 밖에서 잠시 멈추고 그 애가 무엇을 하는지 상상해
보았다. 이지에게 문자메시지를 보내고 있을까? 가족들이 얼마나
싫은지, 그리고 내가 얼마나 미운지 이야기하고 있을까?

빛나는 새 가족이란 없었다.

"밀리, 마이크 아저씨야. 내 말 들리니?"

제발 그만 좀 울어.

"밀리, 지금 누구와 이야기하고 있니?"

난 널 도와주려는 거야, 진짜야.

"다 괜찮을 거야 밀리."

아니, 그러기엔 너무 늦었어요.

누군가 내 어깨에 손을 올리고는 가만히 두었다. 압박이 느껴졌

다. 목소리가 들렸다.

"밀리, 거기서 나와야 해."

눈을 뜨자 앞에 마이크 아저씨가 보였다.

"내가 일으켜주마."

"아뇨, 그들에겐 제가 필요해요. 다들 겁을 먹었어요."

"내 손을 잡으렴, 밀리. 그래, 착하지."

마이크 아저씨가 나를 지하실에서 꺼내주었을 때 난 복도 불빛에 눈이 멀었다. 강렬한 스포트라이트에 노출되었다. 이게 바로 나다. 내가 울음을 터트리자 아저씨가 안아주었다. 아저씨의 심장 박동 소리는 아주 강해서 두꺼운 실내복 밖으로 고동이 고스란히 전달되었다. 아저씨는 내 몸에 손을 댈 생각이 없었지만 그래줘서 고마웠다.

"죄송해요."

난 아저씨의 가슴에 파묻힌 채로 말했다.

"네가 죄송할 이유는 없단다, 밀리."

아니요, 이유는 참 많아요.

12

토요일 밤 아저씨는 날 방으로 데려다주며 모두 괜찮을 거라고, 돌아오는 치료 시간에 그 부분에 대해 이야기를 나누자고 했지만 그것이 진담인지는 확신할 수 없었다. 모두 괜찮을 거라는 점 말이다. 밤이 되자 발아래 땅이 울렁거리기 시작했다. 그런 순간에 내가 할 수 있는 행동, 나에 관해 드러낼 수 있는 것이 무엇일까. 아직도 대부분 시간을 엄마를 두려워하며 보내지만 지금은 마음속 잠긴 빗장을 풀어 보여주어야 한다는 새로운 두려움이 생겼다. 마이크 아저씨는 감당하기 어려울 것이다. 아저씨가 원하는 것보다 훨씬 더 크니까.

오늘부터 11주 뒤에 엄마의 재판이 시작된다. 11주 뒤 엄마와 같은 건물, 같은 공기 안에서 숨 쉬게 된다. 준이 전화로 마이크 아저씨에게 뭐라고 말했는지 알고 싶다. 엄마가 한 말에 대해서라고 했는데. 아저씨와 준이 내가 모르길 바라는 무언가. 지난주에 아저씨는 하나씩 차근차근 진실만 말하면 된다고 했다. 말이야 쉽지.

난 침대에 앉아 학교의 다른 여자애들이 하는 것처럼 손목에 차고 있던 고무줄로 머리를 높게 묶었다. 옷을 입은 다음에는 주말 동안 스케치한 그림을 캠프 선생님에게 보여주려고 돌돌 말았다. 선생님과 함께 있으면 내가 잘하고 있다는 기분이 들어서 좋았고 다시 선생님을 만나는 일이 기다려졌다. 막 방을 나서려는데 문자메시지가 왔다. 모건이 토요일에 즐거웠다며 또 보자는 메시지와 함께 이모티콘 여러 개를 보냈다. 추켜세운 엄지, 별, 두 소녀가 함께 춤을 추는 모습과 빨간 풍선까지. 모건이 날 좋아한다고 생각한다. 아직 내 좋은 면만 봤으니까. 절대 보여서는 안 되는 부분이 있다고 엄마는 내게 말했다. 사람들이 좋아할 거라고 확신하는 부분만 보이라고. 그래야 신뢰를 얻을 수 있다고 했다.

"잘 잤니?"

내가 주방으로 들어가자 마이크 아저씨가 이렇게 말했다.

"안녕히 주무셨어요?."

피비가 가슴 앞으로 팔짱을 끼고 서 있다가 날 보고는 고개를 돌렸다.

"피비,"

아저씨가 그 애를 불렀다.

피비가 고개를 꼿꼿이 세운 채 아저씨를 쳐다보더니 '알았어요'라고 말하고는 날 쳐다보았다.

"토요일엔 미안했어."

나는 고개를 끄덕이고 대답했다.

"고마워, 난 괜찮아."

"아니, 안 괜찮다는 걸 피비도 안단다. 분명히 말하는데 한 번만 더 이런 일이 생기면 가만있지 않을 거야. 알겠니, 피비?"

"네."

"좋아."

아저씨가 말했다.

"그럼 이 문제는 여기서 매듭 짓자구나. 둘이 같이 등교하는 건 어때? 둘이서 나가는 일은 좀처럼 없잖아."

"전 이지와 만나서 할 이야기가 있어요."

"토요일 저녁에 아빠가 말했잖니, 피비. 가끔 밀리를 데리고 가달라고. 아니니?"

"괜찮아요. 전 혼자 걷는 게 좋아요. 머릿속 생각도 정리하고요."

아저씨는 실망한 표정을 지었지만 그냥 받아들였다. 피비와 나는 아침 식사를 마치고 같이 집을 나섰지만 진입로를 나와 주도로로 들어서자 피비가 말했다.

"네가 뭘 하고 다니는지 내가 모를 거라 생각하지 마. 그리고 엄마와 아빠가 집에 누군가를 몇 달 이상 데리고 있은 적이 없다는 것만 알아둬. 얼마 안 돼서 넌 네가 왔던 곳으로 되돌아가게 될 거야."

피비는 책가방을 흔들며 뛰어가 길 끄트머리에서 기다리고 있는 이지와 합류했다. 그 애는 '네가 왔던 곳'이라고 말했다. 왔던 곳에 머물 수 없거나 돌아가는 것이 불가능한 사람은 어디로 가야 하느냐고 그 애에게 묻고 싶었다. 재판이 끝나면 난 어디로 가게 될까? 병원에서 준을 처음 만났을 때 그녀는 내게 임시 거처로 가게 된다고 했다. 마이크 아저씨와 사스키아 아줌마는 나를 마지막으로 피비가 A 레벨을 마칠 때까지 다른 입양아를 들이지 않기로 결정했다. 피비는 자신이 얼마나 행운아인지, 그 애와 잘 지내고 싶은 내 바람이 얼마나 큰지 전혀 알지 못했다.

학교에 도착해 라커 안에서 시간표를 확인했다. 첫 시간이 수학이어서 교실로 가는데 듀크스 선생님이 휴가를 내서 11학년은 도서관에서 수업한다고 적혀 있었다. 난 먼저 미술실로 가 켐프 선생님이 있는지 보기로 했다. 교실은 비어 있었다. 선생님의 수술 장식 카디건이 의자에 걸려 있고 미술 수업 교재가 펼쳐진 채 거꾸로 엎어져 있었다. 어떤 내용인지 궁금해서 책을 뒤집었는데 그때 복도로 이어지는 문이 열리며 선생님이 다양한 표정이 그려진 종이 접시를 한가득 들고 들어왔다.

"반가운 손님이 와 있었네. 주말 잘 보냈니?"

"네, 좋았어요. 선생님은요?"

"솔직히 말해서 너무 심심했단다. 날 보러 온 거라면 넌 운이 좋아. 꼬맹이들이 들이닥치기 전까지 30분 정도 시간이 있거든."

"주말에 그린 스케치를 보여드리고 싶어요."

"잘됐다. 그럼 한번 볼까?"

나는 책가방에서 스케치를 꺼내 선생님에게 건넸다.

"와, 이걸 그리느라 바빴겠구나."

"겨우 세 장인걸요."

난 선생님이 내게 보이는 열의로 기분이 좋아졌다.

"탁자에 쫙 펼쳐보자."

우리는 펠트펜이 가득 든 연필꽂이로 종이 모서리를 눌렀다. 세장을 모두 펼치자 선생님은 뒤로 물러나더니 고개를 끄덕였다.

"근사해. 특히 독수리 날개를 단 소녀 그림이 마음에 들어. 그림 그리는 걸 원래 좋아했니?"

"네, 그런 것 같아요."

"부모님 중에 예술을 전공한 분이 계시니?"

엄마가 자신이 저지른 일을 예술이라고 생각한다고 선생님에게 어떻게 말할 수 있을까.

종이가 아니라 피부에 하는 행위를.

"엄마는 제가 어릴 때 집을 나가서 잘 몰라요."

"네가 뉴몬츠 가족과 함께 지내는 걸 알면서 무신경하게 그런 걸 물어서 미안하구나."

난 괜찮다고 대답했지만 괜찮지 않았다. 선생님이 한 말 때문이 아니라 내가 할 수 없는 말 때문이었다.

"넌 재능이 아주 뛰어나. 학교를 마치고 미술을 공부해야겠다는 생각은 안 해봤니?"

"글쎄요, 전 과학도 정말 좋아해서요."

"과학이 확실히 돈은 더 되겠지. 그림을 보여줘서 고맙구나. 소녀들이 어떤 생각을 하고 있는지 알게 되어 기뻐. 이메일에 답장을 좀 써야 하는데 괜찮다면 넌 여기 편하게 있어도 돼. 남은 20분간 스케치를 해도 좋고."

"전 도서관에 가야 해요. 듀크스 선생님이 오늘 안 나오셔서 자습 하게 되었거든요."

"너만 괜찮다면 내가 사서에게 전화해서 네가 나와 같이 있다고 말해줄 수 있어."

"제가 여기 있어도 괜찮아요?"

"물론이지. 오래 있을수록 더 좋고. 누군가 함께 있는 편이 혼자인 것보다 낫지 않니?"

맞아요.

선생님이 사서인 하틀리 부인에게 연락하는 동안 나는 이젤 앞에 앉아 옆 탁자에 놓인 상자에서 붉은 초크를 꺼냈다. 문지르고 휘갈겼다. 우리는 조용히 작업했다. 먼지가 나고 시간도 함께 흘렀다. 남색 교복 치마 위로 붉은 조각이 떨어졌다. 내가 너무 세게 잡아 초크가 부러졌다.

"봐도 될까?"

선생님이 물었다.

"네."

선생님이 다가와 내 뒤에 섰다.

"이 작품은 색이 아주 강렬하구나."

난 고개를 끄덕였다.

누출과 침투예요.

"뭘 그렸는지 설명해줄래? 저건 사람이니?"

켐프 선생님이 손가락으로 엄마의 얼굴 쪽을 가리켰다. 선생님은 주위를 살폈고 엄마 주변으로 번진 초크들도 마찬가지로 살폈다.

"제가 본 것을 재해석한 거예요."

"텔레비전에서 본 거야?"

"네, 비슷해요."

"술라 노먼 미술 대상이라고 들어봤니?"

"죽었다는 소녀 말이에요?"

"맞아, 2년 전에 백혈병으로 죽었어. 내가 여기 오기 전이라 한 번도 만난 적은 없지만 아주 유능한 예술가였지. 그 애가 죽고 나서 부모가 학교에 아이 이름을 따서 미술 대상을 만들어달라고 요청해서 1년간 재료 구입비를 지원하고 소호에 있는 갤러리에서 전시할 수 있는 특전을 주게 되었어. 네 작품을 보니 널 추천해야겠다는 생각이 드는구나."

"제가 그 정도로 잘 그리는지 확신이 안 서요."

"나만 믿어. 계속 이런 작품을 내놓을 수 있다면 넌 우승할 확률이 아주 높아. 이런 말을 하면 안 되지만 사실이란다."

"고맙습니다. 생각해볼게요."

나는 개수대로 가서 손을 씻으며 얼굴에 퍼지는 온기를 느꼈다. 바보같이 얼굴을 붉혀서 선생님이 알아차렸다. 디스펜서에서 종이 타월을 뽑아 손을 닦는데 선생님이 개수대로 와서 젖은 행주를 건넸다.

"교복 치마에 묻은 얼룩을 닦으렴."

난 남은 시간 동안 도서관에 가 있다가 종이 치자마자 다른 아이들보다 먼저 체육관으로 갔다. 그리고 탈의실에서 체조복으로 갈아입었다. 사적인 공간이다. 요즘 내 몸의 주인은 나다. 지난밤 다치지 않아서 다행이다. 하벨 선생님이 팔로 내 갈비뼈 양쪽을 잡아주어 도마에서 머리부터 돌 수 있게 해주었다.

"하벨 선생님, 중요한 전화가 와 있습니다."

"나중에 다시 걸라고 하면 안 될까요?"

"안 됩니다. 교무실 맥디 선생님이 급한 전화라고 하셨어요."

"알겠습니다. 얘들아, 잠시 다녀올게. 도마에서 내려와서 스트레칭 좀 하고 있어. 장난치지 말고. 알겠지?"

체육관 문이 닫히자마자 웅성거리는 소리가 커졌다. 웃음소리와 장난기 어린 목소리. 남자애들에 관한 이야기와 주말에 있었던 에피소드가 흘러나왔다. 그것을 가만히 들으며 여자애들 사이에서 어떻게 적응하는지 배웠다. 나는 우리 학년에서 가장 덩치가 작은 조지가 천장에 달린 밧줄을 타고 올라가는 모습을 지켜보았다. 그 애는 발로 바닥의 커다란 매듭을 딛고 팔을 위로 당기며 체중을 실었다. 아주 훌륭하게 반쯤 올라갔고 움직일 때마다 밧줄이 옆으로 조금씩 흔들렸다. 피비가 클론딘을 붙잡고 뭐라고 속삭이더니 둘이서 킥킥거리며 밧줄로 향했다. 조지는 이제 아주 높이 올라가 있었고 바닥에는 충격 흡수 매트가 깔려 있지 않았다. 나는 그 애들이 뭘 할지 알 수 있었다. 끼어들어야 했지만 한 번만이라도 놀림 대상이 되고 싶지 않았다. 하찮은 대상이 되고 싶지 않았다.

둘은 밧줄을 흔들기 시작했다. 처음에는 살살했다. 얼마 가지 않아 다른 여자애들이 그 광경을 보게 되었다. 긴 머리를 높게 묶은 아이들이 모두 고개를 들어 천장을 쳐다보았다. 체조복에 주머니가 없어서 휴대전화로 촬영하지 않은 것이 다행이었다. 조지는 그만두라고 했지만 아무도 말을 듣지 않았다. 빨리 내려오라고 소리치고 싶었지만 그 애는 이미 겁을 먹었다. 꼭 붙잡고 있으라고, 살기 위해 버티라고 귓가에 속삭여주고 싶었다. 조지는 몸을 꼭 붙이고 밧줄을 단단히 잡았지만 맨발이라 아무 소용이 없었다. 발이 조금 미끄러지다가 다시 올라갔다. 한쪽 다리가 떨어졌다가 다시 붙었다. 누군가 농담을 던졌다.

"위쪽 날씨는 어때, 조지?"

웃음소리가 들리고 욕설도 튀어나왔다.

"와, 얼마나 높이 있는지 좀 봐."

그때 애나벨이 경고했다.

"저러다 떨어지겠어, 피비. 그만둬."

하지만 피비는 듣지 않고 크게 웃으며 줄을 더 세게 흔드는 것으로 자신의 권력을 과시했다. 자신이 통제하는 세상. 조지는 엄마 잃은, 혹은 꼬리 없는 아기 원숭이처럼 매달려 있었다. 가지도 나무도 없었다. 떨어지는 것을 막아줄 장치가 없었다. 저 위에 혼자였다. 그렇게 덩그러니. 우리 모두가 그렇다.

"클론딘, 계속해. 네 차례야."

클론딘은 피비가 시킨 대로 로프를 왼쪽으로 잡아당겨 조지가 뱅글뱅글 돌게 했다. 밧줄이 돌 때마다 조지의 눈가가 촉촉해졌다. 눈물이었다. 겁에 질렸다. 몸이 더 벌어졌다. 지친 것이다. 그 애를 도와야 했다. 아니, 그럴 수 없다. 아니, 할 수 있다. 그냥 그러고 싶지 않은 것뿐이다.

아무도 날 도와주지 않았다.

밧줄의 움직임이 줄어들기 시작했고 클로딘이 몇 걸음 떨어져 조지를 불렀다.

"내가 놀아줬으니 10파운드는 줘야겠어."

구경하던 여자애들은 밧줄이 더 이상 흔들리지 않으면 조지가 곧 바닥으로 내려올 것이고 피비와 클론딘에게 자신이 얼마나 무서웠는지 아느냐고 따지는 상황을 기대하고 있다가 김이 빠졌다. 모여 있던 아이들은 삼삼오오 흩어졌다. 밧줄은 이제 거의 꼼짝도 하지

않았다. 매트 위에서 옆으로 재주넘기 대회가 펼쳐지면서 다시 이
야기꽃이 활짝 폈다. 대부분이 그랬지만 피비는 예외였다. 피비 안
에 숨어 있는 무언가가 마지막으로 힘을 주어 로프를 세게 당기라
고 종용했다. 그 애의 마음속 불꽃이 너무 강하게 타올랐다.

조지는 매달려 있을 힘이 다 빠져버렸다.

그 애가 바닥으로 떨어지기 전에 나는 고개를 돌렸다. 소리가 엄
청났다. 뼈가 부서지는 소리였다. 팍. 쫘악. 몇 분 전까지 들리던 웃
음소리가 침묵으로 바뀌었다. 침묵은 욕으로 변했다.

"피비, 넌 미쳤어."

클론딘이 말했다.

난 다시 고개를 돌렸다. 조지는 얼굴이 하얗게 되어 고꾸라졌고
턱 아래로 허연 뼈가 튀어나왔다. 쇄골이 부서진 것이었다. 체조복
을 입은 무리가 재주넘기를 중단하고 주위로 몰려들었다. 나도 뒤
쪽으로 가서 그 애 옆에 앉았다. 가쁘게 내쉬는 숨소리가 들리고 그
애 머리 위로 밧줄이 대룽거렸다. 우리 모두에게 잘못이 있었다. 이
제 체육관은 다른 소음으로 시끄러웠고 공포에 질린 목소리들이 더
커졌다. 여자애들은 무서워 서로 엉겨 붙었다.

"제기랄, 이게 나 혼자 저지른 일은 아니잖아. 너도 가담했어, 클
론딘."

"아니, 난 그 전에 멈췄고 너도 그래야 했어."

"젠장, 난 토할 것 같아."

"입 다물어, 클라라. 불쌍한 조지를 생각하라고."

"존스 선생님께 데려다줄게, 조지. 내 말 들려? 넌 괜찮을 거야."

애나벨이 결심한 듯 말했다. 마치 대장처럼.

피비는 웅크리고 앉아 자기 잘못을 만회할 기회가 아직 있다는 걸 알았다. 그래서 곧바로 나섰다.

"정말 미안해. 난 네가 내려오고 있는 줄 알았어. 네가 떨어질 줄 알았다면 절대 그러지 않았을 거야."

"그런 말 하기엔 좀 늦은 것 같지 않니?"

애나벨이 따졌다.

"그 입 좀 다물고 가서 존스 선생님이나 불러와. 그리고 뭐라고 말하기만 해. 모두 날 도와줄 거지? 우리 다 같이 웃었으니 모두에게 책임이 있는 거야. 그리고 이건 그냥 사고라고."

피비는 수완이 좋았다. 아주 능수능란했다. 여자애들은 모두 고개를 끄덕이며 동조했다. 클라라는 고개를 돌리더니 손으로 입을 막고 어깨를 들썩이며 구역질했다. 조지는 신음하기 시작했다. 눈을 아래로 내리고 피부 밖으로 삐져나온 쇄골을 본 순간 앓는 소리는 울부짖음으로 바뀌었다.

애나벨은 존스 선생님을 데리러 간다며 문으로 달려갔다.

"쳐다보지 마."

내가 조지에게 말했다.

피비는 조지의 울부짖는 소리가 커지자 멈추려고 했다.

"젠장, 진정 좀 해. 존스 선생님이 곧 오실거야. 사고였다고 말하는 거 알지?"

"내가 물을 좀 갖다줘볼까?"

마리아가 물었다.

"안 돼."

누군가 대답했다.

"마실 걸 주면 안 돼. 텔레비전에서 봤는데 의료진이 도착할 때까지 체온을 유지할 수 있게 해줘야 해."

"저기 있는 후드 티셔츠는 어떨까? 저걸 가져다 다리를 덮어줄까? 춥니, 조지?"

조지의 몸이 떨리기 시작했다. 쇼크가 온 것이었다. 난 어깨로 조지의 등을 지탱했다.

"조지를 일으켜 세워서 벤치에 앉히는 게 어떨까?"

피비가 말했다.

"그럴 수 있겠어, 조지?"

조지는 고개를 흔들더니 울음을 터트렸다.

"그래도 해봐야지. 어서, 조지를 일으켜 세우게 도와줘."

난 피비가 무슨 짓을 하려는지 알았다. 장면을 '정리'해서 덜 심각하게 보이려는 것이었다. 뼈가 부스러진 소녀는 고꾸라진 밧줄 아래 있는 것보다 벤치에 앉아 있는 쪽이 더 보기 좋으니까.

"안 돼. 하지 마."

나도 모르게 말이 튀어나왔다.

보라색과 청색 벨루어 체조복을 입은 여자애들이 일제히 날 쳐다봤다.

"네 일에나 신경 써."

피비가 대답했다.

"조지는 지금 고통이 너무 심해서 움직이면 안 돼."

"네가 무슨 골절 전문가야?"

두피가 움직이며 천천히 열이 나기 시작했다. 난 조지의 무게를 지탱하면서 그 애에게 팔꿈치를 잡아 팔로 복부를 감싸라고 말했다.

"그래, 그렇게 해. 고통이 좀 줄어들 거야."

나도 그랬거든.

존스 간호 선생님이 도착해 조지를 보더니 애나벨에게 교무실로 가서 구급차를 부르라고 말했다. 존스 선생님은 우리 뒤쪽에 있던 도마를 가지고 와서 내게 도와줘서 고맙다고 말하고는 조지에게 거기에 살짝 기대라고 했다. 하벨 선생님도 소식을 들었는지 화난 얼굴로 도착했다.

"무슨 일이야?"

선생님이 물었다.

"얌전히 있으라고 했잖아."

"그게,"

피비가 대답했다.

"그냥 조금 장난을 치고 놀았는데 조지가 그만 밧줄에서 떨어졌어요."

"너희 다 선생님이 한 말 못 들었니? 매트에서 스트레칭 하라고 했잖아. 가서 모두 옷을 갈아입어, 어서!"

피비는 탈의실 밖에서 기다리고 있다가 푸른 눈동자 속에 든 작은 갈색 얼룩까지 보일 정도로 얼굴을 바짝 가져다 댔다.

"다음부턴 너랑 상관없는 일에 끼어들지 마, 알겠어?"

난 그 말을 무시하고 걸어 나갔다. 피비가 뒤따라오더니 지나치면서 날 밀쳤다. 난 나무 벤치에 세게 부딪혔다.

멍이 들었지만 살아 있었다.

팔딱팔딱 살아 있는 건 피비도 마찬가지였다.

13

체육관 사건 이후 며칠 뒤 피비가 생물 수업이 끝나고 나서 카드를 돌렸다.

"모두 서명해."

피비가 명령했다.

"맥디 선생님이 조지네 집에 가져다주신댔어."

카드가 내게 오자 피비가 분홍색으로 써둔 글귀가 보였다. '네게 사고가 생겨 정말 유감이야. 빨리 나아. 사랑을 담아 P가.'

'사고'라는 단어를 선택하다니 흥미로웠다. 선생님이나 부모님이 보기에 부정행위가 있었다는 의심이 들지 않는, 좋은 말이었다. 하지만 조지는 단순한 비명을 넘어 더 많은 것을 알고 있다. 나는 엄마를 밀고했다. 안 그래, 엄마? 난 녹화되고 있다고 알려주는 빨간 불을 쳐다보며 진술하고 또 진술했다.

모두가 한마디씩 적자 피비는 봉투에 침을 발라 한 손으로 부드럽게 V 자를 그리며 눌렀다. 피비는 입에 분홍색 바셀린을 바르고 봉투 뒷면 중앙에 입술 자국을 남겼다. 난 피비가 학교에서 얼마나 다른 모습인지 생각했다. 자신감이 넘쳐흘렀다. 나도 마찬가지로 아주 많이 다르다. 엄마와 나의 비밀을 숨긴 채 착한 척하고 있으니. 피비가 자면서 비명을 지르는 걸 여자애들이 알면 어떨지 궁금하다. 자면서 우는 걸 안다면. 너무 무서워 잠들 수 없을 때, 방 구석구석에서 모든 그림자와 속삭임이 몰려나와 방에 있는 것조차 두려운 밤에 그 울음소리를 들었다. 엄마가 보내는 속삭임. 가끔 잠에서 깨 복도로 나가 긴 벨벳 커튼 속에서 몸을 웅크리고 있기도 했다. 가만히 있지 못하는 말썽쟁이 피비가 자면서 내지르는 작고 외로운 비명은 그 애가 깨어날 때면 울음으로 뒤바뀐다. 가끔은 램프를 켜는지 문 밑으로 빛이 새어나오기도 한다. 그 애 방으로 들어가 괜찮다고 말해줄까도 생각했지만 그러지 않았다. 너무 과한 엄마를 둔 나와 너무 부족한 엄마를 둔 피비 중 누가 더 최악인지 확신할 수 없어서였다.

점심시간을 알리는 종이 울리고 나는 초등학교로 향했다. 딱 두 번 도와줬는데 아이들이 날 좋아하는 듯했고 나도 좋았다. 아이들과 함께 있는 순간이 마법처럼 느껴졌다. 아이들은 절반은 이 세상에, 나머지 절반은 자기만의 세상에 산다. 용을 죽이고 공주를 구해야 한다. 다시 읽어줘요, 밀리. 우린 그 이야기가 좋아요, 네? 지난주에 여자애 한 명이 넘어져서 내가 손을 털어주고 무릎에 묻은 자갈도 떼주었다. 용감해져야 해. 난 소녀에게 그렇게 말했다. 그럴 필요가 있거든.

운동장에 도착하니 아이들 한 무리가 내게 달려와 미소를 지으며 포옹했다.

"와, 밀리가 왔어!"

"우리 말타기 놀이 안 해요?"

작고 여린 얼굴에 피부가 창백하고 눈 주위가 분홍빛인 에블리나가 물었다. 집에 있는 그 애 엄마는 무릎 뒤쪽으로 보이는 습진 자국을 없애려고 귀리 가루를 푼 물에 아이를 목욕시켰을 것이다.

"그럼 올라타."

난 이렇게 대답하며 아이가 올라올 수 있게 몸을 구부렸다.

다른 아이들의 부모는 어떤 사람일지 생각하면서 자주 이 놀이를 했다. 병동 직원들은 엄마가 뭘 잘못했는지 곧바로 내게 알려주었다. 비정상적인 경우였다. 그래서 나는 올바른 것이 무엇인지 배우고 엄마와 달라지려고 애쓰고 있다.

에블리나는 코알라처럼 내 목에 팔을 감싸고 달라붙었다. 자기 차례를 기다리는 아이들 한 무리를 이끌고 말 흉내를 내며 걷다가 교실 창문에 비친 내 모습을 보았다. 나는 고개를 돌렸다.

내가 몸을 구부려 에블리나를 내려주자 '이제 제가 탈래요'라고 함성이 쏟아져 나왔다. 난 힘든 척하며 원을 그리며 뛰었고 아이들은 좋아하면서 따라왔다. 한 아이가 뒤처졌는데 눈을 바닥에 깔고 이따금 다른 아이를 흘끔거리며 나와 어떻게 어울리는지 살폈다. 나도 그 아이 또래에 똑같이 행동했다. 그래서 아이에게 등을 내주었다.

"타볼래?"

내가 물었다.

아이는 고개를 젓고는 재킷 주머니의 단추를 만지작거리며 눈길을 돌렸다. 내가 꺼리던 통통한 여자애가 내 등에 올라타더니 어서 출발하라고 했다. 태워주고 싶어 한 아이가 날 믿지 못하는 것이 화가 났다. 엄마가 아이들과 잘 노는 법을 알려주었는데 아직 난 엄마가 가진 매력에 비하면 턱없이 부족한가보다. 엄마의 기술에도 못 미치고.

난 말처럼 달리기 시작했다.

"더 빨리, 더 빨리."

뒤에서 날카롭게 외쳤다.

여자애가 다리로 내 허리를 감은 느낌이 불편했다. 숨이 막혔다. 내 등에서 큰 덩어리가 떨어져 나갔다. 조지가 떨어진 곳처럼 높지는 않았지만 대여섯 살 난 아이가 다치기에는 충분한 높이였다. 그 애를 더 꽉 잡아야 했다.

그래야 했다.

아이는 쿵 하고 떨어지더니 울기 시작했다.

"언니가 날 떨어뜨렸어요."

"왜 그래, 안젤라. 그렇게 예민하게 굴지 마. 훌륭한 기수는 가끔 떨어지기도 해. 자, 일어나서 옷에 묻은 먼지를 털어."

그리고 이만 가. 내 눈앞에서 사라지라고.

운동장 콘크리트 바닥에 사방치기 놀이가 그려져 있다. 아까 그 아이가 그걸 보는 척했다. 그 애가 거절할 것을 알기에 같이 해보자고 말하지 않고 그냥 다가가 주머니에서 사탕을 하나 꺼내주었다. 아이들은 사탕을 좋아하고 그 사탕을 준 사람도 좋아한다.

곧바로 엄마의 칭찬이 들려왔다. '역시 내 딸이야.' 하지만 클론 딘과 이지와 함께 화장실에서 싸우던 때의 득의양양한 감정이 느껴지지 않고 야비하다는 생각만 들었다.

"에이, 그러기 있기에요?"

안젤라가 사탕을 보고 말했다.

"바닥에 떨어진 사람은 난데."

난 안젤라를 무시했다. 뚱뚱한 꼬마 돼지. 그때 점심시간이 끝나는 것을 알리는 종이 울렸다.

"자, 모두 모여. 다 같이 칙칙폭폭 기차놀이를 하면서 교실로 가자."

세 명의 교사가 아이들이 돌아오길 기다리면서 일일이 숫자를 셌다. 운동장 바깥에 누가 숨어 있는지 모를 테지.

혹은 운동장 안이나.

"카터 선생님, 밀리 언니가 절 떨어뜨렸어요."

"그게 무슨 말이야, 안젤라?"

내가 대신 대답했다.

"같이 놀다가 그랬어요. 말타기 놀이를 했거든요. 지금은 괜찮아요."

"음, 다음번엔 좀더 신경써주렴, 밀리. 아이 부모님에게서 항의를 받으면 곤란하거든."

"네, 더 조심할게요."

"그래주렴."

선생님이 내 눈을 뚫어지게 쳐다보며 말했다.

나도 눈길을 마주하며 미소 지었다. 조심할 사람은 내가 아니다.

에반스 선생님은 아이들에게 내게 고맙다고 인사하라고 말했다. 아이들은 한 목소리로 내게 감사했다. 그 소리가 날 채우고 따뜻하게 해주었다. 난 어린 소녀를 찾았다. 그 애는 맨 뒤에 서서 여전히 작아 보이려 하고 있었다. 없는 사람처럼.

마이크 아저씨가 어제 늦게 집에 들어와 아주 짧게 상담했다. 아저씨는 내가 대니얼에 대해 이야기하기를 바랐는데 법정에서 대질 심문을 받을 때 변호인 측에서 내가 더 많은 행동을 취해야 했다는 주장에 어떻게 반박할지 살피려는 것 같았다. 내가 무언가를 더 했어야 했다.

"내면에 그런 감정을 가지지 않으려고 노력하는 게 중요해. 실제로 벌어진 일 가운데 네 잘못은 아무것도 없다는 사실을 기억하렴. 아무도 널 원망하지 않아."

마이크 아저씨가 말해주었다. 그 말은 사실이 아닌걸요, 난 그렇게 말해주고 싶었다.

나 자신을 원망하니까.

아저씨는 오늘 밤에 다시 최면 치료를 계속하자고 말했고 그것이 내 잠재의식에 숨어 있는 트라우마를 꺼내는 데 꼭 필요한 과정이라고 했다. 난 내가 한 말을 전부 기억 못 하는 것이 싫다고 대답했다.

"날 믿어야 해, 밀리. 난 이 일에 익숙해. 오랫동안 최면 치료를 해왔어."

아저씨를 보러 가기 전에 나는 아침에 온 모건의 문자메시지에 답장했다. 모건은 '재수 없는 금발'을 몰래 살폈고 그 애가 담배를 피우는지 아느냐고 물었다. 난 모른다고 대답했다. 그러자 이런 메시지가 왔다.

피워. 또 어떤 비밀이 있는지 궁금해?

모건에게 그렇게 해달라고 부탁한 적 없지만 그 애가 날 대신해 몰래 살펴준다고 생각하니 좋았다. 믿을 수 있는 가까운 사람이 생긴 것 같았다.

주방에 내려가보니 피비가 마이크 아저씨에게 조지의 사고 소식을 알리며 자신이 어떻게 도왔는지 말하고 있었다. 그리고 아저씨에게 내가 그대로 얼어버려 전혀 도움이 되지 않았다고 말했다. 조지처럼 창백했다고.

"신경 쓰지 마."

아저씨가 날 쳐다보며 말했다.

"네가 거기 있어서 다행이었던 것 같구나, 피비."

"아 그리고 아빠, 제 화학 숙제 못 보셨어요?"

"못 봤는데. 마지막으로 어디에 뒀는데?"

"잘 모르겠어요. 어제 보고 못 본 것 같은데 내일까지 제출하지 않으면 프리스 선생님이 난리를 치실 거예요."

"그럼 얼른 가서 찾아보렴."

사스키아 아줌마가 요가복을 입은 채 주방으로 들어왔다. 변함없이 삽 형태가 두드러지는 모습이었다.

"여보, 그 이야기 들었어? 피비가 며칠 전에 체육관에서 사고를 당한 조지 롬바드를 도와줬대."

"대견하네요."

아줌마가 대답했다.

"난 수업에 늦어서 이만 가봐야겠어요."

그 말에 피비는 상처를 받았다. 아줌마가 더 많은 것을 묻지 않아서였다. 피비는 아줌마에게 혐오스러운 표정을 지어 보이고는 아줌마를 밀치고 지나쳤다. 아줌마는 마이크 아저씨에게 영문을 모르겠다는 몸짓을 하고 말했다.

"왜 저래요?"

"아무것도 아니야."

아저씨가 대답했다.

"자, 밀리. 우리도 시작해볼까."

우리 중 어느 누구도 처음에 피비가 거기 있는지 알지 못했다. 3층 위 난간 가장자리 말이다.

"엄마가 제일 좋아하는 요가 잘하고 오세요."

피비는 이렇게 말하며 우리를 내려다보았다.

그 애는 아줌마를 쳐다본 채 난간에서 손을 떼 비틀거리는 척하며 아줌마가 조심하라고 말해주길 바랐지만 그 말은 마이크 아저씨 입에서 나왔다.

"바보같이 굴지 말고 어서 내려와. 그러다 죽을 수도 있어."

난간 밑으로 내려온 피비는 엄마에게 세 번째 손가락을 들어 보인 뒤 자기 방으로 들어가버렸다. 마이크 아저씨가 어색하게 미소를 지으려 하자 사스키아 아줌마가 말했다.

"당신은 심리학자잖아요, 고쳐요."

"사스키아, 피비는 우리 딸이야. 고쳐 쓰는 물건이 아니라고. 피비가 화난 건,"

"나 때문이라고 말하려는 거죠?"

아줌마가 물었다.

"내 탓이에요. 몇 년 전에 그랬죠. 그런데 지금도 여전히 내 탓인 거죠?"

"그런 뜻이 아니야. 들어봐. 내가 피비와 이야기해볼게. 오늘 말고 다른 날에."

"당신이 친딸과 시간을 더 많이 보내면 상황이 나아질 거예요."

비열한 말을 해놓고 사스키아 아줌마는 곧장 사과했다. 난 머리카락과 눈동자 색깔이 피비와 같고 비쩍 마른 그녀를 쳐다보았다.

10대와 비슷해 보이지만 진짜 10대인 우리보다 생각이 깊지 못했다. 요즘은 느끼는 바가 많다. 더 상스러운 쪽으로.

서재로 걸어가면서 마이크 아저씨는 오늘 병원 정신과 의사가 아저씨를 불러 내가 먹고 있는 약을 살폈다고 말해주었다. 그 의사의 진료실이 생생하게 기억난다. 벽에는 학위와 증명서 액자가 빼곡히 걸려 있고 매주 똑같이 질문했다. 식욕, 두통, 갑자기 떠오르는 기억 그리고 수면에 대해서.

"그래, 예상대로야."

의사는 이렇게 말하고는 종이에 또다시 수많은 처방전을 적어주었다. 파란 약은 아침에, 흰 약은 밤에, 분홍색 약은 아무 생각도 하고 싶지 않을 때 먹는다. 다른 10대 아이가 내게 약을 입 안쪽에 물고 있다가 나중에 화장실에 가서 뱉어내는 법을 알려주었다.

약을 먹는 건 반칙 같았다.

내가 받을 자격이 없는 친절이고 엄마에게 넘기기 전날 밤 대니얼이 그렇게 되도록 놔둔 걸 생각하면 지금도 여전히 자격이 없다고 느낀다.

"저녁에 복용하는 약의 강도를 늘리면 어떻겠니?"

마이크 아저씨가 물었다.

난 그러면 아침에 정신이 몽롱해서 학교에서 힘들 거라고 답했다.

"아직도 그래? 그러면 안 되는데. 적어놓았다가 내일 의사에게 전화하면서 말해야겠다. 재판이 끝나고 나면 네 상태를 완전히 다시 검토할 거야."

마이크 아저씨는 내 약을 조제하는 데 아주 성실하다. 내가 그 약을 먹는지는 그렇게 열심히 확인하지 않으면서. 내 맨 위 서랍장 양말 속에는 먹지 않은 약이 가득하다. 아저씨는 다이어리에 메모하고 내 맞은편 의자에 앉았다.

"준비됐니?"

아저씨가 물었다.

"아니요."

"이건 중요한 일이란다, 밀리. 네가 떨쳐버리려면 네 마음속 한 부분에 우리가 들어갈 수 있어야 해. 가령 며칠 전 밤에 지하실에서 있었던 일은 죄책감과 관련된 것이니 네 잘못이 아닌 일과 너를 분리해야만 해."

가슴 깊은 곳에서 두려움이 서서히 올라와 목구멍까지 다다랐다.

"넌 그 감정을 드러내고 네 엄마가 널 더 이상 조종할 수 없다는 사실을 인식하고 안심해야 해."

마이크 아저씨는 어제 자신이 하는 일을 잘 알고 있고 오랫동안 최면 치료를 해왔다고 했는데 왜 아직도 엄마와 내가 연결되어 있다는 사실을 모를까? 무슨 일이 벌어지고 있는지 왜 보지 못할까?

"우선 최면 치료를 끝내고 다시 이야기하자꾸나."

아저씨는 내가 안전하게 느끼는 장소를 시각화해보라고 했다. 보이는 것은 연기 속에서 나타나는 유령의 얼굴뿐이었다. 엄마가 내뿜는 자욱한 담배 연기를 뚫고서. 꼬마 유령들은 아직도 배회하고 있었다. 머물고 있는 자리가 마음에 들지 않아 안식을 찾지 못하고 있었다.

그들이 묻힌 장소가 마음에 들지 않아서였다.

"어떤 소리가 들리는지 말해주렴."

마이크 아저씨가 물었다.

"누군가 도움을 청하고 있어요."

"그게 누구지?"

"제 방 맞은편 방에 있는 누군가요."

"가서 누군지 봤니?"

"누군지 알아요. 목소리를 알거든요. 하지만 문이 잠겨 있어서 들어갈 수가 없어요."

"그 애를 돕는 건 네 일이 아니란다, 밀리."

"다음 날 아침 그 애가 울면서 자기 엄마를 찾았는데 여전히 문이 잠겨 있어서 도와주지 못했어요. 그리고 엄마는 절 학교에 데려다주면서 날마다 같은 노래를 불러요."

"엄마가 부르는 노래가 뭐지?"

"라벤더는 초록색, 딜리딜리, 라벤더는 파란색 하는 동요요."

'네가 엄마를 사랑한다면, 딜리딜리, 엄마도 널 사랑할 거야. 넌 아직도 엄마를 사랑하지, 안 그래 애니?'

"저도 그 자리에 있었어요, 아저씨."

"어디 있었니, 밀리?"

난 눈을 떴다. 아저씨가 의자 앞으로 몸을 숙이고 날 쳐다보았다.

"너도 거기 있었다고 말했어. 그게 무슨 뜻이니?"

난 혀를 깨물었다. 피가 배어 나오면서 따갑고 뜨뜻한 감촉이 느껴졌다.

"넌 최선을 다했어, 네가 처한 상황에서. 대니얼을 떠올리는 일은 특히나 더 힘들 거야."

"제가 떠올린 대상이 왜 대니얼일 거라고 생각하세요?"

"네가 그 애 목소리를 알아들었거든. 그 애는 네가 잘 아는 유일한 소년이잖니."

"하지만 그렇다고 해서 엄마가 데려온 다른 아이들에게 신경 안 썼다는 뜻은 아니에요."

"알아, 네가 그렇다고 말하는 게 아니라는 것도. 내 말은 네가 보호소에서 같이 놀아주던 대니얼을 엄마가 데려왔다는 사실을 알게 된 이후로 더 많이 힘들었을 거라는 뜻이야."

"그 이야기는 하고 싶지 않아요."

"하지만 해야 해. 법정에 서고 싶다면 그 이야기를 해야만 한단다."

"그때 가서는 말할 수 있어요."

"지금 해보는 건 어떠니?"

"절 너무 몰아붙이시는 것 같아요. 전 시간이 더 필요해요."

"여기가 안전한 곳이라는 걸 알아주면 좋겠구나, 밀리. 내게는 뭐든 말해도 돼. 난 네 말을 들어주려고 여기 있는 거야."

나는 알지만 너무 피곤하다고, 더 이상 말하고 싶지 않다고 대답했다.

아저씨는 의자에 몸을 기대고 고개를 끄덕였다.

"그래, 그럼 오늘은 여기까지만 하자."

한밤중까지 최면 치료를 받아 기진맥진했지만 잠이 오지 않았다. 누군가가 날 꼭 안아주고 편안하게 해주면 얼마나 좋을까. 엄마의 손길은 아팠지만 손길이 없는 건 더 아팠다. 난 침대에서 나와 발코니 문을 활짝 열었다. 방 안으로 들어온 차가운 바람이 온몸이 떨리고 소름이 돋게 해 외로운 피부에 감각을 일깨워주었다.

아저씨와 아줌마가 사준 이젤 앞 스툴에 앉았다. 그들은 날마다 내게 호의를 베푼다. 새벽 2시를 넘긴 늦은 시간, 밤공기가 날 감싸자 발이 시려왔다. 사각거리는 목탄 소리가 좋았다. 차가운 공기 위로 미끄러지며 번지는 느낌이 완벽했다. 손에 묻은 검은색이 무슨 일이 벌어지고 있다고 알려주었다. 끝내야 하는 일이었다. 나는 스케치하면서 스툴을 앞뒤로 까닥이다가 잠시 눈을 감고 목탄을 꽉 쥐었다. 발코니 문으로 들어오는 바람이 가슴을 파고들었다. 유두가 단단해졌다.

스툴을 옆으로 움직였다.

왼쪽에서 오른쪽으로, 원을 그리며. 나무로 된 스툴이 속옷을 스치며 몸을 흥분시키는 감촉이 좋았고 그 느낌은 몸의 차가운 부분과 크게 대조되었다. 나는 가장자리 쪽으로 몸을 더 세게 비볐다.

더 강하게.

손에 쥐고 있던 목탄이 부서졌다. 무릎 위에 떨어진 부스러기를 그대로 놔둔 채 아래쪽에서 뛰는 고동을 즐겼다.

아침에 일어나보니 스케치가 이젤 위에 꽂혀 있었다. 또 엄마 짓이었다. 나는 종이를 뜯어서 둘둘 말아 침대 아래 서랍에 넣었다.

14

며칠 동안은 좋지 않았다. 증인석에 서는 꿈을 꾸었는데 입을 열
자 말 대신 박쥐들이 쏟아져 나왔다. 날카로운 비명으로 진실을 떠
들었다. 엄마가 내게 시킨 부끄러운 일들이 큰 소리로 떠벌려졌다.
엄마가 다른 아이들에게 하게 만든 일도. 오늘 아침에는 엄마가 베
개로 내 숨통을 조이는 꿈에 놀라 잠에서 깼다.

모건은 주말이 다 가도록 내 문자메시지에 답장하지 않았다. 가
끔 그 애가 삼촌을 도우러 간다는 것을 알고 있어서 그러려니 했지
만 모건이 내 정체를 알게 되면 어떤 반응을 보일지 늘 궁금했다. 날
이해하고 계속 친구로 남을지도 모른다. 그 애에게 말할까도 생각
했다. 내가 가장 가깝다고 느끼는 사람이고, 가끔 엄마라는 무거운
짐을 혼자 지기는 너무 힘들기 때문이다. 누군가와 부담을 나누고

정상적인 기분을 느끼고 싶다. 그 애가 비밀을 지킬지 확신이 들지 않고 엄마가 죽인 아이들의 부모가 엄마가 아닌 날 쫓아올까봐 걱정된다. 똑같이 되갚아주려고.

검은 후드 티셔츠에 청바지를 입고 어그 부츠를 신었다. 오늘은 브룩미어 칼리지와 견학을 가는데 처음 그 소식을 들은 뒤로 쭉 걱정했다. 남자애들과 어떻게 어울릴지 아는 여자애들은 자신감이 넘쳤지만 나는 다른 이유로 눈에 띌까 두려웠다. 주방에 가니 접시에 크루아상이 놓여 있고 그 옆으로 마이크 아저씨가 남긴 쪽지가 보였다. '월요일 아침 식사야, 얘들아. 견학 잘 다녀오렴.'

아저씨는 나와 피비를 한데 묶어 불렀다. 한 팀으로. 그게 사실이 된다고 해도 좋다. 우리는 훌륭한 팀이 될 테니. 사스키아 아줌마가 주방으로 들어와 내게 견학 가는 일이 신나는지 물어보았다.

"그런 편이에요."

"확실히 수업을 듣는 것보다는 낫지?"

아뇨, 전혀 그렇지 않아요.

"자, 크루아상을 가지고 가렴."

"고맙습니다. 피비는 벌써 나갔나요?"

"5분쯤 전에 갔을 거야."

"그렇군요. 다녀오겠습니다."

학교 가는 길에 크루아상을 꺼내 먹었다. 견학을 갔다 와서 오후에 캠프 선생님을 만나 그림을 보여줄 수 있으면 좋겠다. 선생님은 학교에서 날 볼 때면 언제나 미소 지으며 인사해준다. 지난 금요일 점심시간에는 내가 앉은 테이블에 들러 주말을 잘 보내라고 말해주기도 했다. 엄마가 아니라 선생님 같은 사람 밑에서 자랐다면 내 인생이 어땠을지 생각해보았다. 하지만 곧바로 죄책감을 느꼈다.

학교에 도착하자 교문 앞에 서 있던 버스에 학생들이 타고 있었다. 고전을 가르치는 콜리어 선생님이 서두르라고 재촉했다. 난 누군가 옆에 앉는 것이 부담스러워 앞쪽 좌석을 골랐다. 그리고 음악이 나오지 않는 헤드폰을 썼다. 버스는 이내 학생들로 채워지고 에너지가 넘쳐났다. 여자애들은 태닝한 것처럼 반짝이는 메이크업에 향수를 잔뜩 뿌렸다. 남자애들은 침팬지처럼 머리 위 짐칸을 잡고 턱걸이를 했다. 동물원이었다. 놀라웠다. 인원 파악이 끝나고 뒤쪽에서 누군가 조가 안 왔다고 소리치며 그 애를 빼놓고 가자고 농담했다. 남학생들을 담당하는 듀건 선생님이 제한 시간을 정했다.

"저기 보여요, 선생님. 지금 오고 있어요."

"서둘러, 조. 아니, 안으로 들어가지 마. 우린 널 충분히 기다렸으니 빈자리에 앉으렴."

조는 뒤쪽을 쳐다보다가 어깨를 으쓱이더니 내 옆에 앉았다. 야유와 휘파람이 쏟아져 나오자 조가 가운뎃손가락을 높이 들어 보였다.

"다들 조용히 해."

듀건 선생님이 마이크를 들고 말했다.

"도로 사정에 따라 다르겠지만 40분 정도 걸릴 거야. 도착하면 함부로 돌아다녀서는 안 된다, 알겠지? 버스에서 내리면 안으로 들어가 매표소 앞에서 단체로 기다리고 있어. 그리고 교복을 입지는 않았지만 여러분 모두 학교를 대표하는 사람이라는 점을 잊지 말고. 질문 있는 사람?"

"맥도널드에 잠시 들렀다 갈 수 있나요?"

"질문다운 질문은 없어? 그래, 좋아. 이제 가만히 앉아서 경치를 구경해. 거기 오스카 팰험, 버릇없이 좌석에 올린 발 당장 내려."

난 옆머리를 만지며 곁눈질로 조가 날 쳐다본다는 것을 알아차렸다. 그래서 몸을 더 창문 쪽에 붙여 그에게서 떨어졌지만 체취는 계속 따라왔다. 향신료 같은 데오도란트 향이 났는데 불쾌하지는 않았지만 그런 생각이 날 부끄럽게 했다. 조가 내게 무언가를 물었다. 본능적으로 무시했지만 조는 다시 말했고 이번에는 좌석에서 몸을 앞으로 구부려 내 시야에 들어왔다. 난 헤드폰 한쪽을 들어 올리며 그 애를 쳐다보았다. 빨간 머리에 푸른 눈동자.

"미안, 뭐라고 했어?"

"껌 하나 줄까?"

"아니, 괜찮아."

"사양하지 말고 받아. 완전 진한 멘톨이야."

조가 내게 껌 통을 내밀었다. 난 한층 자연스럽고 평범하게 들리길 바라며 괜찮다고 말했다. 아직 연습이 더 필요했다. 조는 손을 치우고 어깨를 으쓱거리더니 껌을 입에 넣고 멘톨 향이 몰아치자 입으로 길게 숨을 내쉬었다. 그러고는 미소를 지으면서 자기도 안 먹을걸 그랬다며 입을 벌리고 헐떡거렸다. 난 그 애의 혀를 보고 싶지 않아 고개를 돌렸다.

"런던 교도소에 가본 적 있어?"

그와 아주 비슷한 곳에 간 적이 있지.

"아니."

조는 뒷좌석에서 우리가 이야기 나누는 걸 모르길 바라는지 낮은 목소리로 말했다.

"나도 없어. 정말 우스꽝스러울 텐데."

난 그 말에 동의하지 않아서 대답하지 않았다.

"넌 그다지 즐거워 보이지 않는구나."

"응, 별로."

"어째서?"

"몸이 별로 안 좋아."

"토할 건 아니지?"

조가 미소를 지으며 물었다.

"안 해."

"넌 이 동네 출신 아니지? 네가 피비 무리와 어울리는 거 알아."

난 고개를 끄덕였다.

"어디서 왔는데?"

"이곳저곳 다녔어."

"와, 멋진데. 난 쭉 여기서만 살았어. 참, 내 이름은 조야."

"밀리야."

"그래, 뉴몬츠네서 사는 건 어때?"

"괜찮아."

"피비가 못살게 굴지는 않고?"

내 얼굴에 당혹감이 비치자 조가 알아차렸다. 그는 괜찮다는 듯
윙크했다. 세상에.

"속일 것 없어. 그 애를 보고 지낸 지가 몇 년인데. 정말 못됐어.
꽤 예쁘긴 하지만 못됐다는 사실은 변하지 않지."

"그렇게 나쁜 애는 아니야."

"그래? 그 애랑 경쟁하지 않는다는 게 놀라운데?"

"그런 사이 아니야."

"그 애는 그렇게 생각할걸? 그리고 넌 좀 달라서 그 애가 착하게 대해주지 않을 거야."

난 다르다는 말이 무슨 뜻인지 차마 물을 수 없었다. 조와 피비가 밤늦게 통화해서 조가 날 좋아하는 척하며 바보로 만들어보자고 거래한 것이 아닌지 의심이 들었다.

"다른 건 좋은 거야. 내 말 믿어, 난 빨간 머리잖아."

조가 다시 미소를 짓더니 이렇게 물었다.

"중간 방학에 매티네서 열리는 파티에 갈 거야?"

10대들이 열광하는 또 다른 주제다. 빈 집, 대학살, 파티. 내게도 그런 유전자가 있는지 모르겠다.

"난 초대를 못 받았어."

"내가 널 초대할게."

"난 파티 같은 덴 전혀 관심 없어."

"전부 다 모이니 정말 재미있을 거야. 넌 피비와 같이 오면 돼. 매티네 집은 너희 집에서 대로 몇 개만 건너면 있어."

"확실히 모르겠어. 봐서. 난 이제 그만 음악을 들어야겠어."

"그래, 난 도착할 때까지 눈 좀 붙일래."

대화가 끝나자 안심이 되었다. 버스가 교도소 앞에 멈추자 아이들이 차에서 우르르 내렸고 조는 자기 무리로 돌아갔다. 여자애들은 남자애들과 가까이 있었는데 어쩌면 남자애들이 몇 주 전부터 공들인 것인지도 모른다. 그 뒤로 20분도 지나지 않아 생긴 일은 다 내 잘못이다. 조와 이야기를 나눈 뒤 경계심을 늦춘 탓이었다. 친절은 치명적이다.

가짜 피와 갈색 치아로 분장하고 의상을 입은 투어 가이드와 선

159

생님들 가까이 있는 앞쪽 그룹에 속하는 것이 내 계획이었는데 어쩌다 뒤쪽에 자리하게 되었다. 피비와 무리가 그곳에 있었고 독일 교환학생인 클라우디아는 전시보다는 같이 있는 남자애와 키스하는 것이 더 흥미로운 듯했다. 피비는 클라우디아를 헤픈 애라고 부르며 옆으로 밀쳤다. 어두운 조명이 터널 속에 크고 작은 그림자를 만들었다. 어딘가에 숨겨진 스피커에서 이따금 비명과 웃음소리가 흘러나왔다. 고문관이 자신의 역할을 즐기는 듯한 웃음소리. 잘려나간 머리와 그 뒤에 오는 충격. 지켜보는 눈빛. 어둠 속에 숨은 눈동자를 보니 두피가 바짝 당겼다. 이곳과 비슷한, 총성이 오가던 우리 집에는 두 번 다시 가고 싶지 않다.

주변 소리에 집중하고 엄마 목소리를 듣지 않으려고 노력했다. 날 못살게 구는 목소리. '너도 거기 있었잖아, 애니.' 나는 여자애들과 견학을 와서 즐거워하는 남자애들의 모습을 지켜보았다. 서로 붙잡고 더듬고. 여자애들은 킥킥거리며 밀쳐냈고 잠시 뒤 그들과 다시 만났다. 비명이 더 많이 들리고 머리 위로 쥐가 지나다녔다. 치아가 없는 여성이 품에 죽은 아기를 안은 채 구걸하고 까마귀가 아기의 눈을 쪼았다. 엄마가 다시 말했다. '너도 거기 있었잖아, 애니.'

눈은 금세 넘칠 듯한 웅덩이처럼 위험했다. 뜨거운 눈물이 차올랐다. 무리를 뚫고 앞으로 가서 상쾌한 공기를 쐬고 싶었다. 빛을 보고 싶었다. 그때 날 밀치는 사람이 나뿐만이 아니라는 것을 알아차리지 못했다. 피비와 다른 애들이 그렇게 했다. 여자애들이 날 감옥 한 곳으로 밀어 넣고 문을 닫았고 나는 소리를 질러봐야 소용없다는 걸 알았다.

도와주세요.

보통 수가 많으면 안심이 되지만 60여 명의 학생이 나를 선생님들과 출구에서 멀어지게 했을 때는 전혀 도움이 되지 못했다. 엄마를 떠나고 난 뒤 한두 주 동안 경험한 공황장애 호흡법을 기억하려고 했다. 입으로 숨을 들이마시고 코로 내쉬고, 아니 그 반대다. 코로 숨을 들이마시고 입으로 내쉰다.

칠흑같이 새까맸다.

다시 감옥 문을 열려고 하니 누군가 문을 잡고 있었다. 뒤로 움직임이 느껴졌다. 바닥에 설치된 세 개의 작은 불빛이 켜지며 그림자를 비추었다. 마네킹이지 실제 사람이 아니었다.

그러면 괜찮다. 난 할 수 있다.

벽으로 여자 형체가 나타났다. 비명을 지르고 싶지 않아서 손등으로 입을 막았다. 눈물이 쏟아질 것 같았다. 물고기에게 떡밥을 던져준 것처럼 기억이 나타나 나를 붙잡았다. '안녕, 애니.' 안 돼, 저리 가. 넌 진짜가 아니야. '뒤로 돌아, 애니.' 싫어. 난 문에 기대고 눈을 감고 주먹으로 쇠문을 마구 두드렸다.

"날 꺼내줘, 제발! 나가게 해달라고!"

머리가 빙빙 돌았다. 손에 무언가를 들고 문을 여는 나를 상상했다. 어두웠다. 너무 어두웠다. 냄새가 났다. 퀴퀴하면서도 달콤한 냄새. 낮게 들리는 움직임, 파리가 알을 까는 소리. 쥐가 무언가를 긁는 소리.

내가 원한 것이 아니다. 정말로.

엄마가 날 그렇게 만들었다.

'항상 그런 건 아니잖아, 애니.'

사실이 아니다.

난 그들의 얼굴을 보았다. 기억하지 않으려고 그토록 애썼던 겁에 질린 작은 얼굴들. 그들을 구해줄 수 없다. 눈물을 흘렸다. 그리고 눈을 감았다. 소리를 질렀다.

"날 꺼내줘, 제발! 누가 날 좀 꺼내줘요!"

부탁이야.

날 만지는 손길이 느껴졌다.

"넌 괜찮아, 진정해. 아무렇지도 않아. 눈을 떠봐."

눈을 뜨자 웃음소리가 들렸다. 난 감방 구석에 웅크리고 앉아서 팔로 머리와 귀를 감싸고 있었다.

"서둘러, 콜리어 선생님이 우릴 찾을 거야."

어떤 여자애의 목소리가 들렸다.

조가 내게 손을 뻗고 서 있었다. 난 그 애도 한편인지 알 수 없어서 손길을 거절했다.

"괜찮아? 진짜 겁먹은 거 같은데."

"저 애가 이상해서 그런 거야."

피비가 말했다.

"그 입 다물어. 애가 겁에 질린 거 안 보여?"

"오, 누가 못난이에게 꽂혔나보네."

"못난이라고? 마지막으로 거울을 본 게 언제야?"

"제법인데, 조? 루실의 파티에서 네가 한 말은 안 그랬던 걸로 아는데."

"그래, 맞아. 지금은 그렇게 쓰레기가 아니라서."

"그 애를 도와준다면 쓰레기 맞지."

"꼭 질투하는 것처럼 들리는데?"

"질투라고? 저 애한테?"

내가 자리에서 일어나자 피비가 날 가리켰다.

"그런 것 같은데?"

"꺼져, 조."

피비는 조를 내 쪽으로 밀치고는 다음 전시실이 있는 곳으로 걸어갔다. 나는 듀건 선생님이 뒤에 기다리는 단체 관람객이 있으니 서두르라고 하는 소리를 들었다. 왼쪽 콧날로 따뜻하고 안전한 기운이 느껴졌다. 스트레스, 불안, 긴장이 스르르 풀렸다. 난 조에게 날 내버려두라고 말한 뒤 고개를 돌렸다.

"같이 걸어가자."

조가 말했다.

"아니, 부탁이야. 그냥 가줘."

조는 머뭇거리다가 내 코에서 피가 흐르기 직전에 먼저 나갔다.

우리는 점심시간쯤 학교로 돌아왔고 남은 오후에는 학부모 간담회를 준비했다. 이때 부모님과 자녀의 진로를 상담하며 학기 첫 주에 어떻게 적응해나갔는지에 대한 일반적인 설명도 해준다. 아저씨와 아줌마가 참석하고 집에 돌아와 피비와 내게 이야기를 하자고 했다. 피비가 먼저 가고 난 앉아서 기다렸다. 잠시 뒤 피비가 주방에서 나와 문을 쾅 닫고는 증오하는 눈길로 날 쳐다보며 지나갔다.

마이크 아저씨가 문을 열기에 난 피비가 괜찮은지 물었다. 아저씨는 그 애가 화학 숙제를 잃어버린 벌로 이틀간 방과 후에 남아서 숙제를 하게 되었다고 말해주었다. 안됐다고 생각했다. 피비에게 숙제가 내 침대 서랍에 있다고 말해줄걸. 조지의 '사고'에 대한 작은 대가다.

마이크 아저씨가 말을 이었다. 내가 전교 5등 안에 드는 성적을 내고 있고 사교성은 점점 나아지고 있다고. 아줌마가 내 어깨를 꽉 잡아주었는데 기분이 좋기는커녕 오히려 엄마가 생각났다. 지난여름 학부모 간담회에서 나는 행사를 돕느라 집에 가지 않았다. 엄마는 빨갛고 파란 꽃이 수놓인 원피스를 입었다. 한 선생님이 내가 예의 바르고 순하다고 칭찬하면서 그 비결을 물었다. 엄마는 내 어깨를 꽉 잡은 채 미소를 지으며 이렇게 말했다.

"글쎄요, 제가 운이 좋나봐요."

"켐프 선생님이 우리더러 널 미술 대상에 참가하도록 해달라고 하더구나."

"전 내키지 않는데 선생님은 제가 수상할 가능성이 크다고 했어요. 그래서 지금 스케치를 몇 점 그리는 중이에요."

"너와 선생님은 아주 잘 맞는 것 같아."

마이크 아저씨가 말했다.

"선생님이 정말 좋아요."

그 말을 입 밖으로 꺼내면서 진심이라는 것을 알았다.

나중에 휴대전화를 확인하니 모건에게서 답장이 와 있었다.

연락 못 해서 미안. 남동생 녀석이 휴대전화를 숨겨놨지 뭐야. 이번 주 중에는 못 보지만 주말에 같이 재미있게 놀자.

엄마도 금요일 오후에 날 데리고 집으로 가면서 똑같이 말했다. 재미있게 놀아보자고. 한번은 달리는 차에서 뛰어내리려고 했는데 엄마가 눈치채고 말았다.

'어린아이 같은 생각은 잘 다스려야 해, 애니. 안 그러면 큰일 나

니까.'

　엄마를 경찰에 넘기고 난 뒤 엄마의 손아귀에서 벗어났다고 생각
했지만 가끔 더욱더 엄마 손에 놀아나고 있다는 생각이 들기도 한
다. 견학과 같은 평범한 일상이 엄마와의 기억을 더듬는 일이 될 줄
이야. 걸음을 옮길 때마다 보이지 않는 쇠사슬이 달랑거린다.

위로 여덟 계단. 그리고 또 네 계단.
문은 오른쪽에 있다.

이번에는 여자애였다.
처음 있는 일은 아니고 필요할 때면 데리고 왔다.
아홉 명 중 두 명.
내게 보고 있었느냐고 물었다.
그랬다. 가장 용감하고도 슬픈 광경을 보았다.
맞을 때마다 그 애는 계속 일어났다.
벽에 난 작은 구멍으로 그 모습을 들여다보면서 엄마가 문을 열기
전에 울음을 멈추려고 애썼다.
그 애를 감싸 석탄 자루에 넣었다. 여자애들은 담요를 쓸 수 없었다.
자루째 지하실에 데려다 앉히고 내가 쓰던 인형을 옆에 놔주었다.
시신은 미동도 하지 않았다.
그만 울어, 꼬맹아. 다 끝났어.

15

며칠 전 마이크 아저씨와 나는 평소처럼 수요 상담을 했다. 낮이면 머릿속에서 엄마 목소리가 들려와 두렵다고 솔직히 말했다. 밤에도 리본처럼 나와 한데 묶인 채 침대 옆에 누워 속삭이는 목소리가 들린다고 고백하고 싶었지만 너무 부끄러웠다. 아저씨는 엄마가 내게 뭐라고 하는지 물었다. 내가 쓸모없는 사람이라 엄마 없이는 살아갈 수 없고 재판에서도 이길 수 없다고 말한다고 털어놓았다. 아저씨는 재판은 내가 이겨야 하는 것이 아니라고 알려주었다. 난 엄마가 계속 고통을 준다고 말했고 아저씨는 계속 진실을 캐내려고 하면서 엄마가 무엇으로 고통스럽게 하는지 물었다. 하지만 내가 말할 수 있는 것이라고는 빨리 경찰 조사가 끝나서 상황이 달라졌으면 좋겠다는 것뿐이었다.

오늘은 대강당에서 이번 주 마지막으로 리허설을 했다. 난《파리대왕》을 열두 번도 넘게 읽었다. 그래서 익숙했다. 두려운 상황에 처한 아이들이 결코 할 수 없고 생각지도 않았던 방식으로 행동하는 것이 꽤나 재미있었다.

유리병에 든 초를 넣어두었기에 난 가방을 조심스럽게 다루었다. 사스키아 아줌마가 찬장 가득 초를 모아둔 것을 보고 내 방에 하나 가져가서 켜도 되느냐고 물었다. 두 개를 가져왔는데 하나는 켐프 선생님에게 선물하고 다른 하나는 엄마에게 감사하기 위한 것이었다. 오늘 점심시간에 선생님을 보기로 했으니 그때 초를 선물할 것이다.

학생 대부분이 강당에 도착했을 때 메흐메트 선생님이 손뼉을 세 번 치며 웅성거리는 소녀들의 수다 소리를 잠재웠다.

"모두 열심히 대사를 외우고 있길 바라. 지난번에 마친 부분부터 다시 해볼까? 어디더라? 그래, 피기의 죽음부터지."

"으."

"좋아, 루시. 그런 반응은 무대에서 보여주는 게 어떨까?"

"선생님?"

"왜 그러니, 피비?"

"대본을 보고 해도 되나요?"

선생님이 한숨을 쉬며 양손을 엉덩이 위에 올리자 거대한 가슴이 잠시 출렁거렸다.

"아니, 다들 지금쯤 대사는 외웠어야 하지 않을까? 못 외웠더라도 밀리가 프롬프터를 맡았으니 걱정할 필요 없어."

아니는 피비가 듣기 싫어하는 말이다. 그리고 밀리라는 내 이름도.

"자, 서둘러 애들아. 거기 뒤쪽에 너희 어서 무대로 올라가고 휴대전화는 집어넣어. 실없기는."

의자가 뒤로 밀리는 소리가 나고 마지막 남은 여자애들 무리가 무대 위로 걸음을 옮겼다. 나는 메흐메트 선생님에게 다가가 어디에 앉아야 하는지 물었다. 선생님은 실제 공연에서는 무대 위 커튼 바로 뒤에 앉지만 지금은 그럴 필요가 없다고 말해주었다.

"맨 앞줄에 앉아서 대사별로 스크립트를 살펴줘, 알겠지?"

무대 위 피비의 얼굴이 좋지 않은 걸로 봐서 대사를 외우지 못한 것이 분명했다. 피비는 무대 왼쪽에 자리한 의자에 앉아 인상을 찌푸리며 각 장을 살폈다. 이제 와서 너무 늦었지. 지금은 보여줘야 할 때인데.

"자, 모두 조용. 이제 시작합시다. 큐!"

장면의 시작을 알리는 피비의 대사가 나와야 했다. 피비는 다리를 꼬고 의자에 몸을 기댄 채 가만히 있지 못하고 오른발을 달달 떨었다. 스크립트는 그 애 옆 바닥에 놓여 있었다. 보고 싶겠지. 피비는 아래를 내려다보더니 날 쳐다보았다. 난 피비의 시선을 잠시 마주하며 그 애가 날 필요로 하는 감정을 즐긴 다음 첫 대사를 말했다.

"피기의 안경이 없으니 랄프는,"

"불을 피울 수 없어."

피비가 끼어들어 문장을 완성하고는 계속했다.

"랄프가 소라고둥을 불어서 회의를 소집했어."

"사피, 네가 랄프잖니. 고둥을 부는 척해야지."

자기 대사를 아는 대다수 여학생이 역할을 찾았다. 극은 순조롭게 진행되다가 피비 차례에 다시 멈췄다. 피비는 바보처럼 말을 더 듣고 끊었다. 기분이 더러울 것이었다.

"아, 이런, 안 돼."

메흐메트 선생님의 절규가 들렸다.

"피비, 이건 용납할 수 없구나. 뭐 하느라 그렇게 바빠서 아직도 대사를 못 외웠니? 밀리는 스크립트를 거의 보지도 않고 전체 대사를 다 외웠어."

저런.

"저도 제 대사는 알아요, 선생님. 그냥 까먹어서 그래요."

"그런 태도로는 안 돼. 네가 계속 이런 식이면 밀리에게 네 파트를 넘겨줄 거야, 알겠니?"

피비는 선생님 면전에 대고 자기 생각을 차마 말하지 못하고 아무 말 없이 고개만 끄덕였다. 리허설이 끝나고 줄지어 강당을 빠져나갈 때 피비가 내 뒤로 와 귀에 대고 속삭였다.

"그리고 피기는 죽었어."

나는 캠프 선생님과 미술실에서 같이 점심을 먹으며 우리 둘 다 햄 치즈 샌드위치를 골랐다는 공통점을 발견했다. 점심을 먹은 뒤 선생님은 자리에서 일어나 이젤에 종이를 끼우고는 말했다.

"좋아하는 걸 자유롭게 그려봐."

난 가방에서 초를 꺼냈다.

"이거 받으세요."

"나한테 주는 거야? 왜?"

"여자애들이 못살게 구는 걸 도와주셔서 고마워요."

"정말 고마워, 밀리. 그렇지만 크리스마스 선물을 제외하고 학생이 주는 건 받을 수 없게 되어 있어."

"좀 있으면 중간 방학이니 크리스마스가 얼마 남지 않았어요."

나는 선생님에게 미소를 지어 보이고 선생님 자리로 걸어가 초를 내려놓았다.

"바닐라 향이에요. 선생님이 좋아하는 라벤더를 찾으려고 했는데 이것도 마음에 드실지 모르겠어요."

선생님이 초를 들어 향을 맡더니 다시 내려놓았다.

"너무 좋아. 하지만 이걸 받으면 정말 곤란한데,"

"제가 괜한 짓을 했네요. 버리셔도 괜찮아요."

나는 내 자리로 돌아가 앉았다.

"밀리, 속상해하지 마. 성의는 고맙지만 규칙에는 다 이유가 있단다."

그때 책상 위에서 전화벨이 날카롭게 울려 교실의 우중충한 분위기를 깨주었다. 선생님이 수화기를 들었다.

"여보세요."

그리고 잠시 이야기를 듣더니 이렇게 대답했다.

"네, 밀리는 저랑 있어요. 지금 당장이요? 알겠습니다. 바로 내려보낼게요."

선생님이 수화기를 내려놓았다.

"뉴몬츠 부인이 안내 데스크에 와 계신대."

"네? 무슨 일로요?"

"나도 잘 모르겠어. 행정실 맥도웰 선생님이 네게 바로 가보라는구나."

안 좋은 소식이다. 사스키아 아줌마가 학교로 찾아올 정도로 안 좋은 소식.

"초는 말인데, 밀리,"

"괜찮아요, 이해해요."

저라도 제가 주는 선물은 달갑지 않을 거예요.

안내 데스크로 내려가자 사스키아 아줌마가 웃으며 서 있었다. 심하게 나쁜 일이 아니라면 저렇게 웃어주는 경우가 드물지 않나? 나에 관한 문제일까?

"왔구나."

"무슨 일로 오셨어요?"

"마이크가 전화해서 널 데려와달라고 했어. 마이크는 지금 집으로 오는 길이야. 준이 휴가에서 돌아왔는데 너랑 긴히 할 이야기가 있나봐. 짐은 다 챙겨왔니?"

난 고개를 끄덕였다.

"아줌마가 이미 조퇴 서류에 서명했어. 얼른 가자."

난 딱 붙는 레깅스에 뼈밖에 없는 엉덩이를 따라 차로 향했다. 며칠 전 밤에 아줌마와 차를 마시는데 마이크 아저씨가 안약을 가지러 나왔다. 난 아저씨가 고개를 젖히고 안약을 떨어뜨린 다음 눈을 깜박이는 모습을 지켜보았다. 그 모습이 엄마를 연상시켰다. 엄마는 상처가 되는 반응의 화학 작용에 대해 내게 알려주었다. 몇 시간 동안 인터넷을 뒤지며 정보를 익혔다. 안약은 차에 타면 독이 된다. 난 그렇게 배웠다. 엄마는 보조가 필요한 것이 아니라 엄마 일을 대신할 사람을 원했다.

집에 도착했을 때 사스키아 아줌마가 물었다.

"두 사람이 벌써 서재에 와 있는 것 같은데 아줌마가 같이 가줄까?"

"아니, 괜찮아요. 그냥 아저씨와 저만 있는 게 나을 것 같아요."

"그래, 근처에 있을 테니 필요하면 이야기하렴."

난 로지가 다리 위로 뛰어오르며 놀아달라고 조르는 것을 무시했다. 내 고독한 신발 소리가 대리석 바닥 위로 울려 퍼질 때 가슴도 같이 뛰었다. 준이 왜 집까지 찾아왔을까? 서재 문이 열려 있어서 안으로 들어갔다. 마이크 아저씨가 긴장한 얼굴로 서 있는 모습이 보였다. 손으로 머리를 만지면서.

"안녕, 밀리."

준이 말했다.

"무슨 일이에요?"

내가 물었다.

"앉으렴. 전부 다 이야기해줄게."

"앉기 싫어요."

마이크 아저씨가 내게 다가왔다.

"아저씨랑 같이 소파에 앉자꾸나."

어쩔 수 없지. 준이 내 의자에 앉아서 내 벨벳 쿠션을 옆에 놓고 있으니.

"제가 말할까요? 아니면 당신이 하실래요?"

"먼저 하세요."

"좋아요. 오늘 아침 사이먼 와츠 검사에게서 연락을 받았단다."

말라깽이다.

"너한테 알려줄 게 몇 가지 있는데 신문사에서 알기 전에 직접 얼굴을 보면서 이야기하고 싶었어. 우선 재판에서 대질 심문을 받게 될 거야. 예상한 대로 변호인단이 가장 최근 사건에 집중하고자 해서 대니얼의 사망을 포함해 네가 엄마와 함께 집에서 보낸 마지막 며칠을 집중적으로 살필 거란다. 그들은 몇 가지를 확실히 하고 싶어 해."

"뭘 확실히 하고 싶어 한다는 거죠?"

내가 물었다.

"그걸 모른단다. 사이먼은 속임수인 것 같다고 하는데 변호인단이 과장된 게임을 하려나봐. 안타깝지만 재판에서 그런 전략을 많이 봐왔단다."

숨겨진 꼭두각시 인형 줄이 당겨지면서 내 왼쪽 눈꺼풀이 떨리기 시작했다. 엄마가 아직도 주도하고 있다는 사실을 일깨워주듯이.

"물론 재판 전까지 알아낼 수 있겠죠, 준?"

마이크 아저씨가 물었다.

"새로운 증거가 제출되지 않는 한 알 수 없어요. 재판에 나가기까지 변호인들이 무엇을 언급할지 정확하게 파악하기는 힘들어요. 밀리가 본 것이나 들은 것을 진술하는 것처럼 단순한 일일 수도 있어요. 검사 측은 재판에서 새로운 사실이 나오지 않을 거라고 확신하고 있어요."

하지만 그들은 엄마를 모르잖아요? 엄마가 사람 마음을 어떻게 조종하는지. 사람을 얼마나 능수능란하게 다루는지.

"그럼 밀리는 정확히 뭘 준비해야 하죠?"

"법정에 두 번 출두해야 해요. 검사 측에서 질문할 때 한 번, 변호인 측에서 대질 심문할 때 한 번. 언제고 다른 방식을 동원할 수 있으니 네가 법정에서 직접 질문을 받지 않아도 된다는 걸 잊지 마."

"변호인 측에서 어떤 질문을 할지 예측할 수 없는 상태인 걸 감안하면 그것도 나쁘지 않은 전술이네요. 어떻게 생각하니, 밀리?"

마이크 아저씨가 몸을 내 쪽으로 완전히 틀며 물었다.

"모르겠어요. 여전히 필요하다면 참석하고 싶지만 무서워요."

"뭐가 무서운데?"

"엄마가 사람들로 하여금 저를 탓하게 만들까봐서요."

"아무도 널 비난하지 않는단다."

"배심원이 아니니 아줌마는 모르잖아요."

"그래, 우리는 배심원이 아니지."

준이 대답했다.

"하지만 법정은 네가 약자고 엄마의 억압을 받으며 자라왔다는 사실을 인식할 거고 우리 검사단과 마이크가 합심해 예상 질문을 뽑아서 한층 수월하게 진행되게 할 거야."

준은 참 쉽게 말한다. 알파벳을 배우는 것처럼. 하지만 내가 법정에서 해야 하는 일은 그렇게 간단하지 않다.

"밀리의 진술을 다시 살필 기회가 있을까요?"

"네, 당연하죠. 재판 일주일 전에 밀리를 법정으로 불러서 어떤 곳인지 살피면서 진술도 함께 점검해보면 될 것 같아요. 한 번이라도 더 보는 게 얼마나 큰 차이가 있는데요. 이전 과정을 다시 훑는 일은 트라우마가 아주 클 테고 스스로 의심하고 혼란스러워질 수도 있어요. 증인이 자신의 진술을 '익히고' 앞으로 받을 질문에 집중하도록 해야 해요."

그 말에 마이크 아저씨가 대답했다.

"일리가 있는 것 같아요. 나중에 다시 한 번 쭉 훑어보자, 밀리.

그 전에 궁금한 점 있니?"

"없어요."

피비가 메흐메트 선생님에게 대답한 것처럼 입 밖으로 꺼낼 수 있는 게 아무것도 없어요.

"밀리와 법정에 같이 갈 수 있나요, 준?"

"아마 안 될 거예요. 이렇게 세간의 이목을 끄는 사건에서 판사는 인원을 최소한으로 꾸려서 최대한 보안을 유지하려고 해요. 전에 법정에서 한 발언이 언론으로 새어나간 적이 있거든요. 제가 종일 밀리 옆에 앉아 있을 거예요. 마이크는 사스키아가 오고 싶다고 하면 같이 가까운 가족석에 앉아주세요."

"저한테 이야기할 것이 한두 가지 있다고 하셨는데 다른 건 뭔가요?"

"재판 날짜가 변경되었단다. 우리가 우왕좌왕하기 전에 심리가 진행되어야 하고 그래야 배심원들도 빨리 이 일에서 벗어나지."

준이 설명했다.

"그래서 좀 앞당겨졌는데 3주 뒤 월요일이란다."

45일에서 24일이 되었네. 난 셈이 빠르다. 엄마와 관련된 일이라면 더 그렇다.

"중간 방학이 끝나고 난 다음 주네요."

나도 모르게 말이 튀어나왔다.

"그때까지 준비할 수 없어요."

"네가 준비되도록 우리가 도와줄 거야. 준, 그사이 밀리가 안심할 수 있도록 할 수 있는 일이 있을까요?"

"이상하게 들리겠지만 지금과 크게 달라질 건 없어요. 주마다 정기적으로 만나고 필요하다고 생각되면 그보다 더 자주 만나도 돼요. 제가 사무실에 들어가는 대로 검사 측 질문지를 보내드릴게요."

"그러니까 지금처럼 질문을 계속해나가면 된다는 겁니까?"

"맞아요. 혹시 중간 방학 전까지 끝낼 수 있을까요? 그렇게 하고 밀리의 진술을 다시 훑어보면 될 것 같은데."

"네, 그렇게 하죠. 피비를 학교에 보내고 우리는 며칠 쉬면서 당신이 언제든 연락할 수 있는 곳에 있을게요."

"조금 편안한 시간을 보내는 것도 좋은 생각인 것 같아요. 재판이 앞당겨진다는 소식은 내일 언론을 통해 보도될 거고 앞서 우리가 논의했던 것처럼 밀리, 네가 노출되는 정도에 관해서 생각해야 해. 학교에서 이 사건에 대해 이야기하는 여자애들이 있었니?"

마이크 아저씨가 아끼는 딸이 엄마의 신문 기사를 큰 소리로 읽으며 엄마를 화형시켜야 한다고 주장하고 듣고 있던 여자애들이 모두 동조했다고 사실대로 말할 수도 있었다. 그렇지만 나와 피비 사이가 얼마나 나쁜지 아저씨가 알게 하고 싶지 않았다. 그러면 누가 문 앞에 나타날지 알고 있으니까.

나는 아무도 그러지 않았다고 대답했다.

"다행이구나. 어려워도 지금은 그냥 피하는 게 제일 좋아. 네게는 힘든 순간이겠지만 마이크가 도와주고 있고 거기에 내 도움도 필요하다면 마이크에게 말해. 그럼 전화나 이메일로 연락할게. 알겠지?"

준이 내게 다가와 어깨에 손을 올리려다가 지난번 일을 떠올리고는 멈췄다. 대신 내 앞에 쪼그리고 앉아서 커피 냄새를 풍기며 말했다.

"네가 생각하는 것만큼 나쁘지 않을 거야."

나는 준을 내려다보았다. 그녀는 열심히 하고 있다. 무슨 일을 하는지 모르고 있는 게 탈이지만. '네가 생각하는 것만큼 나쁘지 않을 거야'라니. 아뇨, 준. 더 끔찍할 거예요.

마이크 아저씨가 준을 보내고 돌아왔을 때 난 혼자 있고 싶다고 말했다. 이 모든 걸 생각할 시간이 필요했다.

"그렇게 해. 난 여기 있을 테니 필요하면 언제든 부르렴."

내 방 욕실 세면대 앞에 가만히 섰다. 그리고 면도날로 전보다 더 세게 피부를 그었다. 칼로 버터를 자르는 것처럼. 갈비뼈를 따라 전율이 흘렀다. 따뜻하고 끈적한 피와 함께.

하지만 전혀 편안해지지 않았다.

16

잠을 거의 자지 못했다. 눈을 감으면 독방에 있는 엄마 모습이 보였다. 엄마는 일이 진행되는 상황이 흐뭇한지 미소를 짓고 있었다. 엄마의 계획이 실행될 날이 가까워진다. 욕실 벽 캐비닛 안쪽에 목탄으로 재판이 열리기까지 남은 일수를 적어놓았다. 그렇게 해두면 도움이 될 거라고 생각했지만 오히려 손이 떨리기 시작했다. 검사와 변호사들. 배심원단. 판사.

그리고 이 장면 뒤에 숨어 있는 엄마.

엄마는 기다리고 있다.

마이크 아저씨가 아침 일찍 일하러 가면서 종일 환자를 봐야 하니 내일이나 월요일에 다시 이야기하자고 문자메시지를 보냈다. 아저씨에게 할 말도, 해줄 일도 없었다. 이미 그렇게 말하지 않았나.

'어떤 것에서 벗어나는 유일한 길은 극복하는 거야.'

주방으로 들어가자 피비는 내게서 등을 돌리고 토스트에 버터를 발랐다. 사스키아 아줌마는 개수대 옆에 어정쩡하게 서 있었다.

"잘 잤니?"

아줌마가 말했다.

"네, 오후에 미술 수업에 필요한 사진을 찍으러 나갈 거예요."

"잘됐구나."

아줌마가 대답했다.

"나도 나갈 일이 있는데 나중에 다 같이 영화나 볼까? 여자들이 볼 만한 걸로."

"전 아침 먹고 바로 클론딘네 집에 갈 거니까 빼주세요. 물론 신경도 안 쓰겠지만."

피비는 이렇게 말하고 개수대에 버터나이프를 던져 넣더니 토스트를 들고 주방을 나섰다.

"넌 어떠니, 밀리? 영화 보러 갈래?"

"글쎄요. 얼마나 밖에 나가 있을지 확실히 몰라서요."

혼자 아침 식사를 하며 나중에 모건을 볼 일을 기대했다. 모건은 집을 벗어나 다른 곳에서 살고 싶다고 문자메시지를 보냈다. 난 답장을 썼다가 지우기를 반복하다가 결국 보내지 못했다. 엄마에 대해 이야기하려면 대면해야겠지.

우리는 오후에 대로에서 떨어진 길가에서 보기로 했다. 내가 다가가자 모건이 고개를 끄덕이며 환하게 웃었다.

"잘 지냈어? 나 안 보고 싶었고?"

내가 미소 짓자 모건은 그걸 대답으로 받아들였다.

"자, 어서 가자."

모건이 말했다.

"어딜 가는데?"

"내 친구들을 만나러."

"무슨 친구?"

"아는 남자애들이야."

"꼭 그래야 해?"

"왜, 문제 있어?"

"아니, 전혀."

우리는 내가 한 번도 가본 적 없는 골목 두 곳을 지나쳤다. 조용하지만 부산스러운 주말 시장은 이곳에서는 보이지 않았다. 집들은 점차 빛이 바래고 크기가 작아지더니 이내 거의 다른 동네에 온 것처럼 분위기가 바뀌었다. 모퉁이를 돌아 길을 건너니 검은 차량이 일렬로 늘어선 도로가 보여 이내 교회라는 것을 알 수 있었다. 작은 무리의 사람들이 건물에서 나왔고 문 앞에 있던 목사가 고개를 숙였다. 한 여성은 양쪽에서 남성들에게 부축받았다.

"저 사람들이 차에 탈 때까지 기다려, 모건."

"괜찮아. 어서 와."

가까이 다가가자 영구차 창문으로 가을 햇살이 비추어 반짝이는 갈색 나무 관이 고스란히 보였다. 아버지라는 글자가 꽃으로 장식되어 있었다. 차량 운전사들은 유니폼을 입고 옆구리에 모자를 낀 채 문을 열어주었다. 나는 그 앞에 도달하기 전에 멈췄다. 그 사람들의 행렬과 애도하는 분위기를 방해하면 안 된다는 생각이 들었다. 하지만 모건은 의식하지 못한 듯 계속 걸어가 추도객들 틈으로 비집고 들어갔다. 사람들이 승차하고 차가 움직이기 시작하자 목사는 교회 안으로 들어갔고 나는 1~2분 정도 교회 앞에 가만히 서서 아빠를 생각했다. 아빠는 상황이 나빠지기 한참 전에 집을 나갔지만 뉴스로 알 것이다. 자신이 누구와 결혼했는지. 엄마가 본인보다 아빠를 더 사랑했다는 사실을 다 부정하고 도망쳐서는 숨어 살겠지.

모건은 못 기다리겠다는 표정으로 휘파람을 불며 재촉했다. 그 애에게 다가가자 왜 가만히 서 있었느냐고 물었다.

"조의를 표하려고."

모건은 바닥에 침을 뱉고는 이해할 수 없다거나 상관없다는 표정을 지었다. 내 속에서 작은 불꽃 같은 것이 일었다. 저 애는 배워야해. 그걸 가르칠 사람은 바로 나야.

모퉁이를 돌아 주택가로 들어서자 길 양쪽에 아파트 단지가 보이고 오른쪽으로 창문에 쇠창살을 친 상점이 나타났다. 우리는 왼쪽 단지로 들어가 깨진 유리조각과 인스턴트 음식 포장지가 널브러진 작은 놀이터가 나올 때까지 직진했다. 어린아이들은 보이지 않았고 나이가 있어 보이는 소년 둘이 손에 맥주 캔을 들고 회전목마에 앉아 있었다.

"어이, 머저리들아."

모건이 외쳤다.

"닥쳐, 꼬맹이."

모자를 쓰고 오른쪽 귀에 금 귀걸이를 한 남자애가 대답했다.

모건은 회전목마에 뛰어올라 남자애에게서 맥주 캔을 받아 들이켜고는 트림해 그들을 웃겼다. 목에 누런 염증 흉터가 있는 다른 남자애가 말했다.

"저 애는 누구야?"

"밀리야. 나와는 정반대인 애지."

"나쁘지 않은데?"

남자애가 말했다.

"이리 와서 내 옆에 앉아. 친하게 지내자."

"난 괜찮아."

난 이렇게 대답하고 무리 옆에 있는 벤치에 앉았다.

"우리랑 놀기엔 너무 순진하시다?"

나는 조심스러워하는 것처럼 보이지 않으려고 미소를 지었다.

"맥주 사줄 거야, 말 거야?"

모건이 물었다.

"그럼 나한테 돌아오는 게 뭔데?"

모자를 쓴 남자애가 되물었다.

"나처럼 괜찮은 애랑 같이 있는 거지 뭐야."

모건이 자리에서 일어나 관객에게 인사하듯 한쪽 팔을 열며 몸을 숙였다.

모자를 쓴 남자애의 친구가 그 애를 딘이라고 불렀다.

"난 네가 정말 좋아하는 게 뭔지 알지."

"그러게."

딘이 대꾸했다.

둘은 담배에 불을 붙이고 내게도 한 개비 권했다.

"아니, 난 됐어."

"너 까다롭지?"

딘이 모건을 자기 쪽으로 끌어당기더니 간지럼을 태웠다. 모건은 처음에는 거부하다가 딘이 귓속말로 뭐라고 하자 그러자고 대답하고는 함께 어디론가 갔다. 둘은 위쪽에 그라피티가 심한 원색 놀이용 오두막으로 사라졌다. 난 진정하려고 애썼다. 지저분하고 나쁜 일이 그녀에게 일어날 것이다. 그곳으로 가서 모건을 도와주고 싶었지만 가끔은 도우려고 한 일이 좋지 않은 결과를 불러오기도 한다.

딘의 친구가 내 옆으로 와서 앉았다. 손톱이 뜯겨 들쑥날쑥했다. 그 애는 내 쪽 등받이에 팔을 올리더니 손으로 내 어깨를 만졌다.

날 만졌다.

놀이용 오두막에서 몸이 움직이며 나는 소리가 들려 무시하려고 애썼다. 내 친구 모건이 무릎을 꿇었거나 등을 대고 있었다. 남자애는 내 목에 얼굴을 기댔고 그 애가 껌 씹는 소리에 오두막에서 나는 소리가 묻혔다. 자리에서 일어나고 싶었지만 몸이 덜덜 떨려 다리가 말을 듣지 않았다. 그대로 바닥에 돌처럼 굳어버렸다.

"추워? 내가 널 따뜻하게 해줄 수 있는데."

술 냄새, 손에 든 담배, 내 얼굴에 바짝 붙은 얼굴이 날 데려갔다.

엄마에게로.

사랑과 욕망이 얽힌 그림자가 매일 밤 내 침대로 찾아와 목을 조른다. 바로 엄마다.

남자애는 담배를 벤치에 비벼 껐다. 담배는 바닥으로 떨어졌다. 목이 부러지고 몸이 접힌 것처럼 이상한 모양으로 찌그러졌다.

남자애는 손을 내 허벅지에 올리더니 조금씩 위로 움직였다. '싫어'라는 말이 목구멍을 넘어섰지만 입 밖으로는 나오지 않았다. 말해봐야 소용없었다. 싫다는 말은 좋다는 의미였고 엄마는 항상 그렇게 원하는 것을 얻었다. 아니 빼앗아갔다. 남자애의 입술이 내 목에 닿자 그 애 것이 아니라 다른 사람 것 같은 감촉을 느꼈다. 그런 식으로 누가 날 만지기를 원한 적은 없다. 엄마가 그런 식으로 날 만지라고 허락한 적도 없다.

"저리 가. 내 몸에서 떨어지란 말이야!"

난 이렇게 말하며 자리에서 일어났다.

"제기랄, 대체 뭐가 문제야?"

놀이용 오두막으로 걸어가 지붕을 두드렸다. 두드릴 때마다 엄마의 방에서 있었던 일들이 스쳐 지나갔다.

"모건, 모건, 그만 가자. 난 지금 가야겠어."

오두막 안에 있던 남자애가 날 미친 애라고 불렀다. 산통을 다 깨는 나쁜 년이라고. 지퍼를 올리는 소리가 났다.

"진정해, 금방 나갈게."

모건이 대답했다.

나는 서둘러 그들에게서 멀어져 검은 고양이 한 마리가 아래에 앉아 있는 주차된 차량 쪽으로 향했다. 고양이는 눈을 감고 편안한 모습이었다. 내 앞으로 뛰어나오지 않아 다행이었다. 난 모건에게 화가 났다. 그 애는 웃으며 제 발로 오두막에 들어갔고 지금도 웃으며 날 향해 걸어오고 있었다. 그러더니 손에 든 맥주로 입을 헹구고는 다시 뱉었다. 더러워.

"왜 그렇게 겁이 난 거야?"

"집에 가고 싶어."

"젠장, 한 번도 못 해본 애처럼 굴긴."

난 어떻게 설명할지 몰라서 대답하지 않았다.

"내가 같이 가도 돼? 너희 집 발코니로 들어가면 되잖아."

그래,라고 대답해야 했다. 모건을 해로운 것들로부터 보호해야 했다. 그리고 좀더 올바르게 행동하도록 만들어야 했다. 내가 그렇게 하도록 도울 것이다.

"가도 돼?"

"그래."

우리가 집으로 돌아가는 길에 엄마는 내게 어떻게 모건을 가르치고 그 애가 깨끗해지도록 '돕는'지 말해주었지만 엄마 말은 좋게 들리기는커녕 날 무섭게 만들었다. 모건에게 그렇게 하고 싶지 않았다. 그 애는 내가 가진 전부이자 유일한 친구다. 난 모건이 필요하다. 그래서 모건이 주차된 차들 앞에 쪼그리고 앉아 신발 끈을 고쳐 맬 때 똑바로 쳐다보았다. 평소라면 그렇게 하지 않았을 것이고 다시 떠올리고 싶어 하지도 않았을 테지만 이번에는 자동차 유리창을 똑바로 쳐다보았다. 내 얼굴 사이로 엄마의 얼굴이 나타나 날 노려보았다. '네가 누군지 받아들여, 애니.'

"싫어."

난 이렇게 대답했다.

"누구한테 말하는 거야?"

모건이 몸을 일으키며 물었다.

나는 고개를 저었고 모건은 씩 웃더니 날더러 바보 같다고 하면서 남자애들은 원래 멍청하니 공원에서 있었던 일은 신경 쓰지 말라고 했다. 엄마가 변호사들에게 나에 대해 어떻게 말하든, 아니 이미 말했을 테니 상관없지만 모건은 내 것이라는 걸 분명히 하고 싶었다. 결단을 내려야 했다. 난 사스키아 아줌마 때문에 몰래 들어가기가 힘들다고 핑계를 댔다. 모건은 짜증을 내며 동생들을 돌봐야 하니 지금 집에 가겠다고 말했다. 그러고는 걸음을 돌리기 전에 내게 정말 고맙다고 비아냥거리듯 말했다.

난 이렇게 해주는 걸 고맙게 생각하라고 말하고 싶었지만 모건은 이해하지 못할 것이었다.

17

마이크 아저씨의 질문은 직접적이었다. 아저씨는 날 챙겨주고 도
와주는 심리학자이지 변호인단이 아니다.

아저씨가 변호인단의 질문을 읽었다. 대니얼 캐링턴이 죽은 날
구멍으로 정확히 무엇을 봤나요? 얼마나 지켜보고 있었나요? 그 일
은 엄마가 저지른 게 확실합니까? 장담하나요? 이후에는 어떻게 되
었나요?

법정에서 다시 말해주세요. 그리고 반복.

연습을 마치자 아저씨는 내가 상당히 잘했다고 칭찬했다. 그리고
질문지를 내려놓고 이런 상황을 겪게 해서 미안하다고, 배심원과
판사 앞에서 질문에 대답하는 일은 모든 걸 다 드러내는 기분이 들
것이라고 말했다. 난 아저씨에게 그럴 것 같다고 대답하고 그날 무

슨 일이 벌어질지 몰라서 무섭다고도 했다. 무슨 말을 들을지 모르
니까. 하지만 난 괜찮을 것이다. 법정에 나가서 엄마를 마주하는 일
은 엄마가 죽인 아이들을 돕는 내 방식이다. 책임을 지는 나만의 방
식이다. 아저씨는 생존자의 죄책감에 대해 이야기하면서 그것이 실
제보다 더 비난받는 것처럼 느끼게 만든다고 알려주었다.

"가끔 드는 생각인데, 너는 아이들이 죽은 게 네 탓이라고 여기는
것 같아. 그렇지?"

"잘 모르겠어요."

난 이어서 대답했다.

"가끔은 그래요."

"넌 잘못한 게 없어. 그리고 네 엄마가 법정에서 반대 진술을 한
다면 그건 널 계속 학대하려는 시도야."

설명이 간결했다.

우리는 엄마가 방학 때 날 맨체스터로 데려간 일에 대해 이야기
했다. 엄마는 아주 신중하게 엄청난 거리를 두고 일을 벌였다. 지하
의 절박한 여성들이 엄마에게 설득되어 아이를 넘겼다. 몇 년 동안
멀리서 키워준다는 말을 믿고. 엄마는 딸인 나를 위장막으로 이용
했다. 그런 식으로 계속해오다 내가 아는 대니얼을 데려왔다. 집에
서 아주 가까이에 사는 아이를.

"어린 시절의 네게 위로가 될 만한 말을 건넨다면 뭐라고 하겠니?"

"모르겠어요."

"생각해봐. 어떤 말을 듣고 싶어?"

난 엄마와 다르다는 말이요.

"언젠가는 끝날 날이 온다고요."

"네가 멈추게 했지. 경찰서에 간 건 아주 용감한 행동이었어."

"전 너무 오래 기다렸어요. 이미 안 좋은 일이 많이 일어났고요."

"더 빨리 도움을 받았더라면 뭐라고 말했을 것 같니?"

"도와달라고요. 날 혼자 있게 해달라고요."

"혼자 있고 싶은데 어떻게 도움을 받을 수 있어?"

"모르겠어요. 그냥 기분이 그래요."

"겁에 질렸구나. '도와주세요. 절 안전한 곳으로 데려다주세요' 라고 말하면 어떨까?"

책꽂이에 꽂힌 책의 수를 셌다. 숫자는 도움이 된다. 그리고 쿠션에 얼굴을 파묻고 울었다. 마이크 아저씨는 내가 울도록 잠자코 놔둔 다음 다시 입을 열었다.

"넌 그럴 자격이 있어, 밀리. 안전을 보장받고 새로운 삶을 살 자격이 있어."

나는 쿠션을 치웠다. 아저씨는 아주 순진한 얼굴로 날 쳐다보았다. 날 고쳐주고 싶어 하지만 사실을 파악하지 못하고 있다.

"아저씬 이해 못 하고 있어요. 절 안다고 생각하지만 아니에요."

"난 널 알아가고 있고 다른 사람들보다 널 많이 안다고 생각해. 아니니?"

그 말이 사실이라면 아저씨는 내게 뭐라고 해야 할지 알 것이다. 날 도와주는 가장 좋은 방법이 그냥 여기에 있으라고 말해주는 거라는 사실을. 아저씨가 날 보살펴줄 거라고. 하지만 그 말을 묻기에는 너무 겁이 났다. 재판이 끝나면 난 떠나야 한다. 다시 시작해야 한다. 그걸 막을 방법은 전혀 없다.

"그만하면 안 될까요? 한 시간이 지났어요. 피곤해서 좀 자고 싶어요."

아저씨는 오늘은 그만해야 한다는 것을 알았다.

"그래, 저녁 약을 가져올게."

나는 약을 안전한 곳에 숨기고 노트북을 꺼내 엄마에 관한 뉴스가 있는지 찾아보았다. 엄마가 독방으로 옮겨졌다는 소식이 있었지만 동료 수감자가 엄마의 재판이 앞당겨졌다는 말을 듣고 엄마를 공격했다는 이야기 말고는 아무것도 알 수 없었다. 재판까지 엄마를 살려두라는 대중의 압박에 엄마를 보호하는 일이 중요해진 것 같다.

엄마가 대가를 제대로 치르도록.

18

손에 먼지가 묻었고 수건은 개수대에 던져져 있었다. 어젯밤 최면 치료를 하고 난 뒤 마이크 아저씨는 날 발견한 장소에 그냥 놔둬야 했다. 어두운 지하실에 그대로.

내가 방에서 나왔을 때 피비는 전화기를 들고 한 발을 카펫 위에 내린 채 난간 끝에서 중심을 잡았다. 분홍색 매니큐어가 예쁘게 발린 발로. 내가 지나가자 피비가 나를 쳐다보며 어젯밤에 내가 시끄럽게 해서 잠을 깼다고 말했다. 나는 머릿속에 제일 먼저 떠오른 핑계를 그대로 이야기했다.

"속이 좀 안 좋아서 아저씨가 약을 가져다주셨어."

"아, 그래? 다음부터는 좀 조용히 해줘."

나는 피비를 지나쳐 걷다가 계단을 한 칸 내려가서 몸을 돌리고 물었다.

"연극 대사는 잘 외우고 있어?"

내 질문에 피비는 가운뎃손가락을 들어 보이며 입모양으로 욕했다. 아저씨와 아줌마가 주변에 있으니 들릴지도 모른다고 생각해서였다.

"내 도움이 필요하면 이야기해."

난 웃으며 대꾸했다.

피비는 난간에서 내려와 발을 신경질적으로 쿵쾅거리며 자기 방으로 들어가더니 문을 쾅 하고 닫았다.

사스키아 아줌마는 주방 식탁에 앉아 커다란 머그컵을 잡고 있었다. 가는 손가락으로 관절과 손목으로 이어지는 핏줄이 고스란히 들여다보였다. 아줌마는 먼 곳을 응시하며 형식적으로 내게 아침 인사를 건넸다.

"달걀 먹을래?"

마이크 아저씨가 한 손에 나무 국자를 들고 물었다.

아저씨는 제임스 본드 사진과 함께 '구이 요리사의 자격'이라고 적힌 앞치마를 둘렀다. 내가 앞치마를 쳐다보는 걸 알고 아저씨는 엷게 웃으며 나에 대한 걱정을 감추었다. 아마도 자신이 무능하다고 느끼고 있을 것이다. 최면 치료를 했는데도 나는 여전히 엉망진창이니까.

"지난여름 사스키아에게 생일 선물로 받은 거란다. 그렇지, 여보?"

"뭘요?"

"앞치마 말이야."

"아, 맞아요. 그런 것 같아요."

나는 다시 몸을 돌려 불 앞에서 요리하는 아저씨를 쳐다보았다. 큰 키와 탄탄한 몸매, 드문드문 백발이 섞인 금발. 넓은 어깨에 우리를 책임져야 하는 가장의 무게가 실려 있지만 아저씨는 한 번도 불평하지 않았다.

"자, 스크램블드 에그 대령했습니다."

나는 아저씨에게 고맙다고 말하고 사스키아 아줌마 옆에 앉았다.

"아무것도 안 드세요?"

내가 물었다.

"괜찮아. 나중에 먹을 거야."

아니면 굶든지. 마이크 아저씨가 복도로 나가 계단에 발을 올리고는 피비를 불렀다. 이름을 두 번 부르자 피비가 나와서 대답했다.

"금방 내려갈게요."

아저씨는 우리와 같이 식탁에 앉아 식사하며 계속 먹으라고 했다. 아저씨는 내게 중간 방학에 뭘 할지 생각해봤느냐고 물었다.

"여기 있는 걸로 좋아요. 두 분 다 바쁘시잖아요."

"준이 말한 것처럼 우리도 휴가를 가는 게 좋을 것 같아. 전에 가본 한적한 시골이 있는데 이맘때 숲이 가장 아름답단다."

"뭐죠, 이 단란한 풍경은?"

피비가 주방으로 들어오며 말했다.

"어서 와. 앉아서 달걀 먹으렴."

"어제 무슨 일 있었어요? 시끄러워서 깼어요."

"어젯밤에 속이 안 좋아서 아저씨가 약을 가져다주셨다고 피비한테 말했어요."

마이크 아저씨는 거짓말을 못하는 성격이라서 머뭇거렸지만 이

내 머릿속으로 상황을 정리했다. 나를 보호해야 하니까.

"난 아무 소리도 못 들었는데."

사스키아 아줌마가 말했다.

그 소리에 아무도 놀라지 않았다.

"아무튼, 다시 잠들 때까지 오래 걸렸어요."

"미안하구나, 피비."

마이크 아저씨가 부드럽게 말했다.

"우린 지금 중간 방학에 뭘 할지 이야기하고 있었어. 네가 같이 하지 못해서 안타깝구나."

"촌구석 숲 속을 돌아다니는 건 사양할래요. 친구들이랑 콘월에 가는 편이 낫겠어요. 아무튼 물어봐줘서 고마워요."

데번은 콘월과 가깝다. 한때는 그곳이 내 집이었는데.

"거기도 숲이 많잖니."

사스키아 아줌마가 말했다.

웃게 하려는 시도는 나쁘지 않았지만 피비는 그렇게 생각하지 않는지 등을 돌리고 유리잔에 수돗물을 받았다. 나는 마이크 아저씨의 손이 사스키아 아줌마의 허벅지 위로 올라가는 것을 보았다. 아저씨는 흔들리는 배의 선장이다. 반란이 일어날 수도 있다. 그럴 조짐이 크다.

"뭘 좀 먹어야지, 피비."

"배 안 고파요. 그리고 다이어트 중이고요."

"아침부터 다이어트는 무리야. 식사는 해야지."

"왜요? 엄마는 늘 아무것도 안 먹는데."

"엄마는 종일 수업을 듣거나 하키팀 주장으로 뛰지 않잖니?"

피비는 유리잔에 입을 대고 웅얼거렸다.

"엄마는 언제나 아무것도 안 하죠."

"찬장에서 시리얼 바라도 꺼내서 먹으렴."

"알았어요."

피비가 말했다.

"그렇게요."

피비와 나는 어쩔 수 없이 함께 집을 나섰고 마이크 아저씨와 사스키아 아줌마가 우리를 배웅했다. 우리는 이웃집이 나오자마자 갈라섰다. 나는 내면과 달리 자신감 넘치는 걸음걸이로 길을 건너는 피비의 길고 가는 몸을 쳐다보았다. 몇 주 전에 깨끗한 타월을 가지러 세탁실로 내려갔다가 말소리를 들었다. 세비타가 다림질을 하고 피비는 바닥에 앉아 숙제하고 있었다. 내가 들어가자 세비타는 미소 지으며 '밀리, 안녕'이라고 인사했다. 그러자 피비는 화나고 질투하는 표정을 감추지 못했다. 내가 그곳에 가는 것, 공간을 공유하는 것을 원치 않았다. 피비는 엄마에게서 얻지 못하는 것을 다른 곳에서 찾았다.

고층 아파트 길을 지나다가 오늘 학교에서 늦을 거라고 아저씨와 아줌마에게 말하는 걸 깜박했다는 사실을 깨달았다. 나는 두 사람에게 학교 연극 소도구 제작을 도와야 해서 6시나 7시에 집에 갈 거라고 문자메시지를 보냈다. 하얀 거짓말을 조금 보탰다. 난 다시 모건을 만나기를 기대하고 있었다. 주말에 그 애가 집으로 들어가도록 보살폈다. 엄마에 대해 말해줄까 하는 생각을 떨치지 못했고 전부는 아니지만 어느 정도는 이야기해서 대화가 필요할 때 나눌 수 있으면 좋겠다고 생각했다. 준은 내 생각에 찬성하지 않을 것이다.

새로운 이름을 받았으니 보호받는 기분이 들어야 했다. 겉으로 드러나지 않는 사람. 누구도 진짜 내가 누군지 모른다. 준이 이렇게 말했다.

"런던이라는 큰 도시에서 넌 그냥 수많은 사람 중 한 명일 뿐이란다. 무엇보다 중요한 건 누구에게도 네가 누군지, 네 엄마가 어떤 일을 저질렀는지 말해선 안 된다는 거야. 그게 얼마나 중요한 일인지 알겠니?"

난 알겠다고 말했고 지금도 그 약속을 지키고 있지만 그때는 그것이 얼마나 외로운 일인지 몰랐다.

시간은 더디게 흘렀다. 독일어 수업을 듣고 음악 수업을 들었다. 그리고 수학과 미술 수업을 들었다. 캠프 선생님은 우리 담당이 아니다. 난 선생님이 다른 아이들과 시간을 보내며 이야기를 나누고 웃는 모습을 상상했다. 어제 또 이메일을 보내서 선생님을 보러 가도 되느냐고 물었지만 답장은 받지 못했다.

마지막 수업은 생물이었다. 돼지의 심장 해부. 인간의 것도 거의 비슷하다. 뇌실, 심방, 대정맥. 난 인간의 내부에 대해 많이 알고 있다.

교실에 들어가보니 한 사람당 하나씩 쓸 심장 열다섯 개가 붉은 위용을 자랑하며 놓여 있었다. 시력이 약간 나쁘고 나이 든 웨스트 교수님이 교실 앞 화이트보드에 적힌 지침을 따르라고 말했다.

칼은 이미 준비되어 있었다.

우리는 칼로 이곳저곳을 절개했다. 몇 명은 힘들어했지만 내겐 쉬웠다. 내가 가장 먼저 끝냈다. 은판 위에 펼쳐진 조각난 심장을 쳐다보았다. 피 묻은 메스 두 개와 핀셋 한 쌍으로 저지른 일이다.

주위의 반응이 들렸다. 징그러워, 으으. 난 생물이 싫어. 내년엔 안들을 거야. 내 것 좀 도와줘. 무슨, 나도 못 하고 있는데. 우웩.

난 손을 들었다. 웨스트 교수님이 대머리를 들어 교실을 살피기까지 2분 정도 걸렸다.

"전 다 했는데요."

"그럼 손 씻고 관찰한 내용을 기록하렴."

개수대에서 손을 씻고 자리로 돌아와 연습장을 펴서 기록하려는데 그 애들 목소리가 들렸다. 앞줄에 있던 클론딘과 이지가 어깨너머로 흘끔거리며 낄낄거리다 내가 쳐다보니 고개를 돌렸다. 난 다시 일지를 적기 시작했다. 그리고 일이 벌어졌다.

그 애들이 내 얼굴에 심장을 던졌다.

심장은 내 왼뺨에 맞고 가슴으로 튕겼다가 바닥으로 떨어졌다. 난 이미 실습용 가운을 벗은 상태였다. 손으로 얼굴을 만져보았다. 끈적했다. 손가락에 피가 묻어났다. 이지가 나를 동영상으로 촬영했고 클론딘은 교수님이 보지 않는지 감시했다. 난 고개를 돌렸다. 셔츠가 얼룩졌고 돼지의 심장에서 흐른 피는 쉽게 내 것이 될 수 있었다.

"자, 이제 그만 정리해볼까."

웨스트 교수님이 말했다.

"전 아직 못 끝냈어요."

앞줄에서 누군가 말했다.

"시간은 누구도 기다려주지 않는단다, 엘시. 더 서둘렀어야지."

몸을 움직이고 싶었지만 다리가 말을 듣지 않았다. 전혀 감각이 없었다. 항상 그 애들 앞에서는 바보가 된다. 교수님이 이쪽으로 오는 발소리가 들렸다. 갈색 가죽 브로그로 날마다 광을 낸 것이 분명해 보였다. 그 발이 내 앞에서 멈췄다.

"세상에, 무슨 짓을 한 거니? 다 했다고 말해놓고선 얼굴과 셔츠가 피범벅이잖아. 어서 정리하고 바닥에 떨어진 심장을 주워, 당장."

웨스트 교수님이 지나가자 킥킥거리는 웃음소리가 들렸다.

나와 같은 줄에 있던 조는 상황을 목격했지만 아무 말도 하지 않고 몸을 구부려 종이 타월로 심장을 줍고 타월을 한 장 더 꺼내 내게 얼굴을 닦으라고 건넸다. 피를 닦아내는 데는 시간이 걸렸다. 그 애는 내게 어디를 닦아야 하는지 알려주었다.

나는 고맙다고 고개를 끄덕이며 내 대신 이 모든 일을 해줄 수 있을 만큼 나이 어린 누군가가 있다면 얼마나 좋을까 하고 생각했다. 클론딘과 이지는 쏜살같이 실험실을 나서며 날 향해 비웃음을 흘렸다. 복도는 분주했지만 내가 나가자 주위로 공간이 생겼다. 쟤 옷에 묻은 게 피야? 그런 것 같아. 징그러워. 난 오늘 아침에 가방을 숨겨둔 과학실 건물 화장실로 가서 청바지와 후드 티셔츠로 갈아입었다. 이 학교를 제외하고 이 동네에는 교복이 없었다. 그때 전화가 울렸다. 무릎을 굽히고 책가방에서 휴대전화를 꺼냈다. 내가 올 것인지 확인하는 모건의 전화였는데 그때 옆 칸 바닥에 놓인 익숙한 화장품 가방을 보았다. 나는 모건에게 먼저 끝내야 할 일이 있어 20분 정도 걸릴 것 같다고 말했다.

고층 아파트 옥상에 도착해보니 모건이 담배를 피우고 있었다.

"저기 새가 한 마리 있는데 날개가 부러진 것 같아."

"어디?"

"저기."

모건이 상자를 가리키며 말했다.

"비틀거리면서 여기저기 돌아다니길래 무서워서 저걸로 덮어놨어."

나는 그쪽으로 걸어가 몸을 웅크리고 플라스틱 상자 안을 들여다보았다. 벌집 모양의 공간으로 한쪽 날개가 낮게 들린 비둘기 한 마리가 보였다. 날개가 부러져 있었다. 비둘기는 고개를 빠르게 움직이며 계속 까닥거렸다. 내가 왜인지 모르게 상자를 흔들자 안에서 공포에 질린 비둘기가 구구 하며 울기 시작했다. 친구들에게 위험 신호를 알리는 것이었다. 피터, 폴, 어서 도망가. 무리로 가고 싶겠지만 이 비둘기는 붙잡혀서 갈 수가 없다. 모건이 내 옆에 앉아서 뭘 하느냐고 물었다. 나는 상자 한쪽을 들어 올리고 손을 집어넣어 새를 잡았다. 세게. 바닥으로 꺼내자 조그맣게 파드득거리는 움직임이 손끝에 느껴졌다. 부서진 것은 날개이지 심장이 아니다, 아직은. 비둘기는 다시 구구거리며 친구들을 불렀다. 구슬 같은 눈동자와 까닥이는 고개들이 지붕에 숨어서 지켜볼 것이다. 어린 새들도 함께.

난 재빨리 해야 할 일을 했다.

"제기랄, 완전 징그러워. 대체 왜 그러는 거야? 세상에."

모건이 고개를 돌렸다.

"이렇게 하지 않으면 상황이 더 나빠질 거야. 이 새는 아주 천천히 고통스럽게 죽게 되겠지."

"동물 병원 같은 곳에 데려다줘도 되잖아."

"이 새는 고통스러웠지만 더는 아니야, 내가 도와줘서."

"나보다는 네가 도왔지."

맞아.

새의 사체 위로 상자를 다시 덮고 우리는 환기구로 가서 차가운 바닥에 동상처럼 누워 굉음을 내며 히드로 공항으로 향하는 비행기를 쳐다보았다. 지금 이동 광선을 쏴줘, 스코티, 어디든 좋아. 모건이 담배에 불을 붙이자 푸른 연기가 회오리를 그리며 공기 중으로 올라갔다. 마녀의 입김이다.

"왜 이렇게 조용해? 오늘은 나한테 들려줄 이야기 없어?"

하나뿐인데 그 이야기를 해도 될지 모르겠어.

"없어."

"넌 좋은 친구야. 난 아주 오래는 못 있어. 우리 삼촌이 와 있는데 정말 엄하거든."

몇 분만 더 시간을 줘. 머릿속에서 생각을 정리하고 말할 수 있게. 우리 엄마는 말야, 아냐. 그 여자에 대한 뉴스를 본 적 있어? 아냐. 젠장, 지금 뭘 하는 거지? 아무에게도 말하면 안 되는데.

"오늘 무슨 일 있었어?"

"아니, 왜?"

"네가 손톱을 뜯어서 피가 나잖아, 봐."

"미안."

"나한테 미안할 건 없지만 할 말이 있으면 그만 뜸 들이고 얼른 말해."

마치 언 호수에서 스케이트를 타는 것 같다. 겉으론 안전해 보이지만 누군가는 먼저 가서 얼음이 완전히 얼었는지 확인해야 한다. 모건은 나를 좋아하고 우리는 친구다. 난 이 아이에게 말할 수 있다. 전부는 아니고 일부는. 그 정도는 괜찮지 않을까?

"아무 말도 안 할 거면 난 갈래. 조용히 앉아서 텔레비전이나 봐야겠어."

"기다려."

"제기랄, 대체 뭐가 문제야?"

어둑해지기 시작한 옥상에는 우리 둘밖에 없었다. 다른 사람은 없으니 아무도 알지 못할 것이다. 모건은 날 좋아한다. 난 엄마와 다르다. 이 애는 날 이해할 것이다. 그렇겠지?

"내가 무슨 말을 해도 여전히 내 친구가 되어줄 거야?"

"그래, 난 우리가 서로 뭐든 이야기할 수 있다고 생각해. 그렇지 않아?"

난 그것이 사실이기에 고개를 끄덕였다. 모건은 거의 매일 밤 내게 문자메시지를 보내 피비 때문에 곤란을 겪고 있냐고 물었고 자신이 내 뒤를 봐주겠다며 걱정하지 말라고 말해주었다.

"네가 말하고 싶은 게 뭔데?"

"말해도 되는지 확신이 안 서."

"끝내지 못할 거면 시작하지 않는 편이 좋아."

"이런 말을 하면 안 되는데."

"네가 말해주기 전까지 난 안 갈 거야."

규칙은 깨라고 있는 것…… 아닌가?

"밀리, 너 때문에 짜증이 나려고 해. 난 곧 가봐야 한다고."

"계속 내 친구로 남겠다고 약속해줘."

"그래, 좋아. 약속할게. 자, 이제 말해봐."

나는 몸을 일으켜 세운 뒤 다리로 가방 끈을 잡아 내 쪽으로 당겼다. 모건도 자리에서 일어났다. 너무 어두워서 모건에게 라이터를 켜라고 했다. 그리고 휴게실에서 잘라온 신문 기사를 가방 앞주머니에서 꺼내 청바지 위에 올려놓고 곱게 폈다. 매일 이걸 들고 다니는 건 위험 부담이 컸지만 들켜봐야 피비나 이지가 내 가방을 비우고 손톱으로 엄마 얼굴에 자국을 내는 것이 전부일 테니까. 내 얼굴과 엄마 얼굴에 똑같이.

"이게 뭐야?"

모건이 물었다.

나는 뒤로 물러나서 기사를 보여주지 않고 태우기로 했지만 엄마 얼굴에 불을 붙일 수 있을지 확신이 서지 않았다. 라이터를 켰지만 금세 꺼졌다.

"아무것도 안 보여. 다시 켜봐."

다시 라이터를 켜서 엄마 얼굴과 입을 밝혔다. 사진에는 보이지 않지만 엄마는 턱 오른쪽에 주근깨가 있다.

이번에는 모건이 엄마를 알아보았다.

"제기랄! 아이들을 죽여서 신문에 난 여자잖아."

"맞아."

"왜 그 여자 사진을 나한테 보여주는 거야?"

라이터 불빛이 꺼졌다. 왜 보여주냐고? 밀고 당기고. 망가진 물건은 사람도 망가뜨릴 수 있다. 학교 화장실을 나설 때 난 모건에게 말해도 괜찮다고 확신했다. 그 애는 우리 학년 여자애들과는 다른 반응을 보일 것이다. 그 애들이 어떻게 느끼고 뭐라고 할지 안다. 하지만 그들과 달리 모건은 내 친구이니 모건이 해주는 그 말을 너무 듣고 싶었다. '넌 네 엄마와 전혀 달라.'

모건에게 엄마에 대해 어떻게 생각하느냐고 물었다.

"어떻게 생각하냐니, 무슨 뜻이야? 이 여자는 분명 사이코야. 네가 왜 신경 써?"

"혹시 네가 아는 사람이라면 어떨 것 같아?"

"그렇다고 해도. 내 말 오해하지 말고 들어. 여기서 많은 일이 벌어지지만 저 정도는 아니야."

모건은 여전히 내 친구로 남겠다고 약속했으니 말해도 돼.

"내가 아는 사람이라면 어떨 것 같아?"

"오, 그럴싸한데? 하지만 지금은 10월이야. 만우절은 오래전에 지났다고."

안도감이 몸을 타고 흐르며 날 더욱 자극했다. 엄마에 대한 무거운 짐을 조금이나마 덜어낼 수 있을 것 같았다.

"잘 봐."

난 오려낸 기사를 내 얼굴에 가까이 가져다 대고는 다시 라이터를 켰다.

"뭘 보란 말이야?"

"이 여자 얼굴을 쳐다보고 내 얼굴을 보라고."

모건이 가까이 보려고 다가왔다.

"빌어먹을."

모건이 대답했다.

"넌 저 여자랑 정말 닮았어, 으윽."

"이게 내가 너한테 하려는 이야기야."

"뭐라고?"

"내가 이 여자랑 닮았다는 거. 왜냐하면,"

내가 엄마 이야기를 했다고 해서 날 버리지 말아줘.

"뭔데? 이 여자가 오래전에 소식이 끊긴 네 먼 숙모나 뭐 그런 거야?"

"아니, 숙모가 아니라 엄마야."

난 라이터를 끄고 신문을 접어서 다시 가방에 넣었다. 모건은 날 뚫어지게 쳐다보며 반전의 한 방을 기대하는 것 같았지만 그런 건 없다. 먼저 말을 꺼낸 건 모건이다.

"농담한 거라고 말해."

내가 대답하지 않자 모건은 농담이 아니라는 걸 알았다.

"젠장."

모건이 탄식했다.

나도 모르게 눈에서 눈물이 떨어졌다. 모건은 자리에서 일어나 내게서 한 걸음 물러섰다.

"아직 가지 말아줘."

"이만 가야 해. 삼촌이 화낼 거야."

저 애는 무서워서 도망치면서 내게 거짓말하고 있다.

"계속 내 친구로 남아주겠다고 약속했잖아."

"그런 문제가 아니야. 이건 감당하기에는 너무 큰일이라고."

그래, 맞아. 내게도 너무 큰일이야.

"그래서 네가 양부모 집에 있는 거야? 가족들도 너희 엄마에 대해 알고 있어?"

"아저씨와 아줌마만. 피비는 몰라. 그리고 학교 교장 선생님이 알고 있어."

"다른 사람은?"

"없어."

"웃기지 마. 그런데 왜 나한테 말한 거야?"

"너한테 계속 숨기는 건 아닌 것 같아서."

"진짜 너희 엄마야?"

"맞아."

"세상에, 이 여자는 내 동생 또래 아이들에게 그런 짓을 했어. 죽어 마땅해."

나는 다시 고개를 끄덕였다. 모건의 말은 사실이고 엄마는 죽어 마땅하지만 사형을 당한다고 생각하니 마음이 아팠다.

"이 여자랑 같이 산 건 아니지?"

"아버지가 돌아가실 때까지 같이 살았어. 엄마 얼굴은 수년간 못 봤어."

입에서 거짓말이 술술 나왔고 모건은 그 사실을 의심하지 않았다. 엄마가 집에서 같이 지낸 아이가 있다는 사실을 모건이 기사로 알게 되면 난 그게 누군지 모르고 엄마가 어디선가 데려온 아이일 거라고 말할 것이다.

"몇 년 동안 못 봤다니 정말 다행이야. 경찰이 어떻게 이 여자를 붙잡았어?"

"나도 잘 몰라. 직장에서 누가 신고했나봐."

그건 사실이 아니다. 집에서 가까이 있는 누군가가 그랬다. 혈육에게 당한 가장 지독한 배신. 가족은 깃털처럼 하나로 뭉쳐야 하지만 난 다른 곳, 다른 무리로 가고 싶었다.

"이 여자는 대가를 치르게 된 거 같네."

"그런 것 같아."

"이만 가야 해."

모건이 말했다.

"그래."

옥상 문 쪽으로 걸어가는 모건을 불렀다.

"모건."

"응?"

모건이 걸음을 멈추고 쳐다보았고 난 자리에서 일어나 물었다.

"이 이야기를 듣고 나에 대한 생각이 바뀌었어?"

"그다지. 아니, 그건 네 잘못이 아니잖아 밀리. 아무도 네 엄마가 한 일로 널 비난하지 않을 거야. 어쨌든 넌 그 여자와 전혀 다르니까."

"그 말 진심이야?"

"그럼."

고마워.

19

지난주, 마이크 아저씨는 준과 통화했다. 아저씨는 전화를 끊기 직전에 폭풍 전야의 고요함이라고 말했다. 난 그게 무슨 뜻인지 안다. 아저씨 말이 맞다. 지난 한 주는 너무나 조용했다. 겉으로는. 재판 날짜가 옮겨졌다는 발표 이후 언론은 엄마에 대해 별로 언급하지 않았다. 기자들은 이제 열흘 앞으로 다가온 재판에 대비해 숨을 고르고 있다. 엄마도 쉬면서 힘을 비축하고 있다. 엄마는 고작 두 번 나를 찾아왔다. 두 번 모두 아무 말 없이 그저 비늘 덮인 몸으로 내 목을 감았다. 난 콘크리트와 같은 무게에 짓눌려 숨을 쉴 수도 움직일 수도 없었다. 우리만의 비밀스런 무게였다.

주말에 모건을 만날 때 그 애가 어떻게 나올지 장담할 수 없었다. 마음을 바꿔 더 이상 날 좋아하지 않기로 했을 수도 있지만 모건은 전과 같았다. 그 애는 엄마가 저지른 일에 대해 이야기하길 좋아했고 그건 생각보다 힘들었는데 그게 엄마만의 이야기가 아니라 내 이야기이기 때문인 것 같았다.

수요일 저녁에 준이 찾아왔고 사스키아 아줌마는 피비와 이지를 데리고 외식을 하러 나갔다. 준과 마이크 아저씨는 변호인단의 질문을 다시 살폈다. 준은 날더러 끔찍한 사건을 다시 살피는 일이 쉽지 않을 텐데 잘하고 있다고 격려하면서 재판이 끝나면 한층 수월해질 거라고 거듭 말했다. 마이크 아저씨는 말이 별로 없었다. 보통 상대의 말에 동의하면 그랬지만 이번에는 경우가 달랐다. 아저씨는 가만히 앉아 나를 곰곰이 살피며 이따금 고개를 끄덕였다. 그 모습을 보고 있자니 기분이 좋지 않았다. 공포라는 작은 씨앗이 연약함을 뚫고 마음속에 심어진 것이다. 우리는 카드 게임을 하며 상담을 마무리했다. 마이크 아저씨는 내가 게임 가운데 블랙잭을 제일 좋아한다고 말했다. 비록 버전은 다르지만 아저씨가 제일 좋아하는 게임이기도 하다고 말하고 싶었지만 의지가 없었다.

오늘부터 중간 방학이 시작되어 오전 내내 연극 연습을 했다. 메흐메트 선생님은 연극이 정말 중요하다고 말했지만 그건 우리를 위해서가 아니라 제임스 교장 선생님이 보러 오기 때문이었다. 아침 식사를 마치고 마이크 아저씨가 기어코 출근길에 우리를 학교까지 태워주겠다고 했다.

"날 좀 재미있게 해줘."

아저씨는 이렇게 말하며 피비에게 윙크했다.

"알았어요, 아빠. 이지한테 절 기다리지 말라고 문자 좀 보내고요."

사스키아 아줌마는 미소 지으며 수년 전 학창 시절이 떠오른다고 말했다. 피비는 아줌마의 말을 무시하고 차로 걸어가서는 마이크 아저씨 옆 조수석에 앉았다. 아저씨는 연극이 어떻게 되어가고 있는지 물었다.

"좋아요, 뭐. 오늘 리허설은 정말 재미있을 거예요."

피비가 이렇게 대답했다.

"당연히 그렇겠지. 어서 보고 싶은데?"

우리는 학교에 도착해 출석을 확인하고 대강당으로 향했다. 메흐메트 선생님은 들어오자마자 난리 법석을 떨며 모든 것이 완벽해야 한다고 말했다. 선생님은 조명과 무대 효과를 담당하는 외부 기술 직원들에게 이것저것을 지시했다. 여학생 몇 명이 오늘 아침 파리로 예술사 현장 학습을 떠나서 연습에 참여하지 못했기에 메흐메트 선생님은 날더러 돼지 역할을 해달라고 했다. 난 사냥을 당한다는 점이 마음에 들지 않았지만 모두 앞에서 싫다고 말할 수 없었다.

"그리고 피비, 넌 내레이터지만 이 장면에 사람이 많이 필요하니 남자애들과 같이 서렴."

"당연히 그렇게 할게요."

피비는 이렇게 말하며 날 쳐다보았다.

"소도구함에 무대에서 쓸 창이 있을 거야. 하나씩 챙겨서 무대에 오르고 밀리, 넌 풀 먹인 종이로 만든 돼지 머리를 찾아서 가져오렴."

난 이 장면을 속속들이 잘 알았다. 이건 연극일 뿐 실제가 아니지만 돼지 머리를 쓰고 나니 실제 상황처럼 느껴지기 시작했다. 돼지 머리는 가볍지만 컸고, 쓰고 나니 앞을 보기 힘들었다. 넘어지지 않으려면 발만 쳐다보는 수밖에 없었다. 난 숨을 헐떡였고 속에서 열이 올라 얼굴이 계속 후끈거렸다. 아교와 종이층 너머로 메흐메트 선생님 목소리가 들렸다.

"밀리, 넌 잭과 그 뒤를 따르는 무리와 함께 무대에 오를 거야. 그리고 여러분, 이건 남자아이들의 야만성이 제대로 드러나는 중요한 장면입니다. 선혈과 구호를 떠올려요. 조명이 들어오고 연기가 나기 시작하면 밀리, 넌 무대에 오르는 거야."

여자애들은 쉽게 자기 역할을 받아들였다. 오른쪽에 선 누군가가 창으로 바닥을 계속해서 두드리자 아랫배가 오그라드는 듯했다. 왼쪽에서 누군가 내게 어서 도망쳐, 새끼 돼지야,라고 속삭였다. 엄마는 날 돼지라고 부른 적은 없지만 내가 자주 도망치게 만들었다. '우린 정말 재밌었잖아, 애니. 안 그래?'

"어서, 무대로 올라가."

내 뒤의 누군가가 말했다.

엄마 목소리를 듣다가 큐 사인을 놓쳤다.

무대에 올라가자마자 무릎을 꿇고 납작하게 엎드려 최대한 돼지와 비슷하게 자세를 취했다. 엄마의 무게에 짓눌려 숨이 거칠어졌다. 엄마가 나와 같이 있다. 창이 내는 소리가 하나가 되었다. 쿵, 쿵, **쿵.** 드라이아이스 냄새가 나더니 연기가 내 발을 감쌌고 무대 조명이 붉은빛으로 바뀌었다. 구호가 시작되었다.

"돼지를 죽여, 목을 자르고 그 피를 뿌려."

엄마는 다르게 말했지만 의도는 같았다.

누군가 북을 쳤고 창이 가까이 다가왔다. 잭과 그 무리였다. 추격 장면이기에 난 무대 위를 이리저리 움직였다.

"돼지를 죽여, 목을 자르고 그 피를 뿌려."

쿵, 쿵, 쿵.

새로 숨을 장소를 찾아보았지만 엄마는 내가 어디 있는지 너무 잘 알았다.

"저기 있다!"

누군가 외쳤다.

신호는 아이들이 카우보이와 인디언 놀이기구를 탈 때 지르는 비명처럼 들렸다. 공격할 때가 왔다. 나를 잡을 때. 나는 무대 중앙으로 나가며 실수로 발을 비틀거렸다. 바닥도 안전하지 않았다. 그래서도 안 됐다. 돼지는 살아서는 안 되니까, 안 그래? 조명이 강해지고 다시 드라이아이스가 피어올랐다.

"돼지를 죽여, 목을 자르고 그 피를 뿌려."

창 소리와 발소리가 날 에워쌌다. 첫 번째 창은 뒤쪽에서 빠르게 들어왔는데 난 그게 누군지 알았다. 뒤를 돌아보았다. 창이 계속해서 날 찔렀다. 북소리가 규칙적인 리듬으로 잦아들었고 구호를 외치는 목소리는 낮아졌지만 한층 험악해졌다.

"돼지를 죽여, 목을 자르고 그 피를 뿌려."

왼쪽에서 누군가가 또 구호를 외쳤다. 큰 북소리에 모두 숨을 죽였다. 풀 먹인 종이로 만든 돼지 머리가 얼굴에 들러붙었다 떨어지는 소리가 유일한 소음이었고 난 숨을 쉬기가 너무 힘들었다. 주위에 모인 발들이 원을 그리며 내게서 더 멀어졌다. 엄마가 내게 씌운 가면이 싫었는데 그것을 쓴 기분 같았다. 숨을 쉴 수가 없었다.

"이번엔 봐주지 않을 거야."

잭을 연기하는 마리아가 말했다.

그 애의 창이 내 오른쪽으로 들어와 바닥을 세게 내리찍었다. 관객들 시점에서는 연기와 긴 의상 때문에 내가 창에 심장을 관통당한 것처럼 보일 것이었다. 난 팔과 다리가 들린 채 무대에서 퇴장했다. 엄마가 주도하지 않는 새 인생에서는 내 발로 섰고 나쁜 일은 전혀 일어나지 않았다. 환호를 받고 무대 뒤에서 웃으며 즐길 수 있기를 바랐지만 실제로는 탈의실에 딸린 화장실에 가서 돼지 머리를 벗고 찬물에 얼굴을 씻고는 50부터 거꾸로 셌다. 숫자는 천천히 효력을 발휘해 기억을 줄여주었고 시간이 조금 흐른 뒤에는 안정을 찾아 화장실을 나설 수 있었다.

무대 계단을 내려와 복도로 들어서는데 제임스 교장 선생님이 날 기다리고 있었다. 선생님은 할 말이 있는지 내게 다른 여자애들과 좀 떨어진 앞쪽 자리에 앉으라고 권했다.

"웨더브리지에서 첫 연극을 한 소감이 어떠니?"

"좋아요. 물어봐주셔서 고맙습니다, 제임스 선생님."

"넌 굉장히 미더운 연기를 펼쳤어, 밀리. 그런데 돼지를 연기한 사람이 너라는 게 좀 걱정이 되는구나."

"원래 제 역할이 아니에요. 에이미가 파리로 현장 학습을 가서 대타로 나선 거예요."

"그렇구나. 네가 싫다고 말하기는 어려웠겠지. 그래도 네가 불편하게 느낄 수 있는 상황은 조심하는 쪽이 좋을 것 같구나. 알잖니, 네 상황에서."

난 다시 돼지 머리를 쓰고 울고 싶어졌다. 학교에서는 단 1분도 내 상황을 떠올리지 않을 수 없었다.

알잖아요, 제 상황에서.

"그리고 너와 나눌 이야기가 몇 가지 있단다. 뉴몬츠 씨가 내게 이메일을 보내왔더구나. 다음 주가 지나고 네가 법정에 설 거라고 말이야."

난 고개를 끄덕였다.

"학교생활에 집중할 수 있겠니?"

"네, 대체로요."

"밀리, 넌 아주 똑똑한 아이니까 수업을 며칠 빠진다고 해도 크게 걱정할 일은 아니야. 집으로 공부할 것을 보내줄 수도 있어."

"괜찮다면 계속 바쁘게 지내고 싶어요."

"물론이지. 하지만 혹시라도 마음이 바뀌면 내 비서에게 이메일을 보내서 나와 약속을 잡자꾸나."

"고맙습니다."

"그리고 하고 싶은 이야기 또 하나는 켐프 선생님에 관한 거야. 네가 선생님과 시간을 많이 보낸다는 걸 안단다. 하지만 문제는 켐프 선생님은 알지 못해, 그 일을……"

선생님은 말을 잇지 않고 내가 이해했다는 뜻으로 고개를 끄덕이길 기다렸다가 계속했다.

"그러니까 조심하는 게 좋아. 네가 선생님한테 선물을 주려고 했다는 이야기를 들었는데 그건 아주 착한 생각이지만 학교에서 권하는 일은 아니란다. 학칙에 위배되기도 해. 그렇지만 너의 특수한 상황을 헤아리면 어디서 그런 혼란이 생겼는지 이해할 수 있을 것 같구나."

그래서 선생님이 내 이메일에 답하지 않았구나.

"켐프 선생님은 훌륭한 교사이고 학생들에게 헌신하는 사람이니 누군가는 선을 확실히 해두는 것이 좋아."

"무슨 말씀이신지 확실히 이해되지 않아요, 선생님."

"그러니까 네 마음이 더 편할 수 있도록 새로운 지도 선생님을 알아보자는 거야."

"왜 그래야 하죠?"

"뉴몬츠 씨에게 중간 방학 동안 너와 이야기를 나눠달라고 부탁했어. 분명 그래주실 거다. 괜찮지?"

"네, 선생님."

"걱정할 필요는 전혀 없어. 우리 모두 네 편이고, 잘 해결해나갈 수 있을 거야. 어떠니?"

잘난 척하는 것처럼 들려요.

"좋아요. 고맙습니다."

"그래, 그럼 계속해서 연극에 열심히 참여해주렴. 분명히 멋진 연극이 될 거라 믿는다."

교장 선생님이 자리에서 일어서자 나도 따라 일어났다.

한밤중에 울다가 잠에서 깼다. 꿈에서 법정에 증인으로 섰다.

변호사가 날 향해 몸을 돌리자 갑자기 그가 소년 크기로 줄어들더니 왜 자신을 아프게 하는 걸 지켜보기만 했느냐고 물었다. 그의 눈에 눈물이 고여 있었다.

"미안해."

내가 말했다.

대신 배심원이 이렇게 이야기했다.

"우린 널 믿지 않아."

20

어제 학교를 마친 뒤 마이크 아저씨가 내게 테트버리라는 지역의 호텔에 이틀 밤을 예약했다고 알려주었다. 우리는 월요일에 출발한다. 아저씨는 나와 켐프 선생님에 대해 밀린 이야기를 하고 싶다고 했지만 그건 주말까지 기다릴 수 있었다.

피비와 나는 버스에서 조가 말한 매티의 파티에 가려고 준비했다. 마이크 아저씨는 날 데려가는 조건으로 피비가 파티에 가는 것을 허락했고 같이 간다면 돌아올 때는 혼자 올 수 있게 해준다고 했다.

"아빠가 그 애 집 앞에 널 데리러 가는 건 원치 않겠지?"

우리가 집을 나서기 전 아저씨는 통금 시각이 12시라고 알려주었고 그보다 늦거나 술을 마시면 안 된다고 말했다.

"알았어요, 아빠."

피비는 집을 나서자마자 이지에게 전화했고 이지가 오지 못해서 정말 아쉽다며 얼마나 더 근신해야 하는지 물었다. 이지가 뭐라고 대답하니 피비는 웃었고 전화를 끊기 전에 이렇게 말했다.

"걱정 마. 내일 다 이야기해줄게."

불쌍한 이지. 웨스트 교수님이 그 애의 화장품 가방을 돌려줄 때는 기뻤겠지만 그 안에서 담배가 발견된 사실을 알고서는 그러지 못했을 것이다. 교수님이 자리에 없을 때 연구실 책상 위에 그 애 이름이 적힌 화장품 가방이 놓여 있었으니 빠져나갈 구멍도 없고 가슴이 내려앉았을 테지.

흰색으로 칠해진 또 다른 대저택에 도착하자 피비가 초인종을 눌렀다. 183센티미터가 넘어 보이는 키 큰 남자애가 대답했다. 그 애는 우리를 보고 미소 짓더니 파티가 이미 시작됐다고 말했다.

남자애는 내게 손을 내밀며 악수를 청했다.

"매티야."

나는 악수하고 인사했다.

"안녕, 난 밀리야." 그 애가 문을 열자 거실에서 시끄러운 음악 소리가 들려와 속이 불편해졌고 안으로 들어가니 왼쪽에 탁자가 보였다. 음료수 병들과 펀치 같은 것이 담긴 커다란 유리그릇이 놓여 있었다.

"할로윈 분위기가 별로 안 나는데, 매티?"

"무슨 소리야, 피비. 한두 시간 전에 엄마 아빠가 떠나면서 나랑 형에게 집에서 파티하지 말라고 신신당부하셨어. 그나저나 넌 이미 무시무시하니 할로윈 분장을 할 필요가 없었겠구나."

매티는 이렇게 말하고는 귀신처럼 '으하하하하' 하고 웃었다.

"닥치고 마실 거나 좀 줘. 그래서 톰 오빠는 학교에서 돌아온 거야?"

"응, 형이 파티를 도맡기로 해놓고는 부모님이 나가자마자 친구를 만나러 갔어."

"그래서 오늘 들어와?"

"누가 아직도 형을 좋아하고 있나보네."

"아니거든? 그냥 인사치례로 물어본 거야. 내가 좋아하는 사람은 따로 있어. 지난여름에 만난 남잔데 런던에 살지 않아."

"그 말은 곧, 존재하지 않는다는 거지. 자, 널 위해 보드카를 준비했어."

피비는 매티의 손에서 플라스틱 텀블러를 받아 들더니 내가 한 번도 본 적 없는 여자애 두 명이 앉아 있는 소파에 앉아 그 애들과 이야기하기 시작했다.

"마실 것 좀 줄까?"

매티가 물었다.

모두 손에 한 잔씩 들고 있길래 나도 한 잔 달라고 말했다. 마실 건 아니지만 위트 있게 보여야 했다. 난 잔을 손에 받아 들고 구석으로 가서 앉았다. 계속해서 사람들이 도착했다. 모두 한 다리 건너 아는 사람으로 부촌의 사립학교 네트워크는 거미줄처럼 탄탄하고 널리 퍼져 있었다. 피비는 수없이 전화를 받느라 휴대전화를 켰다 끄기를 반복했다. 한 남자애가 지렁이 같은 브레이크 댄스를 추면서 정신을 산만하게 하자 피비가 발로 그 애를 걸어찼다.

피비가 입모양으로 그만두라고 말하고 전화를 끊자 춤추던 남자애가 물었다.

"언제 받을 수 있대?"

"그 사람이 오면. 괜찮을 거야, 멍청아."

피비는 남자애를 다시 걷어찼고 이번에는 그 애가 피비의 다리를 잡아 바닥으로 당겼다. 남자애는 피비 위로 올라타서 손으로 목을 붙잡았다. 모두 웃었지만 내가 보기엔 전혀 웃기지도 즐겁지도 않았다. 클론딘은 나이가 더 있어 보이는 남자 두 명과 같이 왔다. 피비는 그들에게 갔고 남자애 중 하나가 피비 허리에 팔을 두르고 자기 쪽으로 끌어당기자 피비가 그 애를 밀치며 웃었다.

"나중엔 애원하게 될걸? 확실해."

남자애가 말했다.

피비가 대답하려는데 전화기가 울렸고 통화는 몇 초 안에 간단히 끝났다. 피비가 전화를 끊고서 큰 소리로 외쳤다.

"자, 애들아. 지금부터 돈을 걸을 거야."

지폐가 모였고 사람들 손을 거쳐 피비에게 전해졌는데 아무도 무엇에 쓰는지 묻지 않았다.

난 고개를 돌리고 음료수를 마시는 척했다.

"우리 둘 다 걸리면 내가 널 도와줄게."

"그래, 그래줘."

소파에 앉아 있던 여자애 중 하나가 말했다.

하이에나 같은 두 얼굴이 대수롭지 않다는 듯 동시에 웃음을 터트렸다.

피비가 날 쳐다보더니 말했다.

"이리 와, 뭘 망설여. 널 아무 일에도 안 끼워주겠다고 하지는 않았어."

피비는 현관 앞에서 문을 열기 전에 날 쳐다보고 말했다.

"이 일을 아빠에게 말하면 가만 안 둘 거야, 알겠어?"

알았어.

문 앞에 검은 점프수트를 입은 남자가 한 손에 오토바이 헬멧을 들고 서 있었다. 피비는 그를 타이슨이라고 부르며 맞이했다.

"젠장, 잠시만. 누가 오고 있어요. 누가 물어보면 피자를 배달하러 왔다고 해요. 아, 다행이다. 괜찮아요. 조예요."

조가 문 앞에 도착해서 인사했다. 피비는 조를 무시했고 그는 우리를 지나 현관으로 들어오면서 날 향해 미소를 지었다.

"안녕, 밀리."

내 이름을 기억하고 있다.

"안녕."

"얼마나 필요해?"

타이슨이 물었다.

"서른 개요. 그 정도 가지고 있으면요."

"서른 개? 아주 신나는 밤이 되겠는걸?"

"이제 중간 방학이 시작됐어요. 어떤지 아시잖아요."

타이슨은 고개를 끄덕이고는 가죽 장갑 한 짝을 벗어 손에 들었다. 그러자 피비가 돈을 담배처럼 둘둘 말아 장갑 안에 넣었다. 지폐를 세어보지 않을 정도로 피비를 믿는 것으로 보아 타이슨은 정기적으로 오는 것 같았다. 남자는 연석에 세워둔 오토바이로 걸어가 잠시 주위를 둘러본 다음 좌석 덮개를 열고 커다란 갈색 봉지를 꺼내 돌아왔다.

"서른 개야."

남자는 문으로 다가오면서 말했다.

"그리고 이건 내가 그냥 주는 거야."

그가 피비에게 작은 알약이 든 꾸러미를 건넸다.

"새거야. 완전 뿅 갈 거야."

피비는 미소를 지으며 손으로 키스를 보냈다.

"당신이 최고예요, 타이슨. 정말요!"

남자는 기뻐하는 듯했고 문이 닫히기 전에 오토바이가 굉음을 내며 떠나는 소리가 들렸다. 우리가 거실로 돌아가자 방 안은 담배 연기로 탁했고 빈 텀블러와 병에 재가 들어 있었다. 술에 취한 애들은 의자에 늘어졌다. 피비가 큰 소리로 말하자 분위기가 한순간에 되살아났다.

"파티 꾸러미가 도착했어."

난 피비가 진심이라는 것을 알고 놀랐다. 피비는 광대가 그려진 어린아이용 파티 용품을 탁자 위에 차곡차곡 올려놓았다.

"각자 즐거운 시간 보내, 애들아."

공짜 사탕 봉지를 받는 것처럼 아무도 머뭇거리지 않았고 꾸러미는 눈 깜짝할 사이에 동났다. 호들갑을 잘 떠는 피비는 목청을 가다듬고 방 안의 시선이 모이길 기다렸다가 타이슨이 건네준 알약 봉지를 공중에서 흔들어 보였다. 아기에게 딸랑이를 흔드는 것처럼. 이를 다 드러내고 웃는 그 애의 팔 위로 다채로운 금속 팔찌가 달랑거렸다. 와, 죽이는데? 누군가 이렇게 말했다.

"이제 진짜 망가져볼까?"

"그게 뭐야?"

클론딘이 물었다.

피비가 봉투에서 한 알을 꺼내 손가락으로 만져보며 살폈다.

"슈퍼맨 로고가 찍혀 있어. 타이슨이 완전 뿅 갈 거랬어."

피비는 한 알을 입에 넣고 방을 돌며 마치 10대들의 여왕처럼 팔을 뻗고 기다리는 아이들에게 약을 나누어주었다. 제게도 축복을 내려주세요, 여왕님.

한 바퀴를 다 돌고 났는데 약이 한두 개 남았다.

"입을 벌려봐, 못난이."

"싫어."

내가 대답했다.

"난 됐어."

난 다시 말했다.

"무슨 말인지 못 알아듣겠거든."

피비가 말했다.

"그 애를 놔둬, 피비. 우리에게 더 주고."

조가 어슬렁거리며 지나가다가 별일 아니라는 투로 말을 던졌다. 난 남자애들이 어떤 사고방식으로 움직이는지 모른다. 하지만 대수롭지 않게 말하려고 하는 부분은 좀더 연습이 필요해 보였다. 피비는 내 얼굴을 보기 지쳤는지 고개를 돌렸다.

"그래, 네 말이 맞아. 저 앤 이미 망가졌으니 약 낭비지."

맹금류의 발톱처럼 길고 흰 손톱으로 피비는 알약을 하나 더 입안에 던져 넣었다. 촉촉한 동굴과 같은 입이 닫혔다. 어두운 동굴. 피비는 여왕에게 비밀리에 반대하는 것을 알리듯 조가 내게 윙크한 것을 보지 못했다. 그리고 자리를 나섰다.

시간은 얼마 걸리지 않았다. 완벽하게 똑똑하고 아름다우며 특권을 지닌 군중이 평범한 짐승 무리로 바뀌었다. 동물의 습성을 그대로 드러내면서. 그들은 정원에서 달을 향해 울부짖었다. 시끄러웠다. 흐리멍덩해진 눈으로 입술을 덜덜 떨면서 담배를 피워댔다. 언젠가 저 애들이 세상을 움직이겠지. 그렇게 세상을 파괴하겠지.

나는 파티 상자가 한쪽에 버려진 조용한 공간을 찾아 계단 맨 위에 가서 앉았다. 상자 속에는 기발하고 유혹적인 방식으로 플라스틱 관에 포일로 싸 넣은 약물이 들어 있었다. 난 영화에서 본 것처럼 크리스마스라고 상상하며 그 상자들을 풀어보았다. 첫 번째 상자에는 사스키아 아줌마 스타일로 흰색 가루가 종이 속에 들어 있었다. 두 번째 상자에는 비둘기 로고가 그려진 흰 알약이 있었는데 붕 뜨는 기분을 유지하게 해주는 것이다. 세 번째 상자에는 M이라고 인쇄된 캡슐과 콘돔, 담배가 들어 있었다.

벽 아래 그림자 속에 앉아 있는데 계단으로 목소리가 들렸다. 클론딘이었다. 아까 피비에게 스킨십 했던, 우리보다 나이가 많은 남자와 클론딘이 복도 끝 방으로 사라지는 것이 보였다. 왼쪽에 있는 방문을 닫지 않아서 소리가 그대로 전해졌다. 꺅 하는 웃음소리가 들리더니 이내 조용해졌다. 5분쯤 뒤에 저항하는 소리가 들렸다.

"그만둬. 싫어."

클론딘 목소리였다.

"그만하라고, 토비. 하고 싶지 않아."

난 그림자에 바짝 붙어서 문 쪽으로 다가갔다.

"그 입 닥쳐. 질질 짜지 말라고."

하지만 클론딘은 눈물을 멈추지 않았고 멈출 수 없었고 나도 그랬었다. 남자는 울음소리 때문에 집중할 수 없는지 화가 나서 발을 쿵쿵거렸다.

"젠장, 조용히 좀 하라고."

"부탁이야, 토비. 난 하고 싶지 않아."

문을 활짝 여니 복도 불빛으로 침실이 보였다. 클론딘이 바닥에 누워 있고 토비가 그 위에서 누르고 있었다. 양 무릎으로 클론딘의 다리를 벌려 고정시키고 한 손으로는 클론딘의 팔을 머리 위로 올려 누른 채 청바지를 허벅지 아래로 내렸다.

"젠장, 문 닫으란 말이야."

토비가 신경질적으로 말하며 베개를 던졌고 그것이 내 발 앞에 떨어졌다. 클론딘은 아기처럼 울먹거렸다. 내가 불을 켜자 토비는 누가 산통을 깨는지 보려고 고개를 돌렸다. 그 애는 클론딘도 원한다면 더 재미있을 거라고 말하려던 참이었을 것이다.

"어서 불 끄고 꺼지라고."

"그 애가 싫다는 것 같은데."

"그게 너랑 무슨 상관이지?"

나는 나를 위해서, 그리고 토비를 위해서 집행을 잠시 연기하려고 불을 껐다. 침대 위 클론딘의 자세가 내 모습을 떠올리게 했다. 그 애가 내는 소리는 날 이 남자와 내버려두지 말아달라는 것 같았다. 난 그 소리를 잘 안다. 나도 비슷한 소리를 낸 적이 있다. 내가 울면서 낸 소리는 그 애가 낸 것과 같았다. 불을 다시 켰을 때 토비의 손은 클론딘의 가랑이에 가 있었다. 클론딘은 마치 섹스 토이처럼 가만히 누워 있었다. 나는 디스코 조명처럼 스위치를 움직였다.

껐다.

켰다.

껐다.

켰다.

껐다 켜고.

또 껐다 켜고.

아무리 집중력이 좋은 성폭행범이라도 거슬릴 법하게.

효과가 있었다.

토비는 굳어버린 클론딘의 몸에서 물러났다. 그 애는 누더기가 된 인형처럼 몸을 옆으로 굴려 침대 끝으로 가더니 구토했다. 그리고 흐느끼다가 또 구토했다. 침과 약물이 섞인 토사물이 턱에 묻었다. 클론딘은 다섯 살짜리처럼 엉망으로 망가져 엄마를 그리워했다. 그러니 무언가를 바랄 때는 신중해야 한다.

토비는 내 앞으로 다가와 날 문으로 밀쳤다. 난 문이 닫히지 않도록 발을 끼워 넣었다.

그 애가 손으로 내 목을 잡고 몸을 밀착했다.

"질투가 나서 그래? 네가 그 주인공이었으면 해서?"

서툰 손길이 내 다리 사이를 거칠게 움직이며 청바지를 마찰시켰다. 그는 내 가슴을 움켜쥐고 얼굴을 핥았다. 청바지 허릿단 위로 그 애가 단단해지는 것이 느껴졌다. 약에 정신이 나가 눈에 흰자위만 둥둥 뜬 걸 그 애는 모를까? 슈퍼히어로는 물건을 훔치지도 성폭행을 하지도 않는다. 클론딘이 다시 훌쩍이기 시작했다. 우리는 두 명이니 수적으로 우세했지만 그 애는 자기 아픔에서 헤어 나오기에도 너무 무기력했다. 네 코를 깨물어줄까, 토비? 잘생긴 얼굴이 망가져 평생 숨어다니도록?

나처럼.

나는 손을 아래로 내려 최대한 세게 그 애의 페니스를 움켜쥐었다. 갑작스런 손길에 토비의 몸에 전율이 흘렀다. 하지만 손길이 강해지자 즐거움은 오래가지 못하고 고통이 찾아왔다. 그의 머릿속 작은 신경 세포들이 강하게 움직이기 시작했다. 고통의 메커니즘이 내 전문 분야였다.

엄마는 내게 실험하면서 자주 이렇게 말했다.

'그 과정이 어떻게 이루어지는지 아는 것이 중요해.'

나는 눈이나 다른 곳을 폭행당할 것이라 예상했지만 토비는 꿀 먹은 벙어리가 되었는지 아무런 반응이 없었다. 그 애는 무릎을 꿇고 바닥으로 쓰러졌다. 기도하기에는 너무 늦었어, 토비.

클론딘은 침대에서 일어나 머리를 산발한 채 정신없는 눈으로 청바지를 올렸다. 토비는 바닥에 누워 신음했다. 아래층에서 목소리가 들렸다.

"야, 토비! 위층에 있어? 어서 내려와. 맥주 파이프가 도착했어. 스티보가 주량을 넘겨서 토했어. 정말 웃겨. 야, 거기 있는 거야?"

토비는 뭍에 올라온 물고기처럼 팔딱거리며 페니스를 움켜쥐고 놓지 못했다. 여자애에게 꼼짝없이 당한 꼴이라니. 계단을 오르는 소리가 들리자 토비는 자존심을 지키려고 안간힘을 쓰며 자리에서 일어나려고 했다. 입 주변에 허옇게 약이 묻고 윗입술에는 땀자국이 생겼다. 그 애의 내분비선 깊숙한 곳에서 냄새가 올라왔다.

"망할 년."

토비가 말했다.

그의 패거리인 휴고가 문 앞에 왔다. 나는 클론딘에게로 걸어갔다.

"인마, 어디 있었어? 계속 찾았잖아. 주방에서 완전히 미친 짓이 벌어지고 있어."

여기서도 마찬가지야.

토비는 손등으로 마른 입가를 닦고는 우리를 가리켰다.

"소소하게 재미 좀 보고 있었어, 알잖아."

"훌륭한데? 자식."

휴고가 말했다.

"다음번에는 이 형도 불러서 같이 재미 좀 보자, 자식아."

둘은 어깨동무를 하고 방을 나섰다. 우쭐거리며 느긋하게. 그중 한 명은 얼음찜질이 필요하겠지. 사람들이 떠드는 소리와 맥주 파이프를 당겨 마시는 소리가 들렸다. 클론딘은 침대 가장자리에 앉아 있었다. 다리가 젤리처럼 흐물흐물해지고 손으로 머리를 감싸 쥔 채로. 그 애는 바보가 된 것처럼 울면서 웅얼거렸다.

"걱정 마."

내가 말했다.

"피비에게 말하지 않을 거니까."

그러자 클론딘이 날 쳐다보았다. 눈가에 마스카라가 번져 판다처럼 되었고 머리카락이 헝클어져 엉망이었다.

"왜?"

"피비가 저 애를 좋아할지도 몰라서. 저 애가 도착했을 때 피비랑 포옹하는 걸 봤거든."

"전에는 좋아했지만 샘을 만나고 난 뒤로는 아니야. 젠장, 내가 너무 멍청했어. 줄곧 토비를 좋아해왔고 그 애도 날 좋아한다고 생각했어."

난 손목에 차고 있던 고무줄을 건네주었다.

"세수 좀 해야 할 것 같아. 괜찮으면 이걸로 머리를 묶어."

클론딘이 제 발로 서지 못해서 그 애를 부축해 화장실로 갔다. 나는 개수대 아래에서 세안용 수건을 찾아 건네며 말했다.

"따뜻한 물로 씻어. 도움이 될 거야."

그리고 또 필요한 것이 있는지 묻자 클론딘이 말했다.

"혹시 모르니까 같이 있어줄래?"

난 고개를 끄덕였다. 클론딘은 누가 무엇을 알게 될지 생각하느라 머리가 복잡한지 횡설수설했다.

"토비가 날 몸만 달아오르게 하고 내빼는 애라고 사방에 소문낼 거야."

"저기 수건 있어. 얼굴 닦아."

"아, 정말. 이게 무슨 꼴인지. 토비가 다시 안 왔으면 좋겠어. 그 애가 다시 올 것 같아?"

"아니."

"넌 어쩌면 그렇게 침착해?"

겪어봤으니까. 그것도 아주 많이.

난 대수롭지 않다는 듯 어깨를 으쓱해 보였다.

"피비에게 남자 친구가 있는지 몰랐어."

"젠장, 내가 말했어? 내가 이야기했다고 하지 마. 피비는 마이크가 알길 바라지 않거든."

"그 사람이 누군데?"

"피비가 작년 여름에 만난 남잔데 이탈리아에 산다는 것 같아. 둘이서 항상 이메일을 주고받아. 왜 손이 아직도 계속 떨리지?"

"충격받아서 그래. 조금 있으면 괜찮아질 거야."

"어떻게 이런 것들을 잘 알아? 조지가 다쳤을 때도 그렇고."

"책을 많이 읽거든."

클론딘은 거울 앞에 얼굴을 바짝 가져다대고는 수건 가장자리로 눈가에 번진 마스카라를 닦았다.

"윽, 입에서 토사물 맛이 나."

"구강 청결제로 헹궈."

"왜 나한테 이렇게 잘해주는 거야? 와서 도와주고? 우린 너한테 잘해준 적이 없는데."

"네가 겁에 질린 목소리여서."

"맞아, 멍청했지. 아, 제발 토비가 아무에게도 말하지 않았으면 좋겠어. 안 그러면 학교 다니기 정말 힘들 거야."

"그게 어떤 기분인지 잘 알아."

클론딘은 날 향해 돌아서서 눈에 초점을 맞추려고 애썼다.

"저기, 밀리. 오늘 일로 네게 신세를 졌어."

"그래도 못난이가 아니라 내 이름을 불러주니 고마운걸."

클론딘은 상태가 엉망이면서도 얼굴을 조금 붉히며 예의를 보였다.

"너한테 사과도 해야 할 것 같아. 못되게 굴어서 미안해. 그냥 웃기려고 그런 거였는데 일이 좀 커져버렸어."

"왜 하필 나야?"

"전부 피비 탓으로 돌리려는 건 아니지만 대부분 그 애 생각이었어."

"피비가 날 좋아한다고 생각하지는 않아."

"피비는 마이크 아저씨가 데리고 온 애는 아무도 좋아하지 않아.

아저씨가 한동안 아무도 들이지 않겠다고 피비한테 약속해놓고서는 널 데리고 왔으니 그 애가 두 팔 벌려 환영하지 않는 건 당연하지 않겠어? 젠장, 또 토할 것 같아."

클론딘은 바닥에 무릎을 꿇고 앉아 팔로 변기를 감싸더니 조지가 줄을 타다 떨어졌을 때 클라라가 그랬던 것처럼 헛구역질을 해댔다. 좀 진정되자 그 애에게 필요한 것이 있는지 물었다.

"새 인생."

클론딘이 이렇게 대답하고는 웃음을 터트리더니 몸을 돌려 날 쳐다보았다.

그게 말처럼 간단히 이뤄지면 얼마나 좋겠니.

"피비에게는 말하지 마. 그 애가 널 질투하고 있는 거 알아?"

"뭘로?"

"네가 늘 마이크 아저씨랑 같이 시간을 보내는 거."

"그건 그냥 지금 해결해야 할 일이 있어서 그래."

아주 큰일이지만.

"그렇구나. 그 일이라는 게 피비와 아줌마의 관계는 아니지?"

아니, 술에 취해서 입이 가벼워졌으니 그 이유를 말해줘. 어서.

"아줌마랑 피비가 그리 가까운 사이가 아닌 건 알고 있었어."

"잘 알지도 못하는 사람하고 어떻게 가깝게 지내겠어? 젠장, 난 아직도 상태가 안 좋아."

클론딘은 변기에 머리를 기댔다. 나는 양치 컵에서 칫솔을 꺼내고 물을 받아 그 애에게 건넸다.

클론딘이 고맙다고 말하며 받았다.

"피비가 사스키아 아줌마를 잘 알지 못한다는 게 무슨 뜻이야?"

"안 돼. 내가 말한 걸 알면 그 애가 날 죽일 거야."

난 클론딘을 구슬렸다. 엄마가 돌보는 여자들을 다루는 걸 지켜봐왔고 실제보다 더 많이 알고 있는 척하는 법을 익혔다. 항상 그 방법이 통했고 그건 클론딘에게도 마찬가지였다.

"사스키아 아줌마가 몸이 안 좋을 때를 말하는 거야?"

클론딘이 고개를 들어 실눈을 뜨고 날 쳐다보았다.

"그걸 어떻게 알았어? 마이크 아저씨가 말해줬어?"

"뭐, 그런 셈이지."

"젠장, 그 사람들이랑 네가 같이 산다면 분명 알아야 할 일이야. 아줌마는 정신 병원에 오래 있거나 하지는 않았지만 여전히 상태가 안 좋고, 피비가 태어났을 때는 완전히 엉망이었어."

나는 그게 무슨 뜻인지 안다는 듯 고개를 끄덕이며 피비에게 얼마나 힘든 시간이었을지 짐작이 간다고 말했다.

"피비는 그게 자기 탓이라고 생각하는 것 같아."

"어째서?"

"나도 몰라. 그냥 그래."

"아줌마는 병원에 얼마나 있었어?"

"네가 안다고 한 것 같은데."

난 클론딘의 주의를 돌리려고 떨리던 손이 멈췄다고 말해주었다. 클론딘은 손을 쳐다보더니 다행이라고, 계속 떨었으면 엄마가 금방 알아차렸을 거라고 말하더니 소변을 보고 싶다고 했다. 그러고 자리에서 반쯤 일어나 청바지를 내리더니 소변을 보면서 방귀도 뀌었다. 오직 엄마와 익숙했던 친밀감이다. 난 화장실을 나와 침대를 정돈하고 베개를 올려놓고는 협탁에 놓인 잡지로 토사물을 가렸다.

클론딘은 물을 내리며 말했다.

"네가 그렇게 이상한 애가 아니라고 피비에게 잘 말해볼게."

그러고는 여전히 발을 떨면서 화장실에서 걸어 나왔다. 인간의 능력은 안팎으로 참 다르다. 완전히 엉망인 한 덩어리다.

"내 신발 한 짝 봤어?"

"서랍장 옆에 있어."

"고마워. 나 어때 보여?"

"괜찮아."

"아무 일도 없던 것처럼?"

"그래."

"있잖아, 너만 괜찮다면 내가 토비랑 같이 있었다는 말을 피비한테 하지 말아줘. 피비는 남자애들에 대한 소유욕이 좀 있어서 괜히 긁어 부스럼 만들고 싶지 않아."

"물론이지. 그런데 부탁인데,"

"학교에서 널 내버려두라고? 그렇게. 약속해."

클론딘이 문 앞으로 걸어갔다. 나는 휴대전화로 시간을 확인했다. 11시 반. 통금 시각까지 30분 남았다. 난 이내 클론딘의 뒤를 따랐다. 조를 찾아봤지만 보이지 않았고 주방에서 피비를 찾았다. 그 애는 손에 맥주 파이프를 든 채 인파에 둘러싸여 있었다. 파이프는 관으로 된 깔때기였다. 피비가 맥주를 마실 때마다 주변에서 쭉쭉 들이켜라고 구호를 쏟아냈다. 나는 개수대로 가서 물을 한 잔 받아들고는 그 함성과 야유가 날 향하지 않은 데 감사했다.

아니, 내가 틀렸다.

"그렇게 빨리는 안 되지."

피비가 말했다.

"네 차례야."

방 안이 순식간에 조용해졌고 난 피비를 무시했다. 내 왼쪽에 주방 칼 세트가 놓여 있었다. 간단했다. 도시를 피로 물들이면 된다. 아니면 주방만이라도.

"내 말 못 들었어? 네 차례라고."

나는 몸을 돌렸다. 피비는 예쁘지만 엉망인 모습으로 동공이 커져 있었다. 말보로 라이트를 피우며 연기로 완벽한 도넛 모양을 만들었다. 뺨은 흥분해서 상기되었다. 토비와 침대로 가기 더 좋은 상대는 그 애였다.

"사양할래."

내가 대답했다.

야유와 웅성거림이 들렸다. 아닌 척하지만 여전히 중세 시대를 사는 우리는 기꺼이 돈을 내고 피바다를 보려고 한다. 피비가 연기로 또다시 완벽한 고리를 만들었다. 너무 완벽해서 혀를 대보고 싶을 정도였다. 실내 공기는 담배 연기 때문이 아니라 피비에게 안달난 추종자들 때문에 한층 더 무거워졌다.

"왜 그래, 저 애를 놔줘. 그럴 가치가 없잖아. 이상한 애야. 괴짜라고."

그건 일반적인 반응이었는데 지금까지 조용하던 클론딘이 갑자기 말했다.

"그 앨 내버려둬. 그 앤 정상이야."

피비가 담배를 길게 빨아들이더니 친구를 향해 몸을 돌리고는 클론딘 얼굴에 연기를 뿜으며 그 애 손등에 담뱃재를 털었다.

"제기랄."

클론딘이 얼른 손을 빼 가슴께로 가져갔다.

"방금 무슨 짓이야?"

"미안해, 클론딘. 실수였어. 재떨이인 줄 알고 그만."

"넌 제정신이 아니야. 그거 알아? 진짜 미쳤어. 얼마나 아픈지 알기나 해?"

"아기처럼 징징거리지 좀 마. 자, 얼음 여기 있어."

피비가 탁자에 놓인 텀블러에서 얼음을 꺼내 클론딘 쪽으로 던져 그 애 머리를 맞혔다. 낮게 킥킥거리는 웃음이 터져 나왔다.

클론딘은 가방을 챙기더니 이렇게 말했다.

"됐어. 더는 못 참아. 난 그만할래. 집에 갈 거야."

클론딘이 현관문을 나서자 문틈으로 차가운 공기가 들어왔다. 그 바람에 부자 아이들의 비밀 모임을 유지하던 마법이 흔들렸고 방 안 공기가 달라졌다. 중요한 말이 던져진 것이었다. 피비, 넌 너무 멀리 갔어. 연약한 내면을 보였다면 더 좋았을걸. 자신을 키워준 유모의 발밑에 앉아 저녁 시간을 보내는 걸 좋아하는 아이. 밤마다 우는 아이.

피비는 멸시와 화가 가득한 눈초리로 날 쳐다보았다. 사스키아를 쳐다보던 눈길과 같았다.

"넌 계속 여기 있을 거지?"

피비는 날 가리키며 눈을 흘기고는 무릎을 살짝 떨었다. 나는 다시 개수대 쪽으로 고개를 돌렸다. 하나둘씩 더 있을 수 없는 핑계를 대기 시작했고 청소를 어떻게 할 것인지와 같은 모호한 이야기를 꺼냈다.

"걱정 마, 부모님은 월요일까지 안 오셔. 루디에게 돈을 더 주면 내일까지 치워줄 거야."

매티가 말했다.

"늙은 루디가 최곤데?"

누군가 이렇게 농담했다.

토비가 피비 옆을 얼쩡거리는 것이 창유리에 반사되어 보였다. 강간범에게 페니스는 괜찮은지 물었어야 했다. 피비는 그 애를 지나쳐 거실로 갔다. 토비가 따라 나가며 말했다.

"집까지 데려다줄게."

"그러든지 말든지."

토비가 집에 데려다주기에 좋은 인물이 아니라고 경고해줘야 했다. 토비는 분명히 가는 길에 남의 집 정원에서 뭔가를 노릴 것이다. 피비의 다리를 들어 올리거나 몸을 뒤집거나. 마지막 남은 무리가 주방을 나섰다. 피비는 핸드백을 개수대 위에 놓은 채 앞서 만난 하이에나 같은 여자애들과 큰 소리로 웃고 떠들었다. 지나가며 피비에게 자정이 다 되었다고 말했지만 그 애는 내 말을 무시했다. 난 혼자 길을 나섰다.

집에 도착하니 마이크 아저씨가 날 맞이했다. 아저씨는 창문 앞에 서서 불안해하며 기다린 눈치였다.

"피비는 어디 있니?"

아저씨가 물었다.

"지금 오고 있어요. 남자애들 중 한 명이랑요."

"세상에, 벌써 그럴 때가 된 건가."

아저씨가 웃으며 말했다. 그리고 내게 재미있었느냐고 물었다.

"나쁘지 않았어요. 좀 피곤하긴 하지만요. 제 신경 안정제를 주시면 먹고 잘게요."

"그래."

통금 시각이 두 시간 지났다. 피비가 집 열쇠를 잃어버렸다는 사실을 깨달을 때까지 얼마나 걸릴지 궁금했다. 그 애에게 가방을 건네주며 열쇠를 내 주머니에 넣었다. 피비의 큰 눈동자가 놀라 흔들리겠지.

결국 나는 계단을 올라오는 발소리를 들었고 아침에 이야기하자는 목소리도 들었다. 마치 내 방문에서 나는 것처럼 문이 세게 닫히는 소리가 났다. 나는 한 가지를 인식하면서 곧바로 잠이 들었다.

이번에는 내가 이겼다.

21

바닥으로 떨어지는 느낌이 들어서 놀라 잠에서 깼다. 난 법정에 있었고 질문에 뭐라고 대답해야 하는지 기억하지 못했다. 모두 날 쳐다보며 대답을 기다렸다. 그리고 화면 너머로 엄마가 보였다. 난 침대에서 일어나 화장실로 가서 목탄으로 숫자를 8로 고친 다음 캐비닛 문에 머리를 기대고 숨을 골랐다.

맨발이라 소리가 나지 않아 마이크 아저씨는 내가 주방 문 앞에 서 있는 것을 알아차리지 못했다. 아저씨는 무언가를 읽고 있었는데 종이 밑에 뭐라고 쓰인 것처럼 한 쪽을 높이 들고 쳐다보았다. 확신할 수는 없지만 그 위에 내 이름이 적혀 있는 것 같았다. 아저씨는 밑줄을 긋고 뭔가를 적더니 피곤한지 눈을 비볐다. 할 수 있다면 다가가 아저씨를 안아주고 싶었다. 날 받아주고 보살펴줘서 고맙다고.

식탁 쪽으로 걸어가자 아저씨가 고개를 들고 서류를 접어 공책 아래로 밀어 넣었다. 난 나중에 그걸 찾아봐야겠다고 생각했다. 사스키아 아줌마는 요가하러 나가고 마이크 아저씨는 일로 바쁜 목요일이 적당할 듯했다.

"네가 거기 있는 줄 몰랐어. 아침 먹겠니?"

아저씨가 물었다.

"간단히요. 차를 마실까 해요. 피곤해 보이시는데 아저씨도 한 잔 만들어드릴까요?"

"새벽에 피비가 들어올 때까지 기다렸어. 두 시간이나 늦었는데 집 열쇠까지 잃어버렸더구나."

아하.

"죄송해요. 집에 같이 가자고 했는데."

"네 탓이 아니니 사과하지 않아도 돼. 그래도 둘 중 하나는 제때 집에 왔잖니."

"사스키아 아줌마 차도 한 잔 만들까요?"

"고맙지만 아줌마는 이미 나갔단다. 친구들이랑 일찍 아웃렛에 갔어."

주전자에서 물이 끓는 동안 아저씨는 내일 여정이 기대되는지 물었다. 나는 우리가 테트버리에 간다는 이야기를 듣고 인터넷으로 그곳을 찾아보았다고 대답했다.

"거기서 아주 가까운 웨스턴버트에 수목원이 있는 것 아니? 근사한 산책로가 많아서 너도 아주 좋아할 것 같아. 피비가 어릴 때 우리 부부가 거길 데리고 갔어."

우리 부부가 아니라 아저씨가 그랬다는 뜻이다. 사스키아 아줌마는 그 자리에 있었을지는 몰라도 실제로 참여하지는 않았을 것이다. 난 아저씨에게 차를 어떻게 만들지 물어볼 필요가 없고 집에 있는 느낌을 즐길 수 있어서 기분이 좋았다.

"밀리, 차를 다 만들면 이리 와서 앉으렴. 너한테 해줄 이야기가 있단다."

찻잎이 충분히 우러나 물이 진갈색으로 변했지만 나는 티백을 꾹 누르며 미적거렸다. 차 두 잔에 우유를 넣고 내 것에만 설탕을 더한 뒤 머그잔을 들고 아저씨 맞은편에 자리했다. 그러고 몰래 숨어 있다가 엄마를 잡아간 괴물들을 피해 다리를 접어 가슴 쪽으로 당겼다. 엄마를 놓아주지 마.

"고맙구나."

아저씨가 이렇게 말하고는 의자를 바짝 당겨 앉았다.

"내 말을 오해하지 않았으면 좋겠어. 현재 네 상황이 좀 복잡하지만 제임스 교장 선생님이 내게 보낸 이메일에 대해서 이야기해야 할 것 같아."

켐프 선생님에 관한 거겠지.

차가 아주 뜨거웠지만 크게 한 모금 들이켰다. 그리고 혀를 데였다.

"제임스 교장 선생님이 네가 켐프 선생님에게 초를 선물하고 자주 어울렸다고 하더구나."

"그렇게 자주는 아니에요."

"다른 학생이 지도 선생님을 보는 것보다 조금 많은 정도니?"

"선생님이 제 그림 작업을 봐주셨거든요."

"그건 알지만 선생님한테 이메일도 많이 보냈다고 하던데."

"몇 번 보내지 않았어요. 선생님이 답장을 안 하셔서 메일을 받았는지 확인하고 싶었을 뿐이에요."

"일주일에 몇 차례는 많은 거란다, 밀리. 켐프 선생님이 널 무척 좋아하는 건 사실이지만 조금 부담스럽다고 느낄 수도 있어. 넌 선생님이 낼 수 있는 것보다 더 많은 시간을 선생님과 보낸 것 같던데."

난 부끄럽고 바보가 된 듯하면서도 엄마에 대한 욕망을 극복한 것 같았다. 드물게 기분이 좋을 때 엄마는 내 머리를 곱게 빗어주며 내가 얼마나 예쁜지 말해주었다. 그러면 나도 내가 예쁘다고 느꼈다. 엄마가 좋은 것을 해줄 때면 항상 내가 더 예뻐진 것 같았다.

"어디서 혼란이 생겼는지 알겠구나. 켐프 선생님을 몇 번 만나봤는데 정이 많고 아주 친절하셨어. 하지만 선을 긋고 상황이 어떻게 돌아가는지 정확하게 이해하는 일도 중요해. 아저씨 말이 무슨 뜻인지 알겠니?"

"아뇨."

"전이라는 말 들어봤니?"

나는 또 아니라고 대답했지만 그건 사실이 아니었다. 이미 아저씨의 서재에서 그와 관련한 책을 읽었다. 하지만 아저씨 생각은 틀렸다. 켐프 선생님과 전이는 무관하다. 나는 선생님과 어울리는 것이 좋을 뿐이다.

아닌가?

"전이는 무의식적으로 과거의 대상에 대한 감정을 현재의 다른 대상에 투영하는 일을 말한단다."

"전 그냥 선생님에게 고맙다고 인사하고 싶었어요."

선생님한테 엄마가 되어달라고 한 게 아니에요.

"선물한 것은 아주 사려 깊고 착한 행동이지만 그냥 고맙다고 말만 전하는 게 나았을 거야."

난 혀를 깨물어 날카로운 아픔을 척추 아래로 보내 몸속에 연결된 신경으로 전달했다.

"밀리, 아무도 널 책망하지 않아. 네가 그런 기분을 느끼는 건 당연하거든."

그렇게 또 내가 남과는 다르다는 점이 부각되고 말았다.

'네가' 그런 기분을 느끼는 건 당연하다니.

마이크 아저씨의 얼굴이 어른거리더니 얄궂은 눈물이 무릎 위로 떨어졌다. 아저씨는 괜찮다고, 그렇게 느끼지 말라고 말해주었다.

"그럼 전 이제 선생님을 못 보게 되나요?"

"이번 학기가 끝날 때까지 선생님이 네 미술 대상 준비를 도와주시기로 했단다. 그 후에는 상황을 봐야겠지. 우리가 어떻게 될지는 아무도 모르니까 말이야."

우리가 아니라 나라는 말이었다.

나는 방에서 스케치를 꺼냈다. 엄마의 초상화다. 내 마음속 가장 어두운 곳에 자리한 갤러리에 엄마가 살고 있다. 난 캠프 선생님의 일은 내가 잘못했고 다시는 그런 일이 없을 거라고 말했다. 침대로 가면서 전화기에 남겨진 음성을 들었다. 모건이 내일 6시에 정원 아래쪽에서 만나는 게 맞느냐고 확인하는 내용이었다. 맞다고 답장하는데 피비가 복도에서 고함치는 소리가 들렸다.

"상관없어요!"

"아니, 상관있어야 할 거야."

마이크 아저씨가 말했다.

난 문에 바짝 붙어서 엿들었다.

"아빠는 관심도 없으면서 왜 내가 집에 있어야 하죠?"

"그게 문제가 아니잖니."

마이크 아저씨가 대답했다.

"정말 상관 안 한다고요. 날 좀 내버려둬요."

난 문에 기댔다. 부모와 자녀만큼 복잡한 관계는 없다. 피비의 방문이 쾅 하고 닫히자 난 엄마의 초상화를 침대 밑 서랍에 도로 넣고 책상 앞에 앉아 숙제를 하려고 했지만 캠프 선생님을 잘못 생각하고 있었다는 점이 너무 화나고 부끄러웠다. 엄마는 한 번도 틀린 적이 없었고 모두와 어울리는 법을 잘 알고 있었다. 엄마가 일하러 들어가면 모든 여성과 아이의 얼굴이 밝아졌다. 그 모습을 지켜보면서 나도 언젠가는 엄마처럼 되고 싶다고 생각했다.

모건을 만날 시간이 되자 약속 장소로 나가야 할지 갈등했다. 마음속 어둡고 사악한 곳에서 드는 생각이었다. 그 애가 이미 도착했다고 내게 연락하지 않았다면 나가지 않았을 것이다.

"기다리고 있어. 빨리 와. 너무 추워."

모건이 말했다.

난 두툼한 재킷을 걸치고 발코니에 붙어 있는 화재용 비상계단을 타고 내려가 자갈이나 풀을 밟으면 작동하는 감시 센서에 걸리지 않으려고 정원 벽 쪽으로 바짝 붙었다. 전에 시도해봐서 잘 알고 있다. 모건은 정원 하단 모퉁이에서 막다른 길로 이어지는 문 옆에 서 있었다. 6시가 되자 주변이 어두워졌고 눈이 어둠에 적응하고 나니 샌드위치를 먹고 있는 모건의 얼굴이 자세히 보이기 시작했다.

"안에 감자 칩이 들었어."

모건이 말했다.

"처음 우리가 만났을 때 네가 감자 칩을 준 것 기억나?"

난 고개를 끄덕였다.

"그래, 어떻게 지냈어?"

"별일 없었어. 그냥 학교에서 일이 좀 있었지."

"무슨 일인데?"

"한 선생님과 관련된 일."

"윽, 이상한 선생님이 있어?"

이상한 쪽은 나로 밝혀졌어.

"아니, 그냥 오해가 있었어."

"그 남자 선생이 널 만지려고 했거나 뭐 그런 거야?"

"남자가 아니라 여자야."

"더 심한데."

그래, 엄마에 대한 대중의 생각이 그렇다. 아이들을 죽인 여자라 니. 아침 식사를 하면서 신문을 펼쳐 기사를 처음 보았을 때 줄무 늬 병에 든 우유가 다 응고하는 기분이었다. 입안에 들어 있던 시리 얼이 밖으로 튀어나왔다. 난 발로 벽을 찼다. 속에서 뜨거운 용암과 같은 피가 철철 흘렀다.

"왜 그래, 그냥 농담한 건데."

난 괜찮다고 말했지만 정작 할 말을 못했다. 난 내가 아닌 것 같 으니 조심하라고. 어쩌면 이게 진짜 내 모습인지 모른다. 눈앞에 서 있는 친구를 보고 나와 고통을 분담할 수 있도록 이 애에게 무슨 짓 을 하고 싶다는 충동을 억눌렀다.

모건은 음식을 시끄럽게 먹었다. 감자 칩이 바삭거리는 소리는 내게 필요한 침묵이 달아나게 했다. 대체로 이 애와 같이 있으면 좋지만 오늘은 아니었다. 난 계속해서 변호사들과 그들이 할 질문에 대해 생각했다. 대니얼이 죽던 날 밤 무엇을 보았나요? 무슨 일이 있었죠? 전 엄마를 봤어요. 엄마가 뭘 하고 있었나요?

"네 엄마라는 여자 때문에 스트레스받고 있어? 뉴스에서 봤는데 네 엄마가 간호사였대. 세상에, 그 여자에게 간호를 받는다고 생각해봐. 미쳤지."

"모건, 그 이야기는 하고 싶지 않아. 그만둬."

"말하면 도움이 될지도 몰라. 네 엄마가 정신이 이상한 건 네 탓이 아니잖아. 뉴스에서 같이 살던 애가 있었다고 했는데, 그게 네가 아니라면 누굴까? 난 네게 형제가 있는지 몰랐어."

"없어."

난 아무것도 이야기하고 싶지 않아.

"그럼 그 여자랑 같이 집에 있었던 애가 누구인지 알아?"

난 모른다는 의미로 어깨를 으쓱였다.

"모건, 내가 말했잖아. 그만하라고."

침묵하는 게 나으니까 아무 말도 하지 말아줘, 제발. 내 머릿속에는 너무 많은 질문과 너무 많은 목소리가 들어 있다. '그건 사실이 아니야, 애니. 내 목소리뿐이잖아.' 내 안의 용암이 끓어오르며 내 속의 선함과 온화함을 모조리 녹여버렸다. 나는 모건이 입술을 핥는 모습을 지켜보았다. 먹어버려, 모조리. 난 그 애가 엄마에 대해 이야기하지 못하게 하고 싶었다.

"우리 무리 사람들이 그 여자가 평생 감옥에서 썩을 거라고 했으니 넌 그 여자를 다시 볼 일 없을 거야. 잘된 일이지."

"모건, 제발 그 입 좀 다물어. 이번이 마지막 경고야."

"젠장, 왜 까칠하게 굴고 그래. 그 여자는 미친 괴물이야. 내가 그 여자를 싫어하는 걸 고맙게 생각해야지."

모건은 동물처럼 사방에 음식을 묻히고 게걸스럽게 먹었다. 치아와 혀에 음식이 끼인 채로 엄마에 대해 계속해서 말하고 있다. '그래, 맞아. 그러니 어떻게 할 거야?' 착한 늑대. 나쁜 늑대. 와삭거리며 씹는 소리. 감자 칩. 혓바닥. 입술. 난 나쁜 마음을 잠재우려고 걸으며 추워서 안으로 들어가야겠다고 말했다.

"왜 그렇게 화가 났어? 그 여자에게 신경이 쓰이는 거야?"

이제 되돌릴 수 없어.

모건의 손에서 샌드위치를 치워버리고 팔을 잡았다. 그리고 벽으로 밀어붙였다. 우리가 만나기로 한 장소는 더 이상 안전하게 느껴지지 않았다. 내 키를 이용해 모건의 팔을 꽉 붙잡고 어떤 모양과 색깔의 멍을 만들어줄지 생각했다.

"이거 봐."

모건이 말했다.

"그만둬."

원래는 내 쪽에서 한 말이었지만 지금은 상황이 역전되었다. 나쁜 역할을 하는 기분이 좋았다. 유감이지만 나도 어쩔 수 없었고 이제 엄마에 대해 더는 떠들지 못할 테니 나쁜 것도 가끔은 효과가 있었다. 더한 짓도 할 수 있었지만 모건이 내가 생각보다 엄마를 좋아하는지도 모른다고 말하자 들끓던 용암이 사그라지며 보랏빛으로 바뀌었다. 서늘해졌다. 역겨웠다. 속에서 메스꺼움이 올라왔다. 난 그 애의 팔을 놔주고 뒤로 물러서서 벽에 기댔다. 손은 허벅지 위에 내려놓았다. 나는 엄마와 같이 될 수 없었다. 그리고 싶지 않았다.

우리는 둘 다 아무 말도 하지 않은 채 각자의 방식을 따랐다. 난 그 애를 쳐다보았고 모건은 손으로 팔을 문질렀다.

"모건, 미안해. 내가 왜 그랬는지 모르겠어."

"그래, 다시는 이런 일 없을 거야."

"그게 무슨 뜻이야?"

"네가 큰일 날 거라는 소리야."

내가 모건을 안아주려 하자 그 애는 팔로 나를 막더니 밀쳐내고는 자리를 떠났다. 난 한동안 바닥에 앉아 별 하나만 덩그러니 떠 있는 겨울 하늘을 올려다보았다. 고개를 돌렸다가 다시 쳐다보니 별은 사라지고 없었다.

별은 내가 보기를 원하지 않았다.

그들을 찾는 동안 나는 노래를 불렀다.

녹색 병 여덟 개가 벽에 걸려 있다네. 아니, 병이 아니라 다른 거야. 벽에 걸려 있지 않아. 난 엄마가 불렀던 가사대로 다시 불러보았다.

지하실에 작은 유령 여덟 명이 숨겨져 있다네. 아홉 명인 줄 알았는데 마지막 한 명은 그곳으로 내려가지 못했다네. 기억나?

물론이지.

내가 문을 열었다면 어린애들이 괜찮은지 볼 수 있었을 것이다.

문을 열 수 없었다.

"밀리, 사스키아 아줌마야. 문이 잠겼어. 마이크가 잠갔어. 지금 무슨 노래를 부르고 있니?"

한 명이 우연히 떨어진 것이라면.

문을 열 수 없었다.

"가서 마이크를 불러올게."

작은 유령들아, 내 목소리가 들리니? 너희를 풀어주려고 왔어. 하지만 그들은 대답하지 않았다. 너무 늦었다. 내가 너무 늦었다.

그들은 이미 벽에서 떨어져버렸다.

그 말은 그곳에 머물러야 한다는 뜻이었다.

22

피비가 콘월로 하키 투어를 간다고 복도에서 말하는 소리와 문 닫히는 소리에 잠에서 깼다. 월요일이다. 휴가를 가는 날이라 일어 나야 했지만 몸이 너무 무거웠다. 모건에게 한 부끄러운 짓이 부담 이 되어 날 짓눌렀다.

엄마 목소리를 너무 많이 들어서 그런 것이다.

사스키아 아줌마가 노크하며 들어가도 되냐고 물었을 때 난 그러 라고 말하고 침대에 일어나 앉았다.

아줌마는 흰 스키니 진에 연푸른색과 흰색 줄무늬가 들어간 셔츠 를 넣어 입고 머리카락 반 정도를 갈색 클립으로 고정했다.

"내가 널 깨운 게 아니면 좋겠구나. 좀 자길 바랐거든."

어젯밤 이후로.

"우린 곧 출발한단다. 한 시간 반 정도 걸리니 점심때쯤 도착할 거야."

아줌마는 어젯밤 일에 대해서 다른 말은 전혀 하지 않았다. 마이크 아저씨가 아줌마에게 아무 말도 하지 말라고 했을 거다. 재판이 가까워져서 생기는 일이라고 설명하면서.

"밀리."

"죄송해요. 제가, 또 정신이 팔려 있었나요?"

아주 먼 곳에.

"그래, 맞아."

사스키아 아줌마는 목걸이를 만지작거리더니 레터링 부분으로 입술을 꼭 눌렀다. 눌릴 때마다 살갗이 하얗게 되었다가 다시 분홍빛으로 돌아왔다. 아줌마가 짐 싸는 걸 도와줄지 물어보았다.

"아뇨, 괜찮아요. 금방 내려갈게요."

아줌마가 방문을 닫고 나가자 나는 휴대전화를 꺼내 모건에게서 답장이 왔는지 살폈지만 아무것도 오지 않았다. 세수하고 옷을 입고 하룻밤 자고 올 짐을 싸면서 불안함을 억눌렀다. 내가 모건에게 한 짓은 잘못이고 친구를 잃고 싶지 않지만 그 애가 사람들에게 나에 대해 말했을까봐 걱정되었다. 내가 누군지를 말이다.

아래층으로 내려가니 복도에 세워둔 여행 가방 옆에 로지가 있었다. 로지는 날 보고 꼬리를 흔들었다. 난 가방을 내려놓고 로지의 귀 뒷부분을 만져주었다.

"너는 같이 못 가."

로지에게 말했다.

"세비타랑 집에 있어. 다음번엔 같이 갈 수 있을 거야."

로지는 고개를 끄덕이고는 내 손을 핥으며 날 따라 주방으로 들어왔다.

"방금 짠 오렌지 주스가 있는데 먹어볼래?"

사스키아 아줌미기 말했다.

"괜찮아요. 토스트 만들어 먹을게요."

마이크 아저씨는 우리에게서 몸을 돌려 싱크대 쪽으로 고개를 숙인 채 통화 중이었다.

"물론이죠. 휴가 다녀와서 수요일에 그 애와 같이 갈게요, 괜찮죠? 네, 당연하죠. 고마워요, 준. 그럼 그때 봐요."

아저씨가 전화를 끊고 우리에게로 몸을 돌렸다.

"준이야. 이번 주 수요일 3시에 출석해서 비디오 증거 자료를 본다는구나. 내가 같이 갈 거야."

난 고개를 끄덕였지만 식욕이 다 사라졌다.

런던을 나서는 길은 정체가 심했지만 도시에서 멀어질수록 풍경이 더욱 싱그러워졌다. 마이크 아저씨는 미술 대상에 출품할 스케치가 어떻게 되어가는지 물었다. 잘돼가고 있어요. 난 이렇게 대답했다. 사스키아 아줌마가 고개를 돌리고 언제 한번 그림을 보고 싶다고 말했다. 아줌마와 아저씨는 서로 미소 지었고 아줌마가 아저씨의 목 뒤쪽에 잠시 손을 올려놓았다. 아줌마가 스킨십을 하는 걸 본 건 처음이었다.

한 시간 정도 지난 뒤 우리는 자갈밭으로 된 긴 진입로로 들어섰고 그 끝에 도달하니 중간에 분수대가 놓인 장소가 나타났다. 직원이 마이크 아저씨에게 휴가철이라 주차장에 자리가 없다고 말했다.

"열쇠를 꽂아두고 내리시면 저쪽 주차장으로 옮겨두겠습니다. 티켓을 잘 보관하다가 차가 필요할 때 접수처에 보여주시면 바로 가져다드릴 겁니다."

체크인을 하고 방을 안내받았는데 연결되는 문이 있고 침실이 별도로 있는 가족 스위트룸이었다. 점심을 먹으러 내려가니 아이들이 너무 많아서 놀랐다. 기어 다니고 뛰고 울고 무언가를 쏟고. 사방이 아이들 천지였다. 문제는 아이들뿐만 아니라 엄마도 거기 있다는 것이었다. 엄마 얼굴이 신문 1면을 커다랗게 장식하고 '공판 일주일 전'이라는 머리기사가 적혀 있었다. 창가 테이블에 앉은 한 남자가 엄마가 실린 신문을 들고 있었다. 그는 엄마를 읽고 접고 돌돌 말아 웨이트리스가 건네준 코트 안주머니에 집어넣었다. 남자는 자리에서 일어나 코트를 입었다. 엄마 얼굴이 남자의 가슴에 바짝 붙었다. 엄마는 평범한 사람과는 다른 걸 좋아했다. 엄마의 사랑은 엄마가 누군가의 가슴에 하는 키스처럼 부드럽지도 자상하지도 않았다. 전혀 그렇지 않았다.

마이크 아저씨가 내게 괜찮으냐고 물었다.

"네, 괜찮아요."

난 이렇게 말했다. 엄마가 여기까지 따라왔다는 걸 알려서 여행을 망치고 싶지 않았다.

점심을 먹은 뒤 우리는 오후 내내 야외를 거닐다가 이따금 멈춰 다른 가족들과 이야기를 나누었다. 마이크 아저씨가 같이 일하는 사람을 우연히 만나기도 했다. 그는 반갑다며 사스키아 아줌마의 볼에 입 맞췄고 나를 소개할 때가 되자 이렇게 말했다.

"그래, 이쪽이 밀리군요."

마이크 아저씨가 웃으며 고개를 끄덕이더니 그렇다고 대답했다. 남자는 자신의 아내 캐시도 함께 왔는데 아기 기저귀를 갈아주러 잠시 자리를 비웠다고 말했다.

"그리고 여기 꾀죄죄한 몰골로 돌아다니는 녀석들도 제 아이들이랍니다."

대여섯 살밖에 되어 보이지 않는 두 어린 남자아이가 남자의 다리 아래서 서로 쫓고 도망치며 놀고 있었다. 재미있어 보였지만 함께하고 싶지는 않았다. 단순한 게임이었다. 해롭지 않았다. 그날 오후 늦게 아이들을 위한 활동이 잔디밭에 운동회처럼 마련되었다. 사스키아 아줌마와 나는 창가 안락의자에 앉아 그 모습을 구경했다. 고리 던지기, 숟가락 위에 달걀 올리기, 아빠 달리기를 했다. 엄마 달리기가 있었다면 엄마는 정상적인 사람처럼 이곳에 와서 게임에 참여하고 우승했을 것이다. 마이크 아저씨가 들어오더니 하품하며 모두 일찍 자자고 말했다. 오후에 산책하는 동안 아저씨는 내가 스스로를 다치게 하는 것이 싫어서 지난주에 지하실 문을 잠가두었다고 말했다. 나는 아저씨에게 감사하다고 말하고 그 아래 무엇이 있는지 알아볼 수 없는 것이 날 더 고통스럽게 한다고 말할 수 있다면 얼마나 좋을지 생각했다.

저녁 식사를 한 뒤 우리는 각자의 방으로 갔다. 모건에게서 답장이 왔는데 단 한 마디였다.

꺼져.

다음 날 아침 식사를 하면서 우리는 차를 타고 수목원에 가기로 했다. 하늘이 흐렸고 비가 올 것 같았다. 마이크 아저씨는 걱정 말라며 날 위해 피비의 장화와 방수 재킷을 가져왔다고 말했다.

"피비가 화내지 않을까요?"

내가 물었다.

"네가 불편하다면 피비에게 말하지 않을게."

사스키아 아줌마가 흔치 않게 쾌활한 표정으로 대답했다. 우리 셋은 미소를 지었다.

우리는 각자의 방에서 이를 닦고 10분 뒤 접수처에서 만나기로 했다. 내가 내려갔을 때 어제 대화를 나눈 존이 접수처 옆에 서 있었고 그 곁으로 캐시로 추정되는 부인과 두 남자아이 그리고 품에 안긴 아기가 보였다. 초면인 캐시와 사스키아 아줌마는 추워서 벽난로를 피우기 딱 좋은 날이라며 서로 예의를 갖추고 대화를 나누었다.

"프런트 라운지에 하나 있는 걸로 알아요."

사스키아 아줌마가 말했다.

캐시는 밖에 나가기 전에 거기서 커피를 마시자고 했다. 자리에 앉자 마이크 아저씨는 존과 사무실 재단장에 대해 이야기했다. 존은 거리에서 대기실이 훤히 들여다보여 사생활이 보호되지 않는다며 불평했다.

"맞아, 이상적이진 않지. 아무래도 블라인드나 스크린 같은 걸 달아야 할 것 같아."

마이크 아저씨가 대답했다.

스크린이라. 그게 바로 다음 주 법정에서 엄마와 나를 갈라놓을 장치다.

남자아이 둘은 벽난로 오른쪽 유리문 옆 바닥에 앉았다. 그 애들은 장난감 바구니를 넘어뜨리고 자동차를 가지고 놀면서 부릉부릉

하는 소리를 냈다. 그러다 그중 한 명이 플라스틱으로 된 물총을 발견하고는 총소리를 냈다. 흐린 겨울 하늘의 태양이 구름을 비집고 나와 아이들 주변을 비추며 그들의 머리카락을 황금빛으로 물들이고 푸른 눈동자 색을 더욱 부각시켰다. 마치 천사처럼 보이도록. 나는 다시금 아이들과 함께하고 싶어졌고 그러지 못하더라도 아이들 모습을 보는 것만으로 너무 아름다워서 눈물이 날 것 같았다. 결국 난 아무것도 하지 않았다. 아이들과 어울리는 일이 괜찮은지, 평범한 일인지 확신할 수 없어서 가만히 자리를 지킬 수밖에 없었다. 고개를 돌리자 마이크 아저씨가 이상한 얼굴로 나를 쳐다보다가 내가 알아보자 웃어 보이려고 했다. 캐시는 사스키아 아줌마와 웨더브리지에 대해 이야기하기 시작했다.

"딱 1년 남았어요."

캐시는 품에 안은 아이를 내려다보며 말했다.

"하지만 이미 다니고 있는 쪽 이야기를 듣는 게 항상 도움이 돼요."

사스키아 아줌마는 아기만 뚫어지게 쳐다보다가 다른 곳으로 시선을 옮겼지만 결국 다시 돌아갔다. 캐시가 그 점을 알아차리고 아기를 안아보겠느냐고 물었다.

"사양할게요, 전 아이를 잘 못 다루거든요."

"넌 어때, 한번 안아볼래?"

캐시가 내게 물었다.

"네, 좋아요."

내 입에서 그 말이 흘러나오자 캐시가 자리에서 일어나 아기를 내 품으로 넘겨주었다. 혈색이 도는 피부에 감긴 눈, 뺨 위에 닿을 정도로 긴 속눈썹. 아기는 가짜 젖꼭지나 젖병을 물고 있지 않은데도 완벽한 분홍색 입술을 계속 움직이며 빨았다. 작은 꽃봉오리 같았다.

아름답고 순수한 것들은 날 추악하게 느끼게 한다. 타락한 것처럼. 세 살, 아니 네 살일 때 엄마에게 내가 어디에서 왔는지 물었다. 엄마가 날 안고 이누이트가 키스하듯 코를 비비며 넌 내가 낳았어, 넌 내 거야, 널 사랑해라고 말해주길 기다렸다. 어떤 여자애가 그렇게 물었을 때 그 애 엄마가 한 것처럼. 하지만 엄마는 대답하지 않고 주방을 나섰다. 나는 그 자리에 혼자 가만히 서 있을 수밖에 없었다.

캐시는 마이크 아저씨에게 '따님이 아이를 잘 보는데요'라고 말했고 그 찰나의 순간에 나는 우연이라도 그들의 친딸이라면 기분이 어떨지 생각했다.

"사실, 밀리는 제 수양딸이고 피비는 하키 훈련을 갔어요."

마이크 아저씨가 대답했다.

"내가 어젯밤에 말했잖아, 캐시."

존이 덧붙였다.

"죄송해요, 요즘 건망증이 심해서. 그래도 굉장하신걸요. 두 분이 정말 존경스러워요. 이렇게,"

나 같은 애를 데려오고 말이지.

캐시는 말을 마무리하지 못했는데 아기가 크고 신경질적으로 울어댔기 때문이다. 눈을 크게 뜨고 날 쳐다보며 겁에 질려서. 아기가 감지한 것이다. 내 속에 무엇이 들어 있는지. 난 아기를 조금 세게 잡았다는 걸 깨달았다. 마이크 아저씨가 내가 친딸이 아니라고 말할 때 좀더 세게. 나는 캐시에게 아기를 안전하게 넘겨주었다. 엄마도 그러길 바랐겠지.

수목원에 도착하니 사람들로 북적였다. 연인, 가족, 이따금 혼자 온 사람도 보였다. 이국적인 관목과 공들여 다듬은 나무들이 일렬로 서서 진한 주황색과 노란색으로 가을빛을 완연히 드러냈다. 우리는 조용히 걸었다. 편안하고 좋은 생각이라고 여겼다. 행복했다. 마이크 아저씨는 여기에 내 또래 아이들이 별로 없다고 말했다.

"부모와 함께 휴가를 보내는 일이 더 이상 멋지지 않아서 그런가봐."

"그렇지 않아요. 저는 우리 셋이 온 게 좋아요."

내가 대답했다.

마이크 아저씨가 편안하게 미소를 지어 보였다. 큰 소리로 인정한 것은 아니지만 아저씨도 사스키아 아줌마와 피비 사이에서 눈치를 볼 필요가 없어서 마음을 놓았다는 것을 알 수 있었다. 모든 것이 더 편하니까.

저녁 식사를 마치고 호텔 기념품 가게에서 모건에게 줄 스노우글로브를 샀다. 아이 둘이 손을 잡고 있고 그들 옆에는 눈사람이, 뒤에는 전나무가 서 있다. 나는 그 애에게 선물을 샀다고 문자메시지를 보냈다. 답은 없었다.

처음에는 내가 잘못 들었거나 옆방에서 켜놓은 텔레비전 소리라고 생각했는데 문에 귀를 바짝 대보니 무언가 들렸다. 싸우는 소리였다. 사스키아 아줌마는 저녁을 먹으며 술에 취했고 먹지도 못하는 디저트가 나온 뒤로 딸꾹질할 때 말고는 입도 뻥긋하지 않았다. 마이크 아저씨는 아줌마에게 다음 주 법정에 나가야 하니 정신을 차리라고 말했다.

"나도 노력하고 있어요."

아줌마가 말했다.

"더 노력해."

아저씨가 대꾸했다. 유리잔 같은 것이 벽에 던져졌다. 두 사람이 목소리를 낮췄고 아줌마는 울기 시작했다. 그리고 한동안 말이 없다가 다른 소리가 들렸다. 사스키아 아줌마의 신음 소리를 듣자 이상한 기분이 들었다. 내가 관여하게 했다. 소리가 멈추자 나는 옷을 벗고 손가락으로 갈비뼈 양쪽에 난 상처의 사다리를 오르락내리락하다가 샤워하러 갔다.

내 맨살을 벗겨내러.

23

닷새 남았다.

발코니 문으로 걸어가 커튼을 젖히니 난간에 개똥지빠귀가 앉아 있었다. 가슴 부분이 붉은 새는 추위에 몸을 잔뜩 부풀리고 있다가 날 보더니 날아가버렸다. 더 이상 안전하지 않다고 느낀 것이었다. 새를 탓하지 않았다.

코츠월드에서 돌아온 주 수요일에 나는 마이크 아저씨와 비디오 녹화 증거물을 검토하러 법정에 갔다. 그걸 보는 일은 쉽지 않았다. 화면 속 소녀는 자신의 엄마에 대해 이야기하고 있었다. 그 소녀는 나였다.

할 수 있다면 증언을 취소하고 이렇게 말하고 싶었다.

그런 일은 일어나지 않았어요.

하지만 실제로 벌어진 일이다.

거기 있는 동안 검사들이 모의 대질 심문을 했다.

대니얼 캐링턴을 아나요?

네.

어떻게 알게 되었나요?

엄마 직장에 있던 아이들 중 한 명이었어요.

엄마가 그 애를 집으로 데려왔을 때 그 자리에 있었나요?

네.

검사는 변호인단이 날 어떻게든 불안정한 증인으로 만들어 보이려고 온갖 수를 쓸 거라고 경고했다.

"그러면 어떨 것 같니?"

뚱보가 물었다. 난 괜찮다고 대답했다.

거짓말이었다.

준이 내게 법정을 보여주며 내가 설 증인석과 엄마와 나 사이를 가릴 칸막이가 어디쯤일지 알려주었다. 엄마와 가까워진다는 사실이 다시 현실로 닥치니 파블로프의 개처럼 입에서 침이 과하게 흘렀고 아플 것만 같았다. 재판은 월요일에 시작하지만 난 목요일과 금요일에 출석하게 될 거라고 했다. 화장실 캐비닛에 쓴 숫자를 바꿔야 했다. 재판날이 아니라 엄마를 만날 날이 얼마나 남았는지 세어야 했다.

오늘은 불꽃놀이가 열린다. 마이크 아저씨는 내 방 발코니에 나가면 우리 집에서 몇 길 떨어진 집 정원에서 매년 쏘아 올리는 불꽃을 볼 수 있을 거라고 알려줬다.

"늘 7시쯤 시작한단다."

모건에게서는 아직 연락이 없었다. 난 그 애에게 문자메시지를 보내 불꽃놀이에 대해 이야기하며 집으로 초대하고 싶다고 말했다.

널 몰래 안으로 들일 수 있어.

어제 상담에서는 마이크 아저씨와 숨 쉬는 법에 집중했다. 증언 대에서 공황에 빠졌을 때 호흡을 고르기 위해서였다. 아저씨는 다음 주 변호인단을 만나기 전에 내게 불안하거나 살피고 싶은 점이 있는지 물었다.

"아뇨, 없어요. 제 머릿속에 그날 일이 분명히 기록되어 있어요."

아저씨는 기분이 좋아지는 단어를 생각해보라고 했다. 떠올리는 데 시간이 좀 걸렸지만 결국 '자유'를 선택했다. 나는 모두를 피해 숨어 사는데 엄마는 자유롭게 지내는 것이 부럽다고 말했다. 난 모든 것을 빼앗겼다. 이름까지도. 아저씨는 내게 어둠을 쉴 수 있는 공간으로 보라고 했다. 앞으로는 그곳이 밝아질 거라고.

"저도 엄마와 같으면 어쩌죠? 모노아민 산화 효소 A 결핍이 유전이라면요?"

내가 물었다. 엄마가 그렇다면 나도 그럴 가능성이 있지만 나는 엄마와 다르다고, 그것은 확실하다고 아저씨가 말했다. 난 아저씨가 진심인지 아니면 자신을 과신하는지 알 수 없었다.

언젠가 아저씨와 사스키아 아줌마가 집을 비운 목요일에 아저씨 서재에 들어갔다. 아저씨의 노트를 찾는 데는 시간이 오래 걸리지 않았다. 노트는 맨 밑 왼쪽 서랍 책 아래 놓여 있었다.

노트 첫 장에 제목이 적혀 있었다. 밀리(책 관련 아이디어).

고작 절반쯤 복사했는데 현관문이 열리고 닫히더니 세비타가 들어왔다. 아줌마는 복도에서 날 보고는 미소 지었는데 난 노트를 제

자리에 넣어두고 복사본을 청바지 허릿단에 조심히 밀어 넣은 상태였다. 마이크 아저씨는 나에 관해 책을 쓰고 있었다. 내가 어떻게 살아남았는지 내 편의 관점에서 서술한 것이었다. 아저씨는 내가 꿨다는 꿈도 언급했다. 엄마가 불타는 방에 갇힌 꿈. 꿈에서 무슨 일이 일어났는지 물었을 때 난 사실을 말했다. 내가 엄마를 구했다고. 매번 엄마를 구한다고. 그 메모 아래 붉은 펜으로 이렇게 적혀 있었다. '여전히 엄마에게 엄청난 충성심을 보이고 죄책감을 토로함.'

다른 각주에도 나의 자기 책망과 학대 피해자가 중립적인 관점을 잃고 모두에게 호의적이거나 적대적인 경우를 설명해놓았다. 붉은 화살표가 '착한 나 vs 나쁜 나'라는 문구를 향했다. 그 아래 밑줄과 동그라미가 쳐져 있었다.

마이크 아저씨가 나에 대해 책을 쓴다는 것이 어떤 기분인지 알아내려고 노력했다. 아저씨는 내게 동의를 구한 적 없었고 나도 계약서에 서명한 적이 없다. 나는 아저씨의 프로젝트일까? 아저씨에게 명성을 가져다줄 돈줄일까? 성공 신화. 아저씨는 그렇게 생각하고 바랄 것이다. 그 덕분에 내가 이곳에 더 오래 머물 수 있다면 상관없다. 내 마음을 엿보는 일을 기꺼이 대가로 지불할 수 있다.

점심때 사스키아 아줌마에게 아직 여행 중인 피비가 보고 싶지 않느냐고 물었다. 아줌마는 웃으며 피비나 마이크 아저씨가 없으면 당연히 보고 싶지만 내가 있어서 좋다고 말했다. 아줌마는 다리를 바꿔가며 짝짝이로 짚었고 머리카락을 만지작거렸다. 그런 행동은 내게 다른 말을 해주었다. 나와 둘뿐일 때 아줌마는 아주 불안하다는 뜻이었다.

엄마에 대한 기사를 읽으며 남은 하루를 보냈다. 뉴스 웹사이트에서 엄마의 기사는 맨 위에 올라 있었다. 재판이 시작되고 무슨 일이 일어났는지 기자가 법정 밖에서 실시간으로 전했다. 그는 엄마의 죄를 술술 말하고 아홉이라는 숫자를 세 번이나 말했다. 아이 아홉 명, 시신 아홉 구, 살인죄 아홉 건.

찾을 수 있는 기사를 모두 읽고 나니 날이 어두워졌고 불꽃놀이를 볼 수 있는 시간이 얼마 남지 않았다. 화장실에 다녀왔는데 발코니에서 움직임이 보였다. 로빈이 아니라 모건이 돌아왔다.

노트북을 덮고 발코니 문을 여는데 가슴이 요동쳤다. 모건은 후드를 푹 뒤집어쓰고 얼굴을 가리고 있었다.

"미안해, 모건. 정말이야."

모건은 어깨를 으쓱이고는 발아래로 시선을 내렸다. 난 그 애 손을 잡고 안으로 데려와서는 스노우 글로브를 보여주었다.

"흔들어봐."

그리고 그렇게 하는 모건의 모습을 보고 우리 사이가 회복되었다는 것을 알았다.

모건은 외로움 때문에 날 용서했다. 누군가가 필요한 사람은 용서를 잘하게 된다.

불꽃놀이가 시작되자 우리는 발코니로 나갔다. 밝은 빛을 내뿜는 로켓이 솟아오르며 하늘을 환하게 물들였다.

"다시는 그런 짓 하지 마."

불꽃놀이가 끝나고 모건이 말했다.

"날 아프게 했잖아."

"알아, 앞으로는 절대 안 그럴게. 혹시 누군가에게 말했어?"

모건은 고개를 저었고 내가 그런 질문을 해서 실망한 표정으로 손에 스노우 글로브를 들고 자리를 떠났다.

내 침실의 두꺼운 카펫을 가로질러 다가오는 엄마의 소리가 들렸다.

엄마는 내게 하고 싶은 말을 메시지로 전했다.

'법정에서 봐, 애니.'

위로 여덟 계단. 그리고 또 네 계단.
문은 오른쪽에 있다.

엄마는 등 뒤로 길게 내려오는 내 머리를 남자아이처럼 짧게 자르고
싶어 했다.
하지만 학교에서 눈에 띨까봐 그렇게 하지 못했다.
머리를 자르지 않아도 재미는 볼 수 있으니까.
내게 남자아이 옷을 입히고 속바지에 양말을 밀어 넣고.
그러나 엄마는 나로는 성에 차지 않았다.
집에는 몇 달째 비어 있는 방이 있다.
내 방 맞은편이다.
어느 날 저녁을 먹으며 엄마가 말했다.
그곳을 놀이방이라고 부를 거야.
절대 만족할 수 없는 곳.
엄마가 절대 멈추지 않을 것을 알기에 나도 엄마를 떠날 기회를 잡
기로 했다.

24

엄마의 재판이 시작되었다. 마이크 아저씨가 이번 주에 학교를 쉬지 않겠느냐고 물었지만 거절했다. 아저씨는 언론에서 마구 쏟아지는 관심으로부터 나를 보호하려 했다. 아침 식사를 하기 전 모든 기사를 정독했는데 사방이 엄마 이야기로 넘쳐났다. BBC 웹사이트는 법정 바깥에 모인 사람들의 모습을 사진으로 실었다. 어떤 사람은 흐느끼고 어떤 사람은 화를 내고 있었다. 그들은 할 수만 있다면 엄마가 탄 호송차를 망치로 깨부수려고 할 것이다. 차에 침을 뱉고 붉은 페인트가 담긴 공을 던지며 살인자라고 소리칠 것이다.

집 안은 쥐 죽은 듯 조용했고 주방 라디오는 전원이 아예 뽑혀 있었다. 마이크 아저씨는 농담처럼 우리에게 일주일간 텔레비전을 보지 않고 살아보자고 했다. 피비는 노트북으로 넷플릭스를 볼 수 있으니 상관없다고 말했다. 오늘 아침 집을 나서기 전 아저씨는 날 잠시 세우고는 학교에서 너무 힘들면 곧장 집으로 오라고 말해주었다. 나는 이 모든 것이 다 힘들면 어떻게 해야 하죠,라고 묻고 싶었다.

내가 좀더 신중하고 영리했다면 오전 수영 수업을 빠지고 집에 있었을 것이다. 하지만 바보처럼 머리가 멍했다. 탈의실에서 수영복으로 갈아입으며 갈비뼈에 난 자해 흉터가 가려져서 다행이라고 생각했다. 할 수만 있다면 피부를 벌려 나쁜 나를 꺼내고 착한 나를 집어넣고 싶었다. 하지만 이 말을 들으면 사람들은 이해하지 못하고 이렇게 묻겠지. 지금 무슨 말을 하는 거냐고. 나쁜 내가 누구냐고.

에든버러 공작의 정책에 따라 수상 구조 훈련이 필수가 되어 수영장에는 카누가 쭉 떠 있었다. 우리는 선 순서대로 네 그룹으로 나뉘었다. 좀더 주의를 기울여야 했는데.

"모두 이리로 오세요."

하벨 선생님이 서둘러 우리를 불렀다.

"다들 그룹이 정해졌지? 좋아. 수영장 가장자리에 일렬로 서보자."

클론딘은 착하게 굴려고 노력했다.

"피비, 너무 그러지 마. 저 앤 그렇게 나쁘지 않아."

다들 보는 앞에서 자기 무리 중 한 명에게 도전받다니. 피비는 클론딘에게 이렇게 쏘아붙였다.

"시끄러워, 넌 저 애가 누군지도 모르잖아."

그건 피비 말이 맞아.

"그래, 몰라. 하지만 넌 알지."

클론딘은 이렇게 대답하고는 담뱃불에 덴 손등의 흉터를 보여주었다.

우리는 강사와 맞은편에 섰다. 앞뒤에서 낮게 속삭였지만 내게
충분히 들릴 정도로 컸다. 피비와 이지는 내 수영복이 달라붙는다
고 수군거렸고 팔의 털이 검다고 말했다. 오른쪽 팔뚝에 보랏빛으
로 아문 상처가 그 애들에게는 흥미로울 것이다.

"분명 자기가 직접 그랬을 거야."

"그래, 그러고도 남지. 변태 취향인지도 몰라."

그 소리에 킥킥거리는 웃음소리가 들렸다.

"거기 끝에 있는 학생들 조용히 하세요."

내 팔에는 보랏빛의 큰 상흔이 있다. 내가 그런 것이 아니다. 엄
마가 그랬다. 그래야 잊지 않는다고. 이름을 새기는 것이라고 말했
다. 엄마는 내 팔을 잡아 목욕탕 라디에이터에 지졌다.

"넌 언제나 내 거야."

엄마는 이렇게 말했다. 우리 사랑의 증표가 내 팔에 뜨겁게 새겨
졌다.

강사가 수영장으로 들어가서 카누를 뒤집는 법을 알려주었다. 그
는 물에서 나와 삶과 죽음은 간발 차이라고 말했다.

"긴장을 풀고 물과 친구들을 믿으세요. 무엇을 하든 겁먹지 말고
요."

난 그를 쳐다보았고 강사의 입이 움직였지만 소리가 이상하게 들
렸다. 아주 천천히. 내가 수영장 안으로 쓰러지고 있다는 걸 깨닫는
데 시간이 걸렸다. 처음에 속삭이는 소리가 들렸다. 빨리 해, 밀어,
어서. 나는 강제로 물속에 밀려들었고 타일 바닥에 다리가 부딪쳤
다. 바닥을 짚고 숨을 쉬러 위로 올라왔다. 물 위로 나오자 일렬로

쭉 늘어선 머리들이 모두 날 쳐다보고 있었다. 검정색 라이크라 수영복을 입은 여자애들이 팔짱을 끼고 가슴을 부각시킨 채로. 웃음소리와 함께 우렁찬 박수가 터져 나왔다.

물가로 헤엄쳐서 나오자 강사가 내게 당차다며 우스갯소리를 했다. 수영장 진입구로 가니 피비가 손을 내밀었다. 그 애의 속이 뻔히 들여다보였는데 내 계획과 별반 다르지 않았다. 난 한 발을 수영장 옆에 걸쳐 반쯤 나온 상태로 그 손을 잡았다. 그러자 피비가 손을 놓았다. 이번에는 등으로 넘어졌고 피부가 수면에 세게 부딪쳤다. 웃음소리가 더 크게 터져 나왔다.

"세상에, 피비, 철 좀 들어. 그렇게 멍청하고 위험한 장난으로 우리 수업 시간까지 까먹고 있잖니. 넌 밀리와 함께 카누를 뒤집어야겠다. 네가 잘하는지 볼 거야. 그리고 밀리, 넌 그만 좀 꾸물거려. 내가 막대기라도 가져와서 건져줄까?"

"괜찮아요, 하벨 선생님."

나는 피비의 표정을 보고 만족하면서 계단으로 헤엄쳐갔다. 당한 쪽은 너야, 카누 파트너.

"저, 하벨 선생님. 전 도와줄 사람이 필요하고 저 애가 이미 물속에 있으니,"

강사가 날 가리켰다.

"좋은 생각이네요. 이쪽으로 헤엄쳐 오겠니, 밀리?"

강사는 카누를 잡아주더니 내게 올라오라고 했다.

"이야기를 나누고 믿는 것이 전부란다."

강사가 말했다.

"준비됐니?"

나는 양옆을 꽉 잡으며 고개를 끄덕였다.

"셋까지 세고 카누를 뒤집을 거야, 알겠지? 하나, 둘, 셋. 자, 물속으로 들어가."

물결과 함께 푸르고 흐린 물이 밀려들었다.

"어땠니?"

"괜찮았어요."

"봤죠, 여러분? 누워서 떡 먹기예요. 짝을 이룬 사람들은 연습을 시작하세요. 카누가 없는 사람들은 헤엄치는 걸 보조하는데, 먼저 상대를 물속에 눕힌 다음 의식이 없는 척하게 합니다. 그리고 상대의 코와 입에 물이 들어가지 않도록 계속 살피면서 물가까지 데려오면 돼요."

"하벨 선생님, 전 이지나 클론딘과 같이하면 안 될까요?"

"아니, 너는 밀리와 한 팀이야. 네가 장난치지 않았으면 선택의 폭이 넓었겠지만 지금은 아니지. 네가 들어갈 차례다."

수영장은 첨벙거리는 물소리와 비명으로 시끄러웠고 공기 중에는 불안감이 감돌았다. 누구도 카누가 뒤집혀 물속으로 들어가는 것을 좋아하지 않았다. 마리아는 염소가 머리카락을 상하게 한다고 불평했다. 나는 피비에게 헤엄쳐 가서 카누를 단단히 잡았다. 피비가 들어갈 차례였다. 그 애는 내 마음을 들여다봤는지 이렇게 말했다.

"웃기는 짓 하면 알지?"

내가 아무 말도 하지 않자 피비는 불안해했고 이 방법은 매번 통했다.

"진심이야. 그러면 죽을 줄 알아."

나는 고개를 끄덕이고 등 뒤로 손가락을 꼬며 몰래 행운을 빌었다.

피비가 카누에 오르는 동안 샘에 대해 물어보고 싶은 생각이 굴뚝같았다. 피비의 노트북은 방학 내내 방에 버려져 있었다. 비밀번호가 걸려 있지 않다는 사실이 놀랍고도 기뻤다. 나는 노트북을 받으면 제일 먼저 비밀번호를 설정한다. 피비는 그런 건 필요 없다고 생각한 것이다. 그 애 부모님은 딸의 컴퓨터를 몰래 살펴보는 사람이 아니니까. 아저씨는 사생활을 존중하고 믿음이 강해서 우리가 10대의 모습으로 있을 수 있게 해주었다.

뒤쪽을 확인했다. 강사는 바빠 보였고 하벨 선생님은 수영장 맞은편 끝에 있었다. 여자애들은 여자애들이라 자기들의 상황에 집중하느라 바빴다. 난 피비에게 셋 하면 카누를 뒤집겠다고 말했다.

"빨리 좀 해."

피비가 신경질을 냈다.

그래서 그렇게 했다. 하나 둘 셋 하고 바로 뒤집었다.

완전히는 아니고.

나는 카누를 반쯤 뒤집다 멈췄다. 코끼리 한 마리. 코끼리 두 마리. 코끼리 세 마리.

세 마리까지 셌을 때 피비가 내 의도를 알아차렸다. 그 애는 가슴에서 손을 풀고 카누 양옆을 두드렸다. 카누를 마구 두드리며 몸을 이리저리 비트는 피비의 움직임이 느껴졌다.

코끼리 여섯 마리.

코끼리 일곱 마리.

물이 입안으로 들어가며 나는 기침소리가 수영장 타일을 타고 전해졌다. 아무도 쳐다보지 않았고 아무도 눈치채지 못했다. 평범한 사람은 물속에서 숨을 몇 초나 참을 수 있을까? 30초? 60초?

아홉 마리.

열 마리.

피비의 손톱이 내 손을 파고들면서 물속으로 흐리게 분홍빛 소용
돌이가 일었다. 피비의 자부심이자 기쁨인 아름답게 치장한 손톱
이 내 손등에 반달 모양의 상처를 냈다. 강사와 하벨 선생님이 가까
이 왔다. 내가 카누를 뒤집자 피비의 머리가 나타났다. 온갖 감정이
뒤섞여 얼굴에 여러 표정이 서려 있었다. 두려움과 공포, 살았다는
안도감, 마지막으로 분노가 드러났다. 나는 그 모든 표정을 즐겼다.
피비는 숨을 헐떡거리며 날 쳐다보았다.

"나쁜 년."

피비가 외쳤다.

"하벨 선생님!"

강사가 호루라기를 불며 우리에게 다음 연습을 하라고 지시했다.
카누 뒤집기를 한 조는 수영 구조 연습을 하고 수영 구조 연습을 한
조는 카누 뒤집기를 하라고 말이다.

"하벨 선생님!"

"세상에, 피비. 좀 기다릴 수 없겠니?"

피비의 얼굴을 보고 클론딘과 이지가 우리를 향해 헤엄쳐 왔다.
피비는 창백하고 공포에 질려 멍했다. 폐가 터질 것 같은 느낌일 것
이다. 갇힌 것처럼.

"왜 그래?"

이지가 물었다.

"완전 익사할 뻔했어."

피비는 이렇게 말하며 날 노려보았다. 그 애의 흰자위가 염소 때

문에 약간 붉어졌다.

"과장하지 마."

이지가 놀렸다.

"꺼져, 이지. 너희 다 꺼지란 말이야!"

피비는 카누에서 뛰어내려 하벨 선생님이 있는 계단 쪽으로 헤엄쳐 가더니 얼른 물에서 나갔다. 눈에 보일 정도로 소름이 돋아 있었다. 소름은 추워도 돋지만 다른 이유에서 돋기도 한다. 피비는 손으로 목을 잡고 자신이 숨을 쉬고 있는지 다시 확인했다. 피비가 하벨 선생님에게 뭐라고 했는지는 모르지만 그 애는 수영장을 나서 수업이 끝날 때까지 돌아오지 않았다.

피비가 샘에게 보낸 이메일에 내 이야기가 있었다. 그 애는 마음에 안 드는 구석이 있어. 피비는 이렇게 썼다. 어떤 점이? 샘이 물었다. 모르겠어. 그냥 좀 괴상하거나 뭐 그런 것 같아.

뭐 그런 것 같다니, 피비.

수업이 끝난 뒤 카누를 얕은 곳으로 옮기면서 오른손을 꼬집었다. 피비의 두려움이 네 군데 자국을 남겼다. 개인 탈의실에서 아무도 보지 않을 때 나는 휴대전화로 손을 찍어놓았다. 기념으로.

25

피비가 머지않아 보복할 것이기에 나는 다음 날부터 학교에서 상당히 조심해야 했다. 그대로 되갚아주려 하겠지. 고양이와 쥐의 싸움처럼. 일이 생기는 건 시간문제였다.

그럴 계획은 아니었지만 나는 켐프 선생님에게 갔다. 교실에 들어서자 눈이 건조하게 느껴졌다. 이틀 뒤면 증인석에 오를 거라는 생각에 신경이 날카로워져 잠을 잘 못 자서 그런 것 같았다. 눈을 깜박였다. 마이크 아저씨는 법정에서 무슨 일이 벌어질지도 모르고 날마다 준과 연락하고 있었다. 나는 스스로에게 집중해서 목요일 전까지 최대한 자두기로 했다. 하지만 눈을 감을 때마다 작은 유령 아홉 명이 울면서 내게 도움을 청했다.

난 켐프 선생님에게 마이크 아저씨와 일이 있어 목요일과 금요일 수업에 빠진다고 말했다.

"심각한 문제는 아니지?"

선생님이 물었다.

아니, 그저 탯줄을 자르는 일이다.

수년 전에 잘랐어야 했다. 그 해로운 연결 고리를.

자기 전에 샤워하려고 옷을 벗는데 엄마 목소리가 계속해서 들렸다. 엄마가 법정 밖에서 동전을 던지며 날 기다리는 모습이 보였다. 앞면 할래? 아님 뒷면? 지난해 우리가 웨일즈의 해변 마을에 새로운 대상을 물색하려고 방문했을 때 엄마가 말했다. 그곳은 새로운 사냥터였다. 내가 화장실에 갔을 때 엄마는 가판대에 서 있는 남자에게 동전 양면에 같은 무늬를 찍어달라고 했다.

"앞면이 나오면 게임하는 거고 뒷면이 나오면 안 하는 거야."

집에 왔을 때 엄마가 말했다. 두 면 모두 앞이라는 사실을 알아차리는 데 몇 달이 걸렸다. 항상 엄마가 이겼다. 하지만 이제 엄마가 아니라 가발 쓴 남자가 판사다. 그리고 열두 명이 더 있다. 이번에는 엄마가 결정을 내리지 않는다. 그들이 한다.

머리를 감으며 엄마 목소리를 잠재우는 데 급급해 피비가 욕실 문을 여는 소리를 듣지 못했다. 그 애는 샤워 커튼을 한쪽으로 젖혔다. 갈비뼈에 난 상처를 팔로 숨기기에는 충분한 시간이었지만 가슴이나 가랑이를 가리지는 못했다. 카메라 플래시가 터졌고 피비는 원하는 것을 얻었다.

"날 익사시키려고 했던 대가를 얻게 될 거야, 나쁜 년."

나는 샤워 커튼으로 몸을 감쌌다. 그 애가 커튼을 잡아당길까봐 두려웠지만 그렇게 하지는 않았다. 피비는 최근에 흥미 있는 것이 있느냐고 물었다. 내가 대답이 없자 이렇게 말했다.

"딴 동네에 사는 친구에 대해 내가 모를 거라고 생각하지 마."

감춰라. 드러내지 않아야 한다. 김 때문에 숨을 쉬기가 어려웠다. 뜨거웠다.

"내 말이 맞지? 네가 우리 집 바깥에 앉아 있는 그 쓰레기랑 어울리는 걸 이지가 봤다고 했어. 왜, 네 또래 친구를 못 찾겠어? 내가 아빠한테 말해서 너만의 '사적인' 시간에 그 이야기를 하도록 해줄 수도 있어. 너보다 한참 어린 딴 동네 쥐새끼들과 어울리는 걸 아빠가 알면 어떻게 생각할지 궁금하네."

모건은 열두 살, 이제 곧 열세 살이야. 또래에 비해 덩치가 작아서 그래. 그리고 네 아버지가 어떻게 생각할지는 이미 알아. 날 걱정하겠지.

"구제불능, 그게 바로 너야. 나 없이 코츠월드에서 즐거웠겠지. 우리 부모님과 행복한 가족인 척 연기하면서."

맞아, 그랬어.

"난 신경 안 써. 어차피 넌 집을 나갈 거니까. 아마 크리스마스까지 여기 있지는 못할 거야."

난 피비의 화난 얼굴을 쳐다보았다. 손을 내밀며 그만 화해하자, 휴전하자, 같이할 수 있는 즐거운 일을 찾자고 말해야 했다. 재미로 할 수 있는 장난 같은 걸 찾자고. 하지만 그러지 말라는 유혹이 더 강했다. 나쁜 늑대를 계속 키워서 주도하게 만드는 건 그 애 잘못이다. 그래서 평화를 추구하는 대신 이렇게 말했다.

"가끔 밤에 네 소리가 들려."

"뭐라고? 지금 무슨 말을 하는 거야?"

"네 소리가 들린다고."

가슴에 있는 과녁 한복판을 맞고 피비는 멈췄다. 그 애는 내가 자기 울음소리를 들었다는 말이라는 걸 알았다. 내 몸처럼 피비 역시 까발려졌다.

피비가 나간 지 몇 분이 되지 않아 내 전화기에 진동이 울리는 걸로 보아 마이크 아저씨가 모두의 전화번호를 적어두어야 한다고 했던 현관 게시판에 적힌 내 새 전화번호를 알아간 것이 틀림없었다. 나는 몸을 감쌌던 샤워 커튼을 풀고 수건을 두른 뒤 책상으로 걸어가 전화기를 집어 들었다. 사진 메시지였다. 머리카락에 샴푸 거품이 묻고 피부가 젖은 채 팔로 갈비뼈를 감싸고 있다. 단단한 젖꼭지 아래로 어두운 체모가 보였다.

피비는 그 사진을 여러 명에게 보냈을 것이다. 여자애들과 남자애들, 어쩌면 조도 포함되었겠지. 나는 욕실로 되돌아가서 수건을 떨어뜨렸다. 그리고 갈랐다. 한 번, 두 번. 피가 흘렀다. 피비가 원한다면 더 흥미로운 사진을 보여줄 수도 있다.

26

아침에 등교하려는데 사스키아 아줌마가 내게 작은 벨벳 파우치를 건넸다.

"포토벨로 가의 크리스털 상점에서 산 선물이야."

파우치를 열고 꺼내서 손바닥에 올려보니 위와 아랫부분을 매끄럽게 다듬은 검은 원석이었다. 아줌마는 그것이 토르말린이라고 알려주었다. 보호해준다고 알려진 부적이다.

"법정에서 이걸 주머니에 넣어두면 도움이 될 거 같아서."

나는 고맙다고 대답했지만 아줌마의 친절한 행동이 내게 보호가 필요하다는 사실을 상기시켜 기분이 나빠졌다.

난 내일을 위한 준비가 되지 않았다. 속에 어두운 멍이 들었다. 보라색과 남색으로 깊게. 등굣길에 머릿속으로 변호사의 질문을 되

새겨보았다. 이 법정에서 엄마가 한 짓을 말해주겠습니까? 뭘 봤는지 말해주겠습니까? 하지만 대답이 떠오르지 않았다.

"그냥 사실대로 말하면 돼."

마이크 아저씨가 말했다.

말은 쉽지.

우리는 연극 리허설을 하려고 대강당에 모였다. 그 대사들과 의미가 내게는 아주 친숙했다. 해골은 하얗게 빛나고 순진무구한 소녀들은 소년 복장을 했다. 피비는 지난번 제임스 교장 선생님이 보는 자리에서 연습할 때는 운 좋게 내레이터가 아니었지만 오늘은 대사를 버벅거리고 1분마다 프롬프터를 살폈다. 메흐메트 선생님은 더 참지 못하고 말했다.

"그만둬, 피비. 넌 퇴출이야. 밀리가 내레이터를 맡아."

피비의 얼굴을 보니 지난밤 내 사진을 찍어 자신이 이기고 있었는데 내가 뒤를 바짝 쫓는 것 같아 약이 오르는 듯했다.

피비의 자리를 꿰찬 벌은 금방 찾아왔다. 여기저기 손봐서 가슴과 허벅지에도 털이 난 내 사진을 11학년 포럼에 올린 것이다. 프랑켄슈타인의 신부라고 이름 붙여서. 피비는 포럼의 비밀번호를 '괴짜'로 변경해 선생님에게 들키지 않게 했다. 그러고는 우리에게 이메일로 비밀번호가 바뀌었다고 알려주었다. 이렇게 부유한 학교에는 영리하지만 교묘한 10대들이 있다. 속임수와 책략이 난무한다.

'레이디루시2000'이 페이스북에 '괴짜 밀리'라는 페이지를 만들자고 제안했다. 그 글에 피비가 댓글을 달았다. '좋은 생각이야! 내가 스냅챗으로 밴틀레이에 있는 토미에게 사진을 보냈는데 그 애가 런던에 있는 모든 학교에 사진을 뿌릴 거래.'

점심때가 되어 식당 테이블을 지나 음식 코너로 걸어가는데 시선이 느껴졌다. 내가 음식을 받아들고 다시 돌아가자 클론딘을 포함해 대다수가 고개를 숙였지만 피비와 이지는 그렇지 않았다. 휴대전화를 꺼내놓고 사악한 미소를 지었다. 내 페이스북 페이지가 생기기까지 얼마 남지 않았다.

"재판이 끝나면 그렇게 해."

준이 말했다. 따라잡아야 하는 평범한 일상이 아주 많다. 그러려면 이겨야 한다. 난 여자애들과 최대한 떨어져 자리했다. 무리가 식당을 떠날 때 해리엇이라는 여자아이가 내게 다가와서 괜찮느냐고 물었다.

"우리 모두가 피비 같지는 않아. 그냥 무시하려고 노력해. 결국엔 그 애도 널 내버려둘 거야."

동정심이었다. 내 갑옷 속 중요한 무기, 내 위장술이었다.

날 오해하지 말길. 난 강철로 만들어지지 않아서 상처를 받지만 내 사진 위에 달린 '**괴짜 밀리, 도망칠 순 있어도 숨을 순 없다**'라는 제목은 기분을 한결 나아지게 만들었다. 피비는 여전히 그게 무슨 의미인지 모른다.

내가 도망칠 이유는 없다.

숨는 것이다.

맞다.

도망친다.

그건 아니다.

"네가 증인석에 서 있다고 상상해보렴. 스크린이 널 해로운 것들로부터 보호해줘서 안전해. 널 볼 수 있는 사람은 배심원단, 검사와 변호사, 판사야. 그들은 널 해치기 위해서가 아니라 네 말을 들으려고 그 자리에 있어. 법정에 있는 물건 중에서 마음이 편안해지는 걸 하나 골라서 그것에 집중하렴. 질문이 너무 힘들면 그 물건을 쳐다봐."

"어떻게 대답해야 할지 모르면 어떡하죠?"

"변호사에게 무슨 말인지 이해하지 못했다고 하면 네가 이해할 때까지 다시 말해줄 거야."

마이크 아저씨는 상담을 끝내며 내게 아침에 피비가 학교에 갈 때까지 방에서 나오지 말라고 했다. 사소한 '절차'가 필요해서 내가 이번 주 내내 학교에 빠질 거라고 피비에게 알렸다고 했다. 난 아저씨에게 감사했고 그건 진심이었다.

실내 난방 온도를 올려서 방 공기가 평소보다 답답해졌다. 숨을 쉬기 힘들었다. 이마 한가운데 두통이 심해서 눈이 잘 보이지 않았다. 내일 입을 옷을 정했다. 의자에 걸쳐놓기 전까지 내가 뭘 골랐는지 몰랐다. 엄마에게 잘 보이기 위한 옷이다. 치마가 아닌 바지에 남자애처럼 흰 셔츠를 안으로 넣어서 입을 것이다. 엄마는 날 볼 수 없겠지만 인정해줄 것이다. 이래서는 안 된다. 여전히 엄마를 기쁘게 하려 하다니.

오늘 밤 엄마가 내 방으로 찾아오면 내일 잘할 수 없기에 불을 켜고 자리에 앉아 몇 시간 동안 《피터 팬》을 읽었다. 아주 어릴 때부터 제일 좋아하는 이야기다. 엄마들의 눈이 아이를 지켜주는 조명이라는 생각이 마음에 들었다. 하느님을 믿었던 당시에는 내게도 그런 조명이 있으면 좋겠다고 생각했지만 대신 엄마를 얻었다.

일주일간 보호소에 있으면서 아이들과 영화를 보았다. 피터가 웬디에게 이렇게 말했다.

'어른이 되는 일 따위는 절대 걱정할 필요 없는 곳으로 같이 가자.' 그때 그렇게 생각했다. 나도 그곳에 가고 싶다고.

정말로.

27

밤새 잠을 자지 않았다. 아침이 오자 욕실 캐비닛 문을 열어 그 안에 적어둔 카운트다운 숫자를 지워버렸다. 1이 0이 되었다. 때가 왔다.

전신거울 앞에 서서 눈을 감고 옷을 입었다. 눈을 뜨고 옷차림을 확인하면서 얼굴을 쳐다보지 않았다. 겉보기에는 잘 차려입었다. 세비타가 다려준 셔츠와 바지에 검은 발레리나 플랫 슈즈를 신었다. 하지만 내면은 달랐다. 장기들이 요동쳤다. 앞뒤 위아래로 뒤집히고 심장이 거세게 뛰었다. 준비가 부족했다.

나는 파우치에서 사스키아 아줌마가 준 크리스털을 꺼내 손에 쥐었다. 거칠고도 부드러운 가장자리의 감촉이 날 안심시켰다. 크리스털의 효용을 믿는지는 모르겠지만 그것을 바지 주머니에 넣었다.

그리고 기다렸다.

20분쯤 뒤 마이크 아저씨가 와서 노크했다. 아저씨는 피비가 학교에 갔고 아저씨도 준비를 마쳤다고 알려주었다.

"뭘 좀 먹어야 하지 않겠니?"

아저씨가 말했다.

"못 먹을 것 같아요."

"그래도 먹어야지. 아주 긴 아침이 될 텐데 과일이나 시리얼 바라도 먹어보렴."

"다 끝나고 나서 먹을게요."

"주방 찬장에서 먹을 걸 좀 챙길게. 마음이 바뀌면 차 안에서 먹거라."

사스키아 아줌마는 현관 앞에서 기다리고 있었고 내가 다가가자 코트 지퍼를 올렸다 내리며 이리저리 만지작거렸다. 정신을 산만하게 하는 소리라서 거슬렸다. 내가 쳐다보자 아줌마는 행동을 멈추고 억지로 미소를 지었다. 마이크 아저씨가 내가 절대 먹을 수 없는 음식을 봉지에 담아서 주방에서 나왔다. 우리는 아저씨의 레인지로 버에 올라탔다. 아저씨는 창문에 선팅을 하면서 오늘 같은 용도로 쓰게 될 거라고는 꿈에도 생각하지 못했을 것이다. 내가 온다는 걸 알고 숨어서 기다리는 사람들 눈을 피하는 용도로 쓸 거라고는.

엄마에게 가는 길은 혼자만의 지옥과도 같았다. 아무도 말하지 않았고 모두 앞만 쳐다보며 교통 신호, 버스, 환경 미화용 트럭을 응시했다. 온 우주가 '가지 마, 벗어나'라고 말하고 있었다. 마이크 아저씨는 위험 부담이 큰 라디오 대신 CD를 틀었다. 어젯밤 겪은 고통이 다시 시작되었다. 붉은 중국 금붕어가 위장 안에서 이리저리 팔딱거렸다. 음악 소리에 맞춰 몸을 움직여 법정까지 가는 50분 내내 토할 것처럼 만들었다. 마이크 아저씨가 '다 왔다'라고 말하는 소리가 너무 듣기 싫었다.

사스키아 아줌마가 주위를 둘러보더니 내게 껌을 주었다. 난 고개를 돌리고 창밖만 쳐다보았다. 우리는 준의 지침에 따라 차를 몰았다. 건물 앞을 지날 때 눈을 감고는 차가 지하 주차장으로 진입한 뒤에 눈을 떴다. 구경꾼들이 어떤 모습일지 뉴스를 봐서 알았다. 마이크 아저씨는 내게서 노트북이나 휴대전화를 빼앗으려고 생각하지 못했다. 음지에서 엄마를 동경하던 여성들이 이제는 중오로 똘똘 뭉쳐 양지로 나왔다. 그들은 엄마를 믿었다. 구경꾼들 틈에서 '눈에는 눈'이라고 적힌 배너가 보였다. 언론과 사진기자들은 안으로 들어가지 못하고 법정에서 지정한 공식 기자 한 사람만이 특권을 누린다. 혹은 무거운 책임이든가.

준이 지하 주차장 엘리베이터 앞에서 우리를 기다리고 있다가 엄마는 건물 맞은편 방에 있으니 날 보지 못할 거라고 다시금 확인해주었다. 엘리베이터를 타고 올라가는데 팔에 난 보라색 상처가 욱신거리며 엄마가 가까이에 있다는 것을 남몰래 알려주었다. 우리는 크림색으로 새로 칠한 방으로 들어갔다. 엄마, 그들이 우리 집은 어떻게 했을까, 페인트칠만으로는 덮을 수 없었을 텐데. 사스키아 아줌마는 화장실이 어딘지 물었고 마이크 아저씨와 나는 자리에 앉았다. 어두운 녹색에 재질이 부드러운 의자 네 개가 방 안에 있었다. 난 등 뒤로 아무것도 느끼고 싶지 않아서 의자 끄트머리에 살짝 걸터앉았다. 이 건물에 들어오고 난 뒤 볼트가 상승한 것처럼 내 안의 무언가가 마구 솟구쳤다. 바로 나였다.

준은 내게 물을 한 잔 건네며 미리 화장실에 다녀오라고 했지만 내 다리가 버텨줄지 확신할 수 없었다. 그래서 숨을 쉬고 또 쉬었다. 한 번도 본 적 없는 여자가 문 앞에 나타났다.

"5분 남았어요. 지금 판사님이 입장하기를 기다리는 중입니다."

나는 바지에 손바닥을 쓱 문지르며 허벅지 위로 사스키아 아줌마가 준 크리스털의 단단한 감촉을 느꼈다. 몸의 상처를 세어볼 수 있도록 혼자 있었으면 좋겠다고 생각했다. 마이크 아저씨는 내가 괜찮을 거라고, 다 잘될 거라고 말했다. 나도 그 말을 믿고 싶었지만 위장에서 운명의 금붕어가 다시 팔딱거리며 그렇지 않을 거라고 알려주었다. 마음속 안식의 장소인 움푹한 나무 구덩이를 찾아갔지만 가보니 아무것도 없었다. 나무는 증거 자료로 잘려나갔다. 사스키아 아줌마와 앞서 왔던 여자가 같이 나타났다.

"준, 판사님이 오셨어요."

"네, 알겠습니다. 자, 밀리. 이제 시간이 됐어."

마이크 아저씨가 자리에서 일어서기에 준비가 안 됐지만 나도 그렇게 했다. 엄마는 내가 이날만을 손꼽아 기다렸다고 생각할 테지만 엄마의 무언가가 이 방으로 와서 날 붙잡았는지 발목에 모래주머니를 찬 것처럼 다리가 무거웠다. '내가 호락호락할 줄 알았니, 애니?' 난 지금 엄마의 말을 듣고 있지 않다. 안 들린다. 내가 할 일은 그저 질문에 대답하는 것뿐이다. 그들의 질문에. 난 준을 따라 문으로 나섰다. 내가 나갈 때 아줌마와 아저씨가 양쪽에서 팔을 잡아주었다. 난 멈춰서 주머니에서 크리스털을 꺼내 보여주었다. 사스키아 아줌마는 눈물이 가득 고여 고개를 돌렸다. 마이크 아저씨가 말했다.

"다 끝날 때까지 우린 여기서 기다릴 거야, 밀리."

가족실에서 법정으로 가는 길은 짧았다. 오른쪽 콧구멍이 시큰거리더니 피가 났다. 휴지를 달라고 할 시간이 있었지만 목소리가 나오지 않았다. 증언을 위해 아껴둔 것이다. 우리는 커다란 나무 문 앞에서 멈췄다.

"저쪽에서 준비가 되면 문을 열 거야."

준이 말했다.

나는 크리스털을 주머니에 넣었고 준은 내게 말을 시키며 긴장을 풀어주려고 했다.

"생일이 몇 주 안 남았지?"

대망의 열여섯이 된다. 하지만 그걸 생각하고 싶지 않아서 준의 말을 무시하고 눈을 감았다가 문 앞에서 소리가 나자 다시 눈을 떴다. 법정의 안내원이 나타나 우리를 향해 고개를 끄덕였다.

"밀리, 괜찮을 거야. 숨을 크게 들이마셔. 준비됐니? 자, 가자."

준이 말했다.

법정 안의 웅성거림은 우리의 발소리를 덮어주지 못했다. 분명하고 노골적이었다. 준이 나를 커다랗고 흰 스크린 오른쪽을 바라보고 놓인 좌석으로 데리고 갔다. 좌석에서는 판사와 배심원이 보였고 사형 집행인은 보이지 않았다. 내가 자리에 앉자 준이 걸어가더니 우리가 들어온 문 가까이에 앉았다. 코에서 나는 바람 소리는 멈추고 심장 박동이 빨라졌다. 가슴속에서 곡예하며 미친 듯이 뛰었다. 크림색 가발을 쓰고 내 오른쪽 단상에 앉아 있는 판사는 변호사로 보이는 가운 입은 남자와 대화하고 있었다. 남자가 귓속말로 뭐라고 하자 판사는 가만히 듣더니 고개를 끄덕였다. 바로 앞에 앉아 있는 배심원을 세어보니 남자 일곱 명에 여자 다섯 명이었다. 날 쳐다보는 열두 쌍의 눈은 웅성거림이 덜했다. 전에 말라깽이가 말했다.

"그들을 쳐다봐도 돼. 다만 웃지는 마. 그럼 배심원을 매수하려 했다고 비난받을 거야."

매수한다고? 난 여기 변호사들의 질문에 대답하러 왔을 뿐이다. 다른 뜻은 없다.

배심원들은 앞에 놓인 나무 탁자 위에 각각 메모지와 펜을 올려놓고 있었다. 그중 뒷줄 중간에 앉은 여자가 무언가를 휘갈기고 있었는데 어쩌면 그녀도 나에 대해 글을 쓰거나 행맨 놀이를 하고 있는지 몰랐다. 누구의 목이 밧줄에 걸릴까?

검사들이 왼쪽에 앉아 서로 이야기하고 있었다. 그들 왼쪽에 놓인 벤치 테이블에 가운을 입은 다른 남자가 앉아 있고 그 옆 의자는 비어 있었다. 그는 판사와 이야기하는 남자를 쳐다보고 있었다. 나는 빠른 손놀림으로 모든 말을 기록하는 속기사가 있을 거라 기대했지만 준이 몇 년 전에 법원 기자가 녹음하는 방식으로 바뀌면서 모두 사라졌다고 알려주었다.

이제 남은 사람은 엄마뿐이었다.

법원 배치도로 엄마가 변호인단 쪽에서 더 멀리 왼쪽에 자리한다는 걸 대강 알고 있었다. 이상해 보일 것 같아 눈을 감지 않았지만 엄마에게서 나오는 어떤 소리라도 들을 수 있도록 귀를 세웠다. 그리고 익숙한 엄마의 숨소리를 찾았다. 엄마가 피우는 멘톨 담배 연기가 목구멍에서 뿜어져 나오는 소리. 그런데 아무 소리도 들리지 않았다. 종이를 넘기는 소리와 사람들의 발소리가 엄마의 소리를

287

묻어버렸다. 난 엄마와 아주 가까이에 있는데.

단상에 있던 남자가 걸어가 다른 변호사 옆에 앉았다. 판사는 앞에 놓인 종이를 살피고 날 쳐다보더니 고개를 들고 크고 근엄한 목소리로 말했다.

"개정을 선포합니다."

웅성거림과 발소리는 멈췄지만 여전히 엄마의 소리를 들을 수 없었다. 떨리고 가쁜 내 숨소리뿐이었다.

"증인은 자리에서 일어나주십시오."

내 비디오 녹화 진술이 내가 들어오기 전에 상영되었을 것이다. 내 실물이 다르게 보인다고 생각할지 궁금했다. 안내원이 내게 다가와 선서문을 건네주었다. 난 신을 믿지 않기에 맹세 대신 확인이란 말을 선택했다.

"저는 이 자리에서 하는 증언에 한 치의 거짓이 없으며,"

숨 쉬는 걸 잊지 마.

"진실만을 말할 것을 엄숙하게 확인하는 바입니다."

'안녕, 애니.'

숨을 못 쉬겠어.

목을 조여 오는 손길을 무시하면서 말라깽이 검사만을 쳐다보려고 애썼다. 그가 자리에서 일어나 판사를 쳐다보자 무슨 일이 일어날지 알았다. 그들이 어떻게 질문할지 미리 익히고 답변을 연습해왔다. 마지막으로 만났을 때 그는 이렇게 말했다.

'눈 깜짝할 사이에 끝날 거야.'

"친애하는 배심원 여러분. 우리는 증인의 비디오 녹화 진술을 모두 살펴보았습니다. 이제 직접 증언을 들어볼 겁니다."

말라깽이가 날 쳐다보았다.

"엄마와 한집에서 사는 것이 어땠는지 이 자리에서 직접 말해주세요."

열린 질문이었다. 검사는 내게 문장으로 대답하거나 그 안에 이야기가 담기면 더 좋다고 설명했다. 어떤 제약도 없으니 구체적일수록 좋다고 뚱보가 말했다. 그래서 나는 연습한 대로 법정에서 그대로 말했다. 이건 다 사실이다.

"엄마와 함께 사는 건 끔찍했어요. 한동안은 정상이어서 저녁 식사를 만들거나 하는 일상적인 모습이었다가 갑자기,"

난 더 크게 말하기 전에 숨을 쉬어야 했다. 내가 엄마에 대해 말하는 걸 듣는 건 이번이 처음일 것이다. 온몸으로 수치심이 밀려들었다.

"괜찮아요."

말라깽이 검사가 말했다.

"천천히 하셔도 됩니다."

난 다시 말을 이었다.

"한동안은 정상이었다가도 어느 순간 절 공격했어요. 절 아주 아프게 했습니다."

처음 대답하는 것이 가장 힘들 거라고 뚱보가 말했다. 한번 시작하고 나면 괜찮아진다고. 난 집중할 물체를 찾아서 시선을 고정했다. 배심원이 앉아 있는 자리 위 벽면에 명판이 걸려 있었다. 말라깽이가 내게 엄마가 아이를 아프게 하는 걸 처음 봤을 때에 관해 설명해달라고 했다.

나는 엄마가 우리 집에 처음 데리고 온 아이를 때리는 것을 보았다고 말했다. 어린아이를 때리는 엄마에게 잔인하다고 말한 일은 배심원에게 알리지 않았다. 그때 엄마는 이렇게 말했다.

"이건 잔인한 게 아니야. 사랑해주는 거지."

"잘못된 사랑이야."

내가 그렇게 답했다. 엄마는 곧장 나를 벌했다.

세상에.

찰싹.

그런 건 없어.

찰싹.

잘못된 사랑 같은 것 말야.

찰싹.

엄마의 침과 내 피가 공중으로 튀었다.

난 배심원에게 엄마가 그걸 사랑이라고 했다는 말도 하지 않았는데 그렇게 말하면 엄마가 정신 이상에 따른 한정 책임 능력을 지녔다고 간주되어 형을 받게 되니 검사가 말하지 말라고 해서였다. 오로지 미친 사람만이 엄마가 한 행동을 사랑이라고 믿는다.

말라깽이는 엄마가 아프게 한 아이를 돕고 싶었는지 물었다. 난 다시금 명판을 쳐다보았고 마음속에 미사일처럼 광란의 회상이 스쳐지나갔다.

제이든, 벤, 올리비아, 스튜어트, 키안, 알렉스, 세라, 맥스, 대니얼.

제이든, 벤, 올리비아, 스튜어트, 키안, 알렉스, 세라, 맥스, 대니얼.

엄마는 아이들의 이름을 부르지 않고 각자에게 번호를 주었다. 대니얼이 죽은 다음 날 엄마는 날 학교에 데려다주며 빨리 10번을 찾고 싶다고 말했다. 하지만 난 결코 아이들의 이름을 잊지 않았다. 구멍 앞에 서서 손잡이를 잡은 채 엄마를 말리고 아이들을 구해주려고 한 일도 잊지 않았다. 엄마의 웃음소리는 아주 컸다. 엄마와 같이 있던 아이는 더 큰 소리로 울었다.

"증인에게 휴식이 필요한가요?"

판사가 물었다.

'금방이야, 어쩌면 좋니. 엄마가 널 그렇게밖에 못 가르쳤니, 애니?'

그랬어.

난 대답했다.

"아니, 괜찮아요."

"다시 묻겠습니다. 엄마가 아프게 한 아이들을 도와주고 싶었습니까?"

열두 쌍의 눈동자가 날 쳐다보고 있었다. 날 기다렸다.

"네, 아주 많이요."

"하지만 그럴 수 없었죠?"

말라깽이가 말을 이었다.

"증인도 피해자였고 아이들을 학대하고 살인하는 데 사용되는 방이 잠겨 있었기 때문입니다. 제 말이 맞습니까?"

"네."

"누가 열쇠를 가지고 있었는지 이 자리에서 말해주세요."

"엄마가 가지고 있었어요."

"재판장님, 이의 있습니다. 저희는 증인이 그 방에 들어갈 수 있었다는 증거를 가지고 있습니다."

"무슨 증거인가요?"

판사가 물었다.

그러자 한 변호사가 자리에서 일어나 말했다.

"배심원 여러분께서는 제 고객과 증인이 살던 주소지에서 수집한 증거를 자세히 다룬 보고서 5쪽을 봐주시기 바랍니다. '잠겨' 있었다는 방에서 발견된 아이들의 장난감 목록입니다. 증인의 이름이 귀에 수놓인 곰 인형이 있었고 그와 한 세트로 보이는 인형이 증인의 침실에 있었습니다. 저희는 증인이 그 인형들을 소위 '잠겨' 있었다는 방에 가져다두었다고 봅니다."

"재판장님, 피고 측에 그 주장을 뒷받침하는 증거가 있느냐고 물어도 되겠습니까?"

말라깽이가 반박했다.

"증인의 엄마는 증인 의사와 상관없이 이런 물건들을 가져갈 수 있습니다."

"피고 측에서는 반론해보세요."

변호사가 반박을 시작할 때 난 숨을 참았다. 그 사람이 뭐라고 말할지 너무 두려웠다. 변호사의 가운에서 숨겨둔 트럼프 카드가 나올 것 같았다.

"원고 측은 증인이 아닌 다른 사람이 그 방에 장난감을 가져다두었다고 믿게 하려는데, 이는 실현 가능성이 아주 낮습니다. 원고는 제 의뢰인을 무자비한 사람으로 몰아가면서 그런 사람이 아이들이 갇힌 방에 장난감을 가져다놓는 친절을 베풀었을 거라고 생각하나요? 그러지 않을 가능성이 아주 큽니다. 전 증인이 그 답이라고 생각합니다. 아이들을 돌보려고 장난감을 거기에 둔 것은 증인 역시 그 방에 들어갈 수 있었다는 것을 의미합니다."

나는 숨을 내쉬었다. 우리 측에서 예상했던 대답이다. 난 말라깽이가 내게 어떻게 질문할지 알았다.

그리고 어떻게 대답하는지도.

'똑똑한데, 애니? 계속 그랬으면 좋겠구나.'

"제가 피고 측을 웃겨드려야겠군요."

말라깽이가 말했다.

그러고는 내 쪽으로 몸을 돌렸다.

"증거 자료에 그 방에 있었다고 올라와 있는 장난감들을 증인이 가져다둔 건가요? 정말로 그 방에 출입할 수 있었나요?"

"제가 그 방에 장난감을 둔 건 방이 잠기지 않은 채 비어 있을 때였어요. 엄마가 집에 또 누구를 데려오든지 도움이 되었으면 해서요. 그리고 누군가 그 방에 있을 때 전 들어갈 수 없었어요. 열쇠는 단 하나뿐입니다. 엄마가 매일 일하러 갈 때면 자동차 열쇠 묶음과 같이 가지고 나갔거든요."

아직 말하지 않은 변호사가 종이에 무언가를 적더니 밑줄을 그었다. 다른 변호사가 그걸 보더니 고개를 끄덕였다. 그러고는 종이를 들고 내 왼쪽, 그러니까 남자의 오른쪽으로 의자에서 일어나듯 몸을 아주 많이 기울였다. 남자의 오른쪽, 내 왼쪽에 엄마가 있다. 남자는 잠시 기다리더니 엄마가 있는 쪽을 쳐다보고 고개를 끄덕이고는 다시 자세를 고쳐 앉았고 종이는 더 이상 남자의 손에 있지 않았다. 뭐라고 썼든 간에 그걸 엄마에게 준 것이다. 불쾌해서 엄마와 남자 사이에 무언가 오가는 것을 보고 싶지 않았다. 다음 질문으로 넘어가기 직전에 그런 모습이 눈에 들어와 힘겨웠다.

"대니얼 캐링턴이라는 남자아이를 아나요?"

말라깽이가 물었다.

"네, 엄마가 일하던 보호소에서 알게 되었어요."

나는 의도하지 않았지만 배심원을 쳐다보았다. 열두 명 모두 펜을 잡고 가만히 있었다. 메모할 준비가 된 것이었다.

"엄마가 그 애를 집에 데리고 온 날에 대해서 말해주세요. 수요일 저녁입니다."

알아요, 기억해요.

"제가 자고 있을 때 엄마가 데리고 왔어요. 언제나 그랬어요. 아무도 보지 못하도록 밤에 아이들을 데리고 왔어요. 가끔은 약을 먹여서 조용히 하게 만들었고요."

"그러니까 그날 밤에는 대니얼을 보지 못했다는 거죠?"

"봤어요. 엄마가 절 깨웠거든요."

"엄마가 증인을 깨우고 난 뒤 무슨 일이 있었는지 말해주세요."

"벽에 난 작은 구멍으로 가서 누가 왔는지 보게 했어요."

"증인에게 충격을 주려고 한 거군요. 증인이 대니얼을 보호소에서 만난 적이 있어서 알기 때문에?"

"맞아요."

"그래서 어떻게 됐나요?"

"엄마는 그 방으로 들어가서 문을 잠그고 제가 지켜보게 했어요."

"뭘 보게 했다는 거죠?"

"엄마가 그 애에게 한 짓을요. 나쁜 짓을요."

"정리하자면 증인의 엄마가 집에 데려온 어린 소년을 다치게 하는 걸 증인을 깨워서 보게 했다는 거군요. 어린 대니얼 캐링턴을요."

"맞아요."

"그날 밤에 다른 일은 없었나요?"

말라깽이가 물었다.

'난 아직 여기 있어, 애니. 듣고 있어. 모두가 말이야.'

배심원들의 펜이 움직이고 있었다. 그들을 봐선 안 된다. 안전한 곳을 쳐다봐야 했다.

"엄마는 대니얼에게 화가 나서 그 애를 때렸어요."

"증인이 보기에 참 힘들었겠군요. 증인은 대니얼을 알고 좋아했으니까요."

"전 보지 않았어요. 눈을 감았어요."

"그리고 어떻게 되었나요?"

"엄마는 그 방에서 나와 문을 잠그고 자러 갔어요."

"대니얼을 방에 홀로 가둬두고요?"

"네."

"아이가 집으로 와서 증인의 맞은편 방에 머물게 되는 걸 증인이 어떻게 아는지 말해주세요."

"문이 닫혀 있거든요. 누군가가 안에 있을 때만 문이 닫히고 잠겨 있어요."

"그리고 다음 날 증인은 학교에 갔겠군요?"

"네, 엄마가 늘 태워다줬어요."

한 변호사가 오른쪽을 보더니 엄마 쪽으로 고개를 끄덕였다. 뭔가를 확인받은 것이다. 그게 뭐지?

"그래서 그다음에 대니얼을 본 것이 언젠가요?"

"목요일 아침이요."

"벽에 난 구멍으로 보았나요?"

"네."

"대니얼이 그 방에 갇혀 있을 때 대면할 기회가 있었나요? 도와주거나 안아줄 기회가 있었나요?"

"아니요, 문이 항상 잠겨 있었어요. 하지만 엄마가 그 애를 죽인 다음 날인 금요일에 경찰서로 가기 전에 대니얼을 도왔다면 좋았을 거예요."

다른 변호사가 자리에서 일어나 말했다.

"이의 있습니다, 재판장님. 제 의뢰인은 이 죄명과 무관합니다. 부검 결과 대니얼 캐링턴의 사인은 질식사입니다. 아이는 매트리스에 얼굴을 묻은 채로 발견되었고 내일 증인과의 대질 심문을 통해 다른 가능성을 살필 겁니다."

"기각합니다. 증인은 법정이 기대하는 바에 따라 원래의 증언을 잘해주고 있습니다."

다른 가능성. 그게 뭐지? 엄마가 변호사를 자극한 걸까? 엄마가 행맨이라면 밧줄에 목이 걸리는 쪽은 나겠군.

"경찰서에 가지 않고 대니얼을 구했으면 좋았을 거란 말을 한 이유는 뭔가요?"

"제 일이었으니까요……."

연습할 때 검사가 시킨 대로 나는 잠시 말을 멈췄다. 배심원을 우리 편으로 끌어들이는 거라고 말라깽이가 말했다.

"천천히 하세요. 물을 마셔도 좋고요."

말라깽이가 부추겼다.

난 시키는 대로 했다. 말라깽이는 내 역할이 무엇이었는지 재판장에서 말해달라고 했다.

"뒤처리를 하는 거였어요."

"뭘 처리한다는 거죠?"

"엄마가 아이들을 죽이고 난 뒤에 말이에요."

배심원 열두 명 중 아홉 명, 여성 모두와 남성 네 명이 자리에서 움직였다. 그들은 손으로 이마를 비비거나 헛기침을 했다. 포크에 찔린 듯 눈이 보이지 않고 재판이 끝난 뒤 몇 달간 잠을 설칠 것이다. 엄마 때문에 달라질 것이다. 우리 모두 다.

'지금까지는 잘하고 있어, 애니. 관객을 사로잡다니. 하지만 내 변호사는 어떨까. 그들이 어떻게 일하는지 볼래? 내일은 어떠니?'

나는 다시 물을 마시고 배심원의 머리 위 명판에 집중하려고 했지만 명판이 계속 움직였다. 흐려졌다가 뚜렷해지기를 반복하며 전에 비해 절반 이상 흐리게 보였다.

"녹화 진술에서 증인은 엄마가 대니얼을 죽였다고 주장했습니다. 그 방에 들어가지 못하는데 어떻게 알 수 있나요?"

말라깽이가 질문을 이어갔다.

"벽에 난 구멍으로 엄마가 하는 짓을 보았어요."

"이의 있습니다, 재판장님."

"기각합니다. 증인은 진술을 계속하세요."

"정확히 뭘 봤나요?"

말라깽이가 물었다.

"대니얼을 집으로 데리고 온 목요일 저녁에 엄마가 방으로 올라 갔어요."

"놀이방이라고 부른다는 그곳 말입니까?"

"네, 엄마는 항상 같이 가서 보라고 하는데 그날은 그러지 않았어요. 그래서 조금 뒤에 올라가봤어요."

"왜 그랬나요?"

"대니얼이 걱정돼서요. 그 애를 돕고 싶어서 위층으로 올라갔고 구멍으로 들여다봤어요."

"증인이 본 걸 말해주세요."

말을 못 하겠어.

재판장 안이 약간 돌기 시작했고 눈앞에 있는 얼굴들도 그랬다. 펜을 쥔 손들. 반짝이는 손톱. 그만 좀 끼적댔으면 좋겠다. 뭘 적고 있는 거지? 나에 대해서? 그들이 기록할 대상은 내가 아닌데.

"다시 질문할까요?"

말라깽이가 물었다.

"네, 그래주세요."

내가 대답했다.

"증인의 엄마가 대니얼을 집으로 데리고 온 다음 날인 목요일 저녁, 증인은 벽에 난 구멍으로 무엇을 보았나요?"

"엄마가 대니얼 얼굴에 베개를 대고 있었어요. 안으로 들어가고 싶었지만 엄마가 안에서 문을 잠갔어요."

눈물이 나는 것 같았고 그 애가 보였다. 자기 엄마를 찾던 대니얼이. 침대에 누운 그 애는 조그마했다.

"증인이 힘들어 보이는데 이쯤에서 잠시 휴정하는 것이 어떨까요?"

판사가 물었다.

"제대로 마치고 싶어요."

"당연히 그럴 수 있습니다. 하지만 증인, 괜찮겠어요?"

판사가 고개를 빼고 안경 너머로 날 쳐다보며 물었다.

난 괜찮다고 대답했다. 대니얼은 물론 다른 아이들에게도 빚을 졌다.

"증인의 엄마가 대니얼의 얼굴에 베개를 얼마 동안 대고 있었는지 말해주세요."

"오랫동안이요. 그 애가 죽을 정도로 충분히 오래."

"이의 있습니다, 재판장님. 증인은 의학 전문가가 아니므로 사람이 질식해 죽을 때까지 시간이 얼마나 걸리는지 판단할 수 있는 자격이 없습니다."

"인정합니다. 배심원께서는 증인의 마지막 말은 고려하지 말아주시길 바랍니다."

"목요일 밤 증인이 마지막으로 본 대니얼에 대해 말해주세요. 그 아이가 어디에서 뭘 하고 있었나요?"

말라깽이가 물었다.

"침대에 누워 있었는데 움직이지 않았어요. 엄마가 거실로 내려가고 나서 제가 구멍으로 그 아이를 불렀지만 대답이 없었어요. 그리고 다시는 움직이지 않아서 그 애가 죽은 걸 알았어요."

"그리고 증인은 다음 날 바로 경찰서에 가서 엄마를 고발했지요."

"맞아요. 대니얼의 죽음이 너무 힘들었어요. 멈추게 하고 싶었어요. 모든 걸 다 끝내고 싶었어요."

왼쪽에서 누군가가 숨을 내쉬었다. 엄마였다. 날 불안하게 만들려는 것일 수도 있었다. 체스판의 장기가 움직였다. 비숍이나 킹이다.

말라깽이가 엄마가 날 어떻게 조종하고 두렵게 만들었는지 질문했다. 엄마는 조용히 위협하면서 내 얼굴에 횃불을 갖다 댔다. 잠을 자지 못하게 게임을 시키면서 정신적으로 고문하고 육체적으로도 공격했다. 밤에 있었던 일도 마찬가지다. 배심원 중 몇몇은 내 이야기를 들으며 움찔하고 눈을 깜박였다. 난 말라깽이가 이럴 줄 알았다. 그는 엄마가 미치지 않았고 수년간 이런 방식을 꾸준히 사용하면서도 존경받을 만한 일을 계속해나갔다는 점을 법정에서 드러내야 한다고 말했다. 엄마가 나에게 지하실에 시신을 보관하게 했다고 말하자 배심원 열두 명 모두가 몸을 움직였다. 불편함을 느낀 것이다.

질문이 거의 끝나갔고 아직 쓰러지지 않았으니 잘하고 있는 것이었다. 이제 엄마 목소리는 들리지 않았다. 내가 반격하고 있었다.

말라깽이가 배심원들을 쳐다보더니 말했다.

"보시다시피 지금 증인석에 서 있는 증인은 아주 어린 나이에 이미 아들이 있는 집에서 남자아이처럼 길러졌다는 점을 잊지 않아야 합니다."

'그 애를 데려갔어.'

오빠는 도망친 거야.

'다시는 그렇게 말하지 마, 애니. 절대로.'

"이의 있습니다, 재판장님. 이것이 어떤 관계가 있나요?"

"동의합니다. 검사 측에서는 현재 문제만 다뤄주세요."

"증인은 현재 나이를 말해주겠습니까?"

"열다섯 살이에요."

"열다섯입니다, 여러분. 증인의 엄마가 성적으로 학대하기 시작한 것이 언제부터인지 말해주겠어요?"

"이의 있습니다, 재판장님."

"인정합니다. 이번 사건과 무관합니다."

다섯 살이었어. 내 다섯 살 생일 파티 날 저녁에.

"질문은 여기까집니다, 재판장님."

"증인은 이제 나가도 좋습니다."

준은 아줌마와 아저씨에게 내가 '굉장했다'며 아주 잘했다고 말했다. 두 사람 모두 안심한 얼굴로 다음 날 아침 9시에 다시 날 데리고 오겠다고 했다. 건물을 나설 때 눈을 감고는 도로를 몇 개 지나고 난 뒤에 떴다. 집에 와서 점심을 먹고 좀 누워야겠다고 말하니 아저씨와 아줌마는 고개를 끄덕였다.

"자고 싶은 만큼 푹 자렴. 네가 저녁 먹으러 내려오지 않으면 깨우러 갈게."

마이크 아저씨가 말했다. 모건은 학교를 땡땡이쳐서 저녁에 날 보러 올 수 있다고 메시지를 보냈다. 나는 좀더 일찍 오라고 했고 시간을 다시 알려주겠다고 답장했다. 아저씨와 아줌마가 건물 앞쪽에 있어서 난 방에 들어오자마자 전화를 걸었다. 그리고 서두르라고 말했다. 그 애는 몇 분 안에 숨을 헐떡이며 발코니에 나타나서는 보모는 적성에 안 맞는다며 농담했다. 우리는 침대에 서로 반대로 누웠고 모건이 발가락으로 계속 내 얼굴을 간질였다. 난 발을 간질이며 그만하지 않으면 물어버릴 거라고 했다. 모건은 웃으면서 그 모습을 보고 싶다고 했다.

안 돼. 난 머릿속으로 이렇게 말하고는 몸을 일으켰다.

"어째서 너도 학교를 빼먹은 거야?"

모건이 물었다.

"법정에 가서 엄마에 대한 질문에 대답해야 했거든."

"왜? 몇 년간 그 여자를 못 본 줄 알았는데."

난 또다시 거짓말했다. 누가 뭘 알고 있는지를 기억하는 일은 성가시다.

"내가 어릴 때 엄마가 어땠는지 알고 싶어 해서."

"어땠는데?"

"그 이야기는 하고 싶지 않아."

"어떻게 그 여자가 한 짓을 아무도 모를 수 있어?"

"굉장히 똑똑했거든."

"어떻게?"

"사람들은 엄마를 좋아하고 믿었어. 사람을 속이는 법을 잘 알았어."

"어릴 때 일을 다 기억하는 거야?"

"응, 그런 것 같아. 뉴스에서도 봤고."

"아버지가 돌아가셨을 때 형제자매가 없어서 많이 외로웠겠다."

난 고개를 끄덕였다. 사실이다. 루크 오빠가 떠났을 때 외로웠다. 법정에서 오빠에 대해 묻지 않아서 다행이었지만 배심원은 왜 오빠와 달리 내가 쉽게 떠나지 못했는지 궁금해할 것이다. 오빠는 온갖 싸움에 연루되고 도둑질을 했다. 집보다 나은 곳에서 벌을 받으려고 무슨 짓이든 했다. 엄마에 대한 진실을 말하는 것만 빼고. 수년간 엄마가 오빠에게 한 부끄러운 짓을 알리는 일은 빼고 말이다.

"네가 살던 곳은 어땠어?"

모건이 물었다.

"그건 왜?"

"여기랑 정말 많이 달라?"

"나무가 많은 시골이야. 어디든 새가 있어서 몇 시간이고 지켜보곤 했지."

"어떤 종류의 새인데?"

"찌르레기."

찌르레기의 중얼거림.

"그 새들은 곤충처럼 떼 지어 움직이면서 한 몸처럼 날아오르고 하강해. 날개를 퍼덕이고 기울여서 비밀스럽게 이야기하지. 위로 날아오르고 아래로 내려가고 사방을 돌면서 절대 멈추지 않아."

"비밀스럽게 이야기한다고? 짹짹거리고 뭐 그런 거야?"

"아니, 더 아름답고 은은하게."

"왜 그 새들은 항상 그렇게 위아래로 움직여?"

"그래야 큰 새들이 따라잡지 못하거든."

"그 여자가 붙잡힌 건 충분히 움직이지 않아서 그렇다고 생각하는 거야?"

"어쩌면."

"그래서 기분이 안 좋아? 물론 그건 네 잘못이 아니지만 그래도 네 엄마니까."

"그들이 밤에 날 찾아와."

"누가?"

"내게 도와달라는데 난 그럴 수 없어."

"누굴 말하는 거야? 넌 좀 이상해. 그러지 마, 무섭단 말이야."

난 그냥 나야.

"다른 이야기 하자, 밀리. 네가 살던 곳의 새에 대해서 또 들려줘."

창백한 피부에 주근깨가 난 모건의 얼굴을 보니 마음이 편안해졌다. 난 침대 끄트머리로 가서 모건과 나란히 누웠다.

"준비됐어?"

내가 물었다.

"응."

"늦은 밤이었어. 침실 개수대에서 손을 씻는데 뒤에서 뭔가가 창문을 긁는 소리가 나는 거야."

"무서웠어?"

"아니, 돌아보니 그게 있었어."

"뭐였는데?"

"그게 눈을 크게 뜨고 날 쳐다보는데 왕방울 같은 눈 주위가 흰색이었어."

"뭐였는데?"

"올빼미가 창문으로 날 보고 있었어. 내게 알려주려고 고개를 빙글빙글 돌렸어."

"뭘 알려주는데?"

"내가 한 짓을 다 봤거든."

"무슨 말이야? 네가 뭘 했는데?"

"시키는 일을 했어."

"누가 시켰는데?"

"그건 중요하지 않아."

"그래서 어떻게 됐어?"

"올빼미가 날아갔어. 올빼미가 그 자리에서 지켜보기에는 너무 끔찍한 짓을 했거든."

모건은 웃음을 터트리며 내가 터무니없는 소리를 잘한다며 연기자를 해도 되겠다고 말했다.

"아직 이야기 안 끝났어."

"그래서, 이제 올빼미가 되돌아왔다고 말할 거야?"

"아니, 다시는 올빼미를 보지 못했지만 자주 생각해. 그 얼굴과 따뜻한 마음씨. 창문으로 날 들여다보고는 떠났어. 도망친 거지."

올빼미가 본 건 사랑해주기엔 너무 추악했거든.

28

오늘 어떻게 법정에 갔는지 잘 기억나지 않는다. 난 크림색으로 칠해진 방에 있었다. 다시 증인석에 앉았고 한 변호사와 마주보았다. 악마. 자세히 살펴보았지만 별다른 점이 없었다. 양복에 가운을 걸치고 심각한 표정에 손가락에는 반지가 보이지 않았다. 싱글일까? 이혼남? 집에 안아볼 자식이 있는지 의심스러웠다. 만약 아이가 있다면 어떻게 엄마를 변호할 수 있을까?

그는 검사보다 자기가 낫다고 생각하며 천천히 주도해나갔다. 그가 목표에 도달할 때까지 난 알아차리지 못했다.

내 목을.

내 숨통을 조여오는 것을.

"아이들과 어울리는 걸 좋아하나요?"

"네."

"그래서 대니얼 캐링턴을 알게 된 거죠?"

"무슨 뜻인지 모르겠어요."

"엄마 직장에서 대니얼과 놀지 않았나요?"

"네, 한두 번 그랬어요."

"한두 번이라고요? 지금 제 손에 대니얼 엄마와 그녀의 보호소 옆방에 살던 여성이 작성한 진술서가 있습니다. 두 사람 모두 증인이 몇 주 동안 수차례 대니얼과 놀아주었고 아주 잘 보살폈으며 먹을 것도 줬다고 말했습니다. 그게 사실인가요?"

날 심판하는 자리가 아니고 대중에게 공개되는 것도 아니었지만 머릿속에서 비명이 들리는 것 같았다.

도살장에 끌려가는 것 같았다.

변호사의 질문은 내가 연습한 것과 비슷했지만 엄마에게서 숨느라 밤새 잠을 자지 못해서 어떻게 대답해야 할지 기억나지 않았다.

"증인은 대답해주세요. 몇 주간 대니얼과 수차례 놀아준 것이 맞습니까, 아닙니까? 간단히 예, 아니요로 대답해주세요."

"네."

난 거짓말쟁이처럼 보일 것이었다. 배심원이 종이에 뭔가를 기록했다. 잘 잡아둔 마음속 매듭이 풀리기 시작하더니 그 안에 들어 있는 것이 조금씩 삐져나왔다. 그가 갑자기 질문의 방향을 바꾸자 더욱 그렇게 되었다. 항로를 이탈했다. 전략적으로. 좋지 않은 방향으로.

"오빠가 보호 시설로 가게 되었을 때 증인과 상담했던 사회복지사에게 왜 오빠가 엄마에게 학대당했다고 말하지 않았나요? 왜 거짓말했나요?"

말라깽이가 곧장 자리에서 일어나 변호했다.

"이의 있습니다. 재판장님. 억지 주장입니다. 상담 당시 증인은 고작 네 살이었습니다."

"인정합니다. 이 사건과 무관하며 피고 측은 미성년과 대화한다는 점을 잊지 말아주세요."

몇 주 동안 우리는 병동에서 오빠를 면회하려고 했지만 오빠는 방에서 나오지 않았고 엄마나 내가 근처에 오는 것도 허락하지 않았다. 오빠는 나보다 용감했다. 사람들에게 말하지 않은 건 미안하지만 외부에 알리지 않은 건 오빠도 마찬가지였다. 난 무서웠고 엄마는 오빠와 즐거운 게임을 했으며 오빠도 그것을 좋아했다고 날 구슬렸다. 의료진은 오빠에게 행동 장애가 있다는 이유로 오빠를 집으로 돌려보내려고 했다. 비행은 오빠 잘못이 아니라 아빠가 떠난 데 대해 뒤늦게 보이는 반응이라고. 우리가 떠난 날 밤 오빠는 면회실을 작살냈고 의사는 오빠가 폐쇄 병동에 남는 것이 모두를 위해 좋을 거라고 했다. 나도 병원보다 집이 더 무서웠기에 그들에게 알리고 도망치는 방법을 알고 싶었다. 그때부터 엄마의 도우미가 되었지만 엄마를 만족시킬 수는 없었다. 난 남자애가 아니었기 때문이다.

변호사가 판사를 쳐다보고 말했다.

"제 의뢰인이 대니얼 캐링턴을 죽이는 것을 보았다는 주장에 대해 증인에게 질문하고 싶습니다."

판사는 날 쳐다보고는 준비되었는지 물었다. 난 그렇다고 말해야 했다. 마이크 아저씨가 여기에서 벗어나는 길은 정면 돌파뿐이라고 한 말이 머릿속에서 울려 퍼졌다.

"네, 준비됐어요."

난 판사에게 이렇게 대답했다. 판사가 고개를 끄덕였고 변호사가 질문을 이어나갔다.

"증인은 엄마가 대니얼을 죽이는 걸 보았다고 했습니다."

"네, 그랬어요. 그런 것 같아요. 엄마가 방을 나간 뒤 그 애가 움직이지 않았으니까요."

"그런 것 같다고요? 녹화 진술에서 증인은 엄마가 아이들 아홉 명을 죽이는 모습을 모두 보았다고 말했습니다. 이제 와서 엄마가 대니얼을 죽였는지 확신하지 못한다는 건가요?"

"확신해요. 그냥 설명하기 어려울 뿐이에요."

'아니잖아, 애니.'

엄마는 루크 오빠에 관한 이야기가 나올 때는 잠잠하더니 자세가 바뀌었다. 자리에서 몸을 앞으로 내밀고 기다리고 있었다.

"뭘 설명하기 어렵다는 건가요?"

변호사가 물었다.

내 안의 매듭이 또 하나 풀려 속에 든 것이 더 많이 삐져나왔다. 입이 말랐다. 오른쪽에 놓인 물 잔을 집는데 손이 떨려서 물을 조금 쏟았다. 난 벼랑 끝에 내몰렸다.

"그 애가 움직이지 않았으니 엄마가 죽인 것이 맞아요."

내가 대답했다.

"하지만 장담할 수 없지 않나요? 대니얼의 사인은 질식사인데 방에 갇혀 부상을 당한 채 매트리스에 남겨진 것이 사인이 될 수도 있지 않을까요? 그렇다면 제 의뢰인이 직접 죽인 것이 아닙니다."

"아니요. 그렇게 생각하지 않아요. 확신이 안 들어요."

"오늘따라 확신하지 못하는 게 많군요. 제 의뢰인이 말하길 아이들이 있던 방에 들어갈 수 있는 열쇠 여분이 있고 그걸 증인이 가지고 있었다고 하던데 그 점에 대해서는 어떻게 말할지 궁금합니다."

"이의 있습니다, 재판장님. 증인은 이곳에 처벌을 받으러 나온 것이 아닙니다."

뚱보가 말했다.

"인정합니다. 피고 측은 궁금증을 자극하는 내용 말고 증인에게 질문하는 데만 집중해주세요."

변호사는 고개를 끄덕이더니 날 향해 걸어왔다.

"대니얼을 마지막으로 어디에서 봤나요?"

"엄마가 놀이방이라고 부르는 곳 침대에서 봤어요."

"어떤 자세로 누워 있었는지 말해주겠어요?"

"등으로 그러니까 앞으로, 얼굴이 매트리스 쪽으로 향하게 누워 있었어요."

배심원의 눈동자가 날 매섭게 쳐다보았다. 슥슥슥, 슥슥슥. 거짓말쟁이. 그들은 날 그렇게 생각한다. 숨이 가빠왔다.

"어느 쪽이죠? 바로 누운 자세인가요, 엎드려 누운 자세인가요?"

난 사스키아 아줌마가 준 크리스털을 꼭 잡았다. 관절에서 두두둑 하고 소리가 났다. 준이 악마의 변호사를 상대하는 일이라고 한 말이 맞았다는 생각밖에 들지 않았다.

'밀리가 잘할 수 없다면요? 증인석에 서는 일이 너무 가혹하다면요?'

판사는 어제 그랬던 것처럼 내게 휴식이 필요한지 물었다.

그럴 수 있다면 쉬고 싶어요.

"아니, 괜찮아요."

변호사가 질문을 이었다.

"그러니까 정확히 대니얼이 어떻게 누워 있었나요?"

지하실에 아이 여덟 명이 있고 아홉 번째 아이가 죽었다면 누구 책임일까?

"엎드려서 얼굴을 묻은 자세였어요."

내가 대답했다.

"확실한가요?"

난 고개를 끄덕였다.

"질문에 대답해주시기 바랍니다."

"네, 확실해요."

내 침묵이 피비를 불안하게 하듯 엄마의 침묵도 그랬다. 자신감이다. 엄마는 그렇게 느끼고 있다. 엄마는 내가 실수하길 기대하지만 사실은 그러지 않기를 바랄 것이다. 엄마가 날 얼마나 잘 가르쳤는지 증명해볼 수 있는 자리니까. 건물 꼭대기에 매달린 손가락에서 힘이 빠지고 있다. 발아래 까마득한 곳으로 떨어질 것 같다.

"제 의뢰인이 주장하기를 대니얼을 집으로 데려온 다음 날인 목요일에 의뢰인은 출근했고 예상치 못하게 늦게까지 일하게 되었다고 했습니다."

변호사는 날 향해 몸을 돌렸다.

"증인은 학교 버스를 타고 집에 왔다고 운전사가 확인했습니다. 그 일을 기억하는 건 증인이 어제 말했다시피 늘 의뢰인이 증인을 태워다주었기 때문이고 그 말은 곧 의뢰인이 집으로 돌아오기 전까지 두 시간 동안 증인이 집에 혼자 있었다는 뜻입니다. 제 말이 맞나요?"

어제 엄마가 날 차로 태워다줬다고 말한 부분에서 엄마 쪽으로 고개를 끄덕였다. 몸에서 열이 올라왔다. 숨을 쉴 수가 없었다. 너무 힘들었다. 엄마와 나 모두 증인으로 이 자리에 있다. 엄마가 보였다. 가슴이 죄어왔다. 머리가 어지러웠다. 난 변호사에게 다시 질문해달라고 했다.

배심원석 둘째 줄에 앉은 한 여성이 어떤 메모에 동그라미를 치더니 날 쳐다보았다. 난 눈길을 돌리고 변호사가 이제 무엇을 물어볼지 집중하려고 했지만 우리가 준비한 질문이 아니라서 소용이 없었다. 난 검사에게 내가 집에 혼자 있었다고 말한 적이 없고 그들도 내게 그 사실을 물어본 적이 없으며 이건 내 재판이 아니니 그날 엄마가 날 집에 데려다줬는지 내가 버스를 탔는지 알아볼 필요가 없었다. 검사 측은 얼굴이 굳었다. 난 오늘 잘하지 못했고 미안하지만 내가 진실을 말한다면 상황은 더욱 나빠질 것이다. 내 가슴속에 갇혀 있는 비둘기를 내보내 임무를 수행하게 한다면. 메시지를 전달하게 한다면.

변호사는 대니얼이 그 방 안에 살아 있던 목요일 오후 내가 집에 혼자 있었는지 물었다.

"네."

나는 대답했다.

말라깽이와 뚱보가 서로 쳐다보았고 난 그들의 생각을 알 수 있었다. 이건 둘에게 정말 나쁜 뉴스이며 새로운 소식을 알기에는 좋은 때가 아니라고 여기는 것이었다. 변호사는 나의 급박함, 끝내고 싶어 하는 심정을 눈치채고 내 목을 조이려고 계속했다. 그는 목소리를 낮추고 한층 부드럽게 날 안심시키며 구슬리려고 했다.

"대니얼이 있는 방문을 열려고 했나요?"

그렇다고 대답하려는데 누군가 기침했다. 엄마였다. 엄마라는 걸 알았다. 나는 엄마의 모든 소리를 안다. 그런데 왜 그랬을까? 내 대답이 걱정돼서, 내가 압박감에 더는 못 버텨서 게임이 끝나버릴까봐? 그러면 실망하겠지. 결말이 허무해지겠지. 그건 내 스승인 엄마를 반영하는 꼴이니까. 걱정 마, 망치지 않을 테니까. 그렇게 생각해보지 않았다면 거짓이겠지만. 진실의 맛이 어떨지 궁금해 말하고 싶은 유혹이 들었다. 어떤 기분일까. 진실을 말할 가치가 있을까 아니면 계속 뱀과 아홉 명의 작은 유령이 발밑에서 얼쩡거리는 걸 보면서 살아야 할까. 무시해야 할까.

"증인의 집중력이 흐트러진 것 같으니 다시 질문하겠습니다. 문을 열려고 했나요?"

"네, 그랬어요. 하지만 잠겨 있었어요."

"그러니까 대니얼이 있는 곳으로 들어가지 못했단 말인가요?"

"맞아요."

"한 번도 그 방에 들어간 적이 없고 대니얼을 만진 적도, 위로하려고 한 적도 없나요?"

"아니요, 있어요."

"어느 부분인가요? 방에 들어갔다는 건가요, 아니면 위로하려고 했다는 건가요?"

"위로하려고 했어요."

"어떻게요?"

'안녕, 애니.'

손에서 크리스털이 떨어져 물 잔이 놓인 탁자 아래로 떨어지면서 나무로 된 증인석을 울렸다. 너무 많은 눈이 날 쳐다보고 있었다. 준을 쳐다보자 그녀는 그냥 두라고 신호를 보냈지만 난 몸을 구부리고 크리스털을 주워서 다시 보이지 않게 숨기고 싶었다.

"대니얼을 어떻게 위로했나요?"

변호사는 핏불테리어였다. 한번 물면 놓지 않았다. 절대로.

"벽에 난 구멍으로 이야기했어요."

"구멍으로 이야기할 때 그는 살아 있었나요?"

"네."

"대니얼에게 뭐라고 말했나요?"

"미안하다고. 곧 끝날 거라고. 다 괜찮을 거라고 했어요."

사실이다.

"뭐가 곧 끝난다는 건가요? 그걸 어떻게 알죠, 증인은 엄마가 아닌데? 그곳에 얼마나 갇혀 있을지 모르잖아요."

"그 애 기분이 나아지게 해주고 싶었어요."

사실이다.

"그때 대니얼은 어떻게 하고 있었나요?"

"울면서 자기 엄마를 찾았어요."

사실이다.

"그러니까 대니얼이 집에 있는 동안 직접 접촉할 기회가 없었군요?"

"네."

"감식반이 증거를 살펴본 결과 대니얼의 옷에서 증인의 DNA가 나왔다고 한다면 그 점에 대해서는 어떻게 말할 건가요?"

"이의 있습니다, 재판장님. 증인은 보호소에서 피해자와 접촉한 적이 있습니다. DNA는 그때 옷을 통해 쉽게 전해질 수 있었습니다."

"인정합니다."

쌕쌕거리는 소리나 뜨뜻한 느낌도 없이 코피가 흐르기 시작했다. 붉은 피가 입을 타고 턱으로 흘러 단상 위로 떨어졌다. 모든 사람이 살인자의 딸이 피를 묻히고 서 있다는 듯 쳐다보았다. 나를 내보내라고, 어서 치워버리라고 말하고 싶을 것이다. 뚱보가 휴정을 요청했다.

"증인에게 휴식이 필요한가요?"

판사가 물었다.

안내원이 건네준 화장지를 받아 코를 감쌌다. 머리가 멍했다. 무슨 말을 했는지 기억나지 않았다. 진실. 아니요. 네. 난 진실을 말하고 싶다.

"재판장님, 증인이 힘들어하는 게 안 보이시나요?"

뚱보가 일어나서 물었다.

"그렇긴 합니다만 꼭 해야 할 질문들이 있으니 빨리 끝낼수록 증인이 집에 갈 수 있는 시간도 빨라질 겁니다."

판사가 말했다.

난 지금 당장 집에 가고 싶어.

'네겐 더 이상 집이 없어. 너도 그걸 알잖아, 애니.'

난 화장지로 코를 막고 숨을 길게 내쉰 뒤 다음 질문을 기다렸다.

"그러니까 대니얼이 그 방에서 울면서 엄마를 찾았군요. 그리고 어떻게 되었나요?"

"엄마 차가 진입로로 들어오는 소리가 들려서 아래층으로 내려갔어요."

"엄마와 대화했나요?"

"아니요. 엄마는 집에 오자마자 절 지나치고 위층으로 올라가서 대니얼이 있는 방으로 갔어요."

"엄마가 문을 열었나요, 아니면 이미 열려 있었나요?"

"그랬어요. 제 말은 문이 잠겨 있었고 엄마가 열었어요. 절 지나칠 때 손에 열쇠를 가지고 있었어요."

"그래서 증인은 어떻게 했나요?"

"조금 뒤에 위층으로 올라갔어요."

"그리고 제 의뢰인이 대니얼의 얼굴에 베개를 가져다 대고 있는 걸 구멍으로 보았다는 거군요, 맞나요?"

"네, 그 이후로 대니얼은 움직이지 않았어요."

"구멍 앞에서 얼마나 서 있었나요?"

"확실히 모르겠어요."

"대략 몇 분? 몇 시간인가요? 아니면 밤새도록?"

"아니요, 몇 분인 것 같아요. 엄마가 방에서 나와서 함께 저녁을 먹으러 아래층으로 내려갔어요."

사실이다.

"그리고 다시 올라가봤죠? 구멍으로 보려고."

"네, 그 애를 위로해주려고 갔어요."

사실이다.

"하지만 피해자는 죽었고 증인은 엄마가 피해자를 죽이는 것을 보았다고 말했어요. 이미 죽었는데 왜 다시 올라가봤나요?"

"잘 모르겠어요."

"피해자가 죽었는지 확신하지 못했다는 말인가요?"

"아니요, 그 앤 죽었어요. 움직이지 않았어요."

다른 변호사가 내 왼쪽에서 노트를 건네받았다. 엄마였다. 속이 불편해졌고 뜨거운 풍선이 터지려는 것 같았다. 변호사는 쪽지를 읽더니 동료에게 전해줘도 되겠느냐고 판사에게 물었다. 질문과 관련이 있다면 그래도 좋다고 판사가 대답했다. 내 앞에 서 있던 변호사가 걸어가더니 종이를 가져와서 읽고는 고개를 끄덕였다. 난 배심원을 쳐다보았다. 대니얼의 유령이 그들 옆에 서 있었다. 대니얼은 고개를 흔들더니 떨구고 울기 시작했다. 언젠가 엄마는 우리가 한 꼬투리에 들어있는 완두콩 두 쪽과 같은 사이라고 말했다. 아주 똑같다고. 막대기와 돌멩이가 내 뼈는 부술지 몰라도 이름은 결코 해치지 못할 거라고.

거짓말이다.

변호사가 다시 내게 다가와서 엄마가 건네준 종이를 손에 들고 말했다.

"감식 전문가는 대니얼의 사망 추정 시간이 증인이 집에 혼자 있던 시간이라고 결론 내렸습니다. 그러니까 앞서 생각한 것처럼 제 의뢰인이 돌아온 뒤가 아니라는 겁니다. 이 점을 어떻게 생각하나요?"

"이의 있습니다, 재판장님."

"기각합니다. 증인은 대답하세요."

코피는 멈췄지만 화장지를 받기 전에 피가 떨어진 것 같았다. 셔츠 앞쪽에 생긴 얼룩은 크로마토그래피 종이 위의 잉크 같았다. 배심원석에 있는 한 여성이 울 것 같은 표정을 지었다. 자녀가 있는 것이었다. 미안하게도 내가 그렇게 만들었다.

"모르겠어요. 확실하지 않아요."

변호사는 잠시 손에 든 메모를 쳐다보더니 내게 기다리게 했다. 자기가 준비될 때까지. 고문은 천천히 할수록 좋은 법이니까. 변호사가 가까이 다가오자 웨스트 교수님 것과 같은 갈색 신발과 남색 핀스트라이프 정장이 가운 아래로 드러났다. 그는 걸어오면서 고개를 끄덕이고는 내 바로 앞에서 멈춰서 이렇게 말했다.

"증인이 왜 확신하지 못하는지 알 것 같아요. 대답하기 어렵죠? 증인의 엄마가 증인에게 열쇠 여분이 있다고 주장하고 있고, 증인의 DNA가 대니얼의 옷에서 발견되었고, 이제 증인이 집에 혼자 있을 때 피해자가 사망했다고 추정하니까요. 이런 증거들을 바탕으로 전 이렇게 질문할 자격이 있다고 봅니다. 증인은,"

말라깽이가 말을 막았다.

"이의 있습니다, 재판장님. 피고 측에서 선동하고 있습니다."

"기각합니다. 하지만 피고 측은 조심해주길 바랍니다."

변호사는 고개를 끄덕였지만 다리를 넓게 벌리고 어깨를 쭉 펴고 선 자세로 보아 날 조심히 다뤄줄 생각 따위는 없는 것 같았다. 먹잇감을 추격하게 되어 기쁜 자세였다. 그의 먹잇감은 나다. 변호사는 날 쳐다보며 눈동자가 좁아지더니 숨을 들이쉬며 가슴을 곧게 폈다. 그의 순간이었다. 그는 그동안 쌓아온 것을 모아 강력하게 주먹을 날렸다.

"대니얼을 죽인 건 제 의뢰인이 아니죠? 피해자가 죽던 날 밤에 무슨 일이 있었는지 사실대로 말해주세요."

말라깽이와 뚱보가 '이의 있습니다'를 외쳐대는 통에 아무도 내 대답을 듣지 못했다.

"이의 있습니다, 재판장님. 이건 증인에 대한 협박입니다."

둘 다 자리에서 일어났다.

"증인은 미성년자이며 여기는 증인을 심판하는 자리가 아닙니다."

배심원은 혼란스러운 표정으로 펜대를 씹었고 앞줄에 있던 한 남성은 손을 들어 누가 아느냐는 식의 몸짓을 취했다. 준도 자리에서 일어났지만 평소처럼 '좋은' 표정은 아니었다. 보이지 않는 사람은 엄마뿐이었다. 하지만 난 알 수 있었다. 엄마가 이런 사태를 유도했고 웃으며 즐기고 있다는 걸.

난 거짓말했다.

그게 내 대답이었다.

난 다시 말했다.

"제가 거짓말했어요."

내가 거짓말했다고 두 번 더 말했을 때 판사가 손을 들어 올려 소란을 잠재웠다.

"증인이 하는 말을 들어봅시다."

자, 엄마. 이제 엄마가 기다리던 순간이야. 내가 무너지고 엄마가 이기는 순간이지.

"제가 거짓말했어요."

변호사만 근육을 움직일 뿐 모두가 숨을 죽였다. 누구도 발을 바꾸거나 다리를 꼬거나 풀거나 메모하거나 하지 않았다. 변호사가 다시 걸어와 내 앞 단상에 손을 올리고 친근한 몸짓을 보였지만 그는 친구가 아니라 굶주린 사냥꾼이었다. 먹이를 원했다. 그는 핵심

중인인 내게서 거짓말이 알파벳순으로 줄줄이 딸려오기를 바라고 있었다. 난 그날 밤 일을 생생히 기억한다. 그 자리에 있었고 무슨 일이 일어났는지 안다.

"무엇에 관해 거짓말했나요?"

그가 물었다.

난 고개를 끄덕였다. 그들에게 말할 수 있다, 괜찮다. 난 대니얼을 도우려고 했고 최선을 다했다. 그 애를 위험에서 구해주고 싶었다. 사실이다. 난 그들에게 미안하다고. 정말로 미안하다고 사실이라고 말할 것이다. 검사 측 얼굴이 굳었다. 준, 검사, 판사까지.

"무엇에 관해 거짓말했나요?"

변호사가 재차 물었다.

"대니얼에게 거짓말했어요. 벽에 난 구멍으로 이야기할 때 모든 것이 괜찮을 거라고요. 그렇지 않을 것을 알고도 그렇게 말할 수밖에 없었어요. 제가 그 애를 실망시켰어요. 그게 제가 한 거짓말이에요."

난 울음을 터트렸고 다시 코피가 흐르며 눈물과 섞였다. 변호사는 실망해서 얼굴이 조금 구겨졌다. 아직 식사 시간이 아니야, 당신도 알잖아.

그러니 이제 꺼지라고.

변호사는 단상에서 손을 뗐지만 내게서 시선은 거두지 않았다. 그는 계속할 수 있지만 사실을 증명할 수 없고 시간이 다 되었으니 나를 추궁하면 미성년을 압박하는 것밖에 되지 않는다는 걸 알았다. 그는 걸어가서 자리에 앉고선 내가 기다리던 말을 했다.

"이상입니다, 재판장님."

"증인은 자리를 떠나도 좋습니다."

파도가 밀려들었다. 자유의 몸이 되니 슬픔이 덮쳤다. 난 움직이지 못한 채 칸막이를 쳐다보았다. 엄마에게 달려가서 엄마의 자궁으로 도로 들어가고 싶었다. 다시 태어나서 날 평범하게 사랑해주는 엄마 밑에서 역사를 새로 쓰고 싶었다. 완전히 새롭게. 판사가 다시 말했고 준이 날 데리러 왔다.

"이제 그만 가도 좋아요, 밀리."

판사가 말했다.

판사도 지쳤다. 그의 가발은 육중했다. 더웠다. 판사는 내 새 이름을 큰 소리로 말했다.

규칙을 어겼다. 엄마는 여우를 보고 달려드는 하운드처럼 반격했다.

"그 애 이름은 애니예요."

모든 사람이 엄마 쪽으로 고개를 돌렸다. 엄마 목소리는 그들이 예상한 괴물이나 미친 사람처럼 들리지 않았다. 자식을 걱정하는 엄마의 목소리였다. 그걸로 내 모든 것이 해결되어 난 엄마에게 달려가지 않아도 되었다. 법정 안은 판사의 실수로 웅성거렸고 수군거림은 목소리가 되어 터져 나왔다.

"정숙하세요."

판사가 말했다.

판사의 힘과 권위가 다소 줄어들어 법정 안이 조용해지는 데는 더 긴 시간이 걸렸다. 하지만 엄마는 한마디 말로 모든 걸 바꾸어놓았다. 엄마의 목소리는 공기 중에 낮게 떠다니는 비구름이자 우박이 되었다. 폭풍우가 되었다.

준이 내 팔을 잡았고 나는 크리스털을 주운 다음 그녀를 따라 법정 밖으로 나갔다. 귓가에는 더 이상 웅성거림도 노랫소리도 들리지 않고 엄마가 말한 내 이름만 맴돌았다. '애니.'

나는 크림색 페인트가 칠해진 대기실로 돌아왔고 엄마는 거기까지 따라왔다. 아저씨와 아줌마가 내 얼굴과 셔츠를 쳐다보았다.

"코피가 좀 났어요."

내가 말했다.

"화장실에 가서 씻고 올게요."

"아줌마가 같이 가줄까?"

사스키아 아줌마가 물었다.

"아니요, 괜찮아요. 고맙습니다."

"여기서 기다리마."

마이크 아저씨가 덧붙였다.

나는 고개를 끄덕였다.

화장실 문고리는 오른쪽으로 밀어 잠그게 되어 있었다. 난 주머니에서 손을 넣어 토르말린을 만지작거렸다. 갈비뼈는 셔츠가 흰색이라서 안 된다. 그래서 바지를 내리고 허벅지에 대신 하기로 했다. 거친 부분으로 피부를 세게 긁어 A라고 새겼다. 마약을 하고 채찍을 맞은 것처럼 고통이 올라왔다. 엄마에게 데려다줄 고통.

'A는 애니의 약자야.'

그래, 난 항상 엄마에게 애니고 다른 사람들에게는 밀리야. 내 안의 샴쌍둥이가 전쟁을 벌였다.

착한 나.

나쁜 나.

내가 자랑스럽지? 난 게임을 했고 내가 이길지도 몰라, 엄마.

가족실로 돌아오니 변호사들이 법정에서 날 어떻게 대했는지 준이 이야기하고 있었다. 마이크 아저씨는 그들이 할 말 못 할 말 구별못하는 나쁜 놈들이라고 화냈다. 난 다 끝났으니 괜찮다고 말했다. 사스키아 아줌마는 안심한 얼굴이었다. 준이 우리를 주차장까지 데려다주며 상황이 빠르게 진행되어 다음 주 초에 판결이 날 것이라고 말했다.

엄마, 이제 꼼짝 마.

그날 저녁, 법정에 출두한 이후로 내 상태가 괜찮은지 걱정하던 마이크 아저씨가 주말 전에 상담하면서 살펴보길 원해서 서재로 갔다. 가보니 피비가 있었다. 그 애는 통금 시간을 어긴 죄로 여전히 외출 금지에 하키 투어가 끝날 때까지 파티에 가지 못하는 벌을 받고 있다. 피비는 마이크 아저씨를 설득하면서 자기를 내보내달라고 말했다.

"너무해요, 금요일인데."

피비가 말했다.

"다들 영화관에 갔단 말이에요."

"안 돼."

아저씨가 대답했다.

"넌 월요일까지 외출 금지야."

"왜 그렇게 속 좁게 굴어요, 아빠?"

"속 좁은 건 너 같은데."

"아빠는 살면서 한 번도 실수한 적 없어요?"

"했던 말을 또 하기 싫구나, 피비. 월요일까지 외출 금지고 이런 말을 듣는 것도 이번이 마지막이야. 자, 이제 그만 좀 나가주겠니? 밀리와 할 이야기가 있거든."

"네, 좋아요. 참 잘됐네요. 정말 고마워요."

피비는 날 죽일 듯 노려보며 지나갔다.

아저씨는 문을 닫으며 이제 인기가 떨어진 것 같다고 농담하더니 내게 앉으라고 했다.

"하루가 정말 길었지? 피곤해 보이니 오래 잡아두지 않을게. 다 끝내고 나니 기분이 어때?"

"잘 모르겠어요. 아직 실감이 안 나요."

"그럴 수도 있단다. 네가 정말 대견하고 변호사가 널 그렇게 몰아붙인 건 몹시 유감이야. 솔직히 내 책임도 좀 있는 것 같아."

"왜요? 아저씨 잘못이 아닌데요."

"아니, 우리가 좀더 준비해야 했어. 너에 대해 더 자세히 살폈어야 했는지도 몰라."

"뭘 더 말이에요?"

"몇 주 전 주말 준이 전화해서 네 엄마가 대니얼이 죽던 날 밤에 관해 몇 가지 말을 꺼냈다고 알려줬단다."

내가 서가에서 몰래 들었던 대화다.

"우린 너한테 말해줄 필요가 없다고 생각했어. 변호사들이 그 이야기를 그런 식으로 꺼내지 않기로 했는데."

"엄마가 뭐라고 했는데요?"

"전혀 말도 안 되는 소리라서 판사가 바로 일축해버렸지. 그래서 네가 오늘 같은 일을 겪지 않기를 바랐어."

"전 괜찮아요. 아저씨가 많이 도와주셨잖아요."

"그랬으면 좋겠구나. 그리고 이젠 네게만 집중할 수 있게 돼서 널 치료하는 데 주력할 생각이야."

"절 위해 그렇게 해주시려고요?"

"내가 할 수 있는 한은 그래야지."

"아저씨가 할 수 있는 한이요?"

"오늘은 그만 생각하자, 밀리. 지금은 푹 자는 데만 신경 써. 넌 그럴 자격이 있으니까."

그런가?

이틀간 잠을 자지 않았기에 눈꺼풀이 저절로 덮이며 빠르게 원하지 않는 곳으로 향했다. 내 침대 끄트머리에 있는 어린 소년은 겁에 질려 눈이 휘둥그레졌다.

'숨을 못 쉬겠어.'

소년이 말했다.

'숨을 못 쉬겠다고.'

위로 여덟 계단. 그리고 또 네 계단.

문은 오른쪽에 있다.

오로지 진실만을 말할 것을 맹세한다.

거짓이 전혀 없는 사실이다.

이 사건과 엄마가 날 위해 세운 생일 파티 계획으로 난 엄마를 떠나겠다고 결심했다.

엄마가 일하러 간 뒤 혼자 집에 있을 때 난 구멍으로 방 안을 들여다본 것이 아니라 그 안에 있었다.

엄마가 열쇠 여분을 어디에 숨겨뒀는지 알았다.

대니얼은 침대 한 귀퉁이에 작은 몸을 말고 누워 있었다.

내가 다가가자 아이가 깨어났고 난 문을 닫았다.

신선한 공기를 쐬지 못해서 안색이 창백했다. 아이는 눈 아래 그늘이 내려온 채 자기 엄마를 찾았다.

"그래, 곧 엄마를 볼 수 있을 거야."

난 이렇게 말해주었다.

그러자 아이의 갈색 눈동자가 안심한 듯 젖었다.

난 대니얼을 안아주며 그 애 몸을 데웠다.

머릿속에서 대니얼을 넘기도록 구슬리던 엄마 말이 들렸다.

'수지, 남편이 당신을 찾아오면 어떡하려고요? 당신 아들을 다치게 하면요? 그럼 상황이 더 나빠져요. 제게 미국 입양 담당자 연락처가 있어요. 사랑 가득한 가족이 기다리고 있으니 대니얼에게는 더 잘된 일이죠. 아무에게도 말하지 마세요.'

난 대니얼에게 귀에 내 이름이 수놓인 곰 인형을 안으라고 건네주었다.

"눈 감아."

그 애에게 이렇게 말했다.

"소원을 빌어."

그리고 폐에서 공기가 다 빠져나가도록 그 애를 꽉 껴안았다.

내가 그 애를 질식시켰다.

문을 열고 나왔을 때 엄마는 예상보다 일찍 집에 돌아와 벽에 난 구멍으로 날 보고 있었다.

엄마는 전에는 본 적 없는 얼굴로 날 쳐다보았다.

"역시 내 딸이야."

엄마가 뿌듯해하며 말했다.

엄마, 한 번도 말한 적 없는데, 내가 그 애를 살린 거야.

엄마를 기쁘게 하려고 죽인 게 아니라고.

경찰에게 전부 다 털어놓았다고 말했을 때 그건 거의 다 말했다는 뜻이었다.

정말.

29

아저씨 아줌마와 일요일에 브런치를 먹고 방이 있는 이층으로 올
라갈 때 피비가 전날 어땠는지 물었다.

"어제 무슨 볼일이 있었다면서? 그게 뭔데?"

"괜찮았어. 관심 가져줘서 고맙지만 말하고 싶진 않아."

피비는 고개를 끄덕이더니 말했다.

"힘들겠다, 말을 못 해서. 많은 걸 말이야."

피비가 '많은'이라는 말을 강조하니 속이 거북했다. 판도라의 상
자를 열려고 하는 것 같았다. 저 애는 안다. 뭘 알고 있는 걸까? 어
떻게? 마이크 아저씨와 난 아주 조심했는데, 아닌가?

오늘은 미술 대상에 포트폴리오를 제출하는 마지막 날이고 수상
자는 다음 주에 발표된다. 아침에 학교에 가서 가장 먼저 켐프 선생

님에게 이메일을 보냈다. 오후에 만나기로 하고 미술실로 가자 선생님은 내가 조금 뒤처졌다고 말해주었다.

"다른 참가자들은 지난주에 다 작업을 마무리했는데 넌⋯⋯ 없었지."

겁먹고 싶지 않았지만 선생님이 말을 얼버무리며 생긴 공백이 마치 내가 어디서 뭘 했는지 알고 있다는 것처럼 들렸다. 피비에게 그랬듯 내가 과민 반응을 보이는 것이 분명했다.

"그동안 그린 스케치를 쭉 나열해보고 그중에 다섯 점을 추려보자."

엄마를 그린 스케치들을 펼치며 나는 아직 진행 중인 재판을 떠올렸다. 수갑을 차고 의자에 앉아 평생 감옥에서 썩으며 날 만나지 못하게 될 엄마를 생각했다. 엄마는 손해 보는 일을 잘 받아들이지 못한다. 루크 오빠를 잃어버리자 모든 것이 달라졌고 엄마의 욕망은 더 음산하고 치명적으로 바뀌었다. 엄마는 루크 오빠가 떠난 지 1년이 채 되지 않았을 때 나와 둘만 있는 것이 지겨워져 첫 번째 아이인 제이든을 데리고 왔다. 비록 비뚤어진 방식이었지만 사랑은 윤활제 같은 것이라서 엄마는 우리로부터 사랑을 얻었다. 이제 누구에게서 사랑을 얻을까? 감옥에서 옆에 있는 다른 죄수들을 구슬려 그렇게 하겠지. 엄마는 나쁜 일을 벌일 기회는 항상 있다고 말했다.

켐프 선생님의 목소리가 내 생각을 흩뜨렸다.

"와, 이렇게 펼쳐놓고 보니 알겠어."

"뭘 말이에요?"

내가 물었다.

"각각이 하나의 퍼즐처럼 이어지는 거야."

그러고 나서 선생님은 내게 이상한 질문을 했다.

"뉴몬츠 씨네서 지내는 지금이 더 안정적이니?"

스케치는 상당히 모호하고 얼굴이 없고 엄마와는 눈 색상이 다르다. 피사체를 알아볼 수 없다고 확신했다.

"무슨 말씀이신지 모르겠어요."

선생님은 고개를 저으며 말했다.

"상관없단다. 이 두 개는 확실히 출품해야 하고 저 끝에 있는 것도. 나머지 두 개는 네가 골라. 명암이 아주 잘 묘사된 스케치가 어떨까 싶은데."

그때 누군가 문 쪽으로 지나가면서 인사했다. 켐프 선생님이 급히 대꾸했다.

"잠시만, 재닛이니?"

하지만 상대는 못 들은 것 같았다. 복도 문이 열리고 닫히는 소리가 났다.

"잠깐만 기다려. 저 애한테 알려줄 것이 있거든."

선생님이 미술실을 나서고 나니 교실 안은 공허하고 왠지 덜 매력적으로 느껴졌다. 난 마지막 두 스케치를 고르고 나도 모르게 선생님 책상 앞으로 걸어가 다이어리를 펼쳤다. 포스트잇에 메모가 적혀 있었다. '시일을 더 달라고 요청.' 선생님의 글씨체는 동글동글하니 귀엽고 사랑스러웠다. y의 세로획을 길게 빼서 다른 글자를 감쌌다. 두꺼운 카드 종이가 다이어리 뒤쪽에 삐져나와서 보니 크림색 바탕에 금색 글자가 적혀 있었다. 내가 모르는 사람의 이름이 적힌 청첩장이었는데 내 관심을 끈 것은 이름이 아니라 초대장 뒤쪽 봉투에 적힌 내용이었다. 봉투를 뒤집으니 그 뒤에 선생님 주소가 보였다. 선생님이 사는 동네가 어딘지 안다. 모건과 같이 걸어간 적이 있다. 복도 끝에서 문이 열리는 소리가 나서 얼른 카드와 봉투를 제자리에 두고 다시 스케치가 있는 쪽으로 돌아왔다.

"미안해. 결정했니?"

"네, 이렇게 다섯 점이요."

"잘 골랐어. 추리기 참 어렵지. 방금 재닛이 그러는데 포토벨로 로드에 있는 뮤즈 갤러리에서 목탄 데생전이 열리고 있대. 네가 참 좋아했을 텐데 오늘이 마지막이라니 너무 아쉽지 뭐니."

"오늘 저녁에 갈 수 있지 않을까요? 먼저 마이크 아저씨께 물어봐야 하지만 학교 일이라면 보내주실 거예요."

"그게, 네가 가보라는 거야. 같이 가자는 게 아니라."

"아, 그렇구나. 죄송해요. 정말 가보고 싶은데 마이크 아저씨가 저 혼자는 보내주시지 않을 거예요."

법원에 출두한 뒤로 좀 과잉보호를 받은 터라 매일 밤 나는 판결을 기다리며 초조해했다.

"정말 가보고 싶어요, 선생님. 특히 지난주에 일을 보고 온 뒤라서요."

"그래, 볼일은 어땠니?"

"괜찮았어요. 이제 다 끝났고요."

"분명 잘된 거겠지. 오늘 저녁에 약속이 있어서 장담은 못 하겠지만 7시쯤 갤러리에 들를 수 있을 거야. 난 금방 보고 와도 되니까. 넌 마이크 씨랑 같이 와서 거기서 만나는 게 좋을 것 같은데."

"네, 좋아요. 아저씨께 물어볼게요. 7시에 오신다고요?"

"그쯤 가볼게."

마이크 아저씨는 나와 같이 갤러리에 가주겠다고 했지만 난 집에서 가깝다는 이유로 거절했다. 켐프 선생님을 만난다는 말은 빼고 미술 대상 참가자들이 모두 다 보러 간다고 말했다. 아저씨가 처음에 확신하지 못하기에 특기를 발휘해 설득했다. '그간의 일을 겪고 나니'라고 말하자 아저씨는 이해한다는 듯 고개를 끄덕였다.

집을 나서기 전 아저씨는 내가 휴대전화를 챙겼는지 확인하고는 내게 사랑스럽고 다 큰 소녀 같아 보인다고 말했다. 옷을 잘못 고른 것이 아니기를 바랐다. 난 선생님과 같이 들어가면 좋을 것 같아 밖에서 기다렸다. 좀 일찍 간 탓에 몇몇 사람만 들락날락했고 7시 10분쯤 되니 발이 꽁꽁 얼어 교복 코트를 더 바짝 여몄다. 선생님은 내 전화번호를 모르고 나도 선생님 번호를 몰라 아무 소용 없지만 괜히 휴대전화를 확인했다.

20분이 더 지나자 난 평정심을 지키려고 애쓰며 선생님이 좀 늦는 거라고, 이따 도착하면 이런 혼란스러움이 정리되고 모든 것이 좋아질 거라고 스스로를 다독였다. 엄마는 시간 관리와 규칙을 잘 지키는 일이 성공의 핵심이라고 말했지만 엄마를 떠올리고 싶지는 않았다.

"켐프 선생님은 너 같지 않아."

"뭐라고?"

내 말에 누군가 답했다.

갤러리에서 나오는 세 여성에게 큰 소리로 말했다는 걸 깨달았다. 난 대사 연습을 하고 있었다며 사과했다. 그들은 미소를 지으며 한때 자기들도 그런 시절이 있었다면서 즐거워했다. 어쩌면 시간이 그들의 나쁜 기억을 지워버렸을 것이다. 나 역시 그렇게 되길 바라

듯이.

휴대전화를 보니 어느덧 7시 35분이 되었다. 선생님은 오지 않을 것이었다. 집에 도착하자마자 곧장 방으로 가서 가슴에 베개를 껴안았다. 마이크 아저씨 서재에 있는 것과 같은 아주 부드러운 쿠션이 있었으면 했다.

엄마가 내 귀에 대고 내 보호자는 엄마이며 켐프 선생님이 한 행동은 잘못되었다고 알려주었다. 머리 위로 이불을 뒤집어썼는데도 엄마 말소리가 고스란히 들려와 한동안 엄마가 하는 말을 들으며 동조하게 되었다. 엄마 말이 옳고 선생님이 한 행동은 좋지 못하다는 걸 깨달았다.

그러자 엄마는 신난 목소리로 내게 물었다.

'그래야 내 딸 애니지. 이제 어떡할 거야?'

'말해봐, 어쩔 건데?'

30

법원에 출두한 지 일주일이 되던 수요일에 판결이 나왔다. 평소
처럼 하굣길에 휴대전화를 확인했고 지난 한 시간 반 동안 마이크
아저씨에게서 부재 중 전화 세 통이 와 있었다. 나는 BBC 뉴스 웹
사이트에 접속해 엄마 사진을 보았다.

유죄.
유죄.
유죄 열두 건.

엄마는 살인 사건 아홉 건의 범인으로 인정되어 곧바로 판결을
받았다. 종신형, 가석방 기회 없음. 마이크 아저씨는 현관에서 날

기다리다 내가 도착하자 문을 열어주었다. 난 아저씨에게 뉴스를 봤다는 뜻으로 고개를 끄덕였다. 아저씨는 내게 괜찮으니 가까이 오라고 말했다.

이제 행복하고 안심하게 될 거라고 생각했다. 재판이 끝나고 나면 내가 대니얼에게 한 짓을 잊을 수 있을 거라고 생각했다. 하지만 그 애를 구하려고 한 일은 여전히 날 나쁘게 만들었다. 그 일로 난 엄마와 같은 사람이 되었다.

사스키아 아줌마가 복도로 나와 내 어깨 주위를 쓰다듬었다.

"유감이구나, 밀리. 그래도 이제 다 끝났으니 네 생일 파티 준비를 시작해야겠어."

고개를 드니 마이크 아저씨가 아줌마에게 안 된다는 눈빛을 보냈다. 너무 이르다는 뜻이었다. 아줌마는 그 메시지를 감지하고는 또 타이밍을 못 맞춰서 실망한 표정을 지었다.

"네가 준비되면 언제든 하자, 밀리."

아줌마는 이렇게 말하고 자리를 떠났다.

마이크 아저씨는 하지 못한 이야기가 있느냐고 물었다. 책 속 새로운 장에 넣을 이야기가 필요한 모양이었다. '판결이 나던 날.' 난 없다고, 혼자 있고 싶다고 대답했다.

침대 끄트머리에 등을 대고 바닥에 앉아 엄마를 생각했다. 우리가 함께 보낸 시간을 떠올렸다. 속옷도 입지 않고 의자에 앉아 있던 시간들. 살인자들에 관한 프로그램을 보면서 엄마는 절대 잡히지 않을 테니 동료인 그들보다 낫다고 말했다.

'경찰이 어떻게 날 잡겠어?'

엄마는 동료들의 어수룩한 행동과 실패에 분노했다.

'남자라서 그런 거야. 난 여자라서 한층 유리하고 그건 너도 마찬가지야, 엄마의 작은 도우미.'

언론이 엄마에게 이름을 붙여주었고 엄마는 이내 신문 1면에 실린 사진과 한께 그 별명을 보게 되겠지. 내가 제일 좋아하는 동화책 제목이 엄마의 별명이 되어 신문에 대문짝만 한 글씨로 쓰였다.

피터 팬 살인마

취향에 맞아서 엄마 마음에 들 거라고 생각했다. 어쨌든 엄마는 지금 감옥에 있고 결정은 엄마 몫이 아니니까. 내가 경찰에 알린 추가 진술이 언론에 누설된 것이 틀림없다. 내 팔다리에 새겨진 엄마의 속삭임이 차올라 졸렸다. 영원히 잠들 것만 같았다. 네 엄마를 떠난 대가가 이거라고 엄마는 아이들의 귓속에 씩씩거리며 말했지만 그들은 더 이상 듣지 못한다. 그 애들은 자기 엄마에게 버림받았을 뿐이라고 엄마에게 말했다. '아니, 절대 아니야.' 엄마가 내게 소리쳤다.

'난 내 아들을 버리지 않았어. 그 애는 내 거야.'

'그들은 루크 오빠가 아니에요, 엄마. 오빠를 대신할 수 없어요.'

엄마는 오빠 이름이 나올 때마다 날 매질했다.

엄마가 날 때렸다.

잘못된 방식의 사랑은 상처보다 고통이 더하다. 엄마는 품속에 아이들을 품었다가 그들이 고장 나거나 부서지기라도 한 것처럼 다른 아이들로 갈아치웠다. 여섯 명이나. 대니얼이 일곱 번째였지만 그 아이는 엄마 것이 아니었다. 여섯 명의 작은 왕자님을 담요로 감싸고 매번 다른 잠옷으로 갈아입혔다. 어린 공주님도 둘 있었지만 엄마는 여자애에게는 관심을 두지 않았다.

'다 끝낼 때까지 방해하지 마.'

엄마는 이렇게 말하곤 했다. 뭘 끝낸다는 거지?

작별 인사였다.

매번 그런 식이었다. 엄마는 남자애들에게 잠옷을 입히는 의식을 치렀다. 잠옷은 루크 오빠가 밤에 몰래 나가서 마을 우체국에 불을 지른 날 입은 것과 비슷했다. 마침 안이 비어 있어서 인명 피해는 없었다. 그때 오빠는 열한 살이었다.

인사는 모든 일의 시작이기에 중요했으나 작별은 오빠가 떠나기 전 마지막 순간 오빠를 붙잡을 기회가 없었던 엄마에게 허락되지 않은 것이었다. 그래서 엄마에게 그것은 원죄나 다름없었다.

그때 내 침실 문이 열리며 피비가 들어왔다. 그 애는 아무 말도 하지 않고 서서 가만히 날 내려다보았다.

"뭘 봐?"

내가 물었다.

피비는 대답하지 않았다. 내 속에서 작은 피라냐들이 꼬물거렸다.

왕의 말들 왕의 신하들 모두 어쩔 수 없다네.

피비는 날 좀더 노려보더니 문도 닫지 않고 천천히 나갔다.

나는 저녁밥을 먹은 뒤 마이크 아저씨와 상담했고 아저씨는 내게 판결에 대해 어떤 생각이 드는지 물었다. 난 예상과 달리 거슬린다고 말했다. 아저씨는 법정에서 있었던 일을 구체적으로 알고 싶어서 준과 통화했고, 왜 대니얼과 홀로 집에 있었다는 사실을 아무에게도 말하지 않았는지 물었다.

"무서워서요. 엄마가 저를 탓할 걸 알았거든요."

난 이렇게 대답했다.

"넌 어떻게 생각하는데? 너도 여전히 자책하고 있니?"

아저씨가 물었다.

"네, 항상 그럴 거예요."

"왜 그렇지?"

아저씨는 집요했다.

"어떻게 안 그럴 수 있겠어요."

내가 대꾸했다.

아저씨는 취조하는 듯한 표정으로 날 이상하게 쳐다보았지만 이내 그만두었다.

나는 미술 대상에 출품하지 않은, 엄마를 그린 스케치를 한 점 꺼냈다. 엄마를 보고 있으면 왜 기분이 편안한지 모르겠다. 하지만 그랬다. 피비가 날 쳐다보던 눈길 때문에 마음이 불편했다. 방으로 들어와 날 노려보던 그 눈빛이 거슬렸다.

가슴이 아팠지만 엄마의 눈, 입술, 귀가 산산조각 날 때까지 스케치를 찢어버렸다. 이제 그만 벗어나 평범하게 살고 싶었다. 마이크 아저씨가 내게 어떤 인생을 살고 싶은지 물어본 적이 있다. 그때 그렇게 대답했다. 내가 누구든 있는 그대로 받아들여지고 엄마가 이상한 형태로 뒤틀어놓은 내 심장을 원래대로 되돌리는 일이 가능하다는 걸 입증하고 싶다고.

"그렇게 될 거야, 밀리. 지켜보기만 하면 돼."

아저씨는 이렇게 말했다. 물론 아저씨는 내 심장의 형태가 얼마나 특이한지 알지 못한다. 난 조각난 스케치를 한데 모아 욕실 휴지

통에 버렸다. 그리고 한 시간쯤 뒤 그걸 다시 가져와서 테이프로 붙였다.

자정이 지나서 모건이 문자를 보내왔다. 깨어 있으면 지금 좀 보자는 문자였다. 난 발코니로 오라고 했고 그 애는 전보다 덩치가 좀 줄어 보였다. 문을 열자 차가운 공기가 같이 들어와 방 모서리마다 겨울의 어릿광대들이 춤을 추었다. 흥. 모건은 입술이 터져서 퉁퉁 부었고 이마 왼쪽 살갗이 벗겨져 카펫이 탄 것 같은 자국이 나 있었다. 난 그 애를 안으로 잡아끈 뒤 문을 잠갔다. 그리고 두 번 확인했다.

"무슨 일이야?"

모건은 바닥에 시선을 고정한 채 부자연스럽게 고개를 흔들었다.

"어디로 가야 할지 몰라서."

모건이 대답했다.

모건은 눈에 보이지 않는 매듭을 꼬고 푸는 듯 눈앞에서 손가락을 꼼지락거렸다. 난 협탁으로 가서 램프를 켰다. 그 애의 청바지는 얼룩졌고 몸에서는 땀 냄새, 입에서는 술 냄새가 풍겼다.

"밖에서 다친 거야?"

모건이 소매로 코를 닦자 곧바로 입에서 투명한 액체가 흘렀다. 턱이 덜덜 떨렸다. 눈물은 흐르지 않았다. 충격을 받은 것이었다. 나는 침대 바닥에 놓인 화장지를 집어 들었다.

"받아."

팔을 들어 모건에게 화장지 갑을 던지자 그 애는 움찔하더니 살짝 뒷걸음질했다. 나는 손을 내리고 '나야, 무서워하지 마'라고 말하려다가 예전에 그 애를 아프게 한 것이 기억났다.

"오늘 밤 여기 있어도 돼."

모건은 고개를 저었다.

"내가 도와줄게, 나을 수 있게."

"누가 오면 어떡해?"

"다 자고 있어. 아무도 안 와."

나는 서랍에서 부드러운 면으로 된 잠옷 여분을 꺼냈다. 내가 모건을 보살피는 걸 보면 엄마는 벌을 줄 것이다.

'그 애는 남자애가 아니잖아. 여자애에게는 잘해줄 필요가 없어.'

엄마가 이렇게 말하면 난 이렇게 대답할 것이다.

'맞아요, 남자애가 아니에요. 하지만 그 애는 내게 소중해요.'

램프의 불빛이 어두웠지만 모건이 상의를 벗는 걸 도와줄 때 몸에 자리 잡기 시작하는 멍이 보였다. 갈비뼈 양쪽에 편자 모양의 각인이 보였다. 난 몸을 앞으로 숙이고 그 애의 팔을 내 어깨에 올린 뒤 바지에서 양쪽 다리를 빼내 잠옷으로 갈아입혔다. 그러고 몸을 세웠는데 모건의 손은 여전히 내 어깨 위에 놓여 있었다. 우리는 서로를 마주본 채 잠시 그대로 서 있었다. 그리고 모건의 옷을 차곡차곡 모아 발코니 문 옆 의자에 놓았다.

"침대에 앉아. 얼굴 닦을 수건을 가져올게."

부푼 입 주위에 묻은 피를 닦을 때 모건은 움찔했다.

"누가 그랬어?"

"그놈이 죽었으면 좋겠어."

모건이 말했다.

"누구 말이야?"

"우리 삼촌."

모건이 울음을 터트렸다. 나는 그 애를 잡고 앞뒤로 천천히 흔들어주며 노래를 흥얼거렸다.

라벤더는 파란색, 딜리딜리……. 모건의 호흡이 편안해지면서 눈물이 멈췄다.

"그 노래 좋아해."

모건이 말했다.

"알아. 자, 누워. 좀 쉬어야지."

모건은 순순히 침대에 누워 내 쪽으로 몸을 웅크렸다. 담요를 덮어주자 그 애가 눈을 감았다. 모건이 머리에 놓인 베개 중 하나를 바닥으로 내려놓았다.

"우리 집에는 베개가 하나밖에 없어."

모건이 말했다.

난 침대 옆에 앉아서 자신에게 벌어진 일을 잊어버리려고 노력하며 차츰 안정을 찾아가는 모건의 얼굴을 지켜보았다. 넌 무사할 거야, 딜리딜리, 해로운 것들로부터, 모건. 그 애의 삼촌은 어찌할 수 없지만 그 애는 다르다. 모건이 위험에서 벗어나게 해주는 것이 내가 할 일이다. 베개를 집어든 채 꿈이 살아나고 시간의 제약이 없는 네버랜드를 모건이 얼마나 좋아할지 생각하는데 그 애가 뒤척이더니 어린아이가 피곤할 때 하듯 주먹을 둥글게 말고 눈을 비볐다. 그러더니 눈을 뜨고 내가 손에 베개를 들고 있는 걸 보고선 뭘 하냐고 물었다.

"아무것도 아니야. 베개를 침대에 다시 놓으려고 했어."

"여긴 안전하지, 밀리?"

"그럼."

"다행이야."

모건이 아주 작은 목소리로 대답했다.

다음 날 아침에 일어나보니 모건은 가고 없었다. 침대 바닥에는 예쁘게 개인 잠옷이 놓여 있었다.

31

아침에 집에서 피비를 못 봤는데 조회하러 가니 피비와 이지가 제일 먼저 보였다. 난 그 애들 뒷줄 왼쪽에 자리를 잡았다. 주위의 대화를 들으며 혹시 사람들이 나에 대해 눈치챘는지 알아보려고 했는데 별다른 건 없었다. 머리 스타일, 남자애, 크리스마스 계획, 연극 공연 표가 필요하다는 그런 이야기뿐이었다. 오르간 연주가 시작되고 선생님들이 일렬로 무대에 오르자 우리는 자리에서 일어났다. 9학년으로 보이는 한 앳된 소녀가 크리스마스 연휴에 불우한 이웃을 돕자는 취지로 '선행 나누기'에 관해 프레젠테이션을 했다. 발표는 엄청나게 환영받았다. 제임스 선생님이 단상으로 올라와 이번 주 소식을 전했고 고학년 휴게실을 새로 꾸미는 사안에 대해 이야기하면서 자금 모금에 관심이 있는 학생은 행정실 맥도웰 선생님과

상의하라고 말했다. 우리 연극이 공연하는 날 순서에 이어 마지막
소식이 나왔다.

"올해 술라 노먼 미술 대상 수상자는 11학년 밀리 반스입니다."

박수가 나오기까지 시간이 좀 걸렸지만 그래도 없는 것보다는 나
았다. 제임스 교장 선생님은 내 이름이 대강당 계단의 수상자 명단
에 금색 명판으로 달릴 거라고 말했고 자세한 이야기는 켐프 선생
님에게 들으라고 했다. 마음이 좀 불편했는데 공개적으로 칭찬을
받아서일뿐만 아니라 갤러리에서 보기로 한 날 이후로 켐프 선생님
을 보지 못했기 때문이었다. 그때 피비의 눈초리가 내게 향한 것을
느꼈다. 내가 자기 쪽을 쳐다보니 피비는 곧장 고개를 돌렸다.

점심시간에 도서관에서 역사 수업 에세이를 쓰려고 자료를 찾는
데 읽은 문장을 읽고 또 읽으며 집중을 못 하던 찰나에 켐프 선생님
이 찾아왔다. 선생님은 미소를 지으며 내게 다가왔다.

"축하해, 네가 뽑힐 줄 알았어. 술라의 부모님과 갤러리 관장님도
네 스케치를 마음에 들어 하셔서 만장일치로 결정됐어."

"고맙습니다."

"정말 자랑스럽게 생각하렴. 특히나 그 모든 일을 겪고,"

선생님은 급히 말을 멈췄지만 너무 늦었다는 것을 본인도 알았는
지 고스란히 표정으로 드러내며 괜히 진주 목걸이를 만지작거리다
가 다시 반지로 손을 옮겼다.

"그 모든 일이라니요?"

선생님이 내 옆에 앉았다. 월요일에 선생님을 봤을 때 의심이 들
었던 직감이 맞았다.

"그래서 안 오셨군요."

"어딜 말이야?"

"갤러리에요. 7시에 온다고 하셔서 30분 넘게 기다렸어요."

"월요일에 말이니? 아, 밀리. 내가 가급적 가보겠다고 했지 장담은 못 한다고 했잖아."

"괜찮아요, 이해해요."

"그런 게 아니야. 친구가 생각보다 일찍 놀러 와서 같이 나갔어. 그리고 잊어버렸어. 미안해."

선생님은 뺨을 빵빵하게 부풀리더니 코로 천천히 숨을 내쉬었다. 선생님이 내 쪽으로 고개를 숙이니 라벤더 향이 났다.

"밀리, 난 뭔가 있다고 느꼈어. 네가 그린 스케치며 이메일, 내게 주려고 한 선물과 결석한 일까지. 그래서 다시 교장 선생님과 면담했고 그때 내게 말씀해주신 거야. 네가 어디서 왔는지."

난 선생님의 머리 뒤쪽 선반에 꽂혀 있는 책을 세어보았다. 열한 권까지 셌을 때 선생님이 입을 열었다.

"네 엄마에 대해 알아, 밀리."

"그래서 더는 저를 지도해주기 싫으신 거죠."

"절대 그런 게 아니지만 사실을 알게 된 것이 도움은 되었어."

"이메일에 MK라고 쓰셨잖아요."

"미안, 무슨 말인지 모르겠구나."

"선생님이 절 챙긴다고 생각했어요."

"널 챙기는 건 맞지만 이메일에 내 이니셜 MK를 쓴 지는 꽤 오래됐어. 널 오해하게 만들었다면 미안하구나. 알았다면 좀더 조심했을 거야."

노트북 오른쪽 모서리 상단에 배너가 뜨며 이메일이 왔다고 알려주었다. '11학년 포럼에 새 글이 작성되었습니다.' 나는 링크를 클릭하고 이미지가 다운로드 되기를 기다렸다.

엄마 사진이 나타났다.

이런 제목이 달렸다. '처단해야 하는 사악한 마녀'.

그 아래로 엄지손가락 아이콘 두 개가 보였다. 하나는 위로, 하나는 아래로 되어 있었다. 찬반 투표를 하는 것이었다. 지금까지 열일곱 명이 찬성투표를 했다. 굳이 반대 아이콘을 만들 필요가 없었다.

노트북을 얼른 덮고 자리에서 벌떡 일어나는 통에 의자가 바닥으로 넘어졌다. 몸을 움직여. 그럴 수 없다. 걸으라고. 안 된다.

선생님도 자리에서 일어나 물었다.

"밀리, 왜 그러니?"

사악한 마녀는 처단해야 한다. 딩동. 하지만 대상은 엄마다. 엄마가 죽어야 한다고 모두가 투표했고 그다음이 누군지 나는 알고 있다.

사서가 다가왔다.

"잘 모르겠어요. 밀리? 괜찮니?"

"그만 가봐야 할 것 같아요."

"어딜? 무슨 일이야?"

"지금은 말 못 해요. 죄송해요."

난 짐을 챙겨 자리를 떴다.

"뭐가 죄송한데? 어딜 가니? 아직 미술 대상 이야기는 꺼내지도 못했는데."

나는 곧바로 양호실로 걸어갔고 머릿속에 숨은 속기사가 계속 타자를 치며 기사를 보내왔다. 피비가 알고 있어. 피비가 알고 있다고.
그러니 이내 모두 알게 될 것이다. 아직 모르고 있다면.

"존스 선생님, 몸이 안 좋아요. 집에 가도 될까요?"

"안색이 창백하구나. 왜 그런지 알고 있니?"

"편두통인 것 같아요."

"그래, 네 의료 기록에서 본 게 기억나. 뉴몬츠 씨와 통화해야겠
다. 그분이 네 보호자 맞지?"

"네."

벽에 걸린 시계에서 초침이 차분하게 똑딱거렸다. 경찰이 우리
집에 밀어닥치던 날 내 침실에서 들었던 리듬과 같았다. 얼른 끝나
기만을 기다리던 그때와 같은 기분이다. 하지만 이번에는 끝날 것
이 무엇인지 아직 모른다.

"뉴몬츠 씨와 전화로 이야기했어. 뉴몬츠 씨나 아내분이 한 시간
안에 집으로 갈 거고 지금은 가정부가 집에 있다고 해. 걸어서 갈 수
있겠니?"

난 고개를 끄덕였다.

"다행이구나. 좀 쉬면서 물을 많이 마시면 좋아질 거야."

집에 도착하니 세비타가 날 기다리고 있었다.

"안녕, 밀리. 점심 먹을래?"

"아뇨, 괜찮아요. 몸이 안 좋아서 좀 자야겠어요."

"그래, 난 세탁실에 있을게."

세비타는 걸어가면서 가슴으로 양손을 교차해 모았다. 아베 마리
아. 나 혹은 자신을 위해 기도하는 것이었다. 집에 나와 단둘이 있
는 것이 무서워서.

생각을 분명하게 정리하려고 방에서 좀 걸었다. 피비가 알고 있을까? 포럼에 올린 글은 날 저격한 걸까, 아니면 그저 판결에 대한 반응으로 올려본 걸까? 난 궁지에 몰렸다. 막다른 길이다. 싸우거나 도망치거나 둘 중 하나다. 도망친다면 어디로 가야 하지? 나 같은 사람이 갈 수 있는 곳은 없다.

피비가 뭘 아는지, 다른 사람도 그 사실을 아는지 확인해야 했다. 누구한테 말했을까? 클론딘? 이지? 우리 학년 여자애 모두에게 말했을 수도 있지만 집에 오는 길에 몇 명을 보니 모르는 눈치였다. 안다면 뭐라고 말을 했겠지. 마음을 가라앉히려고 침대에 걸터앉아 있는데 점점 모래시계에서 빠져나가는 모래가 된 기분이 들었다. 그래서 자리에서 일어나 다시 서성였다. 젠장, 생각을 하라고. 그때 가방 위로 삐죽 나온 노트북이 보였고 좋은 생각이 떠올랐다.

열어서는 안 되는 방문을 열었다. 이 집안의 규칙 중 하나는 침실은 사적인 공간이니 허락 없이 들어가서는 안 된다는 것이다. 마이크 아저씨의 이상적인 가정관은 존중하지만 지금은 허락받을 사람이 없는 관계로 나 스스로 허가하게 되었다. 포스터가 붙어 있는 벽이 보이고 달콤한 분홍빛 향기가 풍겼다. 솜사탕, 캐러멜, 설탕과 향신료 냄새. 책상 위 벽에는 파란 점토 접착제로 피비가 친구들과 함께 찍은 사진을 붙여 놓았다. 침대 발치에 하트 모양 조명이 달려 있다. 작은 동굴. 얼음 여왕이 만들어준 공주의 썰매. 침대 협탁에는 끈적이는 립글로스가 스톤헨지의 돌처럼 늘어있었다. 꿈속에서 누굴 만날지 모르니까. 난 알지만.

책상 중간 서랍에서 바라던 것을 찾았다. 학교에 들고 갈 수도 있지만 거의 가져가지 않는 것으로 봐서 아마 휴대전화로 대부분 일을 벌이는 것 같았다. 노트북을 열고 전원을 켜니 새 메일이 도착한 편지함이 화면에 보였다. 열어보면 흔적이 남으니 읽을 수는 없었지만 피비와 샘이 최근에 주고받은 이메일은 볼 수 있었다. 피비는 외롭고 삶이 짜증스러우며 그와 함께 이탈리아에 살고 싶다고 말했다. 가장 최근에 보낸 메일은 어젯밤 것으로 마이크 아저씨의 서재에서 나에 관한 메모를 봤다는 내용이었다. 내가 피터 팬 살인마와 관련된 것 같고 그 여자와 너무 닮아서 무섭다는 말이 적혀 있었다.

읽지 않은 메일이 샘의 답장이었다. 그는 뭐라고 했을까? 피비는 앞으로 어떻게 할까?

노트북을 제자리에 가져다놓은 뒤 피비의 방문을 잘 닫아두고 내 방으로 돌아왔다. 그리고 밖이 어두워질 때까지 침대에 누워 있었다. 목 뒤와 척추 윗부분이 배길 때까지 그대로 있다가 옆으로 몸을 돌리고 눈을 떴다. 머리는 덜 아팠지만 주위를 둘러보니 가슴이 더 아파왔다. 피비는 어떻게 할까? 내게 무슨 일이 일어날까? 난 어디로 가야 할까?

더 이상 가만히 누워 있을 수 없어서 아래층으로 내려갔다. 아저씨와 아줌마가 소파에 앉아 피비와 이야기하고 있었다. 그 애가 알고 있는 걸 부모님에게 말하지 않았을까 살폈지만 그런 느낌은 들지 않았다.

"봐요, 여보. 밀리는 괜찮잖아요. 외출하는 걸로 스트레스받을 이유가 없어요."

사스키아 아줌마가 말했다.

내가 들어가니 피비는 나와 눈을 마주치지 못하고 곧바로 자리를 떠났다.

"어디 가시는데요?"

내가 물었다.

"보웬네 저녁 식사에 초대받았는데 네가 아프다는 이야기를 들어서 안 가고 집에 있을까 했어."

"쉬고 나니 괜찮아졌어요."

두 분이 외출하면 난 피비와 대화를 시도해 내가 엄마와 다르다는 점을 설명하고 이해시킬 수 있을지도 모른다.

"우리가 나가봐도 되는지 모르겠구나. 최근에 넌 많은 일을 겪었잖니."

마이크 아저씨가 말했다.

"정말 괜찮아요. 전 가서 밀린 숙제를 해야겠어요."

"몸이 좋지 않으면 말해도 돼, 밀리. 그래서 우리가 집에 있는 거란다."

"여보, 밀리가 괜찮다잖아요. 지난번에도 거절했으니 이번에는 가야 해요."

마이크 아저씨가 고개를 끄덕이며 자신이 밀린 것 같다고 말했다. 외투를 걸친 뒤에도 아저씨는 미적거리며 문 앞 선반에 놓인 광고 우편물을 정리하고 발로 바닥에 놓인 신발을 정리하면서 시간을 끌었다. 그리고 현관 타일을 교체하는 것이 어떠냐고 제안했다.

"내가 얼른 폭을 재볼까?"

아저씨가 물었다.

"아뇨, 벌써 늦었어요. 어서 가요."

사스키아 아줌마가 대답했다.

모성 본능은 아니지만 아저씨는 집 안에 어떤 긴장감이 감돈다는 것을 감지했다. 그래서 마지막으로 시도했다.

"로지 산책시켜야 하지 않나?"

"애들이 시켜도 돼요."

아줌마가 대답했다.

"우리가 없어도 정말 괜찮겠니, 밀리?"

"괜찮아요."

"보윈네 집 전화번호를 칠판에 적어두었으니 필요한 게 있으면 전화하렴."

아저씨가 집을 나서며 말했다.

난 어찌할 바를 몰랐다. 피비의 방문을 두드리고 이야기 좀 하자고 해야 할까. 하지만 무슨 말을 해야 할지 확신이 서지 않았다. 그래서 게임방 소파에 앉아 생각하고 있는데 로지가 내 발밑에 와서 자리를 잡았다. 위층에서 나는 소리에 로지의 귀가 가장 먼저 반응했다. 로지는 몸을 일으켜 세우고 고개를 움직이며 피비의 발소리가 계단을 따라 내려오는 걸 들었다. 피비가 로지를 불렀지만 개는 움직이지 않았다. 그러자 한층 강압적이고 성질 난 목소리로 다시 불렀다.

"나랑 여기 같이 있어."

내가 대답했다.

피비는 내가 다른 곳에 있다고 생각했는지 곧바로 대답하지 않았다. 그러고는 방에 들어오지도 않고 말했다.

"로지는 산책하러 가야 해. 엄마가 문자를 보냈어."

산책한다는 말에 로지는 자리에서 일어나 피비가 있는 복도를 향해 나섰다.

"젠장, 나더러 대신 가라잖아."

피비가 게임방으로 들어와서는 날 무시하고 곧바로 베란다로 걸어가 문을 열었다. 로지는 피비를 따라갔지만 밖으로 나가지 않고 열린 문 앞에 앉았다.

"자, 이제 나가자."

로지가 움직이지 않자 피비는 목줄을 잡고 바깥으로 끌어당겼다. 머리 위로 감지등이 켜졌다. 문으로 스며드는 공기가 차가운 걸 보니 밖이 무척 추울 것 같았는데 피비는 코트도 입지 않고 로지와 밖으로 나갔다. 로지가 산책을 마치자 피비는 로지를 데리고 들어와 문을 닫았고 나와 눈길을 마주하지 않고 전화기만 바라보았다. 난 그 애를 뚫어지게 쳐다보았다. 지금이 아니면 기회가 없었다.

"이야기 좀 할 수 있을까, 피비?"

피비는 전화기에서 시선을 뗐지만 날 똑바로 보기 두려웠는지 이리저리 두리번거렸다.

"무슨 이야기인지에 달렸지."

"그동안 우리가 잘 지내지 못한 건 알지만 그만 바꾸고 싶어."

"그럴 필요는 없어."

"왜?"

"넌 이 집에 오래 있지 않을 테니까."

"최대한 오래 있고 싶어."

"그게 너한테 달린 일은 아니잖아?"

내가 자리에서 일어나자 피비가 날 쳐다보았다.

"뭐하는 짓이야? 내 친구가 오고 있어. 좀 있으면 도착할 거야."

피비는 겁을 먹었다. 난 그 애가 그러길 원하지 않았다. 우리 함께 세상을 지배하는 살인자가 되자고 장난스레 말하고 싶었다. 피비는 날 지나쳐 문 쪽으로 가더니 게임방을 나서기 전에 한마디 했다.

"네가 나가면 아빠가 그 방에 곧바로 다른 사람을 들일 거야. 그러면 너 같은 애가 있었다는 사실 자체도 사라지겠지."

32

다음 날 학교 운동장을 나서는데 피비가 클론딘과 이지와 같이 있는 모습이 보였다. 클론딘은 날 보고 미소 지었지만 나머지 둘은 고개를 돌렸다. 웃음과 무시가 매서운 눈빛과 손가락질로 바뀌는 데는 얼마나 걸릴까? 저 애야, 세상에, 피터 팬 살인마의 딸이라고.

집에 오니 마이크 아저씨와 사스키아 아줌마가 모두 집에 있었다.

"주말이 오기 전에 할 말이 있었는데 딱 맞춰 왔구나."

아저씨가 말했다. 사스키아 아줌마는 내가 자리에 앉자 시선을 마주치지 못했고 마이크 아저씨는 차를 마시겠느냐고 물었지만 아줌마와 나 모두 대답하지 않았다.

"우리는 네가 잘 견뎌준 것을 아주 자랑스럽게 생각한다. 이런 압박에 그렇게 성숙하게 잘 견뎌낸 10대는 거의 보지 못했거든. 이제 재판이 끝났으니 앞일을 살피고 논의해야 할 때가 왔어."

판결이 난 지 고작 이틀이 지났다. 날 내보내고 싶어서 안달이 났군.

"준과 사회봉사팀에서 네가 쭉 머물 양부모 가정을 찾아보고 있었 단다. 옥스퍼드 근교의 한 가정이 후보에 올랐는데 집이 넓고 들판도 있고 개도 두 마리 키운다고 해. 그분들을 만나보고 잘 지낼 수 있을 지 살펴봐야겠지만 조건이 꽤 괜찮은 것 같아. 어떻게 생각하니?"

"저한테는 선택할 여지가 없는 것 같네요."

"그렇게 생각하지 않았으면 좋겠구나. 우린 네게 무엇이 최선인 지 찾으려 하고 있어."

"전 언제 떠나나요?"

"밀리, 감정적으로 굴지 마."

마이크 아저씨가 말했다.

난 팔짱을 끼고 갈비뼈에 난 흉터를 느꼈다. 그리고 두 사람에게 서 고개를 돌렸다.

"우린 네 생일 파티를 같이하고 학기도 마무리했으면 좋겠어. 미 술 대상 전시회도 해야 하고."

그쯤이면 너무 늦다. 모두가 다 알게 되겠지. 고양이가 상자에서 튀어나 올 테니.

"제가 정말 멍청했네요."

"무슨 뜻이니?"

마이크 아저씨가 물었다.

"두 분이 절 좋아하시는 줄 알았어요."

"맞아."

사스키아 아줌마가 대답했다.

"아주 많이 좋아해."

"아줌마 말이 맞단다."

마이크 아저씨가 말했다.

"하지만 넌 이곳에 임시로 있기로 했고 그건 병원에서 이야기했잖니, 기억나?"

이곳에 쭉 있지 못하는 건 성질 나쁜 계집애 피비 때문이지. 다른 이유도 여럿 있고.

"말했듯이 확정된 건 아니지만 옥스퍼드의 가정을 미리 방문해 볼 계획을 세우고 있단다. 이르면 다음 주에."

다들 빠를수록 좋다고 생각하는 거야.

이른 아침이 찾아오자 머릿속이 단번에 맑아졌다. 이제는 고심하지 않는다. 진작 알아차렸어야 했는데 이제 와서야 내가 이 집에 속하지 못한다는 사실을 깨달았다. 정착하지 못한다는 것을. 나 같은 사람은 어디에도 자리 잡을 수 없다는 것을 알아야 했다. 엄마를 떠나기 전에 그 사실을 알았다면 그냥 있을걸. 사랑받지는 못해도 익숙한 그곳에 머무를 걸 그랬다. 유유상종이라고.

속옷 서랍에서 양말을 꺼내 마이크 아저씨에게서 몇 달 동안 받아 숨겨둔 약이 얼마나 되는지 만져보았다. 그리고 욕실로 가서 바닥에 양말 뭉치를 내려놓고 노트북을 가져온 다음 밖에서 열지 못하게 문을 잠갔다. 약은 충분해 보였다. 바닥에 앉아 무릎에 노트북을 올려놓고 엄마라고 적어둔 비밀 폴더를 열었다.

그리고 약을 조금 꺼내 개수대 옆에 놔둔 물 반 컵과 마셨다. 엄마가 밴을 타고 도착하는 동영상을 보았다. 창문은 내가 법정에 갈 때 탔던 마이크 아저씨의 차처럼 유리가 검게 선팅이 되어 있었다.

다음은 재판 마지막 날 동영상이었다. 판결을 받는 날이었다. 엄마는 유죄를 열두 차례 선고받았다. 엄마가 탄 밴이 법정으로 들어오자 사람들이 구름떼처럼 몰려들었고 언론은 카메라를 높이 들며 취재 열기를 고조시켰다. 난 다시 파란색과 흰색, 분홍색 알약 약간을 입에 한 움큼 털어 넣었다. 그리고 엄마 사진이 화면에 보일 때 정지 버튼을 눌렀다. 한 시간 정도 지나니 욕실이 아득해졌고 내 몸은 모래가 되어 벽에서 조금씩 흘러내렸다. 약에 취해 낄낄거리면서도 뭘 해야 할지 알 수 없었고 지난번에는 어땠는지 기억나지 않았다.

남은 약을 손에 가득 담았다. 분홍색 알약이 대부분이었는데 그게 무엇이든 생각할 필요가 없어서 좋았다. 입이 건조해서 물을 한 모금 마시니 깔끄러운 목구멍으로 달팽이 한 마리가 기어가는 것 같았다. 노트북을 덮고 자리에서 일어나 욕실 개수대 옆에 섰다. 거울을 보고 싶었다. 떠나기 전에 엄마를 보고 싶었지만 손이 자꾸 미끄러지고 거울이 녹아내렸다. 내 눈 속에서 밝은 빛이 보였다. 별처럼 빛났다. 소원을 빌어봐야 소용없다. 나는 지쳤다. 너무 지쳤다.

침대로 기어 올라가려는데 발아래 있는 것은 욕조였다. 얼른 몸을 가려야 해서 샤워 커튼을 붙잡았다. 언제 휴대전화 카메라로 날 찍을지 몰라. 지난번에 피비가 그랬던 거 기억 안 나? 욕조 아래쪽에는 타일이 열네 개 깔려 있다. 엄마의 재판이 시작되기 전날 잠이 오지 않아서 타일 개수를 세어보았다. 머리가 가슴으로 떨어지며 쉴 자리를 찾았고 속은 알약으로 가득 차 더부룩했다.

누가 내 다리를 잡아당겼다.

아래에서 누가 날 붙잡았다.

위로 여덟 계단. 그리고 또 네 계단.
문은 오른쪽에 있다.

사람들이 내가 감춘 걸 찾아낼 테니 난 영락없이 죽은 목숨이다.
찢었다가 다시 붙인 엄마의 초상화.
역겨워, 그들은 날 두고 이렇게 말하겠지. 그 어미에 그 딸이야.
그것 말고도 더 있다.
나는 손과 무릎으로 놀이방을 정돈했다.
바닥에 놓인 각설탕. 아니 남자애의 젖니.
그것이 내 주머니에 들어 있다.
그 이후로 난 살피고 찾았다. 엄마가 체포되던 날 내가 찾은 조각들,
옷, 아이 아홉 명의 물건을 가방에 넣었다.
내가 왜 그것들을 가지고 있을까?
요정이 준 보물이라 여기며 베게 아래 두려고 한 것은 아니다.
그 애들을 보살피는 나만의 방식이다.
제이든, 벤, 올리비아, 스튜어트, 키안, 알렉스, 세라, 맥스, 대니얼.
난 아홉 꼬마를 돕고 싶었다.
엄마는 내가 그걸 가지고 있는지 모른다.
아무도 모른다.

33

고무관이 내 안으로 들어왔다.

불빛이 머리 위를 비췄다.

식도가 말라 숨이 막혔다. 손등에는 나비 모양의 링거 바늘이 꽂혀 있었다. 젖은 얼굴에 가늘게 눈물이 흘렀다. 울어봐야 소용없으니 울고 싶지 않다. 두렵다. 두려울 건 아무것도 없다. 아무것도 두려워하지 말자. 하지만 모든 것이 두렵다.

누가 있나?

차가운 피부가 몸을 감쌌다. 날 누르고 돌렸다. 손가락이 내 눈을 억지로 벌렸다. 볼펜 굵기의 밝은 빛이 동공을 이리저리 공격했다. 억양이 강한 목소리가 내 위장을 누르며 10대들이 약물을 과용해 자살을 시도하고는 한다고 말했다. 약을 다량 복용했지만 운이 좋왔다고.

엄마가 내게 하는 소리였다.

숫자와 글자, 피와 관련한 말들이 오고 갔다. 혈액이 어떻다고. 흰 가운을 입고 팔에 클립보드를 낀 여성이 차트를 내려다보았다. 정적이 흘렀다.

진정제 투여량을 늘리세요. 흰 가운이 말했다.

다시 아래로 꺼지겠군.

정신을 차리고 주변을 둘러보니 마이크 아저씨가 옆에 와 있었다. 가슴에서 공기가 빠져나가 풍선이 납작해졌다. 아저씨는 침대 쪽으로 몸을 구부린 채 앉아 있었다. 난 말을 할 수 없었고 목소리는 물론 그보다 더 많은 것을 잃었다. 내가 손을 꼭 잡자 아저씨가 고개를 들었다.

"밀리, 깨어났구나. 다행히 의식을 찾았어."

나는 아저씨가 날 고칠 수 없다고, 이런 내가 싫고 내 속에 나쁜 내가 있어서 미안하다고 말하고 싶었다.

"말하려고 하지 마. 넌 쉬어야 해."

아저씨가 대꾸했다.

그리고 내 머리 위의 버튼을 눌렀다. 내가 몽롱한 눈동자로 어찌된 상황인지 묻자 아저씨는 내 뜻을 알아차리고 이야기해주었다. 내 이야기였다.

"넌 약을 과다 복용했어. 아침 식사 때 내려오지 않아서 올라가보니 욕실 문이 잠겨 있어서 강제로 열었단다. 위장을 세척하고 진정제를 다량 투약해서 한동안 몽롱하겠지만 괜찮을 거야."

그때 병실 문이 열렸다. 누구인지 보려고 했지만 금발밖에 알아볼 수 없었다.

"밀리가 깨어났군요."

"맞아, 여전히 약에 취해 있지만 깨어났어."

사스키아 아줌마는 침대에서 멀찍이 서서 말했다.

"잘됐어요. 너무 기뻐요. 간호사를 불러야 하지 않아요?"

"이미 불렀어. 곧 간호사가 올 거야. 밀리, 괜찮겠니?"

난 고개를 끄덕였지만 의식이 계속 있을지 확신이 없었다. 눈꺼풀이 너무 무거웠다. 마이크 아저씨가 작은 반점처럼 흐리게 보였다. 보트에 탄 것처럼 뱃멀미가 났다. 어둡게 빛나는 커다란 그림자 같은 고래가 아래로 헤엄치다가 내 옆으로 올라와 입을 크게 벌렸다. 그 속을 들여다보았다. 난 실수를 너무 많이 저질렀다. 아이들이 무서운 얼굴로 날 쳐다보며 손을 뻗었다. 난 보트에서 몸을 구부려 그 애들을 구해주려고 했다. 한 목소리가 '안 돼'라고 말했다. 한 번도 그가 말하는 걸 들어본 적 없지만 내 생각엔 내가 믿지 않는 하느님의 목소리인 것 같았다. 하느님이 웃었다. 무자비하고 거칠게. 바다가 난폭해져서 아이들을 구할 수 없었다. 세어보면 아홉 명일 것이다. 모두 목을 맨 채 자기가 어떻게 될지 알고 있었고 고래는 입을 다물고 시야에서 사라졌다. 나는 너무 밝고 흰 병실로 끌려 나왔다. 간호사가 준이 왔다고 전하며 아줌마와 아저씨에게 같이 가자고 말했다. 그리고 다시 눈을 떴을 때 피비가 와 있었다. 피비가 맞나?

'못난이, 카메라를 보고 웃어야지.'

'싫어, 찍지 마.'

내 목소리는 작았고 아주 낯설었다. 너무 늦었다. 얼굴로 플래시가 터졌다. 넌 네 엄마를 빼닮았어. 눈을 감았다 뜨니 피비는 그곳에 없었다. 처음부터 없었는데 내 마음이 장난을 친 것이었다.

벽에는 소리 없이 화면만 나오는 텔레비전이 보였고 화면 아래쪽으로 자막이 흘러나왔다. 주요 기사는 좌초된 선박에 관한 것이었고 잠깐 엄마 얼굴을 본 것 같았다. 내 심장에 부착된 채 왼쪽에 놓인 기계는 조금 전까지만 해도 조용하고 천천히 작동했지만 지금은 큰 소리로 울려 엄마에 대한 내 반응을 그대로 드러냈다. 숨을 고르려고 했지만 삐 하는 소리가 더 빨라져서 눈을 감고 진정하려고 노력했다. 다시 텔레비전을 쳐다봤을 때 뉴스는 처음부터 나오지 않은 듯 끝나 있었고 낱말 잇기를 하는 게임 쇼가 방영 중이었다.

몸을 일으키려는데 팔에 힘이 들어가지 않았다. 준과 아줌마와 아저씨가 의논했다. 난 어디로 가게 될까? 새 입양 가정은 지금쯤 날 원하지 않을 것이다. 그런 애를 우리 집에 들여야 할지 모르겠네요, 그들은 이렇게 말하겠지. 지금 있는 곳에 머무는 게 더 낫지 않겠어요? 그래, 맞다. 난 이제야 깨달았다. 여기 머물고 싶다. 피비와 내 방이 있는 이곳에. 그렇게 될 수 있다면 얼마나 좋을까.

다시 텔레비전으로 고개를 돌리니 엄마 얼굴이 화면을 가득 채웠다. 그 밑으로 커다란 글자가 반짝이며 나타났다.

탈옥

엄마는 고개를 끄덕이더니 미소를 지으며 날 찾아오겠다고 말했다. 누군가 비명 지르는 걸 들었는데 알고 보니 나였다. 난 침대에서 몸부림쳤고 손등에 꽂은 나비 바늘을 빼고 다른 관과 전선도 다 떼어냈다. 기계가 묵직한 톤으로 경고음을 내며 전선이 빠져서 심장 박동을 감지할 수 없다고 알렸다. 심장이 없다고. 내 심장을 찾을 수 없다고. 의사가 뛰어 들어오더니 내게 진정하라고 말하며 어깨를 자꾸 눌렀다. 뒤이어 아저씨와 아줌마가 병실로 들어왔다. 의사는 누군가에게 올란자핀을 5밀리그램 투여하라고 소리쳤다.

"엄마가 날 잡으러 와요."

내가 이렇게 말하는 소리가 들렸다.

"아무도 널 잡으러 오지 않아, 밀리. 넌 안전해."

어린아이 아홉 명이 병실 한 귀퉁이에 모여 입을 실룩거리고 흐느끼며 날 쳐다보고 있었다.

흰 가운이 보이고 바늘이 나타났다.

난 다시 잠에 빠졌다.

34

나는 치료 병동에서 청소년 정신과 병동으로 옮겨졌다. 얼마 지나지 않아 마이크 아저씨가 처방 약을 다시 검토했다. 일주일이 채 걸리지 않았다. 아저씨는 '약 처방'이라고 말할 때 마치 자기 잘못인 듯 내 눈을 쳐다보지 못했다. 약을 지나치게 먹어서 내성이 생겼다고 생각하는 것이었다.

간호사가 내 모든 움직임을 살피며 그것을 지속적인 관찰이라고 불렀다. 한 명씩 교대로 오가며 병실 입구 벽에 걸린 클립보드에 표시했다.

화장실 다녀옴, 확인. 점심식사 함, 확인. 살아 있음, 확인.

혼자 있으면 안 될까요? 안 돼.

인터넷을 해도 될까요? 안 돼.

여기에서 나갈 수는 없나요?

천천히 고개를 저었다.

이번에는 규칙에 따라 행동하고 병원에서 주는 약도 먹었는데 그 약이 날 몇 시간 정도 재우면서 엄마를 잠시나마 못 보게 돕는 듯했다. 준이 몇 차례 찾아와 크리스마스쯤까지 뉴몬츠 가족과 지낼 수 있게 되었지만 그 이후에는 새로운 가정으로 옮겨야 한다고 말해주었다. 난 준에게 피비가 내 상황을 알고 있느냐고 물었다.

"아니, 그 애는 네가 맹장염에 걸렸다고 알고 있어. 몇 가지 복잡한 일이 있지만 네가 곧 집에 돌아올 거라고 마이크 씨가 전했어."

피비가 어떻게 할지 궁금했다. 내가 누군지 모두에게 어떻게 말할까?

옆 병실에 있는 여자애가 놀러왔다. 그 애는 토끼 인형을 품에 안고 있었다.

"프로작, 얘는 밀리야. 밀리, 얘는 프로작이야."

"왜 그 인형을 프로작이라고 불러?"

내가 물으니 그 애는 웃으며 정신과 전문의도 똑같이 물었다고 노래하듯 대답했다. 그러더니 침대 옆에 서서 토끼 귀 안쪽 분홍색 부분을 만지작거리며 말했다.

"의사 선생님한테 이 토끼를 프로작이라고 부르는 건 토끼가 내 기분을 더 좋게 해주기 때문이라고 했어."

"조시, 밀리 병실에서 나오렴."

간호사가 말했다.

"얼른, 손 좀 줘봐."

조시가 내 손가락을 토끼 귓구멍 안에 넣자 손에 알약이 가득 든 묵직한 주머니가 느껴졌다.

"토끼는 프로작을 좋아해."

조시는 윙크하고는 빙글빙글 돌며 내 병실을 나섰다.

작고 푸른 알약은 하느님 혹은 자신이 전지전능하다고 생각하는 정신과 의사가 준 선물이다. 의사들이 말하는 그 약을 먹으라고 조시에게 말하고 싶었지만 나도 그 애처럼 약을 모아둔 적이 있다. 약을 먹어, 먹지 마. 플라세보의 철자를 거꾸로 해서 오브칼프라고 약명을 지은 거야. 5호 병실에 있는 소녀에게 오브칼프 10밀리그램만 투여해주세요. 난 제1안전 병동에서 돌아가는 상황을 빠르게 익히고 직원들이 우리를 속이려고 쓰는 단어들을 파악했다. 돌이켜보면 내가 바보였는지도 모른다. 이곳에 일주일째 머물며 약을 먹었고 간호사들과 이야기하면서 차츰 좋아지고 있기 때문이다.

거의 정상인 것 같다.

오늘 퇴원과 관련해서 회의가 있었다. 아저씨와 아줌마, 준도 참석했다. 내가 인터뷰를 당하는 것이 아니라 그냥 같이 이야기하는 것처럼 느끼도록 정신과 전문의들은 원탁에 둥글게 앉았다. 아무도 가운을 입지 않았다. 동등하게. '누가 미쳤는지 누가 결정하는 거야?' 엄마가 말했다. 그 말을 듣고 싶지 않아서 내가 안정을 찾았다고 관계자들에게 말하는 데 집중했다. 그들이 내게 1부터 10 사이에서 어느 정도로 안정을 느끼는지 물었다. 나는 9 정도라고 대답하면서 10이 되려고 노력하고 있다고 덧붙였다. 주위에서 미소 지으며 내가 농담하려고 한 시도를 감사하게 여겼다.

약물 과다 복용은 재판으로 인한 스트레스와 수면 부족이 원인으로 여겨졌다.

"그 부분에 집중할 필요는 없으니 넘어가죠. 누구의 잘못도 아니에요."

수간호사가 마이크 아저씨에게 말했다. 퇴원을 허가받아 나는 11월 25일 금요일, 열여섯 번째 생일을 일주일 남겨두고 집에 갈 수 있게 되었다. 병실로 가서 짐을 챙기는데 이제 살아났으니 문 앞에 간호사도, 점검표도 더 이상 필요 없었다. 그때 본 적이 없는 남자아이 하나가 병실로 들어와 내게 달려들어 벽으로 밀어붙였다. 그 애는 약 부작용 때문인지 침을 흘렸다. 호전되고 있지는 않은 듯했다. 남자애는 밤에 자기 방에 나타나는 남자들이 내 뒤도 쫓을 거라고 말해주었다. 그리고 계속 뒤를 살피며 그들이 찾아오게 내버려두지 말라고 속삭였다. 입이 엉망이고 눈에 광기가 가득했지만 난 그 애에게 입 맞추고 내가 죽어가고 있다고 말하는 상상을 했다. 그러면 그 애가 묻겠지. 그들이 네게 무슨 짓을 했냐고. 난 오래전에 무슨 일이 있었던 것 같은데 잘 모르겠다고 대답할 것이다. 그리고 밤에 날 찾아오는 건 남자들이 아니라고 말해주고 싶었다.

그건 바로 엄마라고.

지금 어느 정도 안정적으로 느끼냐고?

10 중 1, 혹은 2.

35

　마이크 아저씨는 토요일 상담을 취소하고 어제 하루 휴가를 냈다. 아저씨는 모두에게 아침 식사로 베이컨과 메이플 시럽을 곁들인 팬케이크를 만들어주었고 우리는 다 같이 식사를 한 뒤 화기애애하게 시간을 보냈다. 피비는 미소를 지었고 행복해 보였다. 그 애가 엄마와 내 관계에 대해 더 이상 생각하지 않기로 했거나 내가 측은해 잘 지내보고 싶어졌을지도 모른다는 한 줄기 희망이 생겼다. 피비와 사스키아 아줌마는 오전에 쇼핑하러 갔다. 마이크 아저씨는 아주 기뻐했다. 사람들은 참 단순하다.

　아저씨는 이제 내가 약 먹는 모습을 유심히 지켜본다. 병원 측에서 내게 약을 따뜻한 물과 함께 먹인 뒤 열기가 약을 녹여 피에 녹아들 때까지 같이 있어주라고 권했기 때문이다. 아저씨가 그 말을 따르는 건 괜찮다. 아저씨에게 내가 믿어도 좋은 사람이라는 걸 알려주고 싶다. 이 집에 더 머물고 싶다.

사스키아 아줌마와 피비가 집을 나선 뒤 우리는 상담했고 아저씨는 하고 싶은 말이 있는지 물어보았다. 난 병실에 있는 일주일 내내 피비가 뭘 알고 있고 어떻게 할 것인지 걱정했다고 말하고 싶었지만 병실에 있는 동안 침대는 물에 떠 있는 보트 같았고 그 아래서 고래가 헤엄쳤다고 이야기했다. 엄마가 텔레비전에 나왔고 그때 '탈옥' 했다는 자막이 나왔다고도 말했다. 아저씨는 내가 먹은 약이 진정제라서 환각을 일으킬 수 있다고 말해주었다. 또한 마음이 불안해지면 언제든 아저씨에게 오라고 덧붙였다. 모든 걸 참지만 말라고.

"그러다 네가 병원에 가게 되는 걸 원치 않아, 알겠지?"

상담이 끝난 뒤 아저씨가 내게 봉투 하나를 건넸다. 열어보니 제임스 교장 선생님이 내 쾌차를 기원하며 보낸 카드가 들어 있었다. 아저씨는 피비뿐 아니라 모두에게 내가 맹장염으로 입원했다고 말했고 학기가 거의 끝나가는 시기에 굳이 학교에 사실대로 말할 필요를 못 느껴서 그랬다고 설명했다. 그리고 월요일에 다시 학교에 갈 수 있는지 물었다.

"네, 전 웨더브리지가 정말 좋아요. 제가 다닌 곳 중 최고예요."

내가 대답했다.

"아, 그리고 켐프 선생님이 네 신상에 대해 알고 있다는 걸 나도 안단다. 제임스 교장 선생님이 이메일을 보내주셨거든. 하지만 걱정하지 않아도 돼. 선생님은 아무에게도 말하지 않을 거야."

'선생님은 말하지 않을 거예요. 하지만 아저씨의 딸은 모르죠.' 난 이렇게 생각했다.

오늘 마이크 아저씨와 나는 시장으로 산책하러 가보기로 했다. 가는 길에 아저씨는 다음 주 토요일 내 생일에 집에서 열릴 다과 파티를 지인들에게 이메일로 알렸고 좋은 사람 몇몇이 참석할 거라고 알려주었다. 난 고맙다고 대답했지만 엄마와 같이 있었다면 내 열여섯 번째 생일이 어떻게 되었을까 하는 생각이 드는 건 어쩔 수 없었다.

가판대에서 핫 초콜릿을 사는데 나이 지긋한 아주머니가 내게 크리스마스가 기다려지는지 물었다.

"네, 하지만 제 생일이 먼저예요."

내가 이렇게 대답하니 아주머니는 아저씨를 쳐다보며 내 나이를 가늠해보았다.

"네 아버지를 보니 넌 열일곱 살쯤 되겠구나."

난 미소를 지으며 이렇게 대답했다.

"거의 맞히셨어요. 열여섯 살이 돼요."

아주머니가 '네 아버지를 보니'라고 말했기 때문에 나이를 맞히지 못한 것이 전혀 실망스럽지 않았다. 마이크 아저씨도 아주머니에게 내 아빠가 아니라고 말하지 않았다. 난 미소를 지으며 아저씨를 쳐다보았지만 아저씨는 아주머니가 한 말을 듣지 못하고 다른 곳을 보고 있었다.

집에 돌아와 모건에게 나중에 올 것인지 문자메시지로 물어보았다. 병원에서는 휴대전화를 쓸 수 없었기에 퇴원하고 보니 모건에게서 메시지 수십 통이 와 있었다. 그 애 역시 내가 맹장염으로 입원한 줄 알고 나중에 수술 자국을 보여달라고 하지 않기를 바랄 뿐이었다. 오후 내내 집은 조용했다. 피비는 이지네 집에 갔을 것이고 사스키아 아줌마는 드러누워 있었다. 마이크 아저씨는 서재에서 밀린 일을 한다고 했다. 아마도 나에 관해 글을 쓰겠지.

스케치를 하려고 했지만 집중이 되지 않았다. 계속 피비 생각이 났다. 포기하는 건 그 애 성격에 맞지 않고 이해하려고 노력하는 것도 마찬가지였다. 피비의 방으로 가서 이메일을 훔쳐보고 싶었지만 마이크 아저씨가 집에 있으니 너무 위험했다. 어제 아침 식사를 할 때 피비는 행복해 보였다. 물론 내가 돌아온 것이 기뻐서가 아니라 꿍꿍이가 있기 때문이었다.

두렵다. 병실 문 앞에 붙은 클립보드를 확인하는 간호사도, 내 방에서 빙글빙글 도는 조시도 그립다. 혼자 현실에 내던져져 떨고 있기 싫다. 마이크 아저씨에게 피비가 내 정체를 알아차려서 걱정된다고 말하고 싶지만 어떻게 말해야 할지 모르겠다. 내가 규칙을 어기고 피비의 방에 들어갔다는 걸 아저씨가 모르길 바란다.

뭐라고 말할지 모르지만 아저씨가 필요하면 언제든 오라고 했으니 일단 서재로 가보았다. 문을 두드리려고 손을 들었는데 아저씨가 누군가와 통화하는 소리가 들렸다. 난 고개를 돌려 귀를 문에 바짝 대고 대화를 엿들었다. 크리스마스와 새해 계획에 대해 말하더니 이내 아저씨가 내 이야기를 했다.

"당신 말이 맞아요, 준. 피비를 먼저 챙겨야 할 때인 건 분명해요. 우리가 마음을 바꾼 건 미안하지만 밀리가 돌아오고 나서 두 아이가 여기 함께 있는 것이 벅차다는 걸 깨달았어요. 솔직히 재판하는 동안 밀리를 봐주고 최근에 있었던 일까지 겪으면서 제게 피해가 생겼어요. 우리 모두에게요. 조금이나마 평범한 일상으로 돌아가고 싶네요."

아저씨는 말을 멈추고 준이 하는 이야기를 들었다.

"네, 동의해요. 병원에서 퇴원한 지 얼마 안 된 데다 너무 이른 듯하지만 그 애는 괜찮을 거예요. 제가 잘 말할게요."

난 문에서 물러섰다. 아저씨에게 무섭다고 말할 필요가 사라졌다. 억지로 참지 말라고 했지만 내가 여기 있기를 원하지 않는 사람에게 그런 이야기를 해서 무슨 소용일까.

모건이 발코니에 올라왔을 때 그 애 모습을 보고 감동했다. 집이 안정감을 주는 걸까, 아니면 사람이 그런 걸까? 우리는 침대에 앉았다. 그 애는 내게 기분이 어떤지 물었지만 수술 자국을 보자고 하지는 않았다. 부은 입이 가라앉고 이마에 난 상처가 아물었기에 나도 모건에게 잘 지내는지 물어보았다.

"네가 제일 좋아하는 책이 《피터 팬》이랬지?"

"맞아."

"내 여동생이 제일 좋아하는 영화가 그거야. 지난주에 동생이랑 DVD를 봤는데 피터 팬이 웬디에게 고마워서 선물을 준비한 거 알지? 나도 너에게 줄 게 있어."

모건이 주머니에서 뭔가를 꺼내 내게 건넸다. 금으로 된 작은 로켓 펜던트로 시장 골동품 판매대에서 본 것과 비슷했다. 열어보니 안에 사진이 들어 있지 않았다.

"봐서 한쪽에는 네 사진을, 다른 쪽에는 내 사진을 넣으면 좋을 것 같아."

우리 둘은 미소 지었고 난 그 애가 내게 얼마나 큰 의미인지, 그리고 그 애를 지키려고 해를 가할 필요가 없다고 깨달았다. 모건은 지금 그대로도 괜찮다. 그 애는 침대에 누웠고 난 모건에게 그 애를 그려도 되는지 물었다. 얼굴을 지울 필요가 없는 새로운 초상화를 시작하고 싶어졌다.

36

학교에 돌아와 며칠은 힘들었다. 매점의 소음이 더 크게 들렸고 복도에서 누군가와 부딪히는 일도 더 아팠다. 피비가 소문을 냈을까 염려하는 마음이 가장 컸다. 최대한 그 애 눈에 띄지 않도록 조심하면서 피비가 내가 누군지 잊어버리는 마법이 있으면 좋겠다고 생각했다. 그 애가 생각하는 내가 누구인지. 왜 아직 아무에게도 말하지 않았는지 모르는 상태로 기다리니 더 고역이었다.

수업을 마치고 라커룸에 짐을 챙기러 가니 피비가 마리아와 함께 있었다. 마리아는 피비에게 스타벅스에 가자고 했다. 하지만 피비는 집에서 할 일이 있다고 거절했다.

"그래도 같이 걸어갈 수는 있어. 1분만 기다려줘. 이 이메일만 좀 읽고."

피비는 휴대전화 화면을 보며 미소 지었다.

"누구에게 온 거야?"

마리아가 물었다.

"아무도 아니야."

피비는 날 흘끗 쳐다보며 대답했다.

"내가 내일 준비한 계획에 관한 거야."

또다시 일을 망치지 말아줘.

대강당으로 가는 길에 나는 아저씨에게 메시지를 보내 7시까지 연극 세트 만드는 걸 도와야 한다고 알렸다. 아저씨는 알겠다면서 아저씨와 아줌마 모두 사무실 내부 공사가 끝난 걸 축하하는 행사에 가니 비슷한 시간에 도착할 거라고 말했다. 나는 바쁘게 움직이며 세트를 칠했고 반쯤 완성했을 때 학교 옆 상점에 가서 모두에게 필요한 달콤한 스낵을 사왔다. 7시가 막 지나서 작업을 마무리했고 꽤 괜찮은 세트를 지으며 잠시나마 주의를 돌릴 수 있어서 즐거웠다.

난 캠프 선생님과 함께 걸어 나오며 새로운 초상화를 시작했다고 말했다. 선생님은 기뻐하며 이제 새롭게 시작할 때라고 말했다. 나도 그렇게 생각했다.

"혼자 집에 갈 수 있겠니?"

선생님이 물었다.

"괜찮아요. 여기서 아주 가깝거든요."

"잘됐구나. 그럼 내일 보자, 밀리."

"안녕히 가세요."

집에 반쯤 가까워졌을 때 전화가 울렸다. 화면에 마이크 아저씨 이름이 나타나서 전화를 받으니 아저씨가 말했다.

"대체 어디야?"

"집에 걸어가는 길이에요. 계속,"

"집에 오면 안 돼, 내가 하는 말 알겠지?"

아저씨의 목소리는 평소와 아주 다르게 강압적이었다.

"옆집 발레리 아줌마네에 가 있어. 내가 다시 연락할 때까지 거기 있고."

"아저씨, 무섭게 왜 그래요. 무슨 일 있어요?"

"시키는 대로 해. 집에 오면 안 돼, 알겠지?"

"네."

집 근처에 다다랐을 때 겉으로는 아무 문제가 없어 보였다. 옆집에 가기 싫었지만 아줌마가 도로에 마중 나와 있다가 날 보고는 서둘러 집 안으로 데리고 들어갔다.

"무슨 일이에요?"

내가 아줌마에게 물었다.

"아저씨가 너무 무섭게 말했어요."

"우리도 정확히는 모른단다. 하지만 괜찮을 거야. 자, 밖이 추우니 어서 안으로 들어오렴."

매번 괜찮을 거라고 들었지만 괜찮은 적은 한 번도 없었다.

무슨 일이 생겼다는 것을 아는 데는 그리 오래 걸리지 않았다. 사이렌 소리가 들리더니 집 바깥쪽에서 비명 소리가 났다. 발레리 아줌마는 길가가 아닌 정원이 보이는 거실로 날 데리고 가서 차나 먹을 걸 내줄지 물었다.

"집에 가고 싶어요. 무슨 일인지 알아야겠어요."

"지금은 안 돼."

난 거의 두 시간 동안 옆집에 있었다. 발레리 아줌마는 최대한 평소와 다름없이 편안히 있게 하려고 텔레비전을 켜두었다. 하지만 남편인 데이비드 아저씨가 집에 왔을 때 두 사람이 주고받는 표정에서 난 알 수 있었다. 안 좋은 소식이 있는 것이다. 나쁜 소식이다. 초인종이 울리자 데이비드 아저씨가 문을 열었고 마이크 아저씨와 이야기를 나누는 소리가 나더니 같이 들어왔다. 난 아저씨를 보자마자 눈물이 왈칵 쏟아졌다. 아저씨의 셔츠 앞에 잔뜩 묻은 얼룩을 보았고 어떤 얼룩이 그런 색을 내는지 잘 알고 있기 때문이다. 아저씨는 옷을 살피더니 단조로운 목소리로 말했다.

"옷을 갈아입고 왔어야 하는데 미처 생각을 못 했네."

아저씨는 느릿느릿하게 말했고 얼굴은 공포에 질려 있었다. 나이가 들어 보였다. 아저씨는 피를 너무 많이 봤다. 이제 나와 같은 처지가 된 것이다.

"발레리, 두 사람을 위해 자리를 좀 비켜줍시다."

데이비드 아저씨가 말했다.

"그래야죠. 천천히 말씀 나누세요."

두 사람이 문을 닫고 나가자 거실 분위기는 한층 무거워졌다. 격해졌다. 마이크 아저씨가 내 옆에 와 앉았다. 아저씨의 손이 떨렸다. 준과 통화할 때 아저씨는 평범한 삶을 누리고 싶다고 했는데.

"무서워요, 아저씨. 무슨 일이에요? 제발 말 좀 해주세요."

아저씨는 쉽게 말을 꺼내지 못하고 말하려다 멈추기를 반복했다. 끔찍한 사실을 말하려니 입이 떨어지지 않는 것이었다. 마침내 아저씨가 말했다.

"사고가, 끔찍한 사고가 있었어."

아저씨는 피범벅이 된 손으로 얼굴을 감쌌다. 난 아저씨의 손을 잡아주고 싶었지만 피를 묻히기는 싫었다.

"무슨 말이에요?"

아저씨는 곧바로 대답하지 못하고 고개를 저은 뒤 발치만 쳐다보았다. 믿을 수 없겠지. 내가 처음 진술했을 때 경찰도 그런 반응을 보였다. 아저씨는 얼굴에서 손을 치웠지만 그 애의 이름을 말한 직후 다시 한 손으로 입을 막았다. 과호흡이었다. 아저씨는 다른 사람을 진정시키는 일을 하지만 자신에게 그런 일이 닥치자 그만 정신을 놓고 말았다.

"어떤 사곤데요? 그 애는 무사해요?"

숨이 가빠지면서 아저씨는 손으로 넥타이를 풀려고 했다. 난 그래봐야 소용없다고 말해주고 싶었다.

"아니, 괜찮지 않아."

아저씨는 셔츠에 피가 그렇게나 많이 묻었는데도 그 애가 죽었다고는 말하지 않았다.

"괜찮지 않다는 게 무슨 말이에요? 제가 볼 수 있을까요? 피비가 괜찮은지 보고 싶어요."

아저씨는 머리를 쥐어뜯고 셔츠를 잡아당기며 손을 한시도 가만두지 않았다. 여전히 피비 시신의 감촉이 느껴지는 모양이었다. 아저씨는 몸을 흔들더니 혼잣말하듯 웅얼거렸다.

"아저씨, 부탁이에요. 말해주세요."

"피비가 떠났어. 구급대원이 피비를 데려갔고 경찰이 집에 와 있어."

"어디로 갔단 말이에요?"

아저씨는 날 쳐다보더니 내 무릎을 꽉 잡았다. 마치 새의 발톱처럼 날카로운 손끝이 살을 파고들었다. 나를 만지지 말라는 규칙 따위는 잊어버린 듯했다. 난 몸을 빼고 눈을 감고 싶었다. 내가 예상하는 다음 대사를 아저씨가 말할 때 그 표정을 보고 싶지 않았다.

"그 애가 죽었어, 밀리. 우리 피비가 죽었다고."

아저씨는 내 다리에서 손을 놓고 팔로 자신을 감싸며 울음을 터트렸다. 그리고 가슴 앞으로 팔짱을 끼더니 다시 몸을 흔들었다.

"이해가 안 가요. 수업이 끝난 직후에 학교에서 피비를 봤어요."

아저씨가 갑자기 멈춰 섰다. 몸을 움직이면 내면의 부정적인 감정을 분출할 수 있어서 도움이 되기도 한다. 가끔은. 아저씨는 벽난로 앞으로 갔다가 다시 돌아왔다. 그러면서 계속 웅얼거렸다. 감당하기 힘든 감정에 파묻혀 있다가 이 방에 자신 말고 다른 사람이 있다는 사실을 막 떠올린 듯 날 쳐다보았다. 아저씨는 다시 심리학자의 본분으로 돌아가서 나에게 다가오더니 내 앞에 무릎을 구부리고 앉았다. 이상한 쪽으로 빠져들어 슬퍼하는 것보다 원래 규칙에 따르는 쪽이 한층 수월하다는 걸 알기 때문이다.

"미안하구나, 밀리."

아저씨가 말했다.

"정말 미안해."

"왜 저한테 미안하다고 하세요?"

"넌 이미 감당할 게 많을 텐데."

그리고 아저씨는 다시 목 놓아 통곡했다. 아저씨의 고통이 사방에 넘쳐흘러 나도 눈물을 흘렸다. 괜찮을 거라고 어떻게든 나아질 거라고 말하려고 했다. 그래서 팔을 뻗어 아저씨의 머리에 손을 올렸다. 그게 도움이 되었는지 아저씨는 울음을 멈추고 바닥에 앉아서 관자놀이를 문지른 다음 손가락으로 머리를 두세 차례 쓸어 넘겼다. 코로 숨을 들이마시고 입으로 내뱉으며 진정하려고 했다.

"어떻게 된 거예요?"

내가 물었다.

"떨어진 것 같아. 경찰이 지금 수사를 하고 있어."

"떨어졌다고요?"

"자세한 건 말할 수 없어, 밀리. 지금은 말이야."

"사스키아 아줌마는 어디 있어요?"

지옥에. 아저씨가 대답할 수 있다면 그렇게 말할 것이었다. 아저씨가 말할 때마다 위스키 냄새가 풍겼다. 아저씨는 자세한 건 말할 수 없다고 했으면서 머릿속 회로가 엉망이 되었는지 술술 말을 이었다.

"피비 전화기가 바닥에 같이 떨어져 있었어."

아저씨는 이 말을 계속했다.

"떨어질지도 모르니 거기 앉지 말라고 신신당부했는데. 그렇게 들은 척도 않더니 거봐. 말을 들었어야지."

아저씨는 다시 손에 얼굴을 묻고 울기 시작했다.

"아저씨 탓이 아니에요."

그때 초인종이 울리고 목소리가 들렸다. 누군가 문을 가볍게 두드렸다. 발레리 아줌마가 거실로 오더니 경찰이 이야기하고 싶어 한다면서 이제 집에 가도 된다고 알려주었다. 마이크 아저씨는 고개를 끄덕이더니 다리에 힘이 없는지 양손으로 소파를 잡고 일어났다. 발레리 아줌마는 복도에서 기다리겠다며 자리를 비켜주었다.

"가자."

아저씨가 말했다.

"무서워요. 제가 뭘 보게 되나요?"

"아무것도 보지 않아. 방수포를 덮어두었어. 피비가 있던,"

아저씨는 창가로 걸어가 유리에 기대고는 정원을 쳐다보며 자신을 추슬렀다. 그러려고 노력했다. 그리고 날 다시 쳐다보더니 이만 가자고 했다. 거실을 나오니 발레리 아줌마와 데이비드 아저씨가 밖에서 기다리고 있었고 깊은 유감을 표시하며 필요한 것이 있으면 시간을 가리지 말고 언제든 연락해달라고 말했다. 마이크 아저씨가 고개를 끄덕였다.

진입로에 서 있는 경찰차 두 대가 가장 먼저 눈에 들어왔고 구급차는 아저씨 말대로 이미 가고 없었다. 현관 앞에 도착하니 들어가기 싫었다.

"집에 들어갈 수 있을지 모르겠어요, 아저씨."

"가야 해. 내가 계속 같이 있을 거야."

정복을 입은 경찰 무리가 현관 복도에 서 있었다. 마이크 아저씨가 그들에게 날 수양딸이라고 소개했다. 그중 한 사람이 고개를 끄덕이더니 스티브가 주방에서 기다리고 있다고 말해주었다. 바닥 타일을 교체해야 할 것 같았다. 지나가는 길에 난 아저씨의 팔을 꽉 잡았다.

"넌 괜찮을 거야."

아저씨가 이렇게 말하며 내 등을 감쌌다. 난 다시 사스키아 아줌마가 어디 있는지 물었다.

"구급 대원이 진정제를 놔줘서 침실에서 자고 있어."

다른 경찰이 식탁 앞에 앉아 있다가 우리가 들어오니 자리에서 일어났다.

"네가 밀리구나. 몇 가지 물어봐도 괜찮을까? 지금 충격이 아주 크다는 건 잘 알지만."

"제가 같이 있어도 될까요?"

마이크 아저씨가 물었다.

"물론이죠. 의례적으로 하는 일이니 그리 오래 걸리진 않을 겁니다. 자, 앉으세요."

경찰은 수첩을 펼치더니 펜 뚜껑을 열었다.

"마지막으로 피비를 본 게 언제니?"

"학교에서요. 수업을 마치고 나서니까 4시쯤 됐을 거예요."

"어때 보였는데?"

"평소와 똑같았어요. 휴대전화를 보고 있었어요."

"누구랑 통화했는지 알아?"

"아뇨, 피비는 이메일을 보고 있었어요. 어딘가 신나 보였어요."

경찰은 그 말을 수첩에 적었다.

"뭐 때문에 신났는지 말해줬어?"

"아니요."

"그리고 곧바로 집에 간다고 말했고?"

"그런 것 같아요. 네, 할 일이 있다고 했어요."

"둘이서 다른 이야기는 안 했니?"

"네, 전 방과 후 활동이 있었거든요. 공연에 쓸 세트 제작을 돕고 있어요."

"그럼 넌 저녁 내내 거기 있었겠구나?"

경찰이 물었다.

"네, 친구들 열다섯 명 정도랑 켐프 선생님과 함께 있었어요."

경찰이 또 메모했다.

"학교에서 몇 시에 나왔니?"

"7시 좀 넘어서 선생님과 같이 나왔어요. 그때 아저씨한테 전화를 받았고요."

경찰이 마이크 아저씨를 쳐다보자 아저씨는 내가 한 말이 맞다는 듯 고개를 끄덕였다. 1분 사이에 아저씨의 얼굴은 한층 더 늙어 보였다. 경찰이 수첩을 덮고 펜 뚜껑을 닫는 걸 보며 마무리되었다는 걸 알았다. 사람을 자세히 관찰하면 그 정도는 알 수 있다.

"정말 유감입니다. 조사는 이 정도로 마치도록 하죠."

경찰이 말했다.

그는 잠시 말을 멈추고 훈련받은 대로 상황에 알맞게 대응했다. 그가 자리에서 일어나면서 의자가 타일에 긁히는 소리가 났다. 마이크 아저씨는 모든 소리와 감각에 민감해져 있어서 움찔했다.

"오늘 밤 집에 계실 건가요?"

경찰이 물었다.

"아마도요, 우선 아내 상태를 봐야 해요. 구급대원이 진정제를 투여해줬습니다."

"청소와 뒷정리를 담당하는 팀에 연락해드릴까요? 시간이 늦었지만 밤새 정리가 될 겁니다."

"그래주시면 정말 고맙겠어요."

마이크 아저씨가 대답했다.

난 천을 덮어놓은 자리를 지날 때 눈을 가렸다. 마이크 아저씨는 내게 자신이 부를 때까지 방에 가 있으라고 했다.

"사스키아가 깨어나면 오늘 밤이나 내일 아침 호텔로 가자."

휴대전화에 모건에게서 메시지 세 통이 와 있었는데 내 안부와 경찰차가 집 앞에 있는 이유를 묻는 내용이었다. 모건에게 난 괜찮지만 피비는 괜찮지 않다고. 그 애가 난간에서 떨어져 죽었다고 문자를 보냈다. 모건은 곧바로 답장을 보내왔다.

젠장, 그 애가 못된 건 맞지만 죽었으면 좋겠다고 바란 적은 없는데 사고가 나다니 최악이네.

맞아,

내가 답장했다.

최악이지.

37

우리는 지난 한 주 동안 호텔에, 로지는 켄넬에 머물렀다. 집이 더이상 집처럼 느껴지지 않았다. 복도의 대리석 바닥은 움푹 패서 들어 올리고 교체한 뒤에 깨끗이 청소해야 했다. 아저씨와 아줌마가 피비의 시신을 발견했을 때 어떻게 반응했을지 계속 생각하게 되었다. 사스키아 아줌마는 분명 무릎으로 털썩 주저앉아 비명을 질렀을 거고 마이크 아저씨는 아줌마 옆에 서 있었겠지. 그러다 피비에게로 서둘러 달려가 맥박을 확인했을 거고 그래서 손과 셔츠에 피가 묻었을 것이다. 그리고 바닥에 주저앉아 피비를 품에 안았을 테지. 사스키아 아줌마는 충격을 받아 아무 말도 하지 못하고.

일주일 내내 그들이 슬픔에 잠겨 있는 걸 보니 걱정이 되었다. 마이크 아저씨는 평소보다 감정을 극복하는 속도가 더뎠고 자신이 본 광경을 곱씹는 듯했다. 아저씨가 우리 약을 가지고 있어서 사스키아 아줌마가 침대에서 일어나는 날이면 아침에 줄을 서야 했다. 아줌마는 아저씨가 주는 약은 무조건 받으며 더 달라고 말했고 종일 잤다. 내가 학교에서 돌아온 첫날 마이크 아저씨는 평소처럼 말하려고 애썼다. 난 벗어나는 것도 좋지만 그들과 함께 있고 싶었다. 마이크 아저씨도 그렇게 느끼는지 내가 하교하고 오면 안심이 된다고 했다.

그날 저녁 벽 너머로 사스키아 아줌마가 우는 소리가 들렸다. 내 방 옆에 있는 아저씨와 아줌마의 방에서 어린아이 같은 곡소리가 이어졌다. 슬픔은 공포와 함께 커가고 사라지며 세상으로부터 보호받고 안기고 싶은 곳으로 돌아가게 만든다. 어제 우리는 집으로 돌아가기로 마음을 정했다. 얼마 전 같았으면 곧바로 침실로 올라가 엄마의 스케치를 꺼내 얼굴을 만졌겠지만 지금은 그렇지 않다. 되도록 마이크 아저씨와 시간을 보내며 따뜻한 차와 간식을 내고 로지를 돌봤다. 스스로 쓸모 있게 행동했다. 세비타에게는 원하는 만큼 휴가를 주었다. 사건이 일어난 다음 날 세비타에게 전화로 어떤 일이 생겼는지 알리자 그녀가 매우 충격받았다고 마이크 아저씨가 말해주었다.

"둘은 아주 가까웠거든."

아저씨가 말했다.

어제 마이크 아저씨가 아버지와 통화하면서 우는 소리를 들었다. 아저씨의 아버지는 남아프리카에 살고 나이가 너무 많아 오늘 학교 대강당에서 열리는 피비의 추도식에 참석하지 못한다고 했다. 사스키아 아줌마는 20대 때 부모님을 여의고 형제자매도 없어서 아무도 만나지 않고 전화도 하지 않았다. 마이크 아저씨는 수년 동안 보호소에서 여자애들을 데려왔다.

어제 집으로 사람들이 찾아왔다. 그들은 조용한 목소리로 말하며 카드와 꽃을 놓았다. 친구, 라이벌, 친구를 가장한 적들이었다. 피비가 죽으면서 날 고립시킨 장벽도 함께 사라졌는지 학교에서 나를 대하는 아이들의 태도가 크게 달라졌다. 클론딘은 날 보자마자 끌어안고 내 목에 대고 통곡해서 난 화장실에 가서 목에 묻은 눈물을 씻어내야 했다.

대강당에 도착하니 피비가 제일 좋아하는 분홍색 물결이 바다를 이루었다. 모자, 치마, 깃털 목도리 등을 둘러 대규모 분홍색 여학생 클럽을 연상시켰다. 우리가 단상으로 나서자 수백 개의 눈동자가 쏠렸다. 법정에도 서 봤지만 어쩐지 이 관중이 더 힘들게 느껴졌다.

제임스 교장 선생님은 피비가 학교생활을 훌륭히 했으며 어떤 길을 선택하든 앞길이 창창했을 거라고 말했다. 흐느끼는 소리와 코 푸는 소리가 강당을 가득 메웠다. 여자애들은 서로 의지했고 일부는 진심으로 슬퍼했으며 다른 일부는 10대 소녀들이 그렇듯 이 극적인 상황을 즐겼다. 뒤이어 클론딘이 나와 피비의 추도사를 낭독했다. 마지막 말은 이랬다.

내 무덤에 와서 울지 마. 난 거기 없어. 난 죽은 게 아니야.

마이크 아저씨가 단상에 올라 학교 측에 고마움을 전했다. 난 아저씨의 의자로 자리를 옮겨 사스키아 아줌마 옆에 앉았다. 아줌마는 인형처럼 멍한 눈으로 먼 곳만 바라보았다. 약 때문에 정신이 없었다. 이지가 기타로 '오버 더 레인보우'를 연주하고 노래를 부르며 식이 마무리되었다. 추도식이 끝난 뒤 도서관에서 음료가 제공되었다. 캠프 선생님이 와서 애도를 표했는데 날 만지는 선생님의 손은 여전히 건조했다. 사람들이 우리 셋 주위로 몰려들었고 등과 어깨와 팔에 많은 손길이 오갔다. 움찔하지 않으려고 최선을 다했다. 그들은 정말 끔찍한 사고였다고 말했고 난 그렇다고, 끔찍하다고 대답했다.

우리가 자리를 뜨려는 찰나 이지의 엄마가 다가왔다. 덩치가 작은 프랑스 여자로 못돼 보였다. 이지의 그런 모습이 어디에서 나왔는지 알 수 있었다.

"왜 이런 일이 생겼을까요?"

그 여자가 말했다.

"이 이유 없는 비극 말이에요."

마이크 아저씨가 고개를 끄덕이자 그 여자가 날 쳐다보았다.

"웨더브리지에서 즐거웠니?"

즐거웠냐니. 그 여자는 과거형으로 말했다.

"곧 다른 곳으로 간다고 들었거든. 이 일이 일어나기 전에 사스키아에게서."

사스키아 아줌마는 아무 말도 하지 않았는데 꿀 먹은 벙어리가 되었거나 약에 취해서였다.

"아무튼 참 좋은 소식이야."

그 여자는 프랑스어로 이렇게 말하고는 아저씨와 아줌마에게만 인사하고 자리를 떠났다. 그 여자가 가고 난 뒤 마이크 아저씨가 대신 사과했다. 난 고개를 끄덕이며 괜찮아 보이려고 했지만 내 주변의 작은 천사들이 일제히 나팔을 불었다. 내가 아니라 피비를 위해서.

피비의 추도식이 끝난 뒤 아저씨와 아줌마는 피비의 장례식에 갔다. 가족과 가까운 지인들만 모인 조촐한 자리였다. 마이크 아저씨는 아저씨와 아줌마가 피비에게 작별 인사를 할 시간이 필요하니 내가 가지 않는 게 좋겠다며 날 발레리 아줌마에게 맡겼다. 난 이해한다고 대답했지만 아저씨가 여전히 날 가족으로 보지 않는다는 데 실망했다. 그런 생각이 이기적이라는 것을 알면서도 어쩔 수 없었다. 아저씨 마음에 내가 들어갈 공간을 마련해달라고 애원하고 싶었다.

근래 들어 처음으로 한밤중에 엄마가 찾아왔다. 엄마는 때가 됐다고 말했다. 무슨 때인지 묻자 엄마는 대답하지 않았고 조각조각 찢어지며 베개 아래로 사라져서 내가 본 것이 진짜인지 확인해보았다.

다시 잠이 오지 않아 피비의 방문을 열어보았다. 그 아이의 진하고 달콤한 향기가 남아 있었다. 난 방으로 들어가 문을 닫았다. 피비가 방을 나서던 그대로라 바닥에는 책가방과 폴더가 흐트러져 있고 협탁에는 〈파리 대왕〉 대본이 놓여 있었다. 얼마 안 가 아저씨와 아줌마가 피비의 유품을 정리하면 그 아이의 삶은 사라질 것이다. 책상 서랍을 열어보았지만 노트북은 거기 없었고 옷장 바닥과 책가방 속도 마찬가지였다. 어쩌면 학교에 놔두고 왔을지도 모르지만 피비는 학교에 노트북을 가져온 적이 거의 없었다. 노트북이 제자리에 놓여 있지 않다는 사실이 싫었고 그 일로 내가 느끼는 감정도 싫었다.

38

지난주에 열었어야 할 내 생일을 기념한 다과회는 우리가 호텔에 머무느라 취소되었다. 그래서 마이크 아저씨는 학기가 끝나는 토요일인 오늘 손님 없이 우리 셋이서만 조용히 식사하자고 제안했다. 주방으로 내려가니 식탁 위에 내 이름이 적힌 선물이 놓여 있었다. 열어보니 뒷면에 각인된 손목시계가 보였다. 열여섯 번째 생일을 기념하며. 사랑을 담아 M과 S가. 메시지를 보니 사랑받는 기분이 들었다. 가족이 된 것 같았다.

마이크 아저씨가 들어올 때 보니 피비의 사고가 나기 전보다 움직임이 확연히 둔해졌다. 주전자에 물을 채우는 간단한 동작조차 힘에 부쳐 사랑하는 사람을 잃고 홀로 살아남은 데 지친 기색이 느껴졌다. 아저씨의 셔츠 단추가 잘못 채워져 있었지만 가혹하게 그 점을 들추고 싶지 않아서 그냥 아저씨 손에서 주전자를 받아 대신 물을 받고 아저씨는 자리에 앉으라고 말했다. 아저씨는 순순히 내 말에 따랐다.

가끔 사스키아 아줌마를 볼 때면 눈이 빨갛게 충혈되고 부어 있어서 엄마가 아이를 빼앗아온 여자들 중 한 명과 함께 사는 것 같았다. 다시는 아이를 보지 못하고 품에 안을 수도 없다는 걸 알면 기분이 어떨까. 차를 끓이고 아저씨에게 사스키아 아줌마 것도 한 잔 만들지 물어보았다.

"그러렴."

아저씨가 말했다.

"오늘은 좀 움직이려고 노력 중이야."

나는 차를 만들어 아줌마 방으로 가서 문을 두드렸지만 안에서는 아무런 반응이 없었다. 다시 두드리니 이번에는 들어오라는 소리가 들렸다. 방 안은 어두웠고 욕실 창문으로 새어드는 자연광 약간이 전부였다. 공기가 무겁고 탁했다. 아줌마는 꼬챙이처럼 말라 비틀어졌고 벤지는 물론 누구도 만나지 않았다.

"차를 좀 가져왔어요."

아줌마는 고개를 끄덕였지만 침대 끄트머리에 앉아 미동도 하지 않았다.

"여기 두고 갈까요?"

다시 고개를 끄덕이기에 화장대 위에 차를 올려놓는데 아줌마 눈에 눈물이 그렁그렁하게 맺혔다. 마음에 상처를 입었을 때 친절을 받으면 감정이 더 흔들리는 법이다.

"죄송해요. 제가 괜히 와서 방해가 됐나봐요."

아줌마는 눈물을 닦으며 고개를 저었다.

"피비가 없으니 집이 너무 조용해. 정말 바보 같지. 피비가 있을 때는 그렇게 조용히 살고 싶더니 그 애가 가고 나니 피비만 있으면 더 바란 게 없을 것 같아."

난 아무 말도 하지 않았다, 아직까지는. 누군가를 잃고 슬퍼하는 사람에게 어떻게 해주어야 하는지 인터넷에서 기사를 쭉 찾아봤다. 차를 끓여 가져다주거나 휴지통을 비워주는 등 사소한 일을 해야 한다고 했다. 눈에 보이지만 간섭이 되지는 않도록. 그리고 대상이 스스로 원하면 이야기를 들어주는 것이다.

"그 애가 그리워. 피비가 날 죽도록 싫어하던 때라도 괜찮아. 피비가 날 싫어한 적이 없다는 말은 안 해도 돼. 내가 좋은 엄마가 아니었던 건 모두 알고 있잖아."

사스키아 아줌마는 이름이 새겨진 금 목걸이를 만졌다. 그러면서 무언가를 깨달은 듯 살짝 슬픈 미소를 짓더니 줄을 세게 잡아당겼다. 줄이 끊어지면서 손가락 위로 덜렁거렸다.

"아무리 노력해도 피비와 잘 지내지 못했어."

난 아줌마 옆에 앉아 손을 잡으며 아줌마는 노력했고 좋은 엄마라고 말해주었다. 그리고 아줌마가 내게 주었던 크리스틸 이야기도 해주었다. 아줌마는 내 어깨에 몸을 기대고 울음을 터트렸다. 우리는 한동안 그 자세로 앉아 있었다. 아줌마의 눈물이 내 티셔츠에 젖어 드는 것이 느껴졌다. 찝찝했지만 가만히 기다리며 아저씨와 아줌마가 날 언제 내보낼지 결정할 때 지금 이 순간을 고려해주길 바랐다.

"좀 씻어야겠어."

사스키아 아줌마가 말했다.

난 고개를 끄덕이고 방을 나서며 식기 전에 차를 마시라고 일러주었다. 마이크 아저씨가 날 보더니 아줌마가 어떻게 하고 있는지 물었다.

"이제 일어나서 씻으려고 하세요."

"잘했구나. 네가 나보다 훨씬 나아."

"도울 수 있는 일이면 무엇이든 해야죠."

"넌 지금도 잘하고 있어. 우리가 잘 이겨낼 수 있게 도와주고 있거든. 아내와 나 둘뿐이었다면 우린 어떻게 됐을지 몰라."

이번에는 날 위해서 천사들이 작은 나팔을 불었다.

몇 시간 뒤 누군가 내 방문을 두드렸다. 사력을 다하고 있는 사스키아 아줌마였다. 아줌마는 손에 화장품 파우치를 들고 있었다.

"괜찮으면 아줌마가 화장해주고 싶은데, 어떠니?"

나는 고개를 끄덕였다. 우리는 침대에 나란히 앉았고 아줌마는 울먹였다. 파우더와 구릿빛 펄. 아줌마의 손목이 내 코 쪽으로 움직일 때마다 내 얼굴에서 여성스러운 향기가 풍겼다. 아줌마가 해주는 화장은 감동적이지는 않지만 아주 친밀했다. 아직까지 내게는 이렇게 가까이서 눈을 마주하는 일이 불편하기 때문이다.

"피비는 내가 화장을 잘 못한다며 해주도록 허락한 적이 한 번도 없어. 내가 잘하고 있니?"

난 고개를 끄덕이며 당연히 아주 잘하고 있다고 대답했지만 사실은 전혀 알 수 없었다.

"밀리, 넌 정말 예뻐. 그런데 넌 그걸 모르는 것 같아."

아줌마는 쉬지 않고 이야기하면서 자신이 감기에 걸려 며칠 동안 피임약 먹는 걸 깜박했는데 그때 실수로 피비가 생겼다고 말해주었다. 충격을 받은 데다 아이도 까다로워서 달래기가 참 어려웠다고 했다.

난 벤지에 대해 묻고 싶었다. 비밀을 잘 활용하면 사람을 움직이기 유리하기 때문이다. 사스키아 아줌마가 나와 친하다고 생각해서 서로의 비밀을 공유한다면 내가 아줌마를 이용하기 수월해진다. 하지만 이번에는 아줌마가 한발 앞섰다.

"우리가 좀더 같이 시간을 보냈으면 좋겠어, 밀리. 그래도 괜찮니?"

"그럼요, 좋아요. 하지만 전 곧 떠나야 하잖아요."

"마이크와 쭉 이야기를 했는데 이미 집이 너무 조용하다고."

"그럼 혹시,"

"혹시 뭐?"

"아무것도 아니에요. 그냥 두 분과 이 집에 있는 게 너무 좋다구요."

아줌마는 고개를 끄덕이고는 살짝 미소를 짓더니 이렇게 말했다.

"마이크가 그러던데 새 원피스를 샀다며, 입는 걸 도와줄까?"

"아니, 괜찮아요."

난 아줌마에게 괜찮다면 우리 둘이 사진을 찍게 카메라를 가져와 달라고 부탁했다.

새로 산 검정색 벨벳 원피스는 긴 소매에 약간 부푼 스케이트 선수복 같은 밑단이 무릎까지 내려왔다. 난 타이츠를 입고 모아둔 용돈으로 탑샵에서 구입한 검은 부티도 신었다. 이니셜이 새겨진 금 목걸이를 하고 싶었지만 그러면 안 될 것 같아 모건이 준 목걸이를 대신 걸쳤다. 그리고 아저씨와 아줌마에게 선물받은 시계를 차니 사랑받는 듯한 느낌이 들었다.

아줌마가 카메라를 들고 올 때 아저씨도 같이 왔다. 아줌마는 어린아이처럼 맨발이었다. 엄마보다는 언니 같았다.

"너무 예쁘구나."

아저씨가 칭찬해주었다.

아저씨가 팔로 아줌마의 허리를 감싸자 아줌마는 살짝 몸을 뺐지만 난 두 사람이 오늘 밤 잠자리할 것을 알았다. 새로운 시작이지.

우리는 내 생일 기념으로 주방에서 중국음식을 먹었다. 마이크 아저씨가 배달 음식을 먹기에는 내 옷이 너무 아깝다고 말했다. 피비가 죽고 처음으로 들은 아저씨의 농담이었다.

"외식하러 못 가서 미안하구나. 하지만 지금은 그럴 수가 없어."

아저씨가 이렇게 말했다.

우리 모두에게 포춘 쿠키가 있었지만 아저씨와 아줌마 둘 다 그것을 열어보려고 하지 않았다. 난 밥을 다 먹고 나중에 혼자일 때 따로 보려고 쿠키를 챙겨두었다. 마이크 아저씨는 조의 아버지에게 이메일을 받았는데 가끔 조가 날 볼 수 있는지 물어보았다고 말해주었다. 사스키아 아줌마가 고개를 끄덕이며 전에 조를 본 적이 있다고, 착한 아이라고 말했다.

"그래도 괜찮겠니, 밀리?"

"네."

조가 날 극장에 데리고 가고 작별 키스를 하며 뺨이 붉게 물드는 걸 상상했지만 그러다가 키스가 이내 어떤 단계로 나아가는지 떠올리고는 더 이상 생각하고 싶지 않아졌다.

난 내가 뒷정리를 할 테니 아저씨와 아줌마는 소파에 가서 쉬라고 권했다. 지나가면서 보니 두 사람이 같은 소파에 앉아 있었다. 사스키아 아줌마는 옆으로 앉아 팔을 등받이에 기대고 다리는 가운데 있는 쿠션 사이에 집어넣었다. 아저씨는 아줌마 옆에 앉아서 손으로 아줌마의 턱을 잡았다.

"곧 벽난로를 켜야겠어, 여보. 항상 12월에 켰잖아."

"벌써 12월이라니 믿기지 않아요."

두 사람은 불이 없는 벽난로를 쳐다보며 같은 사람을, 같은 생각을 하고 있었다. 난 두 사람을 그렇게 놔두고 내 방으로 올라가 모건을 불렀다. 피비의 사고 이후 집에서는 아저씨와 아줌마에게 집중하며 그들의 공허한 마음을 채워주고 학교에서는 친구를 만나느라 모건을 볼 겨를이 없었다. 난 잘하고 있다고 생각했다. 고학년 휴게실 재단장을 위한 모금에 참여하기로 한 건 내 가치를 높이는 현명한 행동이었다. 난 불새다. 비록 엉망이지만 비상하고 있다.

모건은 옆에 동생이 자고 있어서 조용히 말한다면서 어떻게 지냈느냐고 물었다.

"잘 못 지냈어. 그냥 학교에 가고 집에서는 아저씨와 아줌마를 도왔고."

"보고 싶어, 밀리. 이야기 하나만 해줘."

"알았어. 먼저 눈을 감아."

난 모건에게 별과 행성의 이름에 대해 말해주었다.

"화성에는 물이 있어."

그리고 두개골이 묻혀 있는 파리의 지하 묘지에 대해서도 말해주었다.

"굉장한데."

모건이 대답했다.

"가보고 싶어. 언제 같이 가자."

"그래, 언젠가."

다음 주말에 보기로 하고 전화를 끊은 뒤 포춘 쿠키를 열어보았다. 종이쪽지에 이런 글귀가 적혀 있었다. '자신의 삶에 좋은 것이 있다면 놓치지 않아야 한다.'

난 손목시계를 쳐다보며 생각했다. 대가가 무엇이든 이미 이뤘다고.

39

우리는 〈파리 대왕〉 공연에서 기립박수를 받았다. 난 피비 역할이었던 내레이터를 맡았고 극 마지막에는 여자애들에게 떠밀려 무대로 올라갔다.

"넌 굉장했어. 어서 인사해."

관객석을 바라보다가 그 사이에서 박수를 보내고 있는 아저씨와 아줌마를 발견했다. 마이크 아저씨가 이상한 눈초리로 날 쳐다보면서 눈을 떼지 못했다. 전혀 웃지 않았다.

연극이 끝난 뒤 소도구 정리를 돕겠다고 자청했다. 클론딘과 나는 같이 학교를 나섰다. 그 애가 멈춰서더니 하늘을 올려다보며 말했다.

"너무 슬퍼."

"뭐가?"

"이번 주 금요일에 피비가 제일 좋아하는 크리스마스 무도회가 열려. 피비는 예쁜 드레스를 입고 사스키아 아줌마의 모피를 걸치는 걸 좋아하거든."

나도 슬퍼서 그렇다고 말했다.

집으로 걸어오는 길에 휴대전화로 BBC 뉴스를 검색해보았다. 몇 주째 엄마에 대한 소식이 없었는데 오늘 저녁 머리기사가 나왔다. 우리 집을 허물고 공원을 조성한다는 내용이었다. 나무 아홉 그루를 심어서. 엄마는 갈가리 찢겨져 사라진 뒤로 더 이상 밤에 날 찾아오지 않는다.

'때가 됐어.'

엄마는 이렇게 말했다. 그 말이 무슨 의미인지 이제 알았다. 더 이상 내게 엄마가 필요하지 않은 것이다. 그래서 시원섭섭하다. 주로 내가 한 일에 대해서. 선의로 그랬지만 결과적으로 나쁜 일도 있었다.

엄마가 돌아왔을 때 할 말도 연습해두었다.

굶주린 늑대처럼 날 쳐다보고 거절하려는 내 얼굴을 보며 비웃는 엄마를 원한 적 없었다고. 엄마 화장대 거울 앞에 날 세워두고는 엄마 말고 날 사랑해주는 사람은 없을 거라던 말은 틀렸다고. 마이크 아저씨와 사스키아 아줌마가 날 사랑해주기 시작했으니까. 하지만 내 심장이 다른 사람들과 다른 모양이라는 말은 엄마가 맞았다고 말해줄 것이다.

신기하게 뒤틀린 형태니까.

엄마가 만든 형태다. 내가 살려고 그렇게 뒤틀었다.

엄마가 체포되던 날 난 엄마를 향해 고개를 끄덕였다. 엄마는 그 의미를 알았다. 내가 엄마를 떠나겠다는 것을. 난 준비되었다는 것을. 그런데 엄마는 어땠어? 항상 게임이 끝나면 아쉬워하면서 계속하고 싶어 했다. 내가 법정에 간 이후 우리가 전에 벌인 것보다 더 많은 사람이 관련된 게임을 벌였다. 날 얼마나 잘 가르쳤는지 보여줄 수 있는 마지막 잔치였다. 완전한 승리도 완전한 패배도 아니다. 태양을 향해 내 얼굴을 돌린 것이다. 그늘도 없는 곳에서 눈이 멀어버리라고.

엄마의 목소리는 모르핀이 떨어지는 소리처럼 들렸다. 편안하고 안도감을 주는 것이 아니라 더럽혀지는 듯 두려움과 나쁜 유혹만 찾아들었다. 더 이상 엄마의 목소리가 들리지 않고 엄마가 보이지 않아서 좋다. 학교 가는 길에 있는 버스 정류장 같은 곳에 엄마가 서 있을 리 없다는 걸 알고 있으니.

엄마가 한 짓, 엄마가 내게 시킨 짓이 내 가슴을 산산조각 냈다.

엄마가 날 슬프게 했어.

엄마가 날.

엄마가 그랬다고.

바로 엄마가.

내게.

그래서 난 아주 많은 비밀을 갖게 되었다.

난 내가 말하는 그런 사람이 아니다.

감응성 정신병. 밀접한 두 사람이 유사한 정신 장애를 지니는 것.

부정하고.

조종당하고.

거짓말하고.

엄마, 난 내가 인생을 선택할 수 있는 줄 알았어.

그런데 난 그냥 엄마와 똑같아.

조금 나을 뿐이지.

더 이상 착한 척하는 데 흥미가 생기지 않는다.

잡히지

    않는 것에

        흥미가

            생길 뿐.

40

현관문을 열자마자 뭔가 잘못되었다는 것을 알았다. 마이크 아저씨가 피비가 떨어져 죽은 자리 한가운데 서 있었다. 지난 한 주간 제대로 쳐다보지도 못하고 그 자리에 가는 것조차 엄두도 못 내던 사람이 왜 그러고 있는지 알 수 없었다.

"지금 당장 서재로 따라와."

아저씨가 냉랭한 목소리로 말했다.

서재로 들어가니 아저씨는 앉으라는 말도 없이 내 앞에 평소보다 가까이 서서 눈을 들여다보았다. 그러고는 내 눈빛이 마음에 들지 않았는지 책상 앞에 앉아서 혼자 웅얼거렸다. 3분의 1쯤 남은 위스키 병과 잔 하나가 책상 위에 놓여 있었다. 아저씨는 이미 부어놓은 잔을 얼른 마시고 곧바로 한 잔을 더 따랐다. 난 지난 몇 달 동안 내

지정석이었던 안락의자로 가서 조용히 기다렸다.

이윽고 아저씨의 말이 아프게 날아와 박혔다.

"널 조심하라는 말을 들었어. 사람들이 날 멍청하다고 했어. 무모하다고. 널 데리고 있어봐야 문제만 생길 거라면서. 하지만 난 그 말을 듣지 않았어. 잘해나갈 수 있을 거라고 생각했거든."

피라냐가 돌아왔다. 금붕어도 마찬가지다. 새로운 재판이 시작되었다.

"네 모든 걸 안다고 생각했어. 전부는 아닐지라도 대부분은. 네가 날 믿고 있다고 생각했고. 젠장, 나도 널 믿어서 우리 집에 들였는데 말이야."

"전 아저씨를 믿어요."

그 말에 아저씨가 주먹으로 책상을 내리쳐서 깜짝 놀랐다. 엄마가 그러는 건 아무렇지도 않지만 유순하고 이해심 많은 마이크 아저씨가 그러니 너무 잔인하고 가혹하게 느껴졌다. 아저씨는 내게 화가 났다. 슬픔이라는 안개에 가려졌던 머릿속이 다시 맑아진 것이다. 가까이 있지만 보이지 않던 실체가 눈에 들어온 것이다.

"거짓말하지 마."

아저씨가 말했다.

"날 믿는다면 말했을 테지."

"뭘 말이에요?"

아저씨는 잠시 말을 멈추고 위스키 한 모금을 들이켠 다음 책상 위로 손가락을 두드렸다. 타란툴라 두 마리가 튀어오를 준비를 마쳤다.

"상담하면서 네가 한 말들은 두서가 없고 뒤죽박죽이었어. 널 이

끌어주기 참 힘들었어. 넌 질문도 싫어했고 그 애 이름도 말하지 않으려고 애썼지만 난 대니얼이 죽던 날 밤 내가 생각하는 것보다 널 힘들게 하는 뭔가가 있다는 걸 알았어. 하지만 묻고 또 물을 때마다 대답이 같아서 널 믿었지. 네가 너무 큰일을 겪어왔으니 어느 정도는 믿고 싶었거든. 하지만 이제 더는 확신이 안 서. 아무것도 못 믿겠어."

아저씨의 손가락이 책상 위에서 차분해져 이제 거미보다는 피아니스트의 손가락에 더 가까워졌다. 위스키는 마음을 흐리게 하는 안개와 같아 더 이상 무엇을 믿어야 할지 확신하지 못하게 만든다. 아저씨, 제발 더 마셔요.

"그날 있었던 일에 대해 네가 법정에서 한 말은 사실이니? 네 엄마가 대니얼을 죽였어? 그런 거야?"

"왜 제가 거짓말한다고 생각하세요?"

"지금 그러고 있으니까, 아니니? 넌 거짓말하고 있어. 나한테, 맞지? 피비와도 잘 지내려고 한다고 거짓말했잖아."

"노력하고 있었어요."

아저씨가 책상 위에 놓인 유리 문진을 팔로 세게 밀었다. 문진은 벽으로 날아가 부딪혀 페인트 위에 찍힌 자국을 남긴 채 쿵 하고 바닥으로 떨어졌다.

"무섭게 왜 그러세요."

"무섭게 하는 건 너야, 모르겠니?"

저거다. 아저씨의 진심. 아저씨도 다른 사람들과 마찬가지로 내게 같은 감정을 느낀다. 내가 나 자신에게 느끼는 것과 마찬가지로. 난 눈을 내리깔았다.

"미안하구나, 밀리. 이렇게까지 말하는 건 아니었는데."

아저씨는 또다시 위스키를 들이켜고는 책상 오른쪽에 놓인 액자를 똑바로 세웠다. 처음 액자 속 사진을 보았을 때 질투와 외로움을 느꼈다. 다양한 나이 때의 피비 모습을 콜라주한 사진이다. 나처럼 오염된 아이와는 달리 금발에 완벽하고 아름답다. 아저씨는 고개를 저으며 자기 딸을 향해 웃어 보였다. 좋아서라기보다는 후회돼서 그럴 것이다. 뭘 후회하는 거지? 그 애는 사라졌지만 아직 사방에 있다. 지금쯤 내 것이 되었어야 하는 공간과 틈 사이에 전부 다.

책상 위에 놓인 전화가 울리자 아저씨는 전화를 쳐다보고는 받지 않았다.

"준일 거야."

아저씨가 말했다.

"널 기다리며 준에게 전화했는데 받지 않더구나. 평소에 이렇게 늦게 전화하지 않으니 무슨 일이 있다고 생각할 거야."

"왜 전화하셨어요?"

"난 너에 관해 글을 쓰고 있었어, 알고 있었니? 아니, 모르겠지. 아무튼 그래. 내가 할 수 있는 것 그것뿐이었어. 얼마나 멍청하고 자만했는지."

아저씨는 준에게 전화를 건 이유를 말하지 않았지만 피비가 죽고 난 뒤로 내가 직접 만들어가고 있는 이 집에서의 자리가 내 눈앞에서 무너지고 있다는 걸 느낄 수 있었다. 유사(流沙)처럼. 난 빨려 들어가고 있었다.

"이제 그만 가면 좀 벗어, 밀리. 난 다 알고 있어."

왕의 말들 왕의 신하들 모두 어쩔 수 없다네.

"몇 달째 그러고 있잖아. 페이스북, 학교 포럼, 문자메시지까지. 경찰이 어제 피비의 휴대전화를 돌려줬어. 몇 달 동안 그 애가 널 괴롭혔잖아, 맞지?"

나는 아저씨가 무슨 생각을 하는지 알 수 있었다.

"왜 나한테 말 안했어? 맙소사, 우린 시간이 아주 많았잖아."

"걱정을 끼치고 싶지 않았고 문제를 일으키기도 싫었어요. 피비와 친구가 될 수 있다고 생각했어요. 어쩌면 자매까지도요."

아저씨는 책상 서랍을 열어 무언가를 꺼내 들여다보더니 그걸 앞에 올려 놓았다.

아저씨가 피비의 노트북을 가지고 있었다.

"피비는 내가 알고 있다는 걸 몰랐어."

아저씨가 말했다.

"뭘 말이에요?"

"샘에 관해서."

"샘이 누군데요?"

"전혀 몰라? 학교에서도 들어본 적이 없고?"

"없어요, 한 번도요."

아저씨는 내게 거짓말하느냐고 물었다. 그 말이 맞기에 대답할 수 없었지만 진실을 말하기엔 너무 두려웠다. 이 집에서 새로운 인생을 사는 내 모습이 머릿속에 퍼뜩 스쳐지나가 그럴 수 없었다. 이제 다 됐는데. 이 고비만 잘 넘기면, 아저씨만 잘 구슬리면 된다.

"샘의 아버지와 난 친구 사이야. 우린 수년 전에 같이 공부했고 가족이 이탈리아로 이사한 뒤에도 계속 연락하고 지내다가 지난여름에 만나게 됐어. 우린 장거리 연애가 얼마나 가겠냐고 대수롭지 않게 여겼어. 샘의 엄마가 피비와 샘이 주고받은 이메일 일부를 봤고. 네가 의심스럽다고 말한 이메일은 못 봤지만."

"전 피비가 저에 대해 모르는 줄 알았는걸요?"

"아니, 알고 있었어."

아저씨가 말했다.

아저씨는 주먹을 꽉 쥐었다 펴더니 다시 쥐었다. 그러고는 위스키를 들어서 잔을 채우고 그대로 마셨지만 다시 따르지는 않았다. 난 아저씨가 술을 더 마셨으면 했다. 날카로움과 이성이 알코올에 무뎌지는 모습을 보고 싶었다.

"전에 피비가 날 찾아와서 서재에서 책을 찾다가 너에 관한 메모를 봤다고 말했어. 그건 사실이 아니라고 말하려고 했는데 내가 언제나 환자를 최우선으로 생각한다며 너무 속상해하기에 더는 거짓말할 수 없었고 그러기도 싫어서 사실을 말해줬어. 피비는 아무 말도 하지 않기로 약속했고 누구에게도 발설하지 않았어. 샘에게만 털어놓았지."

"죄송해요, 아저씨."

"우리가 알고 지낸 뒤로 넌 그 말을 너무 많이 했어. 도대체 뭐가 죄송한데?"

아저씨는 내 대답을 기다리지 않았고 대화는 아저씨가 자신에게 하는 말에 더 가까웠다. 머릿속에서 상황을 정리하려고 노력하는 중이었다. 정리하고 분류했다. 그래서 자신이 틀리지 않았다는 걸, 끔찍한 실수를 저지르지 않았다는 걸 확인하고 싶어 했다.

"피비는 네 정체를 폭로할 계획이었어. 샘에게 보낸 이메일에 적혀 있었지. 피비가 죽던 날 학교에서 돌아와서 보낸 마지막 이메일에. 선불 충전식 전화기를 사서 발신번호를 띄우지 않고 모든 사람에게 네 정체를 알리는 문자를 보내려고 했어. 젠장, 피비가 그렇게 불행해하는 걸 왜 몰랐을까?"

"아저씨 탓이 아니에요."

아저씨는 살짝 고개를 끄덕였지만 어찌 됐든 그런 기분이 든다고 대답했다. 그러고는 피비의 노트북을 뚫어지게 쳐다보다가 액자 속 그 애의 모습을 다시 살폈다. 그 모습을 가까이에서 지켜보자니 너무 상처가 되어 눈물이 났다. 내가 일으킨 피해. 아저씨 가족 안에 있는 테러리스트는 매번 형태를 바꾼다.

내가 울고 있는 걸 눈치챈 아저씨가 말했다.

"넌 항상 감정을 감추는 데 능숙하구나."

"무슨 뜻이에요?"

"괴롭힘을 당하면 힘들고 상처받고 화가 날 텐데 넌 전혀 내색하지 않았어. 너와 피비 사이가 가깝지 않다는 건 알았지만 그렇게 큰 적대감이나 문제는 알아차리지 못했어."

아저씨는 스스로에게 거짓말하고 있었다. 사스키아 아줌마가 어지러운 척하는 것을 보고 그것이 거짓임을 알아차릴 때처럼 자기가 스스로를 속였다는 사실을 깨달았다. 취하고, 즐거워지고, 가라앉고, 다시 취하고, 즐거워지고, 가라앉기를 반복했다. 아저씨의 에메랄드 도시가 무너졌다. 아저씨가 자신에게 솔직할 만큼 용감했다면 피비와 나 사이의 긴장감을 알아차리지 못했다고 여기는 쪽이 편리했다고 인정했을 것이다. 아저씨는 내가 이곳에 있길 원하고 날 필요로 한다. 내 마음을 캐는 일생일대의 기회는 다시 오지 않을 것이다. 내가 말했듯 여성 살인마는 흔치 않으니까.

"피비와 저 모두 아저씨에게 감췄어요."

"내가 알아차렸어야 하는데. 너무 일에 파묻혀 지냈고 게다가,"

"저에 대해 글을 써야 하니까요."

아저씨가 고개를 끄덕이며 말했다.

"그래, 맞아. 하지만 무슨 대가로."

"그래서 기분이 안 좋으신 건가요? 저와 보내는 시간을 줄이고 피비와 더 함께했어야 한다고 후회가 돼서요?"

아저씨는 의자 깊숙이 몸을 파묻었다. 아무것도 말하고 싶지 않은데 계속 질문받게 될 때 기분이 어떤지 안다. 아무도 자신이 무엇에 죄책감을 느끼는지 털어놓고 싶어 하지 않는다.

"피비는 아저씨를 아주 사랑했어요. 전 그걸 알아요."

아저씨는 고개를 저었고 눈물이 흐르자 고개를 돌렸다.

"그랬어요. 중간 방학 때 매티의 파티에 갔을 때 클론딘이 말해줬어요. 피비가 아저씨를 존경하고 세상에서 제일 좋은 아빠라고 여긴다고요."

"내가 어떻게 그런 아빠일 수 있니. 항상 바쁘고 다른 사람들 문제를 해결해주느라 정신이 없었는데."

"그래서 피비가 아저씨를 좋아한 거예요. 남을 배려하고 도우려는 면을요."

내 말이 아저씨의 아픔과 죄책감을 부드럽게 감싸며 젖어들었다. 눈앞에서 판세가 달라지는 것이 보였다. 자리에서 일어나 아저씨에게 위스키를 한 잔 더 따라주었다.

"드세요. 도움이 될 거예요."

내가 아저씨를 돕도록 한 것처럼 아저씨는 시키는 대로 했다. 최근 나는 아저씨와 아줌마가 나 없이는 살 수 없게 만들려고 열심히 노력했다. 내가 없는 삶은 생각하기도 싫도록. 아저씨는 내가 돌아가 자리에 앉는 모습을 지켜보았다. 나는 우리의 첫 상담 때 아저씨가 의자에 놓아둔 푸른 벨벳 쿠션을 집어 들었다. 그리고 가슴에 꼭 끌어안았다. 내가 아직 사랑과 보호를 받아야 하는 어린아이라는 점을 아저씨에게 상기시켰다. 지침을 주었다. 난 아저씨의 욕망과 필요를 꿈틀거리게 했다. 비싼 셔츠 아래 숨겨진 영웅 심리를. 자부심을. 나 같은 아이를 잘못되게 내버려두면 추락할 거라고 알려주면서.

"내가 해서는 안 될 말을 했구나, 밀리. 미안해. 난 모든 걸 잘해 나가고 있다고 생각했어. 다 안다고 생각했어."

뭘 안다는 거지? 준에게는 왜 전화했을까?

"오늘 켐프 선생님이 네가 무대 디자인을 도와줘서 정말 고마웠다고 하더구나. 지난번 소집에서 아주 열심히 도왔고 밖에 나가서 친구들이 먹을 간식도 사왔다고. 난 피비가 죽고 나서 오늘까지 제대로 생각할 수 없었어."

"아저씬 피곤하잖아요. 모두를 돌봐야 하니까요."

"그래서 준에게 전화한 거야. 뭔가 이야기하고 싶어서. 그때는 분명 확신했는데 지금은 모르겠어. 비난할 대상을 찾고 있었던 것 같고 부끄럽게도 그게 너인 것 같아."

아저씨는 술잔 주위로 손가락을 이리저리 움직이다 멈추더니 날 쳐다보았다.

"켐프 선생님에게 네가 언제 나가서 간식을 사왔냐고 물어봤어. 선생님은 너무 정신이 없어서 확실하진 않지만 5분 정도밖에 걸리지 않았다고 하더구나."

정신이 없었는데 시간이 얼마나 지났는지 어떻게 알아.

"그랬니?"

"뭘요?"

아저씨는 아주 조용하고 천천히 물었다.

"5분 정도만 나갔다 온 거야?"

보통 아저씨는 사실을 알고 싶어 하지만 이번에는 그 사실이 나뿐만 아니라 아저씨에게도 영향을 미칠 것이다. 나에 관해 글을 쓰고 싶은 욕망과 호기심이 너무 커서 거기에 사로잡혀 있다. 책의 결말은 아저씨가 쓰고 싶지 않은 내용으로 바뀌었다. 아저씨는 차 마시는 자리가 아니라 자신과 가족들의 삶에 날 초대했다. 날 잘못 판단했다는 책임감을 느끼게 된다면 사적으로는 물론 공적으로도 절대 회복할 수 없을 것이다. 아저씨도 나만큼 그 점을 잘 알고 있다. 잃을 것이 너무 많고 이미 잃은 것도 너무 크다.

난 고개를 끄덕였다.

"맞아요. 간식을 사러 갔다가 5분 안에 돌아왔어요. 학교 건너편에 있는 신문 가판대에 갔었거든요."

"다른 곳은? 더 간 곳은 없고?"

"없어요, 아저씨."

우리는 아무 말 없이 앉아 있었다. 난 아저씨와 눈을 마주치려고 노력했다. 아저씨가 먼저 침묵을 깨고 날 향해 몸을 굽히더니 위스키를 한 잔 더 따라 모든 것이 끝났다고 알렸다. 사람들의 사소한 행동으로 난 알 수 있다.

"늦었구나, 밀리. 그만 가서 자거라. 나는 좀 혼자 있어야겠어."

서재를 나서기 직전에 고개를 돌려보았다. 아저씨는 피비의 노트북 위에 한 손을 올리고 다른 손은 책상 위에 놓은 채 무의식적으로 손가락을 휴대전화 쪽으로 가리키고 있었다.

　"아저씨, 저와 사스키아 아줌마 약을 주셔야죠. 우린 아저씨가 필요해요."

위로 스물여덟 계단. 그리고 또 한 층.

난간은 오른쪽에 있다.

그날 아침 피비는 식탁 앞에 앉아 식사하면서 전화기를 주전자 옆에 아무렇게나 던져놓았다. 그때 화면에 나타난 문자를 보지 않았다면 어떻게 됐을까?

모든 것이 달라졌을 것이다.

모든 것이...

'이 교활한 계집애. 내일이 못난이 운명의 날이라는 게 무슨 뜻이야?'

발신자, 이지.

나는 학교에 남아 모두를 위해 간식을 사왔다.

사실이다.

내가 갔던 곳은 신문 가판대뿐이다.

거짓이다.

난 달렸다. 적당히 뛰면 5분, 전력 질주하면 더 줄일 수 있었다.

스물여덟 계단을 올랐고 또 한 층. 난간은 오른쪽에 있다. 피비가 거기 있었다. 날 보더니 비명을 질렀다.

놀랐지.

그 애는 방으로 들어가서 문을 닫았고 난 뒤쫓아 들어갔다.

"나가!"

피비가 소리쳤다.

"꺼지라고!"

난 한 걸음 더 가까이 다가갔다.

"뭐하는 짓이야?"

피비가 외쳤다.

또 한 걸음 다가갔다. 그러자 그 애가 날 밀쳤다.

"아빠한테 전화할 거야."

피비가 계단을 뛰어 내려가면 안 되니 쫓아가지 않았다. 난 방에서 나왔다. 피비는 난간에 반쯤 기대앉아 있었다.

그 애가 늘 사스키아 아줌마의 마음을 졸이게 하면서 즐기는 그 지점. 피비의 지문이 난간에 선명하게 찍혀 있었다. 두려움이 땀처럼 모공에 맺혔다. 흘러내렸다. 그 애는 막 통화 버튼을 누르려고 했다.

정신을 다른 데로 돌려야 했다.

내가 아니라 그 애의 정신을.

그래서 한 걸음 더 가까이 다가갔다.

누군가 그러다 큰일 난다고 말하면 그 말을 들어.

두 번째 기회는 없어.

피비는 아무 소리도 없이 툭 떨어졌다.

스페인산 타일과 피비의 머리카락이 다른 색으로 물들었다.

난 왔던 길을 달려 모두를 위해 가판대에서 간식을 샀다.

그날 저녁 늦게 경찰관이 물었다. 의례적인 절차라고 말했다.

어린 범죄자를 다루는 교육 같은 건 받은 적이 없을 테지.

파리 대왕처럼.

최선을 다할 거라고 약속해요.

노력할 거라고요.

마이크 아저씨.
친절한 사람.
난 모두 말했다.
말하자면.
전부는 아니고 거의 다.

이런 절 용서하세요.

옮긴이 공민희

부산외국어대학교에서 국어국문학을 전공하고 영국 노팅엄 트렌트 대학교 석사 과정에서 미술관과 박물관, 문화유산 관리를 공부했다. 현재 출판번역전문에이전시 베네트랜스 전속 번역가로 활동하고 있으며 《나는 너를 본다》《하루 1분 스마트한 발견》《행복해지기 위해 버려야 할 것들》《서른, 외국어를 다시 시작하다》《혼자의 힘으로 가라》《명작이란 무엇인가》외 많은 책을 우리말로 옮겼다.

굿 미 배드 미

1판 1쇄 발행 2017년 7월 31일
1판 2쇄 발행 2017년 8월 30일

지은이 알리 랜드
옮긴이 공민희
발행인 오영진 김진갑
발행처 나무의철학

책임편집 심설아
기획편집 임나리 곽지희 함초롬
디자인총괄 안윤민
마케팅 박시현 신하은 박준서
경영지원 이혜선

출판등록 2006년 1월 11일 제313-2006-15호
주소 서울시 마포구 월드컵북로5가길 12 서교빌딩 2층
전화 02-332-3310 팩스 02-332-7741
블로그 blog.naver.com/midnightbookstore
페이스북 www.facebook.com/tornadobook

ISBN 979-11-5851-071-8 03840

이 도서의 국립중앙도서관 출판예정도서목록(CIP)은 서지정보유통지원시스템 홈페이지(http://seoji.
nl.go.kr)와 국가자료공동목록시스템(http://www.nl.go.kr/kolisnet)에서 이용하실 수 있습니다.
(CIP제어번호: CIP2017015179)